U0535371

DAVID GUTERSON

SNOW FALLING ON CEDARS

雪落香杉树

[美]戴维·伽特森 著
熊裕 译

中信出版集团｜北京

怀抱感激之心,
献给我的母亲和父亲。

在人生旅程的中途，我发现自己来到一片幽暗森林，
眼前路径已失。
啊，难以言传，这是一片怎样的蛮荒、纠结和崎岖！
心中恐惧攒簇。

《神曲》，但丁

和谐，像随之而来的海面上的清风，是个例外。

《转动帆桅》，哈维·奥克森宏

第一章

被告人宫本天道傲然端坐，刻板却不失优雅。他的手掌轻柔地搁在被告席的桌面上——在一场对于他的审判中，这是他所能保持的最为超脱的姿态了。后来，旁听席上的一些人认为他的寂默意味着对整个庭审过程的蔑视，另一些人则坚持他是为了掩盖对即将做出的宣判的恐惧。不管是为什么，天道都面无表情，连眼神的闪烁都不曾有。他身着白色衬衫，扣子直扣到脖颈处，灰色裤子熨烫平整。他的形体，尤其是脖子和肩膀，给人一种印象：这是一个体力绝对强健的人，行事严谨，颇具威仪。他面相平和，棱角分明，头发被紧贴头皮地剃过，使得肌肉感更为显著。面对朝向自己的指控，他坐在那里，一双黑眼珠子一动不动地直视前方。

旁听席座无虚席，但法庭里并未显现出乡间谋杀案庭审过程中常见的狂欢氛围。事实上，聚集在此的八十五位公民看上去出奇地安静，若有所思。他们中的大多数人都认识卡尔·海因，一位用刺网捕鲑鱼的渔民，有一个妻子和三个孩子。他如今被安葬在印第安球形山上的路德教会公墓里。大多数人都像星期日去做礼拜前那样，打扮得体以适宜公共场合。审判室虽然简朴，但在他们心目中也和教堂一样是庄严肃穆之地，所以他们言行举止都带着一种在教堂里的庄重感。

卢埃林·菲尔丁法官的审判室位于这个岛县法院三楼一条潮湿风凉

的廊道的尽头，陈旧而狭促，作为审判室是小到不能再小。这里色调灰暗，陈设简陋——狭窄的旁听席、一个法官席、一个证人席、一个胶合木搭建的陪审席，以及桌面磨损严重的被告席和原告席。陪审员们专注而面无表情地坐在那里，想要努力搞清事情的状况。男陪审员们——两位菜农、一个退休的捕蟹工、一个簿记员、一个木匠、一个造船工、一个杂货店主和一个左口鱼帆船水手——都穿着正装，打着领结。女陪审员都穿着星期日的礼拜服，包括一个退休的女招待、一个锯木厂书记员、两个紧张的渔民妻子，以及一个略显另类的美发师。

法警艾德·索姆斯在法官菲尔丁的吩咐下，给那些老旧的暖气片加上了蒸汽头，现在那些玩意儿在房间的四角不时地发出叹息般的声响。它们散发的热量形成一股潮湿难当的闷热，房间里的所有物件都散发出酸腐的霉味。

那天上午，法院的窗外下起了雪。四扇高窄的铅格玻璃拱形窗透出一派十二月的暗昧天光。一阵海风扬起雪花击打在窗玻璃上，融化的雪水流向窗扉。法院之外，友睦港小城沿着海岸线铺展。散布小镇的几座山头上，几栋久经风雨、衰朽不堪的维多利亚式宅邸在风雪中隐现，它们是一个逝去的大航海时代乐观精神的遗迹。更远处，香杉树交织出一片寂寂青黛。青杉覆盖的山丘清晰的轮廓在大雪中变得模糊。海风裹挟着雪花吹向内陆，扑向芬芳的杉树。在最高的树枝上，雪花开始堆积，温柔而又无休止。

被告人看着窗外的飞雪，一时有些分神。他已经在县治监狱里被关押了七十七天，包括九月尾、十月、十一月和十二月的第一个星期。他所在的地下室小房间里没有任何窗户，秋阳没有入口可以通达他。他错过了秋天，他现在意识到了——它已经过去了，凭空消失了。现在他用眼角的余光亲见窗外怒雪纷飞，惊觉雪景无限美。

圣佩佐是一个五千人口的小岛，气候湿润。它由1603年在此系泊的迷路的西班牙人命名。和那时候的许多西班牙人一样，他们正在海上寻找西北航道。他们的向导兼船长，比斯卡诺伊探险队的阿奎拉·马丁派了一支小分队登陆，去岸边的铁杉树中寻找一根圆材来做新的桅杆。这些人刚一踏上海滩便被一伙努特卡奴隶流寇给杀死了。

移民来到了——大部分是些任性而乖张的人物，他们沿着俄勒冈篷车小道①迤逦而至。1845年，一些拱食的猪在边境上被加拿大的英国移民用武器屠杀。从那以后，圣佩佐便基本上与暴力绝缘。十年来岛上最不幸的事件是一个居民在1951年7月4日被一个醉酒的西雅图游艇主人用枪打伤。

友睦港，岛上唯一的小镇，为一支由围网渔船和单人刺网渔船组成的船队提供了深水泊位。那是一个古怪、多雨、海风肆虐的海港渔村。建筑物上的木板饱经风雨，陈旧而霉烂，显得发白。排水管锈成了赭色。长而陡的屋顶光秃而荒凉。高沿排水沟在大多数冬夜都漫涌着汇流的雨水。海风经常吹得村子里唯一的交通灯左摇右晃，或是引发镇上的电路故障，好几天才能恢复。镇的主街两旁排列着皮特森杂货店、邮局、菲斯克五金店、拉森药房、廉价商店（一个西雅图女人开的，内有喷泉）、普吉电力局、家居物品店、洛蒂·欧普斯威格服装店、卡劳斯哈特曼房屋中介、圣佩佐咖啡馆、友睦港餐厅，以及托格森兄弟经营的破败的加油站。码头上，一个海鱼打包厂散发出三文鱼骨头的腥气。州渡轮码头上，油浸防腐系缆桩分布在发霉的船只阵列中。雨水，此地的精魂，锲而不舍地冲刷着一切人造之物。冬夜里它倾盆而下，在街道上喧腾。整个友睦港都隐没在雨雾之中。

圣佩佐也别具青翠之美，孕育出岛民的诗情。群山连绵，青杉如茸，放眼四望，山峦错落。岛上的民居潮湿而生苔，散布于田野山谷之中，周围随处皆是紫花苜蓿、玉米和草莓。雪松栅栏随意地排布在路

---

① 俄勒冈小道是美国西进运动的主要路线之一。

旁,道路蜿蜒于树荫之下,蕨地之上。牛儿啃吃青草,拉出甜腻的粪便,不胜墨蝇的叮扰。各处不时有岛民独自锯起原木,在路边留下芬芳的锯屑堆和杉皮小丘。海滩上,圆滑的石子和海水的泡沫在阳光下闪烁。圣佩佐环岛分布着二十几个小水湾,每个小湾都有夏屋和小船闲适地错落,提供着数不清的天然系泊处。

友睦港法院里,审判室四扇高窗的对面,搭有一个台子,专门接待外地来的记者。那些记者们——贝灵厄姆、安纳柯蒂斯、维多利亚各来了一个,西雅图来了三个——没有显示出旁听席上可敬的居民们的那种庄重感。他们懒散地坐在椅子里,手托着下巴,交头接耳地小声议论着什么。一个蒸汽暖气片就在他们身后不到一尺远,这些外地来的记者都流汗了。

本地记者伊什梅尔发现自己也在流汗。他三十一岁,面容冷峻,个子很高,长着一双退伍老兵的眼。他只有一条胳膊,左臂被从距肩关节十寸处截肢,因此他的外套袖口是扎起来的,缚在手肘处。伊什梅尔明白那群外地记者正在向旁听席上的本地居民传递一种对于海岛和岛民的轻视与不屑态度。他们懒散的对话在混杂着汗味的闷热空气中继续。其中三个人松了松领结,另外两个则脱去了夹克。他们是记者,带着职业性的倦怠和冷漠,显得有点太不拘束——在圣佩佐人看来这些内陆人应该严肃些才对。伊什梅尔不想像他们那样。被告人天道,是他认识的人,一个中学同学,他没法像别的记者那样,在天道面临谋杀指控的庭审中脱掉外套。九点差十分时,伊什梅尔在岛县法院二楼和被告人的妻子说过话。她坐在廊椅上,背对着一扇拱形窗,就在助理法官办公室外面,那间办公室的门关着。她看上去心事重重。"你还好吗?"他问她。但她只是背过身去。"别这样,"他说,"别这样,初枝。"

然后她便把眼睛转向他。后来,在庭审过后很久,伊什梅尔发现,关于那段时日的记忆总是包裹在这双眼睛的幽暗里。他记得她的头发一丝不苟地在后颈绾成一个发髻。她对他的态度既不是冷漠,也不是怨恨，但他感觉到了距离。"走开。"她低声说，然后怒瞪着他。事后他无法确定她眼神的含义——惩罚、悲伤、痛苦。"走开。"宫本初枝重复道。然后她转开视线，不再看他。

"别这样。"伊什梅尔说。

"走开。"她回答。

"初枝，不要这样。"伊什梅尔说。

"走开。"她又说。

现在，伊什梅尔坐在审判室里，汗水流过太阳穴，夹杂在那群记者中间让他感到尴尬，他想着上午庭审结束后要坐到旁听席不那么显眼的位置上去。同时，他坐对着窗外的飞雪，雪已经让法院外的街道变得寂静。他希望雪不停地下，将小岛变成冬日里无与伦比的纯净世界，那么罕见和珍贵，存在于少年时代的记忆中。

第二章

公诉人那天传唤的第一个证人是县治安官阿尔特·莫兰。在卡尔·海因死的当天,也就是九月十六日早上,县治安官正在自己的办公室里,对着一堆案卷,准备叫法院新来的速记员伊林诺·窦可思女士过来帮他一起处理这一年一度的县中事务——她这会儿正坐在法官席前面,默不作声,表情平静地记录着法庭上的一切。当他的副手阿贝尔·马丁森通过新购置的无线电设备向他报告说有人发现卡尔·海因的渔船"苏珊·玛丽"号漂浮在白沙湾的时候,他和窦可思女士惊讶地对视了一眼。

"阿贝尔说网已经撒下去了,漂在船后,"阿尔特·莫兰解释道,"我立刻感到不太对劲。"

"'苏珊·玛丽'号就漂在那儿?"公诉人阿尔文·胡克斯问道。他站在那里,一只脚踏在证人席的墩座上,仿佛是在公园的长椅边和阿尔特说话一般。

"阿贝尔是这么说的。"

"船上的渔灯也亮着?你的副手马丁森是这么向你报告的吗?"

"是的。"

"在白天?"

"阿贝尔呼叫我的时候是上午九点半,我记得。"

"如果我说错了,请纠正我,"阿尔文·胡克斯说道,"按照法律,刺网在九点之前必须收起——对吗,莫兰治安官?"

"是的,"县治安官说道,"上午九点。"

公诉人来了个略带军人感的转身,在法庭打过蜡的地板上转了一个小圈,手干净利落地背在腰后。"然后你做了什么呢?"他询问道。

"我让阿贝尔不要动。就待在原地。我会乘汽艇去接他。"

"你没有呼叫海岸警备队?"

"我决定等会儿再呼叫,自己先去看一眼再说。"

阿尔文·胡克斯点了点头。"这在你的权限之内吗,治安官?"

"这是要凭判断才能决定的呼叫,胡克斯先生,"阿尔特·莫兰说道,"我觉得我该这么做。"

公诉人又点了点头,扫了一眼陪审团的成员。他对治安官的回答感到满意;这给他的证词投上了一丝道德的光彩,使他树立起尽忠职守的权威形象,这是绝对必要的。

"请你把整件事情的经过向法庭讲述一遍,"阿尔文·胡克斯说,"九月十六日上午发生的事。"

治安官迟疑地瞪着他。阿尔特·莫兰不是个沉着的人,稍遇为难之事便面露紧张之色。他从事这一职业似乎是不得已而为之;他从来无意当一个治安官,只是阴差阳错到了这个位置。他穿着赭色的制服、黑色领带和锃亮的皮鞋,看上去似乎皆是命运的错配。他穿着这身行头极不自在,仿佛是身着伪装在化装舞会上不知所措的样子。治安官身材瘦弱、缺乏威严,常喜欢在嘴里嚼一块黄箭口香糖(此时他并没有嚼,这多半是出于对美国法庭的敬重之意,尽管美国法律体系并非尽善尽美,但是他却全心拥护)。年过五十之后,他的头发掉了许多,他的肚子看上去总是一副营养不良的瘦气样子。

前一天晚上,阿尔特·莫兰没有睡着,他躺在床上为自己在这件案子中的角色发愁,他闭着眼睛回想事情的经过,一切就像是在做梦。他

7

和他的副手阿贝尔·马丁森在九月十六日上午一起乘县署的汽艇到了白沙湾。汹涌的潮水已经在三个半小时之前（也就是六点三十分）退去了；半晌午的太阳照得水面波光粼粼，也晒在他背上，令人感觉十分舒服。前一天晚上，棉花般厚实的浓雾笼罩了整个岛县。后来，浓雾开始消散，由白茫茫的一片幻化为一团团的白雾在海上翻腾。他们开着汽艇向"苏珊·玛丽"号驶去，周围的最后一团白雾也在阳光的热力下化为无形。

阿贝尔·马丁森一只手搁在汽艇的节流阀上，一只手撑在膝盖上。他告诉阿尔特，詹森港的一个叫埃里克·赛弗斯顿的渔民——老埃里克的儿子，发现"苏珊·玛丽"号在白沙角的南边漂泊着，网都撒在那儿，而且看上去船上没人。说的时候，他用手指了指那个方向。那是拂晓之后一个半小时多的样子，船上的航行灯还亮着。当时，阿贝尔开车来到白沙咀，胸前挂着一副双筒望远镜，走到社区码头的尽头。他看到"苏珊·玛丽"号果真随着波涛漂荡在海湾的西北偏北方向，于是便呼叫了治安官。

十五分钟之后，他们来到漂泊的船边，阿贝尔把节流阀向后扳过去。海湾此时十分平静，所以他们很顺利地靠近了"苏珊·玛丽"号；阿尔特放好缓冲垫；他们两个人用缆绳在每个系缆墩上都绕了几圈，系紧。"灯都亮着，"阿尔特一只脚踩在"苏珊·玛丽"号的船舷上，一边观察一边说道，"每一盏灯都亮着，好像。"

"他不在船上。"阿贝尔答道。

"不像在船上。"阿尔特说。

"检查一遍吧，"阿贝尔说，"我有种不好的预感。"

阿尔特听到这话心里一惊。"最好不要，"他阻止道，"别说晦气话。"

他们绕过船舱，站在那里眯起眼睛顺着"苏珊·玛丽"号的支索朝上望去，一直望到稳定器的顶端。红白双色的尾灯整个早晨都亮着；收网灯和诱鱼灯都在渔网的尾部，在朝阳下发出暗淡的光芒。当阿尔特站在那里思索的时候，阿贝尔·马丁森拉开了货舱的舱盖，叫他过去。

"找到什么东西了吗？"阿尔特问。

"看这儿。"阿贝尔答道。

他们一起蹲在打开的方形货舱口向里看去，舱里鲑鱼的味道朝他们飘了过来。阿贝尔拿着手电筒在一堆僵直无声的鱼身上照了一圈。"银鲑鱼，"他说，"估摸着有五十条。"

"那么他至少捞过一网。"阿尔特说。

"应该是。"阿贝尔应道。

以前曾经有人掉进空货舱里，摔破了头，死在风平浪静的日子。阿尔特听过几件这样的事。他又看了一眼那堆鱼。

"你估计他昨晚什么时候出的事？"

"很难说。四点半，五点？"

"他去了哪儿，你觉得？"

"或许是北岸，"阿贝尔说，"或许是船舰湾。也可能是艾略特海岬。那里是鱼群出没的地方。"

但是这些不用说阿尔特也知道。鲑鱼是圣佩佐人的生计所在，鲑鱼群夜晚会在什么神秘的地方出没是人们交谈的永恒主题。但是阿贝尔大声说出来还是提醒了他——让他想得更明白了。

他们两个在货舱口又待了一会儿，不知道该干什么。那堆一动不动的鲑鱼让阿尔特深受困扰，但一时又说不出来是什么感觉，所以他只是一言不发地看着它们。然后他站了起来，膝盖骨发出咯咯的响声，转身离开了黑洞洞的货舱。

"我们再找找。"他提议道。

"对，"阿贝尔说道，"说不定他就在驾驶舱里，昏过去了还是怎的。"

苏珊·玛丽号是一艘三十英尺长的后推进式捕鱼船——一艘标准

的、维护良好的圣佩佐刺网渔船——她的驾驶舱就在中舱后面。阿尔特弓身钻进船尾侧面的舱门，并在舱门口站了一会儿。在地板的中央——这是他注意到的第一件事物——一只锡制的咖啡杯倒在那儿。一个船用电池正放在驾驶盘的右边。右舷边是一张短床，上面放着羊毛毯，阿贝尔拿手电筒照了照。驾驶舱中，驾驶盘上方的灯还开着，一缕阳光透过窗户射进来，照在右舷的船壁上。这一极端整齐和过于寂静的场景使阿尔特心生一种不祥的感觉。罗盘箱上方的一根铁绳上挂着一盒香肠，随着"苏珊·玛丽"号的起伏而晃动着；除此之外，一切都寂然不动。除了无线电机器里传来模糊、遥远的噼啪声之外，什么声音也听不见。阿尔特记下这一切，开始转动收音机的调台旋钮。他也不知道自己为什么这么做，只是不知道自己该干什么。他陷入了茫然之中。

"情况不妙。"阿贝尔说。

"去看看，"阿尔特说，"我忘记了——去看看他的救生筏是不是还在。"

阿贝尔·马丁森把脑袋探出舱门看了一下。"还在那儿，阿尔特，"他说，"现在怎么办？"

他们相互盯着看了一会儿。然后，阿尔特叹了口气，坐在卡尔·海因的短床床沿上。

"或许他爬到甲板下面去了，"阿贝尔说，"可能他的引擎出了点什么问题，阿尔特。"

"我就坐在他的引擎上面，"阿尔特指出，"这下面空间太小，根本没人爬得进去。"

"他离开了。"阿贝尔摇着头说道。

"好像是这样。"治安官答道。

他们看了看对方，然后目光又移向别处。

"或许是谁把他带走了，"阿贝尔说，"他受了伤，用无线电求助，然后有人来把他带走了。就是这样——"

"那他们不会让船就这样漂在这里，"阿尔特说，"而且，如果是那样的话，这会儿我们应该已经听到些消息了。"

"情况不妙。"阿贝尔·马丁森又说了一遍。

阿尔特又往齿间塞了一块黄箭口香糖，他真希望这事儿跟他没什么关系。他喜欢卡尔·海因，他也认识卡尔的家人，他星期天经常和他们去同一个教堂做礼拜。卡尔祖祖辈辈都是岛民。他的祖父生于巴伐利亚，在中央谷最肥沃的地方拥有三十英亩草莓地。他的父亲也是个种草莓的农民，一九四四年死于中风。后来，因为儿子在外打仗，卡尔的母亲，埃塔·海因把三十英亩草莓地都卖给了乔金森家。海因家的人吃苦耐劳、少言寡语，圣佩佐的居民大多都喜欢他们。阿尔特回想起来，卡尔在坎顿岛美国海军部队当炮兵，曾经打到过冲绳岛。他在战争中幸存了下来——岛上有的年轻人却没有。他回来之后便过上了刺网渔民的生活。

在海上，卡尔的一头金发变成了黄褐色。他有两百三十五磅重，相当部分的体重来自那壮阔结实的胸膛和肩膀。冬日里，他拉网捕鱼的时候总是戴着一顶妻子织的羊毛帽，穿着一件洗旧了的军装夹克。他从来不去圣佩佐酒馆，也不去圣佩佐咖啡馆喝咖啡。星期日上午，他总是和妻儿一起坐在第一山路德派教堂后排的长椅上。苍白的教堂灯光下，他眯着眼睛，巨大的手掌中捧着一本打开的赞美诗集，一脸虔诚。星期日下午，他喜欢蹲在船尾的甲板上，一言不发却技巧娴熟地整理自己的刺网，或不厌其烦地将渔网的漏洞补上。他总是独自干活。他待人有礼却不太容易接近。不管走到哪儿，他几乎总是穿着一双胶靴——就像所有圣佩佐的渔民一样。他的妻子同样也是早期岛民的后代。阿尔特记得，她是瓦里格家的人（他们是草农和锯木工，在牛海岬有几亩零星的土地），她的父亲不久前刚刚去世。卡尔用了妻子的名字来命名自己的船，他一九四八年的时候在友睦港西面建造了一座大木屋，其中有一间屋子是为他母亲埃塔建造的。据说，埃塔十分要强，不肯跟他住在一起。埃塔住在镇上的洛蒂·欧普斯威格服饰商店旁边,是一个肥胖而严肃的女人,说话带有一点儿日耳曼人的口音。她的儿子每个星期日下午都会来敲她的门,接她到家里去吃顿晚饭。阿尔特曾经见到过他们一起费劲地爬上老山,埃塔迎着冬天的冷雨撑着一把伞,另一只手紧紧地抓着质地粗粝的冬大衣的衣领。卡尔的两只手都蜷曲在军装夹克的口袋里,羊毛帽帽舌压着眉头。总而言之,阿尔特认为,卡尔是个好人。他的确不太说话,而且看来像他母亲一样不苟言笑;可能战争对他也有影响,阿尔特意识到。卡尔很少笑,但是在阿尔特看来他看上去也并无不高兴或者不满。而现在,他的死将在圣佩佐引起轩然大波,人们不敢想象,在这个有如此多的人以捕鱼为生的地方,这一消息意味着什么。对大海的恐惧始终存在,潜藏在他们的海岛生活的表面下,如今这种恐惧将再次在人们的心中翻腾。

船在左右晃动,斜倚在驾驶舱门边的阿贝尔说:"来,我们把他的网拉上来看看,阿尔特。"

"也好,"阿尔特叹了口气说,"行。那我们就动手吧。但是我们得一步一步来。"

"他那儿有个马达,"阿贝尔·马丁森说道,"估计他离开这儿大约有六个小时。而且所有这些灯都在消耗电池能量。有可能已经发动不起来了,阿尔特。"

阿尔特点点头,然后转动了船驾驶盘旁边的钥匙。电机立刻运转了起来;引擎咯噔了一下,随后便空转起来,在地板下面突突地震动着。阿尔特缓缓地把调节手柄往后扳。

"好了,"他说,"这声音怎么样?"

"看来我的判断不准确,"阿贝尔·马丁森说,"这马达听起来状态良好,动力十足。"

他们又走了出去,阿尔特走在前面。"苏珊·玛丽"号已经偏离方向,跟海浪呈垂直状态,船身略向右边倾侧。随着马达的推动,船开始轻轻地颠簸起来。阿尔特正在穿过后甲板,突然往前一跌,手撑在一根立柱上,手掌靠近拇指根的地方被刮了一下,而阿贝尔·马丁森就在那儿看着。阿尔特站了起来,一只脚踏在右舷的上缘,朝水面上望去。

上午的阳光已经普照,强烈了许多,给海面铺上了一层银辉。视线所及,除了一只沿着树木葱郁的海岸线前进的小划艇,没有任何船只,孩子们在相距四分之一英里的划艇上穿着救生衣,划着桨。他们真是天真无忧啊,阿尔特想着。

"船转方向了,不错,"他对自己的副手说,"我们得花点时间把这网拉上来。"

"你好了我们就动手。"阿贝尔说。

有那么片刻,阿尔特想到有些事情应该向他的副手解释一下。阿贝尔·马丁森今年二十四岁,是安纳柯蒂斯一个砖匠的儿子。他从来没有看到过有人被渔网捞上来的样子。但阿尔特却见过,而且是两次。这种事情在渔民身上时有发生——他们有时被渔网缠住了手或者袖子,即使是风平浪静的日子也会被拖下船去。渔民的生活就是这样,这种事情在这个地方司空见惯,作为治安官他对此十分了解。他知道把网拉上来的时候会看到什么,而阿贝尔·马丁森并不知晓其中真正的意味。

他把脚放在海狸尾桨的顶端,看着阿贝尔。"拿着这根测深索去那边,"他温和地说道,"我会慢慢地把网拉起来。你也许要搭一把手,所以你准备好。"

阿贝尔·马丁森点了点头。

阿尔特脚下使劲。网绳紧绷起来,一阵震颤之后,渔网开始被卷出水面。它抖动着,在引擎的反作用下,又下沉了一点儿。阿尔特和阿贝尔分别站在卷网机的两边,阿尔特一只脚踏在海狸尾桨上,而阿贝尔·马丁森盯着网边渐渐浮出水面。十码之外,浮标绳开始绷紧,上下跳动着,抖落的水珠在海湾的水面上形成一道白线。它们仍旧逆着海潮往西北偏北的方向而去,但是从南面吹来的风已经转向将它们慢慢地带向港口。

他们从渔网中捡出几十条鲑鱼、三根折断的树枝、两条狗鱼、一团盘曲的海藻，以及一群卷入网中的海蜇，然后卡尔·海因的脸便露了出来。有那么一会儿，阿尔特以为自己看见卡尔的脸是因为在海上感觉头晕而导致的幻觉——或许是由于一时绝望而希望如此。但是，当渔网一点点拉上来的时候，卡尔那长满胡须的脖子和整个脸庞都露了出来。卡尔的脸庞渐渐迎着日光升起，从他头发里流出来的水形成一串串银色的水珠滴在海面上；这时他们清楚地看见了卡尔的脸——他的嘴巴大张着。阿尔特更加用力地踩压海狸尾桨。卡尔被他赖以为生的渔网吊了上来，他的防水服左边的搭扣缠在网中，T恤紧贴在胸口和肩膀上，海水正从下面漏出去。他沉重的身躯就吊在那儿，双脚还在水中，一条鲑鱼在他的身体旁边挣扎着；他那刚刚浮出水面的锁骨周围的皮肤呈现出冰冷却鲜艳的粉红色。他显然已经在海里泡了一段时间了。

阿贝尔·马丁森呕吐了起来。他倚靠在那儿，身体从船尾板上探出去。呕吐之后他清理了一下喉咙，然后又接着呕吐起来，而且吐得更加厉害了。"好了，阿贝尔，"阿尔特说，"你自己可要抓牢。"

阿贝尔没有回答，只是用手帕抹了抹嘴巴。他大口大口地喘着气，朝海里吐了十几次唾沫。过了一会儿，他低着头，左拳头捶打着船尾板。"天啊。"他说道。

"我要慢慢把他拉上来了，"阿尔特说，"你护着他的脑袋，不要撞在船尾板上，阿贝尔。你自己也站稳。现在，让他的脑袋往后一点儿，离船尾板远一点儿。"

但是最后，他们还是拉着测深索把卡尔整个儿弄进了网兜里。他们让渔网裹住他的身体，就像吊床一样，把他悬吊起来。就这样，他们把卡尔·海因从海里拉了上来——阿贝尔把他搁在卷网机上，阿尔特则小心翼翼地轻敲着海狸尾桨，并斜着眼朝船尾板后看去，齿间的黄箭口香糖也在不觉中忘记了咀嚼。他们合力把卡尔平放在后甲板上。在冰冷的海水中，他的身体被快速冻僵了；他的右脚被冻得紧紧地贴在左脚上，双臂也冻牢在肩膀上。他的嘴张着。眼睛也瞪大着，但是瞳孔已经消失——阿尔特看到它们已经向后翻转，朝向他的颅腔内部了。他眼白上的血管已经爆裂，变成了两个深红的血球。

阿贝尔·马丁森一动不动地看着。

阿尔特发现自己无法表现出半点专业的姿态。他只是站在那里，像他那二十四岁的副手一样，直面这不堪的死亡，他脑子里想的和常人所想无异。现场沉寂了一会儿，阿尔特感到自己在面对这样的事情的时候很难给他的副手做出点榜样。所以他们只是站在那里，低头看着卡尔的尸体，沉默不语。

"他的头被撞了一下，"阿贝尔·马丁森指着卡尔·海因金色头发下面一处阿尔特没有注意到的伤口，小声说道，"应该是在船舷上撞的。"

果然，卡尔·海因的头颅在左耳上方的位置被撞碎了。骨头已经破碎，在脑袋上留下一个凹痕。阿尔特·莫兰转过身，不忍去看。

第三章

法庭为宫本天道指定的辩护律师内尔斯·古德莫德森以年迈者迟缓而从容的动作站起身来,清了清喉咙里的痰,大拇指钩在裤子背带黑色的小夹扣边,开始盘诘①阿尔特·莫兰。内尔斯今年七十九岁,他的左眼几近失明,混浊生翳的瞳孔仅能分辨光影和明暗。但右眼似乎是要补偿左眼的不足,看上去异乎寻常地犀利,仿佛能洞明一切;他沉重地踩过法庭的地板,微跛地走向阿尔特·莫兰时,眼中几乎要射出光来。

"治安官,"他说,"早上好。"

"早上好。"阿尔特·莫兰答道。

"我只需向你求证,你刚才说的几件事情我是否听清楚了,"内尔斯说道,"你说船上,也就是'苏珊·玛丽'号上的灯全都亮着,是这样吗?"

"是的,"治安官说道,"它们是亮着。"

"驾驶舱里也是?"

"是的。"

"渔灯,收网灯,所有的灯?"

"是的,先生。"阿尔特·莫兰说道。

---

① 法律术语,指一方律师对另一方证人就该证人在法庭上所作证词的诘问。

"谢谢你,"内尔斯说,"我想你是这么说的,好吧。所有的灯都亮着。所有的灯。"

他停顿了片刻,仿佛是在研究自己的手,他的手上布满了老年斑,间或还会颤抖一下——他患有老年性神经衰弱。这种神经疾病的最显著症状就是额头上的神经末梢有时会蓦然地感到发热,使得太阳穴上的动脉都清晰可见地跳动起来。

"你说九月十五日晚上起了大雾?"内尔斯问道。"这是你说的吗,治安官?"

"是的。"

"很浓的雾?"

"绝对如此。"

"你记得是这样的吗?"

"我记得,是的。我回想过。因为我十点钟左右到了一下走廊上,看见了外面的雾。我有一个星期没有见过起雾了。当时能见距离不超过二十码。"

"在十点钟?"

"是的。"

"然后呢?"

"然后我睡觉去了,我猜是这样。"

"你睡觉去了。你什么时候起的床,治安官?你还记得吗?在十六日那一天。"

"我是五点钟起来的。五点钟。"

"你记得这个时间?"

"我通常都是五点钟起床的。每天早上如此。所以在十六日那天,是的,我是五点钟起来的。"

"雾还没消散吗?"

"是的,还没有。"

"还是那么浓吗？像前一天晚上的十点钟时一样浓吗？"

"差不多吧，我得说。差不多。但不完全一样。"

"这么说，早上的时候仍然雾气很重？"

"是的。直到差不多九点的时候。那时雾气开始消散——到我们坐上汽艇的时候已经基本散尽了。如果这是你想问出的结果的话，先生。"

"直到九点，"内尔斯·古德莫德森说道，"或差不多那时候？九点。"

"是的。"阿尔特·莫兰答道。

内尔斯·古德莫德森扬起下巴，扶了扶自己的领结，并轻轻地摸了一下自己颈部褶皱的皮肤——这是他思考时的一个习惯性动作。

"在'苏珊·玛丽'号上，"他说，"引擎很快就启动了，治安官？当你启动它的时候没有遇到什么问题？"

"一下子就启动了，"阿尔特·莫兰说道，"完全没问题。"

"所有的灯光都在耗电，治安官？然而电池仍旧强劲？"

"应该是这样。因为船发动起来很顺利。"

"你当时觉得奇怪吗，治安官？你还记得吗？正如你说的，所有的灯都在耗电，但是电池仍旧电力十足，可以毫不费力地将引擎启动？"

"当时没有想到这些，"阿尔特·莫兰说道，"所以我的回答是没有——我没有感到奇怪，至少当时没有。"

"那你现在觉得奇怪吗？"

"有一点儿，"治安官说，"是的。"

"为什么？"内尔斯问。

"因为这些灯会耗费不少电力。我想它们会很快把电池耗尽，就像在汽车里一样。所以我觉得有些不可思议，是的。"

"你是应该觉得不可思议。"内尔斯·古德莫德森说道。他又开始抚摸自己的喉咙，并且拉了拉喉部松弛的皮肤。

内尔斯走到物证台旁，选取了一个文件夹，带到阿尔特·莫兰的面前。"这是你的询问笔录，"他说，"胡克斯先生对你进行直诘的时候它刚刚被接受为证据。是这个文件夹吗，治安官？"

"是的。"

"请你翻到第七页，好吗？"治安官照做了。

"现在，"内尔斯说道，"我问你，第七页是否是在卡尔·海因的'苏珊·玛丽'号上发现的物品的清单？"

"是的。"

"能否请你向法庭读出第27号物品是什么？"

"当然可以，"阿尔特·莫兰说，"第27号物品。一组闲置的D-8电池，六格组。"

"一组闲置的D-8电池，六格组，"内尔斯说道，"谢谢。D-8电池，六格的。现在能否请你翻到第42号物品，治安官？请再次向法庭宣读这项物品。"

"第42号，"阿尔特·莫兰回应道，"电池槽中发现D-8和D-6电池。均为六格组。"

"一个6号，一个8号？"内尔斯说。

"是的。"

"我到杂货店去量过，"内尔斯说，"D-6电池比D-8电池要宽一英寸。在'苏珊·玛丽'号的电池槽里放不下它，治安官。它比那要大一英寸。"

"他做了一些现场改装，"阿尔特解释道，"侧边的凸缘被他敲掉了，这样就有空间放得下一个D-6电池了。"

"他把侧边的凸缘敲掉了？"

"是的。"

"是你亲眼所见吗？"

"是的。"

"有一侧的金属凸缘被扳到了一边？"

"是的。"

"软金属？"

"是的。软金属。它被向后扳了，好给D-6电池腾出空间。"

"给D-6电池腾出空间。"内尔斯重复道，"但是，治安官，不是说闲置的那组电池是D-8型号的吗？那不就是说卡尔·海因有一组D-8电池可用，并且不需要敲打和改装就可以放入电池槽吗？"

"那组闲置的电池没电了，"阿尔特·莫兰说道，"我们把船拉回港口后对它进行了测试。那组电池里面一点儿电都没有，古德莫德森先生。一点儿电都没有。"

"那组闲置的电池没电了，"内尔斯重复道，"也就是说，总之，你发现在死者的船上有一组没有电的闲置的D-8电池、一组正在电池槽里工作的D-8电池，在这组电池旁边还有一组正在工作的D-6电池，这组电池实际上对原有空间而言太大了，所以有人不得不做些改装，在软金属的凸缘上做些敲打？"

"完全对。"治安官说。

"好了。"内尔斯·古德莫德森说，"请你翻到笔录的第二十七页。你所提供的被告人船上的物品清单。能否请你为法庭宣读一下第24号物品？"

阿尔特·莫兰开始翻页。"第24号物品，"片刻之后他念道，"电池槽里发现两组D-6电池。均为六格。"

"在宫本天道的船上发现两组D-6电池，"内尔斯说道，"你在船上看到过闲置的电池吗，治安官？"

"没有。我们没发现。它不在清单上。"

"被告的船上没有闲置的电池？他出海捕鱼却没有带备用电池？"

"显然，是的，先生，他没有。"

"好，那么，"内尔斯说，"电池槽里有两组D-6电池，没有备用的。请告诉我，治安官。被告船上的这些D-6电池。它们是否和死者电池槽里的电池是同一型号的？也就是说，和'苏珊·玛丽'号上的是否同一型号？同一厂家？"

"是的，"治安官答道，"都是 D-6。同样的电池。"

"所以死者船上用的 D-6 电池——假设一下，因为它们是同样型号的电池——完全可以用作被告的备用电池。"

"我想是的。"

"但是，正如你说的，被告人的船上没有备用电池。是吗？"

"是的。"

"好的，治安官，"内尔斯说，"如果你不介意的话，让我来问你一些别的问题。请告诉我——当你把死者弄上来的时候，遇到过什么麻烦吗？当你把渔网中的死者从海里拉上来的时候？"

"是的，"阿尔特·莫兰说道，"我的意思是，他很重。而且，嗯，他的下半身——腿和脚？——它们差点从网里滑出去。他是被防水服上的一个搭扣挂住的。我们当时担心在拉他出水的时候他会整个儿掉出去，他会滑出网去，搭扣会脱落，或者搭扣周围的橡胶会撕裂，这样他就会掉到水里去了。他的腿都浸在水里，你知道的。不完全在网内。"

"那么，"内尔斯·古德莫德森说，"能否请你告诉我们，你和你的副手马丁森是怎么做的？"

"嗯，我们把网弄成兜状。然后我们拉测深索。使网形成一个摇篮的样子，把他的腿兜在里面。然后我们把他拉了上来。"

"所以你是遇到了一点儿麻烦。"内尔斯说。

"有点儿麻烦，是的。"

"他没完全在网内？"

"是的，起初没有。我们只好把网拽来拽去地调整。但是我们把他弄了进去，网子把他兜住以后，后面就比较顺利了。是这样的。"

"治安官，"内尔斯·古德莫德森说，"照你刚才提到的这些麻烦，还有你们把网拽来拽去的时候——有没有可能在你们把他拉上来的过程中死者头撞在船尾板上？或者什么别的地方？比如，尾舷上，或者卷网机？有没有可能？"

"我觉得不可能，"阿尔特·莫兰说，"如果撞到的话我应该会知道。"

"你觉得不可能，"内尔斯·古德莫德森说，"那在你把他从网里拖出来的时候呢？或者把他放在甲板上的时候？正如你说的，他是一个大块头，有二百三十五磅重，而且你说他身体僵硬。要搬动他是不是很困难，治安官？"

"他很重，是的，的确很重。但是我们当时有两个人，而且我们很小心。我们没有让他撞在任何东西上。"

"你确定？"

"我不记得有让他撞到什么东西。没有，古德莫德森先生。我说过了，我们很小心。"

"但是你记不清了，"内尔斯说道，"换句话说，你对这些事情是否不那么确定？莫兰治安官，有可能你们在搬动这具笨重的尸体的时候，在操作那台你们很少操作的绞盘设备的时候，在艰难地把一具重二百三十五磅的溺水者尸体拉上来的时候，是不是有可能使死者在死亡之后头又撞在什么地方？有没有这种可能性？"

"有，"阿尔特·莫兰说，"有可能。我想有可能——但是这种可能性很小。"

内尔斯·古德莫德森转身朝向陪审团。"我的问题问完了。"他说，然后他缓步回到自己在被告席的位子上，宫本天道坐在那里望着他。行动的迟缓令他有些不自在——因为年轻的时候，他也曾颀长矫健，在法庭上走过时十分敏捷，身形引来无数艳羡。

第四章

卢埃林·菲尔丁法官在上午十点四十五分的时候宣布休庭。他转身去观察那无声无息飘落的雪花,揉了揉日渐花白的眉毛和鼻尖,然后提起黑色的长袍,捋了捋头发,缓慢而吃力地走进他的休息室。

受到指控的宫本天道右倾着身子,一边听内尔斯·古德莫德森在他耳边低语,一边微微地点着头。在走道对面,阿尔文·胡克斯用手托着下巴,鞋跟在地板上敲着鼓点,样子略显焦躁。在旁听席上,居民们也站起来打打哈欠,到空气不那么沉闷的走廊上去走动走动,或者以惊诧的表情盯着窗外,望着翻飞着扑向自己的雪花打在窗玻璃上。冬日的微光透过窗玻璃照进来,他们的脸庞沐浴在这微光中,显得很平和,甚至有些恭敬。那些开了车来镇上的人开始苦恼如何把车开回去。

陪审员们在艾德·索姆斯的带领下走出去,用漏斗形的杯子喝些饮水器里温吞吞的水,或者去上洗手间。然后,索姆斯再次出现,像个教区仪仗官似的缓步而行。他扳下了蒸汽暖气片的阀门。尽管如此,法庭内仍旧太热;室内的热气无法消散。蒸汽在窗户的上缘凝结成一层水雾,使得法庭内更显封闭,早晨苍白的日光也更加模糊。

伊什梅尔·钱伯斯在公众席上找到一个座位坐了下来,用铅笔顶端的橡皮轻敲着自己的下唇。像圣佩佐岛上的其他人一样,他也是在九月十六日下午听到卡尔·海因的死讯的——也就是海因的尸体被发现的当天。他当时正要去找友睦港路德教会的雷福兰德·格尔顿·格鲁夫斯,问他星期日布道演讲的主题,以便在《圣佩佐评论报》每周一期的"岛县教堂"专栏中对格鲁夫斯的布道进行一番阐述——这个专栏登在去安纳柯蒂斯的轮渡时刻表旁边。雷福兰德·格鲁夫斯不在家,但是他的妻子莉莉安告诉伊什梅尔说,卡尔·海因死了,尸体被缠在自己的渔网里。

伊什梅尔·钱伯斯不相信,因为莉莉安·格鲁夫斯是个长舌妇。他不愿意相信这件事,但她的话还是扰得他有些心神不宁。他坐下来沉思了一会儿,然后狐疑地拨通了治安官办公室的电话,向伊林诺·窦可思询问——尽管他也不完全信任她。伊林诺·窦可思答道:是的,卡尔·海因溺水死了。在出海打鱼的时候,是的。他的尸体是在他的渔网里找到的。治安官?这会儿不在。估计他这会儿正在验尸官那儿。

伊什梅尔立即打了验尸官贺拉斯·威利的电话。是的,贺拉斯说,不由得你不相信。卡尔·海因的确死了。可怕的事情,不是吗?冲绳岛之战他都活下来了。卡尔·海因,这令人难以置信。他的脑袋好像撞在了什么东西上面。

治安官?贺拉斯说。他刚刚走。他和阿贝尔一起来的;刚走没一会儿。他们说是要去码头。

伊什梅尔·钱伯斯放下话筒,双手抱着额头坐在那里,回想起卡尔·海因在中学时的情景。他们都是一九四二年毕业的。他们一起在橄榄球队打球。他记得一九四一年秋天的时候和卡尔一起坐球队的巴士去和贝灵厄姆的球队比赛。他们穿着队服坐在车上,头盔放在膝盖上,每个男孩都带着一块自己的汗巾。他还记得卡尔坐在他旁边,运动汗巾挂在他那日耳曼人特有的粗壮脖子上,眼睛盯着车窗外面的田野。当时是薄暮时分,十一月份的天气,暗弱的光线中,卡尔望着窗外的雪雁降落在漫水的麦田里,厚实的下巴一动不动,扭着头,下巴上露出金黄的胡茬儿。"钱伯斯,"他说,"你看到那些雪雁了吗?"

伊什梅尔将一本记事簿放进裤子口袋，走出房间，来到靠山街。《评论报》编辑部办公室的门没有锁——那是一个三间的办公室，以前是一家书报店，靠墙的地方还放着许多的书架。这家书店最终也没能赢利，原因是它坐落在陡峻的山坡上，靠山街的陡峭使得游客不愿来此。但是伊什梅尔却喜欢上了这一点。伊什梅尔本身对那些来自西雅图的游客并无反感——整个夏天，这些人都不断地光临圣佩佐，许多岛民因为他们是城市人而讨厌他们——但是他也并不太喜欢看到他们在主大街上逛来逛去。这些游客使他想起在这个小岛之外还有另外的世界，诱使他怀疑这里的生活是否就是自己心中所想。

他对家乡的感觉并非总是如此矛盾。他尝过离开家乡的滋味。战后，作为一个一只手臂截肢的二十三岁男子，他毫不犹豫地离开了圣佩佐，去西雅图念书。他住在布鲁克林大道上一家提供膳宿的房东家里，最初学习的是历史课程。那段时间，他并不是十分快乐，在这一点上，他和其他的退伍军人没有什么两样。他对于自己那只折起的袖管十分敏感，同时也因为这给他人造成不便而深受困扰。因为人们总是无法忽视它的存在，而他也一样。有时候，他也会去校园附近的酒馆，让自己表现得和那些年轻学生一样合群而充满活力。但是，事后他却总是感到十分愚蠢。喝啤酒和打撞球并不是他喜欢的活动。他更喜欢坐在大学路上的岁月餐馆里的高靠背卡座中，一边啜饮着咖啡，一边读他的历史。

接下来的一个学期，伊什梅尔选修了美国文学。麦尔维尔、霍桑、吐温。他本以为，以自己什么都看不惯的性子，很快就会发现《白鲸》令人无法卒读——整整五百页，就是为了写如何追逐一头白鲸？——结果他却发现它非常有趣。他花了十天，在岁月餐馆的卡座中读完了这本小说，并且开始思考鲸鱼的天性。他在读第一句话的时候就发现故事的讲述者和他同名——伊什梅尔。伊什梅尔没有任何问题，但是亚哈却令他无法心生敬意，这最终令他对这本书的好感大打折扣。

《哈克贝里·芬历险记》他小时候就读过，但现在已经记不起来什么了。他只记得那时候它要有趣得多——那时候所有的事情都要有趣得多，但故事已经从脑海中溜走。有些人会充满怀念而熟稔地谈起几十年前读过的书，伊什梅尔怀疑那可能是装出来的。他有时候会想，许多年前读过的那些书，如果还存在他内心世界的某处，现在变成什么了呢。库柏、司各特、豪威尔斯，等等。他不认为它们还在那里。毕竟，他已经不记得它们了。

《红字》花了他六天。他坐在岁月一直看到餐馆打烊。厨师从双向门后面走出来，告诉他该离开时，伊什梅尔正读到最后一页。他站在餐馆外面的人行道上读到了最后一句："一片墨黑的土地，一个血红的A字。"① 这是什么意思？即便看了注解，他也无法理解这句话的完整意义。他站在那里翻开着一本书，人们从他身旁匆匆而过，十月的凉风吹拂着他的脸。他为海斯特·白兰的故事结尾感到困惑；不管怎样，这个女人，应该有个更好的结局。

是的，他认定，书是个好东西，但是也仅仅如此——它们不能给他带来餐桌上的食物。所以伊什梅尔转而攻读新闻学。

他父亲亚瑟在他这个年纪的时候还是个伐木工。他留着翘八字胡，穿着一双补船人穿的高筒皮靴、磨损的背带裤、羊毛秋裤，在杰弗逊港木料公司服务了四年半。伊什梅尔的祖父是高地长老会的成员，祖母是来自拉福利湖畔沼泽地的爱尔兰狂热分子；他们在大火灾前五年相识，然后结婚生子，养育了六个儿子。亚瑟是最小的一个，也是唯一一个留在普吉湾的。他的哥哥当中，两个当了雇佣兵，一个在巴拿马运河死于疟疾，一个去印度和缅甸当了土地测量员，最后还有一个在十七岁时去了东部海岸之后便没了音信。

《圣佩佐评论报》是一份四个版面的周报，是亚瑟二十多岁的时候创办的。他用自己的积蓄买了一台印刷机、一部盒式照相机，又买下了

---

① 小说《红字》的最后一句话。

鱼类加工仓库后部一间潮湿低矮的办公室。《圣佩佐评论报》的创刊号刊登了一条横幅式的标语：法庭宣判西雅图市长吉尔无罪。和《星报》《时代周刊》《晚间邮报》《每日电讯》及《西雅图联合报道》等媒体的记者们一样，亚瑟也报道了希拉姆·吉尔市长的酗酒丑闻。他对埃弗雷特大屠杀①中为世界劳工组织成员做辩护的骗子律师乔治·温德尔进行了长篇报道。威尔逊准备宣战的时候他又发了一篇社论，呼吁人们不要失去理智；圣佩佐岛背风面的轮渡增加的时候，他也发了一篇社论表示庆祝。他在报纸上宣布各种事情，包括杜鹃花会的集会、格兰其分会②的广场舞会之夜，以及小孩——像西奥多·伊格纳修斯——的出生、牛海岬的赫拉修游行。所有这些都用巨大的森顿黑体字刊出——这种字体在一九一七年就已经被废弃了——细细的分割线将七个板块区分开来，副标题用的是加粗的衬线体。

在那之后不久，亚瑟就被征召参加潘兴将军的军队。他在圣米谢尔和贝鲁森林打过仗，然后又回家办他的报纸。他和一个有着伊里尼血统、长着棕褐色头发、身材苗条、眼神忧郁的西雅图女人结了婚。她的父亲是西雅图第一大道的一个杂货商和房地产投机者，他对亚瑟皱起了眉头，在他眼里，亚瑟就是一个冒充记者的伐木工人，没有什么前途，配不上他的女儿。但是，他们两个还是结合在了一起，并且安定下来从事起养儿育女的事业。但是，他们多番努力之后仍然只有一个孩子；第二个孩子一生下来便夭折了。他们在南海滩建造了一座能够看见大海的房子，并修了一条通往海滩的小道。亚瑟成为一个有头脑有计划的蔬菜种植者，一个耐心的海岛生活观察者，以及一个真正意义上的小镇报业人：他开始认识到他笔下的字句给那些有权势的人、名流和服务机构所带来的机会。他许多年都没有给自己放过假。在圣诞夜、选举周，以及

---

① 又称 bloody Sunday，指一九一六年在华盛顿埃弗雷特发生的当地政府和世界劳工组织成员之间的流血冲突。
② 指美国农业保护者协会格兰其分会。

七月四日，他都会推出特刊。伊什梅尔还记得每个周二的晚上和父亲一起开动印刷机的情形。亚瑟把印刷机固定在安德鲁森大街一间造船车间的地板上，那是一座废弃的库房，里面永远弥漫着平版印刷机油墨和排版机里面的氨水味道。那台印刷机是一个灰绿色的庞然大物，除了墨辊和传送带滚轮之外都是纯铁铸成。这台十九世纪的老爷机器启动的时候十分迟缓，运转的时候发出尖锐而哀怨的声响。伊什梅尔的任务是设置印刷数据和水斗，并干些印刷学徒的活儿，亚瑟则多年来已经和印刷机达成了相当的默契，时常钻进钻出地检查印版和滚筒。他站在离喧嚣的滚筒只有几英寸的地方，仿佛全然忘记了自己对儿子的告诫——如果他的袖子被卷进去了，他就会立刻像一个小孩玩的气球一样爆掉，溅得满墙都是。他将粉身碎骨——这是他对儿子的警告之一——人们会从地上一堆堆的废报中找到他飞溅出去的残骸，就像一片一片的纸屑一样。

一群商会的生意人曾经试图劝说亚瑟去竞选华盛顿州的议员。他们穿着大衣，系着花格子领带，身上散发着发蜡和剃须泡沫的味道，坐下来品尝黑莓酒。但是，亚瑟拒绝了竞选邀请，他告诉那些友睦港来的绅士们他对此不抱任何幻想，他宁愿自己写写东西，修剪修剪他的桑树树篱。他把牛津纺条纹衬衫的袖子卷到臂弯处，露出了前臂上的汗毛；他的背部拱起一块长长的结实的三角形肌肉，裤子的背带紧勒在上面。他的鼻梁上略微偏低地架着一副纯圆的金丝边眼镜，增添了几分斯文，和他肌肉结实的下颌线条不协调，但十分帅气。他鼻子上的软骨有点儿歪了——它在一九一五年冬天曾经被一根突然袭来的伐木缆击断。那些友睦港来的人无法辩驳他，也对他那高昂起下巴的姿态无可奈何，只好快快离去了。

亚瑟始终不渝地坚守自己的职业和职业操守，在言行方面日益谨慎，对事实的追求也日益严苛，即便在他最随意的报道中也是如此。他的儿子记得，他在德行上谨小慎微。尽管伊什梅尔很想学习他的父亲，但是因为战争的缘故——因为他失去的那条胳膊，他很难一直保持审慎。他肩膀上是落过弹片的①:这是他一人独享的黑色幽默,一语双关。他对许多人和许多事都已经淡漠了。这并非他自己所愿,但是也无可奈何,事情就是这般无奈。愤世嫉俗,一个退伍老兵的愤世嫉俗无时无刻不困扰着他。在他眼中,战后的世界已被彻底改变了。一切仿佛都愚蠢透顶——这是一种难以言说的感觉。在他看来,人们都愚不可及。他甚至觉得,人们不过是一具具有生命的皮囊,里面装满着血肉、脉管和汁液。他曾经看见过被惨烈地撕开的死人的躯体,内脏袒露在外。他也见过人的脑浆从脑袋里溅出来时的样子。因此,普通生活中所发生的许多的事情在他看来都完全而且恼人地荒诞透顶。他发现自己会无端地被完全不认识的人激怒。如果班上有人和他搭话,他总是简短生硬地回应。他永远不知道他们在看到他的胳膊的时候是否自在,是否能自如地说出自己真实的想法。他能够感觉到人们不自觉地对他心生同情,这令他更加恼火。即便没有人们的同情,那条胳膊对他而言也是一件残酷的事情,而人们的同情更令他从心底里感到厌恶。如果他穿一件短袖的衬衫去上课,露出他那一截残肢上的疤痕,就可以让人们对他避而远之。但是他从来没有这样做。他并不是真的想把人们赶跑。总之,他对事物有自己的看法——他认为大多数人类的行为都纯粹是愚蠢之举,他自己的行为也不例外,而他在这个世界上的存在使别人感到不安。不管他对这一令人不快的念头如何厌憎,它都始终在他脑海中挥之不去。他只好麻木地忍受着自己的这一想法所带来的痛苦。

后来,当他年纪稍大一点儿,回到故乡圣佩佐岛的时候,这种看待事物的方式开始缓和。他学会对所有的人热情友好,但那是一个圆熟然而最终虚假的表象。除了作为一个被战争伤害的人的愤世嫉俗外,他还同时带有一个日渐老去的人的愤世嫉俗和一个记者职业性的愤世嫉俗。

---

① 原文为 He had a chip on his shoulder,have a chip on one's shoulder 也有"愤愤不平、冲动好斗"之意。

渐渐地，伊什梅尔开始将自己视为一个别起一只袖管的独臂人，一个年过三十的独身男人。这不算太糟糕，他不再像在西雅图时那样暴躁。但还是有那些游客会来，他想，一边顺着靠山街向船坞走去。整个夏天，那些人都盯着他那只别起来的袖子，脸上露出惊诧异样的神情——他在圣佩佐岛上的那些同胞早就不会这样了。当他看到这些人拿着冰淇淋，脸上白白净净的时候，内心那股焦躁之气便再次不由自主地汹涌起来。奇怪的是，他希望自己能够喜欢每一个人。只是他无法办到。

伊什梅尔的母亲如今已经五十六岁，一个人生活在海岛南端的自家老宅中——那是伊什梅尔幼年时居住的地方。她提醒伊什梅尔，既然他已经从城市回到故乡，那他的那种愤世嫉俗尽管可以理解，但毕竟是不合时宜了。在他之前，他的父亲也是这样；她说，而他那样的性情同样是不合时宜的。

"他全身心地热爱着人类，却厌憎绝大多数人。"她告诉伊什梅尔，"你和他一模一样，你知道的。有其父必有其子。"

伊什梅尔·钱伯斯那天下午来到友睦港的时候，阿尔特·莫兰正一只脚踏在系缆墩上，跟几个渔民说着话。他们聚集在卡尔·海因的刺网船前，渔船停泊在"埃里克"号和"托顿斯克德"号中间——前者是一艘小型刺网船，船主是马迪·乔安逊，后者是一艘安纳柯蒂斯大型围网船。伊什梅尔朝他们走去的时候，一阵南风吹得几艘船的缆绳咯吱作响——"前进者"号、"神佑"号、"海上迷雾"号、"特凡奇"号——这些都是圣佩佐岛上标准的刺网渔船。"神秘少女"号是一艘捕大比目鱼和裸盖鱼的纵帆船，她最近的捕获量很糟糕，眼下正在进行大检修。右舷的船身板已经拆掉了，引擎也被拆卸了下来，曲轴和杆轴承都露在外面。在靠近船头的码头上堆着一堆管子、两个生锈的柴油桶、一堆散放的碎平板玻璃，还有一个船用蓄电池的空壳，上面堆了几个空的油漆桶。码头边沿上钉着几块破旧的地毯作为缓冲物，水面上漂浮着一层油光。

今天这里的海鸥特别多。通常它们都是在鲑鱼罐头工厂附近寻找食物，但是这会儿它们却好整以暇地蹲在浮标或救生圈上，仿佛泥塑一般，要么就是贴着友睦港的海涛上下翻飞，忽然又一飞冲天，转动着脑袋御风飞翔。有时候它们降落在无人的船甲板上，搜寻撒落的食物碎屑。渔民们有时会向它们开上一枪，但大多数时候还是任由这些海鸥在甲板上"闲庭信步"；灰白色的鸥粪弄得到处都是。

一只油桶被翻过来放在"苏珊·玛丽"号前面，戴尔·米德尔顿和伦纳德·乔治坐在上面，他们身上的机师工作服油迹斑斑。简·索伦森靠在一个胶合板的垃圾桶上；马迪·乔安逊站在那里，两只脚分得很开，手臂叉在赤裸的胸前，一件T恤衫塞在裤腰里面。紧挨着治安官站着的是威廉·乔瓦格，他手指间夹着一根香烟。阿贝尔·马丁森坐在"苏珊·玛丽"号的船头边缘，一面双脚悬空摆荡着靴子，一面听着渔民们的谈话。

圣佩佐的渔民们都是在黄昏之际出海作业——至少这些日子以来是这样，他们大多是刺网渔民，他们独自深入海上，将渔网撒向鲑鱼出没的洋流中。渔网像帘幕般垂入水中，等候着毫无防备的鲑鱼游入其中。

刺网渔民得在寂静中度过黑夜，他们在海上漂荡，耐心等候。渔民的性情必须适应这样的生活，否则便不太可能成功捕获鱼群。有时鲑鱼群会游入狭窄的水域，追捕鱼群的渔民们便在彼此的视野之中，这种情形往往酿成争执。鱼群在洋流上端被截去的渔民会把船开过去，与前者齐头并进，向对方挥舞起鱼叉，把对方当作偷鱼贼狠狠地咒骂一番。有时海上会发生渔民相互吼骂的情况，但是绝大多数情况下大家一整夜都是独处的状态，想要争吵也没有对象。有些人尝过这种孤独的生活滋味之后便选择放弃，转到大型拖网船或延绳钓大比目鱼的纵帆船上去做船员。逐渐地，安纳柯蒂斯——大陆上的一个小镇，成为拥有四名或四名以上船员的大船的停泊港，而友睦港则成为单人操作的刺网船的聚集地。这是圣佩佐人感到骄傲之处，因为圣佩佐人即便在恶劣的气候下也有勇气独自出海捕鱼。年深日久，一种信念已经渗透到圣佩佐岛的灵魂之中，那就是独自捕鱼是比其他任何捕鱼方式更荣耀的事情。所以渔民的儿子们在晚上做梦的时候梦见的都是独自驾船，用渔网拖上来个头大得惊人的鲑鱼。

因此，在圣佩佐，埋头苦干、独来独往的刺网渔民是一个"好人"的典型形象。那些过分慷慨、言语过多、喜好与人结伴的人，他们的言谈和笑声都不是生活的正道所在。只有那些和大海成功搏斗过的人才有地位和分量。

圣佩佐人学会了沉默。但是有时候，他们也会在拂晓时分来到码头，如释重负地交谈一会儿。尽管已经十分疲惫，而且还在忙着手头的事情，他们仍然会在各自的甲板上谈起夜间的经历以及那些只有他们才能理解的事情。这种亲密交谈，以及别人的声音所带来的慰藉使得他们确信自己的个人经历，这使得他们见到妻子的时候能够少一些距离感，否则他们捕完鱼之后回到家中往往会带有一种冷漠。总之，这是一群孤独的男人，他们是地理的产物——这些海岛上的男人们偶尔会承认他们想说话却说不出来。

伊什梅尔·钱伯斯知道，当他朝聚集在"苏珊·玛丽"号前面的这群人走过去的时候，他并不属于这些关系亲密的渔民的圈子，而且他还是个靠笔杆子吃饭的人，这就使得他们对他更加心存怀疑。但是另一方面，他也有一些有利之处，他受过重伤，同时又是一名退伍军人。战争年代发生的事情对那些没有亲身经历过的人而言永远是神秘的。这些事情可是那些孤独的刺网渔民喜欢打听的，这多少可以抵消一些他们对一个整天坐在打字机后面舞文弄墨的人的戒备之心。

他们朝他点点头，稍许变换了一下姿势好让他挤进圈子里来。"你应该已经知道了吧，"治安官说道，"或许你了解的情况比我还多。"

"难以置信。"伊什梅尔说道。

威廉·乔瓦格把雪茄塞入齿间。"这也是难免的，"他嘟哝道，"只要出海打鱼，就有可能发生这样的事情。"

"是啊，"马迪·乔安逊说道，"但是，天啊。"他摇着头，站在那里晃来晃去。

治安官把左脚从桩子上放了下来，在大腿处抓了抓自己的裤管，然后又抬起右脚放了上去，将手肘支撑在膝盖上。

"你见过苏珊·玛丽了？"伊什梅尔问道。

"见过了，伙计。"阿尔特说。

"三个孩子，"伊什梅尔说道，"她接下来怎么办？"

"不知道。"治安官说。

"她说了什么吗？"

"什么也没说。"

"哼，她会说什么呢？"威廉·乔瓦格插进来说了句，"她能说什么呢？上帝。"

伊什梅尔听出来乔瓦格对新闻记者的敌意。他是一个皮肤黝黑、肚子又大又圆、身上刺有文身的刺网渔民，因为经常喝杜松子酒，眼睛显得潮潮的。他的妻子五年前去世了；如今他的一切生活都在船上。

"请原谅，乔瓦格。"伊什梅尔说道。

"我什么都不需要原谅，"乔瓦格答道，"见鬼去吧，钱伯斯。"

所有人都笑了起来。这一切都并无恶意。伊什梅尔·钱伯斯了解这一点。

"你知道是怎么回事吗？"他问治安官。

"这正是我想要弄清楚的，"阿尔特·莫兰说道，"我们正在说这事儿。"

"阿尔特想知道我们都在什么地方捕鱼，"马迪·乔安逊解释说，"他——"

"不需要知道所有人的地点，"莫兰打断道，"我只是想搞清楚昨天夜里卡尔去了哪里,他在哪里捕鱼,谁在昨天夜里可能见到过他或跟他说过话。就这些事情,马迪。"

"我见过他,"戴尔·米德尔顿说道,"我们一起从海湾开出去的。"

"你是说你跟着他出的海,"马迪·乔安逊说,"我敢打赌是你尾随着他,是不是?"

像戴尔·米德尔顿这样的年轻渔民常常喜欢每天去圣佩佐咖啡馆或友睦港餐厅坐个老半天——打听各种消息。他们想知道鱼群在哪儿出没,前一天夜里谁捕了多少鱼,确切地说是在哪儿捕到了鱼。像卡尔·海因这样成熟老练、收获颇丰的渔民自然对他们不屑一顾。所以他们经常跟在他后面寻找渔场——如果没有人告诉他有人尾随的话。在雾气重的夜里,他的那些跟随者必须靠得很近,而且还常常完全丢失目标,这时候他们就会用无线电来联络他们的伙伴,而他们的伙伴多半也正在联络他们;他们用丧气的语调相互询问,希望获得一些零星的消息。而根据圣佩佐人逐渐形成的不成文的默契,那些最受人尊重的渔民是不会去跟随任何人的,他们还养成了保持无线电静默的习惯。偶尔有的人会靠近他们,看看是谁的船,但是如果他们既没工夫闲聊,也不会交流什么关于他们追逐的鱼群在哪儿的有用信息,则对方很快就会掉头离去。有的人愿意分享,有的则不愿意。卡尔·海因属于后者。

"好吧,我是跟在他后面,"戴尔·米德尔顿说道,"那家伙最近捕到不少鱼。"

"那时候是几点钟?"治安官问道。

"六点三十分,差不多那时候。"

"那之后你还看到过他吗?"

"看到过。在船舰湾那儿。他和很多人在一起。追逐银鲑鱼群。"

"昨天夜里雾很浓,"伊什梅尔·钱伯斯说道,"你们捕鱼的时候肯定相距不远。"

"没有,"戴尔说道,"我只看到他在做准备。在雾气起来之前。大概是七点半的样子。或者八点钟。"

"我也看到他了,"伦纳德·乔治说,"他都准备好了。在堤外面。他准备下网。"

"那是几点钟?"治安官说。

"还早,"伦纳德说,"八点钟。"

"从那之后就没有人见过他了吗?八点之后就没人见过他了?"

"我十点钟的时候也到了那儿,"伦纳德·乔治解释说,"但是一无所获,那儿没鱼。我慢慢地朝艾略特海岬开过去。来了一阵雾。我就把报警器打开了。"

"我也是,"戴尔·米德尔顿说道,"大家都往那儿去了。我们开过去,正好遇上马迪的鱼群,"他咧嘴笑道,"在那儿也收获不少。"

"卡尔去艾略特海岬了吗?"治安官问。

"没看见他,"伦纳德说道,"但是这不说明问题。就像我说的,雾太浓了。"

"我怀疑他还在原处,"马迪·乔安逊插进来说道,"我只是猜测,但是卡尔从来都不太喜欢换地方。他拿定主意就不太肯挪窝儿了。他有可能在船舰湾那儿也捕到点鱼了。在海岬那儿就再没见过,没见到。"

"我也没见到。"戴尔·米德尔顿说。

"但是你在船舰湾那儿见到过他,"治安官说,"还有谁在那儿?你记得吗?"

"雾太浓了,"伦纳德·乔治说,"真是很浓的雾。你在那儿什么也看不见。"

"都有哪些船呢?"阿尔特·莫兰问道。

"好吧,"伦纳德说道,"我来想想。我看见了'卡希洛夫'号、'海岛人'号、'莫古尔'号、'日食'号,我在船舰湾就看到这几艘。"

"'南极'号,"戴尔·米德尔顿说,"它也在那儿。"

"是的,还有'南极'号。"伦纳德说道。

"那无线电里还有谁说话呢?"阿尔特·莫兰说,"你还听到谁说话了吗?我是指你没看到的人。"

"凡斯·寇普,"伦纳德说,"你知道凡斯吗?普罗维登斯人。我和他说过几句话。"

"你和他说的话多了,"马迪·乔安逊说道,"我听到你们在去海岬的时候一直在说话。上帝啊,伦纳德——"

"还有谁?"治安官说道。

"'头狼'号,"戴尔说,"我听到吉姆·费里和哈德威尔的声音。波尔金在船舰湾那儿。"

"就这些了?"

"我想是吧,"伦纳德说,"就这些。"

"'莫古尔'号,"阿尔特说,"是谁的船?"

"莫尔顿的船。"马迪·乔安逊答道,"他去年春天从拉内斯那儿买过来的。"

"'海岛人'号呢,是谁的?"

"'海岛人'号是宫本的,"戴尔·米德尔顿说道,"是吧?宫本家的老二。"

"是老大,"伊什梅尔·钱伯斯纠正道,"宫本天道是老大。老二是欣司。他在罐头厂工作。"

"混蛋都长得差不多,"戴尔说道,"从来都分不清他们谁是谁。"

"小日本。"威廉·乔瓦格扔了一句。他把雪茄的烟屁股丢进了"苏珊·玛丽"号旁边的水里。

"好吧,这样,"阿尔特·莫兰说道,"你们看到哈德威尔、寇普,或莫尔顿等等这些人,就告诉他们,让他们来找我谈话。我要把这些人统统问一遍,了解一下昨天晚上有没有人跟卡尔说过话——明白了吗?我要一个一个问。"

"听起来挺严重的。"乔瓦格说道,"难道这不仅仅是一个意外?"

"当然是一个意外，"阿尔特·莫兰说道，"但是，毕竟有一个人死了，威廉。我必须写一个报告上去。"

"卡尔是个好人啊，"简·索伦森带着点丹麦语的口音说道，"是个捕鱼的好手。"他摇着头。

治安官把腿从墩子上放下来，仔细地抻了抻塞在裤子里面的衬衫下摆。"阿贝尔，"他说，"你把快艇开回去，然后跟我到办公室碰头。我要和钱伯斯一起走走。我和他商量点事。"

但是直到他们一起走出码头的范围转到港口大街的时候，阿尔特·莫兰才一改闲聊的姿态，和伊什梅尔转入到正题。"你看，"他说，"我知道你在想什么。你会写一篇文章，说莫兰治安官怀疑这是一桩谋杀案，而且正在调查此事。我说得对吧？"

"我不知道说什么好，"伊什梅尔·钱伯斯说，"对这件事我还一点儿都不了解。我希望你跟我说说。"

"好，当然，我会跟你说的，"阿尔特·莫兰说，"但是你得先答应我一件事情。你不能提我们正在调查的事，好吗？如果你想引用我对这件事情的看法，我的话是这样的：卡尔·海因意外溺亡，或者就这个意思，随你怎么说，但是不要提调查的事。因为根本就没有调查。"

"你想让我说谎？"伊什梅尔·钱伯斯问道，"叫我自己瞎编你的话？"

"私下里说？"治安官说道，"是的，我们的确在调查这件事。有一些诡异荒诞的事实飘浮在我们周围。可能是谋杀，可能是过失杀人，也可能只是意外死亡——一切都有可能。关键是，我们现在不知道。但是如果你在《评论报》的头版把这事儿告诉每一个人，那我们就永远都查不出真相了。"

"那刚才你和他们说话的那些家伙呢，阿尔特？你知道他们会做什么吗？威廉·乔瓦格会去告诉每一个他能告诉的人，说你在四处打探，寻找杀人凶手。"

"那不一样，"阿尔特·莫兰坚持道，"那是传言，不是吗？就算我根本没有调查什么，街头巷尾也总是会有类似这样的传言。这样的话，我们就等于是让凶手——如果这个案子里面有凶手的话——自己去猜测他所听到的哪些是谣言。我们可以让传言为我们所用，迷惑他。而且，不管怎样我总归是要问些问题的。在这件事情上我别无选择，是吧？如果人们喜欢猜测我想干什么，那这是他们的事情，我无能为力。但是，我不会在报纸上宣告自己在做任何警方调查。"

"这么说你觉得不管凶手是谁，他一定是生活在这个岛上的人。是不是——"

"你瞧，"阿尔特·莫兰停下脚步说道，"我只要求《圣佩佐评论报》上不要提到'凶手'的字样，行吗？我们把这点说清楚。"

"我没意见，"伊什梅尔说，"好吧，我会引用你的话，把这件事称为意外事件。但你得随时告诉我事件的进展情况。"

"行，"阿尔特说，"就这么说定了。我发现任何蛛丝马迹，你会第一个知晓。怎么样？这样你满意了吧？"

"还没有，"伊什梅尔说，"我总归要就这件事写个报道。所以，你能否就这个意外事件给我几句答复？"

"现在是你说了算，"阿尔特·莫兰说，"你开问吧。"

第五章

上午休庭过后,圣佩佐岛县的验尸官贺拉斯·威利将手放在法庭的《圣经》上轻声宣誓,然后侧身进入证人席。他的手指紧抓着证人席的橡木扶手,朝阿尔文·胡克斯眨了眨金丝眼镜后面的眼睛。贺拉斯性情内向,年近五十,前额左侧有一块葡萄酒色胎记,他经常下意识地用手去摸。从外表看来,他是个整洁、挑剔细节的人,细长高挑——虽然不像阿尔特·莫兰那么瘦,细腰上高束着一条笔挺的裤子,抹了头油的稀疏头发滑溜溜地从右梳向左。因为甲亢,他的眼珠子有点儿凸,躲在眼镜后面,骨碌碌地转动。他的一举一动都流露出紧张和神经质的小心。

贺拉斯作为医务人员在太平洋战区工作了二十个月。那段时期,因为缺乏睡眠而备受折磨的他患上了一种全身性的慢性热带病,他感觉自己效率低下。在无眠的恍惚中,他负责的伤员在看护下死去。这些人和他们带血的伤口混杂交错,反复出现在他的梦境中。

九月十六日早晨,贺拉斯已经坐在他的办公桌前开始案头工作。前一天晚上,一个九十六岁的老妇人在圣佩佐疗养院去世了;而另一个八十一岁的老人则在劈柴火的时候断了气,一个用手推车送苹果的男孩发现了她,她趴在自己劈好的柴火上,一头奶山羊正在舔她的脸颊。所以,当身边的电话铃声响起来的时候,贺拉斯正在填这两个人的死亡证明,一式三份。他有点儿不耐烦地拿起话筒放到耳边:战争过后,他没法同时做多件事情，此刻他正不胜烦扰，不想与任何人说话。

他就是在这样的情况下听到了卡尔·海因的死讯。这个人经历过坎顿岛沉船事件，又和贺拉斯一样，在冲绳岛战役中幸存了下来，如今却意外地死在刺网渔船上。

二十分钟之后，他的身体躺在帆布担架上，由阿尔特·莫兰和阿贝尔·马丁森抬着送了进来，仰面放在贺拉斯的验尸床上，他穿着靴子的脚伸在担架外面。抬担架的时候治安官被他这一端的重量压得气喘吁吁，他的副手则嘴唇紧闭、扭曲着脸。尸体被两条白色羊毛毯子盖着。这种毯子原是发给海军用的，在战后九年仍旧有大量存余，所以圣佩佐岛的每艘渔船上都会有半打这样的毯子，甚至更多。

贺拉斯掀开其中一条毯子，手指摸了摸左额上的斑，凝视着卡尔·海因。他看见海因的下颌张开着，张大的嘴巴像一个无底洞，死者的舌头已经不见。死者的眼睛里，眼白部分有大量破裂的血管。

贺拉斯重新盖上了卡尔·海因身上的毯子，目光转向站在他身边的阿尔特·莫兰。

"该死。"他说。"你们在哪儿发现他的？"

"白沙湾。"阿尔特答道。

阿尔特把发现漂浮的船只，登上"苏珊·玛丽"号之后所看到的寂静景象和灯光，以及从渔网中捞上来尸体的情况告诉了验尸官。尸体捞上来之后，阿贝尔便去开皮卡车，又从消防站拿来了担架，然后他们一起把卡尔抬上了车送到了这里，其间有一小帮渔民看到并问了些问题。"我要去他妻子那儿看看，"阿尔特补充道，"我不希望她从别的什么地方听到这样的消息。我还会回来的，贺拉斯。很快。但是我得先去看看苏珊·玛丽。"

贺拉斯注意到，阿贝尔·马丁森站在验尸床的床头，努力使自己去适应他们正在一个死人面前说话这一事实。卡尔·海因右脚上的靴子尖头从毯子下面露了出来，就伸在他面前。

"阿贝尔，"阿尔特·莫兰说道，"或许你最好和贺拉斯一起待在这里。如果需要的话帮他一把。"

副手点了点头。他把拿在手里的帽子放在了器械托盘的旁边。"行，"他说，"好的。"

"好，"治安官说道，"我很快就会回来。半小时到一小时。"

他走了之后，贺拉斯再次凝视卡尔·海因的脸，然后在水池里洗了洗自己的眼镜，阿尔特的年轻副手默默地候在一旁。"这样吧，"他关上水龙头，终于开口说话了，"你穿过大厅到我办公室去坐着？那里有杂志、收音机，如果你想喝的话，保温瓶里有咖啡。如果我需要你帮我把尸体翻转过来的话就叫你。行吧，副治安官？"

"行，"阿贝尔·马丁森说道，"你叫我。"

他拿起帽子走了出去。这孩子，贺拉斯自言自语道。他十分讲究地用一块毛巾擦干了金丝眼镜，穿上手术袍。他戴上手套，把盖在卡尔·海因身上的毯子拿开，然后有条不紊地用一把带弯嘴的剪刀将裹在尸体上的橡胶防水服剪去，剪下来的碎片都丢在帆布篓里。待防水服被全部剪去，他便开始剪开他的T恤、工装裤和内衣，然后脱下卡尔的靴子和袜子，一些海水从里面淌了出来。他把所有这些衣物都放在一个水槽里。

在一个口袋里装着一盒火柴，用得差不多了，另一个口袋里则装着一个用来纺棉纱的小梭子。在工装裤的裤襻上挂着一个匕首鞘，但是里面的匕首已经不在了。刀鞘的扣子已经打开了，敞着口。

卡尔·海因前胸的左口袋里装着一只表，指针停在一点四十五分。贺拉斯把它丢进了一个马尼拉纸信封。

贺拉斯注意到，卡尔·海因的身体——尽管已经在从白沙湾到渡口东端的码头的途中花费了两个小时，又在阿贝尔·马丁森的皮卡车上翻过第一山驶入法院（法院地下室上面的一排双开门中间就是停尸房和验尸官的办公室所在）后边的车道——但是，还没有完全解冻。尸体呈粉红色，像鲑鱼肉的颜色，眼珠已经翻过去了。身体依然十分健硕，肌肉厚实，胸膛宽阔，大腿上的四头肌十分突出，贺拉斯·威利不得不承认他所观察的是一个非同寻常的男性样本——六英尺三英寸、二百三十五磅、蓄须、金发，并且结实得像座雕像，他的身体零件仿佛是花岗石铸成的——尽管在手臂和肩膀的连接区域还有一些原始、粗犷而野性的体毛。贺拉斯在记录卡尔·海因的生殖器官尺寸和重量的时候，心中翻搅起一种熟悉的嫉妒和自我厌憎的感觉。这个渔民没有割过包皮，他的睾丸紧实而且光滑无毛。它们被冰冷的海水托举得紧贴着身体，而他的性器，尽管被冻过，仍然至少有贺拉斯的两倍大，肥大而粉红，贴在卡尔的左腿上。

这位岛县验尸官干咳了两声，绕着验尸床转了一圈。他开始有意识地让自己把卡尔·海因当作一名死者，而不是卡尔·海因来看待——因为这是有必要的。死者的左脚压在右脚下面，贺拉斯开始用力分开它们。死者胯下的韧带要用很大的劲才能拉开，贺拉斯也拉了。

验尸官的工作就是要做一些大多数人做梦都不会做的事情。贺拉斯·威利平时的工作是一名家庭医生，圣佩佐岛上仅有的三名医生之一。他的工作对象有渔民、渔民的小孩和渔民的妻子。他的同僚都不愿意做检查尸体的事情，所以这份工作再无第二个人选，最终落在他头上。因此，他便有了这些经历；他看到那些多数人无法看到的事物。去年冬天，他在詹森西港看到一具被人发现的捕蟹人的尸体，尸体已经在冷水中泡了两个月。捕蟹人的皮肤变得几乎像肥皂一样；他的躯体仿佛是套在皮肤里面似的，像一种龙涎香[①]。

在塔拉瓦岛上，他看见过那些面朝下倒卧在浅滩上的死尸。温暖的潮水已经冲刷了他们好几天，他们身上的皮肤已经松弛，脱离了他们的

[①] 一种漂浮在海边的灰色或黑色蜡状芳香物质，为鲸鱼的肠道分泌物，西方人常用来制作名贵香料。

肢体。他尤其记得有一个士兵,手上的皮变得像近乎透明的手套一样;连指甲都已经脱落了。他们身上没有牌子[①],但是贺拉斯总是有办法弄到相当完整的指纹以鉴别他们的身份。

关于溺亡,他是有些了解的。他在一九四九年曾看见过一个渔民,他的一圈脸都被螃蟹和螯虾吃掉了。它们不断地蚕食那些最柔软的部位——眼皮、嘴唇,其次是耳朵——所以那些部位都呈深绿色。他在太平洋战争中也见到过这样的场景。还有些人死在潮水坑里,令人惊奇的是他们的身体在水下的部分完好无损,但是暴露在水面之外的部分却被沙蝇吃得只剩骨架。他还看到过一半被风干,一半只剩骨架的尸首,漂浮在南中国海上。他的下半部分被吃空了,而背部却被太阳烤干,渐渐变成褐色的革质。在坎顿岛沉船事件之后,周围好几英里的地方都漂浮着人的残骸断肢,连鲨鱼都弃之不顾。海军顾不上收集这些残骸;他们还有许多活人需要照顾。

卡尔·海因是贺拉斯五年来负责验尸的第四个死去的刺网渔民。另外的三人中,两个死于秋季风暴,尸体被冲上兰溪顿岛的海滨泥滩。第三个人,贺拉斯还记得,是一件有趣的案子——那件事发生在一九五〇年,也就是四年前。一个叫瓦尔德林的渔民——阿莱克·瓦尔德林。他的妻子是在友睦港做房地产生意的卡劳斯·哈特曼的打字员。瓦尔德林和他的伙伴正在夏夜的月光下布网,他们在小型刺网船船舱檐下一起喝掉了一瓶波多黎各产的朗姆酒。然后,瓦尔德林似乎是想去朝海里撒泡尿,放空一下他的膀胱。他脱下裤子,却不小心掉进了海里。令他的伙伴惊慌的是,他只扑腾了两三下就完全沉入水下,从月光朦胧的海上消失了。原来瓦尔德林竟然不会游泳。

他的伙伴,一个名叫肯尼·林登的十九岁小伙子赶紧跳了下去。瓦尔德林被自己的网挂住了,小伙子试图把他解救出来,但他却不断挣

---

① 指美国士兵挂在颈部的身份识别牌。

扎。尽管喝了朗姆酒之后有点儿昏沉，但是肯尼·林登还是设法用小刀把网割破，将瓦尔德林解下来并拖回海面。但是他所能做的仅此而已——瓦尔德林的生命已经结束了。

有趣的是，贺拉斯记得，纯粹从技术上来看阿莱克·瓦尔德林并不是溺水而死的。尽管吸入了大量的海水，但是他的肺里面却完全是干的。贺拉斯在笔记中推测死者的喉咙发生了闭合——术语叫痉挛性闭锁，从而阻止了海水进入深部气管。但是这无法解释为什么会存在明显的肺部膨胀，只有在海水中受到巨大压力才会造成这一现象，所以他修改了自己最初的假设，在最终报告中推断，阿莱克·瓦尔德林吞下的咸海水在他还活着的时候被吸收进入了流动的血液之中。因此，他在报告中写道，导致死亡的正式原因是缺氧——大脑失去供氧，以及血液成分的剧烈变化。

贺拉斯站在那里面对着卡尔·海因赤裸的身躯陷入了沉思，他脑子里盘旋的最大的一个念头就是卡尔的确切死因是什么——也就是死者到底是怎么死去的。他提醒自己，如果他把面前的这具躯体看作是卡尔的话，那他就很难把自己的工作进行下去了。一个星期之前，死者还穿着橡胶靴和一件干净的T恤——或许就是他刚才用带弯嘴的外科剪刀剪破的那件，带着他的大儿子——一个六岁的男孩来过贺拉斯位于友睦港的办公室。他指着孩子脚上的一道伤口，那是被翻倒的手推车上的金属部件划伤的。卡尔把孩子按在台子上，让贺拉斯给他缝合伤口。与别的父亲不一样，卡尔没有对儿子说任何话。他只是按住孩子不让他动，而孩子除了第一针下去的时候哭了一声之外，此后便屏住气不肯出声了。伤口缝好之后，卡尔把孩子从台子上抱起来，像抱着个婴儿一样把他捂在怀里。贺拉斯嘱咐他，孩子的双脚必须抬高，而且还要去买一副T字形拐杖。然后，卡尔·海因便一如往常地从钱包里掏出干净整洁的票子来付钱。他没有说太多感谢的话，这个长满胡须、高大粗犷的渔民选择了沉默，他不愿意卷入这海岛生活的常规之中。像他这样块头的人，贺拉斯想，应该有责任不使周围的人感到危险或不安。但是卡尔很少去缓和人们对大块头与生俱来的不信任感。他就这样小心翼翼地过着自己的生活，从来不花时间或以任何姿态向别人显示他并无危险。贺拉斯记得有一天看到他在玩自己的弹簧刀，先是把刀子弹出来，然后又抵着大腿外侧把刀子折进去，就这样不断地弹出来折进去，但至于这是他的习惯性动作，还是威胁，是紧张的表现还是在宣示自己的勇武，贺拉斯则说不清楚。这个人似乎没什么朋友。没有人敢打趣地嘲弄他，或者随意地和他聊些无关紧要的话题，但是另一方面他又几乎对每个人都彬彬有礼。而且其他的人也都佩服他，因为他是个捕鱼的好手，在海上作业游刃有余，尽管他行事有些粗暴，却也不失从容；而且人们对他的钦佩因为他那令人不可思议的大块头和深思熟虑的个性而更添色彩。

不，卡尔·海因不是个和蔼亲切的人，但也不是一个难打交道的人。在战争之前，他也曾经是一个足球队里踢球的小伙子，像那些学校里的小伙子一样，他也有一大帮朋友，也穿着学校优秀运动员的队服，也喜欢有事没事地说笑。他曾经就是那样，然后战争来了——那是一场贺拉斯也曾经历过的战争。怎么说呢？他还能和其他人说什么呢？再也不愿闹着玩地说笑，也不能随随便便地张口就来，如果有人能够读懂他的沉默中所蕴含的黑暗，那么，那就是黑暗，不是吗？在卡尔·海因的内心里埋藏着战争的阴影，这种阴影同样埋藏在贺拉斯的心里。

但是，死者。他必须把卡尔视为死者，视为一腔内脏、一堆身体零件，而不是那个不久前还带着他的儿子来过的男人；否则他就没办法完成自己的工作。

贺拉斯将自己的右手掌根放在死者的胸口。左手叠在右手上，开始像抢救溺水者一样按压他的胸腔。死者的口腔和鼻子里面开始冒出一些泡沫，这些泡沫的样子有点儿像剃须膏，尽管里面夹杂着一些从肺部挤出来的粉红色血迹。

贺拉斯停下来查看。他俯身凑近死者的脸，仔细检查这些泡沫。他戴着手套的手还是干净的，除了死者胸腔冰凉的皮肤之外什么都还没碰到过，所以他从器械托盘旁边取来一个记事本和一支铅笔，径自记录下这些泡沫的颜色和性状，冒出来的泡沫不少，把死者长满胡须的下巴和髭须都盖住了。贺拉斯知道，这是空气、黏液和海水在呼吸系统中混合的产物，这意味着死者在落水时仍旧活着。他不是先死去，然后再被弃尸于波涛之下的。卡尔·海因落水之时还是活着的。

但是，他是像阿莱克·瓦尔德林一样因缺氧而死的，还是因为肺部进水导致窒息而死的呢？像大多数人一样，贺拉斯觉得自己不仅想知道事情是怎样的，还要在脑海里清楚地想象事情的经过；而且他也有责任去想象一个清晰的事件经过，这样他在岛县的官方死亡记录中就可以写下或许将永久保存的真相，尽管这是痛苦的。卡尔·海因在黑暗中挣扎着，他使劲地屏住呼吸，海水涌进他身体内的每一处空隙，他陷入失去意识的状态，做了最后一下抽搐，当最后一口气从他身体里跑掉的时候，他发出了最后一次叹息，他的心脏停止了跳动，他的脑袋不再做任何思考——所有这些都在贺拉斯·威利的验尸床上那具尸体上留下了，又或许没留下，痕迹。他有责任找出真相。

有那么一会儿，贺拉斯站在那里，双手互握着放在腹部，默默地做着心理斗争，思索着是不是应该打开死者的胸腔，在心脏和肺部寻找证据。他以这样的姿势站立在那儿，突然发现——他之前怎么没看到呢——在死者左耳后的颅骨上有一道伤口。"我咋这么粗心。"他大声说道。

他用一把理发师用的大剪刀把伤口周围的头发剪去，使伤口的轮廓清晰地显露了出来。骨头已经碎裂，并且有一块大概四英寸的凹陷。皮已经划开了，并且从受伤的头皮下面露出一丝溢出的粉红色脑浆。不知是什么物体——一件平滑细窄、约两英寸宽的物体造成了这道伤口，在死者的后脑上留下了这样一个说明问题的轮廓。这正是贺拉斯在太平洋战争中曾数十次看到的致命印记，近身肉搏中被猛力挥舞的枪托击中留下的伤口。受过剑道或棍棒训练的日本步兵尤其擅长这种杀人方式。而贺拉斯记得，大多数日本人习惯用右手出击，在左耳边给对手致命一击。

贺拉斯将刀片插入他的一把解剖刀中，切入死者的头部。他按住剃刀直剖到骨骼处，然后顺着头发一路切开，在死者的头部划开一道弧形，从左耳直抵右耳。他一连串的动作巧妙娴熟，就像用铅笔画画一样在死者头顶划下一条流畅而优雅的弧线。这样一来，他便可以像剥葡萄或橘子皮一样剥下死者的脸，将死者的前额翻开，搭到鼻子上。

贺拉斯将头颅后部的头皮也翻开，然后将解剖刀放在水槽中，冲洗了一下手套，擦干，然后从器械柜中取出一把钢锯。

他开始锯开死者的颅骨。二十分钟之后，贺拉斯需要把尸体翻转过来了，所以他不情愿地穿过大厅去找阿贝尔·马丁森。马丁森坐在椅子里无所事事，跷着腿，帽子放在大腿上。

"要你来帮一下忙。"验尸官说道。

副治安官站起身来，将帽子戴起来。"来了，"他说，"乐意效劳。"

"你待会儿就不这么想了，"贺拉斯说道，"我在他头顶上切了一刀。他的颅骨现在露出来了。那样子可不好看。"

"好吧，"副治安官说道，"谢谢你告诉我。"

他们走进房间，什么话都没说，默默地把尸体翻转了过来——马丁森在一边推，验尸官伸出手从另一面拉，然后阿贝尔·马丁森将头垂在水槽上方，呕吐了起来。当阿尔特·莫兰进来的时候，他正用一块手帕擦拭着嘴角。"怎么样了？"治安官问道。

阿贝尔用手指着卡尔·海因的尸体，作为回答。"我又吐了。"他说。

阿尔特·莫兰看到卡尔的脸被翻了过来，脸上的皮像葡萄皮一样被翻开，下巴上还粘着一些像剃须膏一样带血的泡沫。他忍不住别过身去。

"我也一样,"阿贝尔·马丁森说,"一看到这个就反胃。"

"也难怪你,"治安官答道,"上帝啊,上帝啊。"

但他还是站在那里看着,贺拉斯穿着外科手术袍,操着一把钢锯熟练地工作着。他看着贺拉斯将死者的颅盖骨取下,放在死者的肩膀旁边。

"这个叫作硬脑膜,"贺拉斯用解剖刀指点着说,"看到这层膜了吗?就是颅骨下面这一层。这里就是硬脑膜。"

他用两只手扳住死者的头部,用了点力气——因为脖颈部位的韧带极其僵硬——将其转向左边。

"到这边来,阿尔特。"他说道。

治安官似乎感觉到自己必须去看一下;但是,他并没有动。当然,贺拉斯想道,他已经在自己的工作中领教了那些令人难受却别无选择的时刻。在这样的情况下,最好的办法还是迅速动作,毫不迟疑,贺拉斯将这作为自己的原则。但是治安官是一个天生易紧张的人。以他的性格是不会想走过去看看卡尔·海因的脸上有什么的。

贺拉斯·威利知道这一点:治安官不想看到卡尔·海因脑袋里面的东西。贺拉斯曾经看到过阿尔特的这副模样,嚼着黄箭口香糖,做着难看的脸色,一边用拇指肚儿擦着自己的鼻子,一边想着事情。"只要一分钟,"贺拉斯催促他道,"很快地看一眼,阿尔特。看一眼你就知道了。无关紧要的话我是不会叫你的。"

贺拉斯指给阿尔特看硬脑膜内凝结的血块以及那块凸出来的脑组织里面的汁液。"他被某种十分平滑的物体重击过,阿尔特。这让我想起战争时期见过的一种枪托。那是日本人的一种技击术。"

"技击术?"阿尔特说道。

"剑道,"贺拉斯解释道,"日本人从小就接受这样的训练。如何用一根棍子杀人。"

"可恶,"治安官说道,"上帝啊。"

"把脸转过去，"贺拉斯说道，"我现在要从硬脑膜这里切开了。我要让你看点儿别的东西。"

治安官小心翼翼地转过身去。"你的脸色苍白，"他对阿贝尔·马丁森说，"为什么不坐下来呢？"

"我没事。"阿贝尔说道。他站在那里看着水槽，手里攥着一块手帕，身体紧靠在台子上。

贺拉斯给治安官看了死者的三块颅骨，它们都嵌在脑组织里面。"这是他的死因吗？"阿尔特问道。

"这个很复杂，"贺拉斯·威利答道，"可能是他头部受到击打，然后从船沿上掉了下去，溺水死了。或者也可能是他溺亡之后头被撞了。也可能是他溺水的过程中撞的。我不确定。"

"你能找到确切的死因吗？"

"或许吧。"

"什么时候？"

"那得等我看过了死者的胸腔，阿尔特。看看他的心脏和肺部。但即便是这样也可能找不到什么线索。"

"他的胸腔？"

"是的。"

"可能是什么？"治安官说道。

"可能？"贺拉斯·威利说道，"各种可能性，阿尔特。什么都有可能发生过，所有事情都确有先例。我的意思是，或许他犯了心脏病，导致他翻下船去。或许是中风，也可能是醉酒。但是我现在只想知道他是不是脑袋被击打之后再掉下去的。因为我通过这些泡沫可以判断，"他用解剖刀指了指，"卡尔落水的时候还是有呼吸的。在他落水的那一刻还在呼吸。所以我这会儿猜测他是溺亡的，阿尔特。头上的伤显然也是致死原因之一。或许，他是自己在导缆器上撞了一下。或者在撒网的时候一不小心——挂住了自己的衣扣，然后被带翻下去。我此刻倾向于把这些都写进我的报告里去。但我还不是十分确定。或许等我看到他的心脏和肺部的时候一切都会大白。"

阿尔特·莫兰站在那里擦着嘴唇,使劲地眨眼看着贺拉斯·威利。"头上的那一记,"他说,"他头上的那一记有些……好笑,你说呢?"

贺拉斯·威利点了点头。"可能吧。"他说。

"会不会是有人敲了他一下?"治安官问道,"是不是有这个可能?"

"你想扮演福尔摩斯?"贺拉斯问道,"你要当侦探?"

"不是这样。但是这儿并没有什么夏洛克·福尔摩斯,是不是?而卡尔头上却的确有一道伤口。"

"是的,"贺拉斯说道,"这点你说得没错。"

然后——后来他将记起这些,在对宫本天道的审判中,贺拉斯·威利将回忆起自己说过的这些话(尽管他在证人席上没有将这席话复述出来)——他对阿尔特·莫兰说如果他想扮演一回夏洛克·福尔摩斯,他应该去找一个藏着沾有血迹的枪托的日本人,确切地说,一个习惯用右手的日本人。

第六章

贺拉斯·威利挠着前额上的胎记，望着法庭窗外的飞雪。雪下得更大了，非常大，雪花默然无声地随风飘舞，但是风吹过法院阁楼上屋梁的声音却仍可听见。我的水管，贺拉斯想道，它们该冻住了。

内尔斯·古德莫德森再次站立起来，用拇指勾住背带。他那只视力良好的眼睛注意到，卢埃林·菲尔丁法官好像处在半睡眠的状态，贺拉斯出庭作证的时候他始终用左手的手掌支撑着身体。内尔斯知道他在听着，他的疲态掩盖了头脑的活动。这位法官喜欢闭目思考。

内尔斯尽量保持着姿态——他的臀部和膝盖处都患有关节炎——走向证人席。"贺拉斯，"他说，"早上好。"

"早上好，内尔斯。"验尸官答道。

"你说了不少情况，"内尔斯·古德莫德森指出，"根据法庭的要求，你详细介绍了对死者进行尸体剖检的情况，你作为法医的良好背景，等等。像今天在座的各位一样，我听了你的证词，贺拉斯。然后呢，我有一些事情还没搞清楚。"他停下脚步，用手指捏住下巴。

"请说吧。"贺拉斯·威利说道。

"好吧，比如，说到泡沫，"内尔斯说，"我不确定我是否弄明白了，贺拉斯。"

"泡沫？"

"你在证词中说到你曾经对死者的胸部施压,然后不久就有一种特殊的泡沫从他的嘴和鼻孔冒出来了。"

"没错,"贺拉斯说道,"溺亡的人一般都会出现这种情况。在他们刚被从水中捞起时,不会出现泡沫,但是几乎只要有人开始除去他们的衣物或者试图救活他们,泡沫就会出现,通常会有大量的泡沫。"

"这是什么原因造成的呢?"内尔斯问道。

"这是压力造成的。这是水与空气和黏液混合之后在肺部发生化学反应的结果。"

"水、空气和黏液,"内尔斯说,"但是是什么原因导致它们混合的呢,贺拉斯?你所谓的这种化学反应……是指什么?"

"这是由呼吸造成的。如果有呼吸循环就会出现。它……"

"这正是我感到困惑的地方,"内尔斯打断道,"早先,我的意思是说,当你发表证词的时候,你说这种泡沫只有在水、黏液和空气都通过人的呼吸而混合在一起的时候才会产生?"

"没错。"

"但是一个已经溺亡的人是不会呼吸的,"内尔斯说,"那么,这种泡沫……你应该知道我的困惑所在。"

"哦,当然,"贺拉斯说道,"我想我可以解释一下。这种泡沫,它是在早期形成的。遇难者掉入水中,并且开始挣扎。最后他开始吞水,你知道的,然后,当他吞水的时候,肺部的空气由于压力的作用而被逼出来——这样就会形成我在证词中所提到的泡沫。在溺水者停止呼吸的时刻,化学反应便会发生。或者当他咽下最后一口气的时候。"

"我明白了,"内尔斯说道,"所以,这种泡沫,告诉你卡尔·海因实际上是溺亡的,是吗?"

"嗯——"

"它告诉你,举例说,他不是先被谋杀——比如在他的船甲板上——然后再被扔下船的?因为如果那样的话,就不会有泡沫了,是吗？我这样理解这一化学反应是否正确？除非死者在落水的那一刻还在呼吸，否则不可能出现这种情况，是吗？你说的是这个意思吗，贺拉斯？"

"是的，"贺拉斯说，"它告诉你是这样。但是——"

"抱歉，"内尔斯说道，"这里请等一下。"他走到正端坐在速记机前的伊林诺·窦可思女士面前，越过她向法庭监守艾德·索姆斯点了点头，然后从证物台上挑了一个文件夹，走回到证人席前。

"好吧，贺拉斯，"他这时说道，"我还给你的是你早先确认过的文件，供你过目，它是你的尸检报告。你曾经说过，它准确反映了你的发现和结论。麻烦你拿去，自己把第四页的第四段看一遍。我们都等你。"

贺拉斯这么做的时候，内尔斯回到被告席，拿起一个玻璃杯啜了一口水。他的嗓子已经开始有些不适了；他的声音开始沙哑脆弱。

"好了，"贺拉斯说，"看完了。"

"好的，"内尔斯说，"我是不是可以说在你的尸检报告的第四页第四段中，你认定溺水是卡尔·海因的死因？"

"是的，我是这么认定的。"

"所以你的结论就是说他是溺水而亡？"

"是的。"

"这个结论是不是准确？是不是还存有什么疑点？"

"当然会有疑点。永远都会有疑点。你不是——"

"等等，贺拉斯，"内尔斯说，"你是不是想说你的报告是不准确的？你是想告诉我们这个吗？"

"报告是准确的，"贺拉斯·威利说，"我——"

"可否请你向法庭宣读一下你面前的尸检报告，第四页，第四段的最后一句？"内尔斯·古德莫德森说道，"就是你刚才自己默读的那一段。请把它读出来。"

"好的，"贺拉斯答道，"报告是这样的，引号，在呼吸道以及嘴唇和鼻子周围出现泡沫,毫无疑问地显示死者在落水的时候是活着的,引号。"

"毫无疑问,死者在落水的时候是活着的?报告里是这样说的吗,贺拉斯?"

"毫无疑问,"内尔斯·古德莫德森说着,并转身面向陪审团,"谢谢你,贺拉斯。这很重要。很好。但是,还有一件事情是我现在想问的。关于那份尸检报告。"

"好的,"贺拉斯说着,取下眼镜,咬着一条镜腿,"请问吧。"

"嗯,那么,第二页,"内尔斯说道,"是在顶部?第二段,我想是。"他走到被告席前,翻看他自己的那份。"第二段,"他说,"是的,就是它。可否请你把它向法庭宣读一下?只读第一行,贺拉斯。"

"引号,"贺拉斯·威利僵硬地应道,"在右手发现一处不明显的小伤口,伤口较新,从拇指和食指间的虎口处延伸至腕际。"

"一处割伤,"内尔斯说,"是吗?卡尔·海因把自己的手割伤了。"

"是的。"

"伤口怎么来的,你有什么看法吗?"

"不知道,真的。不过,我可以推断。"

"没必要,"内尔斯说道,"但是这处伤口,贺拉斯。你在报告中提到这是一处'新伤'。你能知道是多新的伤口吗?"

"很新。非常新,照我说。"

"很新,"内尔斯说道,"多新是很新?"

"很新,"贺拉斯重复道,"我想说他应该是在去世的那天晚上割伤自己的,就在他死前的一两个小时。很新,可以了吧?"

"一两个小时?"内尔斯说道,"有可能是两个小时吗?"

"有可能。"

"三个小时呢?或者四个小时,贺拉斯?或者二十四个小时?"

"二十四个小时是不可能的。伤口还是新的,内尔斯。四个小时——还有可能，最多了。最多四个小时，绝对。"

"好吧，"内尔斯说道，"他割伤了自己的手。在他溺水前四个小时之内。"

"是的。"贺拉斯·威利说道。

内尔斯·古德莫德森又开始拉扯自己喉咙上褶皱的皮肤了。"还有最后一件事，贺拉斯。"他说。

"你的证词中还有一件令我感到困惑的事情，我必须问问你。你提到的死者头部有一处伤口。"

"是的，"贺拉斯·威利说道，"有道伤口。没错。"

"能否再告诉我一下它是什么样子的？"

"可以，"贺拉斯重复道，"那是一处长度大约为两寸半的伤口，位于左耳略上方的位置。伤口下面有四寸左右范围的骨头已经碎裂。伤口处还露出一小块脑髓组织。从颅骨上留下的印迹来看很明显是被某个狭长、平整的物体敲击所致。就这些了，内尔斯。"

"某个狭长、平整的物体敲击所致，"内尔斯重复道，"这是你看到的吗，贺拉斯？还是你推测的？"

"我的工作就是推测，"贺拉斯·威利坚持道，"你看，如果一个守夜人在抢劫中被人用撬棍打了一下脑袋，你在他脑袋上看到的伤口就像是用撬棍打的那样。如果是用圆头锤打的，你也看得出来——圆头锤留下的是一个月牙形的伤口，而撬棍留下的就是直线形的伤口，顶端呈V字形。如果有人用手枪把打你一下，那是一种伤口；而用瓶子打你一下，那又是一种伤口。你从一辆时速四十英里的摩托车上摔下来，头撞在砾石上，那么砾石就会给你留下一片瘀伤，和其他任何伤口都不一样。所以，是的，我从死者的伤口推测某种狭长而平整的物体导致这样的伤口。推测——正是验尸官所做的事情。"

"摩托车手是一个有意思的例子，"内尔斯·古德莫德森指出，"你的意思是不是说，这些可以作为证据的伤口，它们并不一定是被某种物体击打所致？如果被害人向某个物体撞过去——比如砾石——他自身向前的动能也有可能导致这种伤口？"

"有可能，"贺拉斯·威利说道，"我们无从知晓。"

"所以在当前这个案子中，"内尔斯·古德莫德森说，"这个伤口也可能是有疑问的，你所提到的卡尔·海因头颅上的伤口，也同样既可能是被人敲击头部，也可能是被害人自己撞到某个物体上的结果？这两种可能性都有吗，贺拉斯？"

"没法区分这两种情况，"贺拉斯辩解道，"我们只能判断是什么物体敲打了他的头部——不管是这个物体敲打到他，还是他自己撞到这个物体上面，总之这是一件平整、狭长，并且其坚硬度足以使他的头骨破裂的物体。"

"某种平整、狭长，并且坚硬到足够使他的头骨破裂的物体。就像船舷，贺拉斯？有这种可能吗？"

"有可能，是的。如果他撞上去的速度足够快的话。但是我觉得这不太可能。"

"卷网机呢？或者刺网渔船尾部的某个导缆器？它们是否也是狭长、平整的？"

"是的，它们够平整的。它们——"

"他会不会是头撞到了这些东西？有没有哪怕是一点儿可能？"

"当然这也是可能的，"贺拉斯答道，"任何——"

"请允许我再问你，"内尔斯说，"验尸官是否能够判别像这样的一个伤口是在死前还是死后造成的？我的意思是——回到你刚才举的那个例子——我是不是可以对一个守夜人下毒，看着他死掉，然后在他那已经失去生命的尸体上用撬棍照着头部打一下，造成一个同样的伤口，使他看上去就像是我用后一种方法杀死了他呢？"

"你所问的是卡尔·海因的伤口吗？"

"是的，我想知道你是否了解些什么。他是先受了伤然后死去的？

还是有可能他头上的伤是发生在死亡之后？会不会是卡尔·海因身上的这个伤——或者说是他的尸体上的这个伤——发生在他溺亡之后？或者说，是发生在他被莫兰治安官和马丁森副治安官把渔网里的他拉上来的时候？"

贺拉斯·威利想了想。他取下眼镜，摸着自己的额头。然后再次把镜腿夹在耳后，双臂交叠在胸前。

"我不知道，"他说，"我无法回答这个问题，内尔斯。"

"你不知道头上的这个伤是发生在死前还是死后？你是这个意思吗，贺拉斯？"

"我就是这个意思，是的。"

"那么，并不是头部的这个伤，导致了卡尔·海因的死亡？"

"不是。但是——"

"没有问题了，"内尔斯·古德莫德森说道，"谢谢你，贺拉斯。我问完了。"

阿尔特·莫兰坐在公众席上，看到贺拉斯·威利受到质问，居然产生了一种奇怪的满足感。他还记得自己曾经受到的羞辱：夏洛克·福尔摩斯。他记得自己离开贺拉斯的办公室，在踏上米尔伦路去把死讯带给死者的妻子之前犹豫不决。

他靠在阿贝尔·马丁森的皮卡车的保险杠上，检视着那天早晨在卡尔·海因的刺网渔船上的一个缆柱上擦伤的手。然后，他把手伸进口袋里去摸黄箭口香糖——先是衬衫口袋，然后，有点儿急躁地伸进裤兜。还有两块，他已经吃掉八块了。他把一块塞进嘴里，另一块收了起来，然后一侧身坐进了阿贝尔的皮卡车驾驶座。他自己的车停在镇上靠近码头的地方，是那天早些时候他到港区去吃中饭的时候停在那儿的。驾驶着阿贝尔的车，他感觉像个傻瓜，因为这个男孩，坦白地说，一天到晚都待在这部车里。这是一部来自安纳柯蒂斯的高配置的深红色道奇车，车身上画着精细的条纹，装饰性的加长排气管就装在车厢后面——总而言之，这是一部学生气十足的车。这种皮卡车在像埃弗里特和贝灵厄姆这样的内陆城镇十分常见，小伙子们经常在足球比赛后或者在星期六的深夜开着这种车到处跑。阿尔特猜测阿贝尔·马丁森在高中时代也是个有些不安分的家伙，高中毕业之后才变得安分起来，而这辆卡车便是他曾经的那个自我的最后痕迹：因此他有些不舍得丢弃它。但是他总有一天会丢弃它的，阿尔特想，用不了多长时间。事情就是这样。

阿尔特一边向苏珊·玛丽·海因家驶去，一边默默地想着自己的措辞，反复推敲着，琢磨着自己应该有怎样的举动——他决定自己应该采取一种表情肃然的军队式方式，就像某种海军的仪式性动作——几个世纪以来，向一个士兵的遗孀报告他在海上的死讯是一项庄严肃穆而又悲怆的事情，他想。对不起，海因太太。我非常抱歉地告诉你你的丈夫卡尔·冈瑟尔·海因在昨天晚上的一次海上意外中死了。我谨代表整个社区表达我们的哀悼之情，并……

但是这个办法行不通。海因太太并不是不认识他；他不能像对待一个陌生人一样对她。毕竟，他每个星期天都会在教堂看见她，那是她在接待室为人倒完茶和咖啡之后。作为负责招待的人，她总是穿得整整齐齐，一顶筒状女帽、一件斜纹软呢外套、一双浅棕色手套：从她稳稳当当的手中接过咖啡总是令他感到十分适意。她的一头金发盘在头顶，用帽子盖着，脖子上带着一条双圈的人造珍珠项链，在他看来，她的脖子就像雪花石膏那样白皙。

总之，二十八岁的海因太太身上所散发的魅力令他有些困扰。倒咖啡的时候，她称他为"莫兰治安官"，然后还会用戴了手套的食指指指桌子另一头的蛋糕和薄荷糖，好像他自己没有看到似的。随后，她还会朝他露出好看的微笑，把咖啡具在托盘上放好，由他自己往咖啡里面放糖。

想到要告诉她卡尔的死讯，阿尔特深感不安。他一边开着车，一边挣扎着想用什么词、什么表达法才能把这个消息带给这个女人又不至于语无伦次。但是他想来想去都没个结果。

就在快到海因住所的米尔伦路上有一条停车道,八月份的时候治安官曾在那里摘过黑莓。他不由自主地在那里靠了边,因为他还没有准备好自己所要做的事情。他把阿贝尔的道奇车停下来,挂了空挡让引擎空转着,将最后一块黄箭口香糖放入齿间,望着通往海因家的道路。

他想,那座房子一看就知道是卡尔·海因建造的——方正、整齐、有一种粗犷的体面感,和周遭世界浑然一体,尽管同时也显得不那么热情好客。房子离大路大约有五十码的距离,周围三英亩的地方种满了紫苜蓿、草莓、树莓,还有一个个整整齐齐的菜园。卡尔以他一贯的迅速而彻底的风格把这块地清理了出来——他把木材卖给了托尔森兄弟,把砍下来的碎木屑堆在一起烧了,并且在一个冬天的时间里打好了全部基础。四月的时候,各种草莓、树莓就种了下去,一个梁柱结构的牲畜棚也建了起来;夏天,人们便看见卡尔在忙乎着砌墙和往炼砖上抹灰泥。他本来计划——至少在教堂里人们是这么说的——建造一座精致的孟加拉式平房,就像他父亲多年前在中央谷的家庭农场中建的那座房子样式一样。有人说,他要造壁炉边①,以及一个超大的壁炉和壁龛,嵌入式的窗座和墙裙,还要做一个斜坡式的门廊,沿着入口要砌一段矮石墙。但是,开工之后他及时地发现自己的想法有点儿超出实际——正如他妻子所说,他是一个建造者,一个严苛的建造者,但不是个艺术家——比如说墙裙,就完全被省了去;他计划用河里的卵石建造的烟囱也没有像他父亲的房子(如今属于比约恩·安德烈亚森)那样高耸起来,而是用了炼砖来替代。他最后建成的是一座方正坚固的房子,屋顶上仔细地覆盖着香杉木瓦,显示着建造者一丝不苟的性格。

阿尔特·莫兰脚踩刹车,嘴里嚼着口香糖,默默地苦恼着,他先是

---

① 位于壁炉两侧,可供人坐。

看着花园，然后是下粗上细的柱子撑起的前廊，最后是人字屋顶中的巨大龙骨；他看着那对本来意图做成非对称样式，但最终还是按照传统样式做成一前一后的老虎窗①。他摇了摇头，回想起以前在这房子里的情形，楼上的房间里可以看见外露的屋椽，苏珊·玛丽的超大家具都摆在楼下——他去年十月曾在那里参加过秋季的教会活动——但是他知道这次他不会进屋了。他是突然意识到这一点的。他将站在走廊里说出他所带来的消息，他会把警帽贴在腿部，然后便转头离去。他知道这样做不对，但是他还能怎么做呢？这太难了，他不擅长做这些事情。待他做完这件事情后，他会打电话回办公室找伊林诺·窦可思，让她去告诉苏珊·玛丽的姐姐，然后她姐姐很快就会到这里来了。但是他自己能干些什么呢？他一点儿头绪也没有。他不可能坐下来陪她面对这个消息。他得让这个寡妇知道他还有些事情必须要处理——一些出于警官的天职而必须赶紧处理的事务……他将告诉她这个消息，表示哀悼，然后把苏珊·玛丽单独留在那里。

阿贝尔的车仍然挂着空挡，阿尔特借着惯性将车开上苏珊·玛丽家的车道。在这里，他的目光越过一垄垄整齐的覆盆子藤往东面望去，从满山的香杉树的树尖儿看出去，看见了大海。这是难得一见的九月里的好天气，天上一朵云也没有，如果你不是站在树荫下，便会感受到六月般的温暖，远处的白浪反射着闪烁的阳光。这下阿尔特·莫兰理解了一些之前所不解的事情：卡尔之所以把房子建在这里，是因为这里不仅光照充足，而且可以远望北方和西方。当卡尔种下覆盆子和草莓时，他也一直关注着海水的动向。

阿尔特把车停在海因的雪佛兰车后面，关掉了发动机。在他停车的时候，卡尔的儿子们从房子的角落里跑出来——一个约莫三四岁的男

---

① 老虎窗即屋顶天窗，一般是指阁楼顶端与墙体平行但突出屋顶墙边缘的窗户，形状像一头卧虎。

孩，后面跟着一个大约六岁、脚有些跛的男孩。他们穿着短裤，没穿上衣，光着脚板，站在一丛杜鹃花旁边，盯着他。

阿尔特从衬衫口袋里摸出一张口香糖纸，将嘴里的口香糖吐到上面。他可不想在说那些不得不说的话时嘴里还含着一块口香糖。

"嘿，伙计，"他透过车窗用轻松的调子喊道，"你们的妈妈在家吗？"

两个男孩没有回答。他们只是瞪大着眼睛看着他。一只德国牧羊犬悄无声息地从房子后面走出来，稍大一些的男孩抓住它的项圈让它停下。"别动。"他简洁地说。

阿尔特·莫兰将车窗摇下一半，从座位上拿起帽子，扣在了后脑勺上。"警察。"小一些的那个男孩说道，并且往他哥哥身边靠近了一些。"那不是警察，"大些的男孩回答道，"他是治安官，或者跟那差不多的人。"

"没错，"阿尔特说道，"我是莫兰治安官，孩子们。你们的妈妈在家吗？"

大些的男孩推了推弟弟。"去叫妈妈。"他说道。

他们和父亲长得很像。但是他们不会长得像父亲那样高大，莫兰看得出来。他们是皮肤黝黑、四肢结实的有着日耳曼血统的孩子。

"你们去玩吧，"他对他们说，"我自己去敲门。你们去玩。"他俯身向小一些的男孩微笑道。

但是他们没有离去。当他走上门廊，用自己的指节敲着大门的时候，他们仍站在杜鹃花丛边看着他。大门自己打开了，里面是卡尔家的客厅。阿尔特朝屋里望去，等待着。墙上铺着涂了清漆的松木板，上面的树结闪闪发亮；苏珊·玛丽的窗帘十分整洁，是纯净的黄色，用一个蝴蝶结小心地收束着，上面做了褶子、短幔和衬底。一块同心圆式的羊毛编织地毯覆盖了大部分地面。客厅较远的一角放着一架立式钢琴；另一个角落则放着一张拉盖式书桌。客厅里还放着一对配有绣花软垫的橡木摇椅，一对胡桃木茶几，放在一个破旧的沙发凳两边，在一个镀金的铜落地台灯旁边还摆着一张豪华的安乐椅。椅子被拉到卡尔建造的超大壁炉旁边，壁炉里面放着一个高大的带凹槽的薪架。这个房间给治安官留下了深刻印象——里面的陈设，昏黄、静谧、柔和的灯光，还有墙上的海因家族和瓦里格家族的照片——他们都是卡尔和苏珊·玛丽的先人，都是些强壮、威严、脸型粗钝的日耳曼后裔，从不在摄影师面前露出微笑。

这是一个舒适的客厅，整洁而安静。阿尔特认为这应该是苏珊·玛丽的功劳，只有烟囱和老虎窗是卡尔的成果。正当他站在那里赞叹着苏珊·玛丽在各种事情上都那么能干时，她出现在了楼梯上。

"莫兰治安官，"她喊道，"你好。"

莫兰知道她还没有听到外面的消息。他知道这个消息必须要由他来告诉她了。但是他心里仍旧忐忑——他无法鼓起勇气，所以当她走下楼梯的时候，他只是站在那里，手里拿着帽子，用拇指根搓着嘴唇，目光躲闪。"你好，"他说，"海因太太。"

"我刚把宝宝放下来。"她说道。

眼前的这个女人和她在教堂里的样子——那个惹人喜爱的给人倒茶和咖啡的渔民的妻子——很不一样。现在她穿着一件灰暗的衬衫，没穿鞋，没化妆。她左肩上搭着一块餐巾，上面粘有口水，手里拿着一个奶瓶。

"我能为您做些什么，治安官？"她问道，"卡尔还没有回来。"

"这正是我来这儿的原因，"阿尔特答道，"我恐怕有些……不好的消息要告诉你。最坏的那种，海因太太。"

她开始仿佛没听清。她看着他，仿佛他说的是中文。然后她把餐巾从肩膀上拉下来，朝他微笑。阿尔特不得不把话说得更明白些了。

"卡尔死了，"阿尔特·莫兰说，"他昨天夜里捕鱼时出了意外。我们今天早上在白沙湾发现了他的尸体，缠在渔网里。"

"卡尔?"苏珊·玛丽·海因说道,"这不应该。"

"但是,是真的。我知道这不应该。我也不希望发生这样的事情。相信我,我希望这不是真的。但却是事实。我专程来告诉你的。"

她的反应有些奇怪。事先无法预料。她突然后退几步,和他拉开了距离,眨着眼睛,重重地坐在最后一级楼梯上,把孩子的奶瓶放在脚尖旁边的地板上。她把手肘撑在膝部,抖动着餐巾。"我知道这事情迟早会发生的。"她小声说道。然后她停下手中的动作,呆呆地看着客厅。

"对不起,"阿尔特说,"我去……去打电话给你姐姐,我想,叫她过来。你没事吧,海因太太?"

但是她没有回答,阿尔特只好重复地说着抱歉的话,然后从她面前走过,往电话机的方向走去。

第七章

在卢·菲尔丁法官的法庭的后排座位上,坐着二十四个日裔岛民,穿着他们只有在正式场合才穿的衣服。没有任何法令要求他们只能坐在最后排。但是圣佩佐岛不成文的规矩使得他们这样坐。

他们的父辈和祖辈迁居圣佩佐岛的历史可以追溯到一八八三年。那一年,两个日本人——日本·乔和查尔斯·乔斯——住在牛海岬附近的一个棚屋里。在杰弗逊港锯木厂,有三十九个日本人在那儿工作,但是户口调查员没有将他们的名字一一登记,而是用日本人1号、日本人2号、日本人3号、日本·查理、老日本山姆、笑嘻嘻的日本人、日本小矮子、爱红脸的日本人、穿靴子的、矮胖的——诸如此类的代号来替代他们的真名。

世纪之交时,三百名日本人来到了圣佩佐岛,他们大部分都是纵帆船水手,为了留在美国而在杰弗逊港跳船下来。很多人游到岸上的时候身上一张美钞都没有,他们在岛上的荒野小道上四处游荡,以红花覆盆子和日本松茸为食,直到找到"日本城"——那里有三家澡堂、两家理发店、两个教堂(一个是佛教寺庙,一个是浸礼会教堂)、一家旅馆、一个杂货店、一块棒球场、一个冷饮小卖部、一家豆腐店,以及五十个未刷油漆的脏兮兮的住所,一律面朝着泥泞的道路。不到一个星期,这些跳船者就在锯木厂找到了工作——码木料,清扫锯末,拖原木,给机器上油——每小时挣十一美分。

根据保存在岛县历史档案馆中的公司史料记载,一九〇七年共有十八名日本人在杰弗逊港锯木厂受伤或致残。资料中记载,日本人107号,在三月十二日被劈料刀削去一只手,获得了七点八美元的工伤赔偿;日本人57号在五月二十九日因为一堆木材倒塌而导致股关节脱臼。

一九二一年,锯木厂被解散:岛上的树都被锯光了,以至于圣佩佐岛几乎成了一片光秃秃的沙漠。锯木厂主们卖掉他们的资产,离开了圣佩佐岛。日本人开始开垦草莓地,因为圣佩佐的气候十分适宜草莓生长,而且种植所需的启动成本很低。正如古话所说,你只需要一匹马、一架犁,以及一大帮孩子就行了。

有些日本人租了小块土地,自己经营。但是,大部分人都只能充当雇农或佃农,在哈库金①的土地上耕种。法律规定,除非他们成为美国公民,否则不允许拥有土地;法律还规定只要他们是日本人,就不能成为公民。

他们把钱存在罐子里,然后写信给他们在日本的父母,要求他们送女人过来做他们的妻子。有的人撒谎说他们变得很富有,或者寄去自己年轻时候的照片;反正不管怎么样,妻子们一个个漂洋过海地来了。他们住在香杉木板搭成的小屋里,点着油灯,睡在铺着稻草的褥子上。风透过墙上的缝隙刮进屋里。早上五点的时候,新娘新郎便都在草莓地里干活了。秋天的时候,他们蹲伏在田间地头,或是拔草或是拎个铅桶施肥。四月份的时候,他们往地里撒诱杀蛞蝓和橡皮虫的饵料。他们先给一年期的草莓苗修剪一次匍匐茎,然后修剪两年期和三年期的植株。他们不仅除草,而且还要防范霉菌病和沫蝉②,还要担心下雨天草莓会

---

① 原文hakujin,是日本人对白人的称谓。
② 一种附着于蔬菜等植物上的虫,其幼虫会分泌一种液体,与空气结合后,形成唾沫状的保护体。

烂掉。

六月份，草莓成熟的时候，他们便带着筐子来到草莓地里开始采摘工作。加拿大印第安人每年都会来，和他们一起为哈库金干活。印第安人睡在田间地头，或者旧的鸡舍、谷仓里。有些在草莓罐头工厂工作。他们会待上两个月，等到覆盆子的收获季节过去才离开。

每年夏天都至少有足足一个月的时间，地里有无穷无尽的草莓等着人们去采摘。拂晓之后一个小时，草莓便装满了第一个浅筐，一个白人工头站在那里，拿一个黑色的簿子，在每个采摘者的名字旁边写下不同的罗马数字。他将草莓分类拣到松木箱里，由包装公司派来的人把它们装到平板卡车上。采摘者则继续回到标有数字编号的田垄间，蹲伏着采摘草莓，将浅筐填满。

当收获工作在七月上旬完成的时候，他们可以放一天假，庆祝草莓节。一个年轻女孩会被选为草莓公主，戴上花冠；哈库金则架起烤三文鱼的架子；志愿消防队会和日本社区中心队打一场垒球比赛。花园俱乐部会展出他们的草莓和倒挂金钟花篮；商会则为花车比赛的冠军颁发奖杯。詹森西港的舞榭在夜间会点起灯笼；从旅游船上涌来的西雅图游客会跳起斯芬斯卡波卡舞、莱恩兰德舞和肖蒂什轮舞，并表演各种杂耍。每个人都走上街头——草农、职员、商人、渔民、捕蟹人、木匠、伐木工人、织网人、菜农、废旧品商人、房产代理人、雇佣诗人、牧师、律师、税务员、牧羊场主、机器安装工、养路工人、卡车司机、水管工、采蘑人、冬青树剪枝员，等等。他们在伯切尔城和赛尔凡树林野餐，一边听着中学乐队演奏着缓慢的《苏泽进行曲》[①]，一边躺在树荫下喝着葡萄酒。

这里像是酒神狂欢，又像是部落里的炫财冬宴，又带有一些新英格兰的晚宴遗风，然而整个草莓节中最隆重的就是草莓公主的加冕典礼。

[①] 苏泽（1854—1932），美国作曲家，创作了大量喜剧歌剧和进行曲，如《星条旗永远飘扬》(1987年)。

草莓公主通常是一个日本童贞少女,身上穿着绸缎衣服,脸上仔细地扑满米粉。这个奇怪而庄严的仪式通常在开幕之夜的日落时分举行,地点就在岛县法院前的空地上。草莓公主周围呈月牙形地摆着一篮又一篮的草莓,她低下头,由友睦港镇长为她戴上花冠。镇长身佩一条由肩及腰的红色绶带,带着一根装饰精美的权杖。在接下来的静穆氛围之中,镇长将庄重地宣布——他手里还拿着一封信——农业部对他们美丽的小岛产出了美国最好的草莓表示嘉奖,并告诉人们乔治国王和伊丽莎白王后在最近到访温哥华的时候所用的早餐中,就有圣佩佐出产的最上等的草莓。人群中爆发出一阵欢呼,镇长则站在那里高举权杖,另一只手搭在少女线条优美的肩际。那名少女则在无意中充当了两个社群之间的调解人,成为使得草莓节得以在融洽气氛中进行的人祭。

第二天,通常是在中午,日本人便开始采摘覆盆子了。

生活就这样在圣佩佐延续着。到珍珠港突袭事件爆发的时候,已经有八百四十三名日裔在圣佩佐岛上生活了,其中包括十二名友睦港中学的高中生,他们在那年春季尚未毕业。一九四二年三月二十九日的清晨,美国战争迁移局的十五辆大卡车载着圣佩佐岛上所有的日裔美国人驶向了友睦港渡口。

他们在白人友邻的目送下被送到一艘船上,那些人一大早爬起来站立在寒风中看着日本人从他们中间被驱走——这些人当中有些是朋友,但是,大部分,都仅仅是出于好奇;而渔民们则站在友睦港外自己的船甲板上望着这一切。像大多数岛民一样,渔民们都认为驱逐日本人是正确的举动,他们倚靠着自己的船头或船尾的房舱,坚信日本人被驱走一定是有其道理的:两国之间正在交战,而这改变了一切。

上午休庭的时候,被告人的妻子独自来到被告席后面的那排位子上,请求与她的丈夫说几句话。

"你可以站在这里说,"阿贝尔·马丁森说道,"宫本先生可以转过身来面朝你,但是只能这样了,你知道的。我无权让他随便走动。"

七十七天来,宫本初枝每天下午都会来到岛县监狱,等待着三点钟和她丈夫见面。起初,她是一个人来,隔着玻璃和他说话,但是后来他让她把孩子们也带来。她照他的话把孩子们带来了——两个女儿,一个八岁,一个四岁,跟在她后面;还有一个儿子,十一个月大,被她抱在怀里。他们的儿子学会走路的那天上午,天道正被关在监狱里,但是那天下午,初枝就把孩子带来了,让他走了几步给会见室隔离玻璃后面的父亲看。然后她还把孩子举起来,让天道通过麦克风和他说话。"你能比我走得更远!"他说,"再走几步给我看,好吗?"

如今,在法庭上,他转身面朝初枝。"孩子们怎么样?"他说。

"他们需要父亲。"她回答说。

"内尔斯在努力为我辩护。"天道说。

"内尔斯要走开了,"内尔斯说道,"马丁森副治安官也应该走开。为什么不站远点儿呢?只要你能看着他们就行了,阿贝尔。给他们点隐私吧。"

"不行,"阿贝尔答道,"阿尔特会杀了我的。"

"阿尔特不会把你怎么着,"内尔斯说道,"你很清楚,宫本太太不会悄悄地塞什么家伙给宫本先生的。退后一点儿。让他们说会儿话。"

"我不能这样做,"阿贝尔说,"对不起。"

但他还是侧身退后了三英尺,并且假装没有听他们的谈话。内尔斯则走开了。

"他们在哪儿?"天道问道。

"他们在你妈妈家,中尾太太在那儿。大家都在帮忙。"

"你看上去很好。我想你。"

"我的样子糟透了,"初枝回答道,"你看上去就像是个东条英机手下的士兵。你最好不要坐得这样笔挺。那些陪审员会害怕你的。"

他目不转睛地盯着初枝的眼睛,她也看透了他的心思。"能出牢房就好,"他说道,"从那儿出来的感觉真好。"

初枝突然想要摸摸他。她想探身将手放到他脖子上,或者用指尖碰碰他的脸。这是七十七天来他们之间第一次没有被那块玻璃所阻隔。七十七天来,她都只能通过麦克风的过滤器听到他的声音。事情发生之后,她的心就从来没有放下过,她根本不敢想象他们的未来。晚上的时候,她把孩子们放到床上,然后便徒劳无功地想让自己睡着。她有姐妹、表兄妹和婶婶,她们会在上午打电话来叫她过去吃午饭。她去了,因为她感到孤独,需要听到有人说话。女人们做了三明治、蛋糕,煮了茶,孩子们玩耍的时候她们就在厨房里聊天。整个秋天就是这样过去的,她的生活陷于停顿,就像悬在半空中一样。

下午,初枝有时会在沙发上睡着。当她睡着的时候,其他女人们就帮着照顾她的孩子,她醒来后总是不会忘记感谢她们;要是在过去,她是绝对不会让这样的情况出现的,她绝对不会在拜访人家的时候睡着而任由孩子们乱跑。

她是一个三十一岁的女人,仍然美丽优雅。她长着赤脚农民的平足,腰肢纤细,乳房小巧。她经常穿着男人的卡其裤,一件灰色的运动衫,踩双凉鞋。夏天她习惯去摘草莓,为家里多挣一份钱。她的手在采摘季节总是沾满草莓汁。在地里,她戴一顶年少时不常戴的草帽,压得很低,现在她的眼睛周围出现了斜纹。初枝是个高个子女人——五英尺八英寸,却能在草莓地蹲很久而不累。

最近她开始涂睫毛膏和口红。她并不是爱虚荣,但是她知道自己正在衰老。对于三十一岁的她来说,衰老并不算什么可怕的事情,因为这些年来她渐渐形成一种日益深化的观念:生活中有比一直以来给她带来无数赞美的美丽容貌更为重要的事情。年少时,她是如此美貌出众,使得她的美丽几乎成为公共财产。她在一九四一年的草莓节上被戴上草莓公主的花冠。十三岁时,她妈妈为她穿上一套和服,把她送到教年轻女子学习和舞和茶道的茂村太太那儿去。她坐在镜子前面,茂村太太在她身后,她那时才知道自己的头发是何等美丽。如果将这一头秀发剪短简直无异于犯罪。它犹如一条黑色的瀑布——茂村太太用日语描述道,是她身体中最美妙的部分,简直就像与她同龄的女孩子剃了光头一样惹人注目。她必须学习各种梳头的发式——她可以用发夹把它别起来,或把它梳成一根大辫子搭在一侧胸前,或用复杂的结法将它盘在后颈,或者将它梳向脑后,使她那平整光滑的面颊更加突出。茂村太太用手掌托起她的头发,说她的头发质地简直像水银一样柔滑。她告诉初枝,她必须学会可爱地抚弄自己的头发,就像拨弄一件弦乐器或一支笛子那样。然后她顺着初枝的后背梳理着她的头发,使它散开成一把扇子的形状,散发着美丽非凡的黑色波光。

茂村太太每个星期三向初枝传授复杂的茶道、书法和浮世绘。她教初枝如何在花瓶中插花,以及在特殊的场合如何将米粉扑在面庞上。她要求初枝永远不许咯咯地笑,也不许直视任何男人。为了使自己的肤色完美无瑕,皮肤像香草冰淇淋般柔滑的茂村太太告诉初枝,她必须小心避免晒到太阳。茂村太太还教初枝如何仪态端庄地唱歌,以及如何优雅地坐下、行走和站立。茂村太太教导的最后一条被保持了下来:初枝走路时从脚前掌直到头顶,整个身体的姿态都是协调一致的。她体态匀称而优雅。

她的生活总是艰辛——田野劳动、集中营、更多的田野劳动和家务活——但是经过茂村太太那段时期的教导,她学会了镇定自若地面对这一切。茂村太太教她的固然是体态和呼吸吐纳,但更是一种灵魂的修炼。她教她在更高的生活境界中寻求自洽,并把自己想象成大树上的一片叶子——秋天的凋零,她说,并不影响它参与大树的生命从而获得幸福的确认。在美国,她说,人们惧怕死亡;这里的生活和存在是两码事。但是,一个日本人,应该看到生命包含着死亡,等她感受到这一点的时候,她将获得平静。

茂村太太教初枝如何静坐,并且告诉她除非她学会长时间端坐不动,否则便不能算是成熟。生活在美国,她说,使人们很难做到这一点,因为这里有种种紧张和不快乐。最初,年仅十三岁的初枝甚至无法安坐超过三十秒。后来,她发现,当她把身体静止下来之后,无法平静的是她的思想。但是,逐渐地,她的躁动还是屈服于平静。茂村太太感到欣慰,并且告诉她,她的那种自我骚动正在慢慢被克服。她告诉初枝,她的定力将使她受益良多。她将能够在生活不可避免的变化和动荡中体验到内心的宁静。

但是,当初枝穿过森林小径从茂村太太家回家的时候,她心里还是会害怕。尽管她受过那些训练,但是仍然无法保持平静。她在森林里晃荡,有时候坐在树下,有时搜寻着拖鞋兰①或延龄草,或者陷入冥思遐想之中——她渴望实在的生活和娱乐,渴望衣服、化妆品、跳舞、看电影。她觉得自己只是在表面上装出平静的样子,骗过了茂村太太,但是内心里却涌动着可怕的、不可抑制的对世俗欢乐的向往。不过,要求她隐藏起自己内心生活的力量很强大,读中学时她已经能够很熟练地在身体上装出平静的样子,尽管内心完全不是。她就这样过着一种隐秘的生活,这令她困惑,她很想摆脱这样的生活。

茂村太太在有关性的事情上对初枝开放而坦诚。作为一个正儿八经的占卜师,她预测到白人将会渴望得到初枝并想方设法破坏她的童贞。她认为,白人都包藏着一颗隐秘的渴望得到纯洁的日本少女的心。看看他们的杂志和电影,茂村太太说。和服、清酒、米纸墙,还有冶艳而端庄的艺妓。白人喜欢幻想热情的日本女孩——皮肤细腻、柳条般纤细的长腿,赤着脚走在湿润温暖的水田中——他们的性渴望是扭曲的。他们是危险的自大狂,一心以为日本女人崇拜他们白皙的皮肤和他们的雄心壮志。离白人远点儿,茂村太太说,嫁给同族的好男孩,只要他强壮而且心地善良。

---

① 一种兰花,因花朵形似女式拖鞋而得名。

初枝的父母送她到茂村太太那儿去的目的是希望她不要忘记自己归根结底还是一个日本人。她的父亲，一个种草莓的农民，是从日本来的。他们家原先是做陶器的，这一点只要是他们那个辖区的人都知道。初枝的妈妈富士子是吴市①附近一个平凡人家的女儿，她的家人都是勤恳的小商店主和米商。她是作为久雄的照片新娘乘坐韩国"麻生"号来到美国的。这桩婚姻是由一个媒人安排的，他告诉芝山家的人，未来的新郎在一个新国度发了财。但是芝山家族也是个有声望的家族，他们认为富士子，也就是他们所讨论的这个女孩，应该有一个更好的归宿，而不是下嫁给一个身在美国的打工仔。但媒人的工作就是替人说合亲事。他给芝山家的人看了十二英亩的上等山地，并说未来的新郎打算一从美国回来就买下这块地。那片山地里种着桃树、柿子树、高大挺拔的香杉树，还有一座带三个石砌花园的新房子。最后，他说，富士子自己也想去：她年轻，才十九岁，也想在嫁人之前去看看大洋之外的世界。

　　但是她一路上都在生病，身体绵软无力，胃部绞痛难受，还老是呕吐。一到新的国度，来到西雅图，她马上发现自己嫁给了一个穷光蛋。久雄的手上布满了老茧和太阳晒起的水泡，他的衣服上带着田地里干活的人身上才有的浓烈的汗味儿。她发现这个人除了几张美元和几个硬币之外一无所有，因此他乞求富士子原谅他。最初，他们住在灯塔山的一个公寓里，公寓的墙上糊着从杂志上剪下来的画，外面街道上的白人都用鄙夷的目光看着他们。富士子到码头区的一个伙房去工作。为白人工作的时候，她身上也开始淌汗，她的手和指关节也经常被割伤。

　　后来，他们生下了初枝，五个女儿中的老大，于是他们全家都搬到杰克逊街的一个公寓。这个公寓的主人是从桒木县辖区来的，他们靠自己的力量发展得非常好；他们的女人穿着绉绸的和服和深红色软木底的鞋子。但是，杰克逊街到处都是腐烂的鱼、卷心菜和萝卜泡在咸海水中

---

① 日本地名，位于广岛县西南部。

发酵的气味,以及臭水沟和柴油车尾气的味道。富士子在那里做了三年房间清洁工,直到有一天久雄回到家,带回一个消息说他为他们在国家罐头公司找到了工作。五月份的时候,这些日本人便登上了前往圣佩佐的船,在圣佩佐的草莓地里有他们的工作。

但是,工作十分艰苦——初枝和她的姐妹们一生中将要做大量这样的工作——她们得在烈日的暴晒下弯腰劳动。但是除了这一点,这里还是比西雅图好多了:一行行整齐的草莓遍布山谷,风儿把大海的气息吹入他们的鼻孔,天刚蒙蒙亮的早晨,久雄和富士子常常误以为自己又回到了日本——那个他们已经离开的地方。

起初,他们和一个印第安家庭一起住在一个谷仓的角落里。七岁的初枝跟在妈妈的身边,去森林里割蕨菜和修剪冬青树。久雄做着卖鲈鱼和做圣诞节花环的营生。他们攒了一麻袋的硬币和零钱,租下了七英亩的林地,地里只有砍剩的树墩和枫树,他们还买了一匹耕地的马,开始清理这块土地。秋天来的时候,枫树叶子都蜷曲凋零了,被雨水一沤,都成了赤褐色的腐叶。一九三一年冬天,久雄把叶子堆起来烧了,把树桩挖了出来。一座香杉木的房子也慢慢建了起来。他们开始在这块土地上耕种,赶在春天到来的时候种下了第一茬作物。

初枝是在南海滩挖蚌,在采黑莓、采蘑菇和给草莓除草的过程中长大的。同时,她还要帮着照顾四个妹妹。她十岁的时候,隔壁有个男孩教会了她游泳,还允许她享用他的玻璃底的水箱,这样她就可以看到波涛下面的世界了。他们两个趴在水箱里,任由太平洋上的日头晒着他们的后背,一起看着海星和黄道蟹。初枝背上的水蒸发了,留下一层细细的盐粒。后来,有一天,那个男孩吻了她。他问是不是可以吻她,而她什么都没说,于是他就在水箱里俯过身将自己的嘴唇在初枝的嘴唇上贴了一下,一秒钟都不到。在他把嘴唇移开,眨着眼睛看着她之前,初枝闻到了他嘴里温暖、咸咸的味道。然后他们继续透过玻璃看水中的海葵、海参和沙蚕。到初枝结婚的那一天,她将想起自己的初吻给了一个叫伊什梅尔·钱伯斯的男孩——当他们一起趴在玻璃水箱里在海中漂荡的时候。但是,她的丈夫问她以前是否接过吻时,初枝说自己从未有过。

"雪下大了,"此刻,她抬眼看了看法庭的窗户,对天道说,"一场大雪。你儿子生下来见到的第一场雪。"

天道转身去看窗外的雪,她注意到他脖颈左边衬衫领子上方露出的粗壮的肌肉。他在监狱里并没有失去力量;在她的理解中,他的力量是一种内在的东西,有时候会无声地反映他的生活状态:在狱室中他仍旧镇静地保存着自己的力量。

"回去检查一下根茎菜窖,初枝,"他说,"可别把里面的东西冻坏了。"

"我检查过了,"她回答道,"一切都很好。"

"好,"宫本说,"我就知道你会的。"

他望着雪花沉默了一会儿,然后转回身来看着初枝。"你还记得在曼扎纳①的那场雪吗?"他说,"不管什么时候下雪,我都会想起来。那时的雪和风,还有那个圆肚火炉。还有窗外的星光。"

一般他是不会对她说这样的事情的,这些浪漫的话。但是或许监狱使他学会了将本来习惯闷在肚子里的东西说出来。"那也是在监狱里,"初枝说,"那里有美好的东西,但那也是监狱。"

"那不是监狱,"宫本告诉她,"我们那时觉得是,但那是因为我们所知有限。那不是监狱。"

他说的时候,初枝知道,那是对的。他们是在曼扎纳的集中营里结的婚,结婚仪式是在一个糊着油毡纸的小佛堂里举行的。新婚之夜,初枝的妈妈用一块军用羊毛毯把一个挤满了日本人的房间隔成两半,还在

---

① 第二次世界大战时期,珍珠港事件后,美国将所有日本侨民关入集中营,曼扎纳为集中营所在地。

靠近小火炉的地方给他们铺了两张小床。她把两张小床推到一起拼成一张，又用手帮他们把床单抚平。初枝的四个妹妹都站在隔帘旁边看着她们的妈妈默默忙碌。富士子往圆肚小火炉里面加了些煤块，然后在围裙上擦了擦手。她点点头，提醒他们四十五分钟后把调节风门关上。然后就带着女儿们出去了，把初枝和天道留在那儿。

初枝和天道穿着结婚礼服站在窗旁，亲吻着。她嗅着他温暖的脖子和喉咙。外面，雪花飘舞着，打在营房的墙上。"他们什么都听得见。"初枝轻声说道。

天道双手抱着她的腰，转身对着窗帘说起了话。"收音机里这时候应该有些好节目，"他大声说道，"放点音乐好吗？"

他们等待着。天道把他的外套挂在挂衣钉上。一会儿，一个拉斯维加斯的电台开始放音乐了——都是些西部乡村音乐。天道坐下来，脱下鞋袜。他把它们整整齐齐地放在床下，又解开领结。

初枝在他身旁坐下。她盯着他的侧脸和他下颌上的疤痕看了一会儿，然后他们就接吻了。"帮我弄一下我的裙子，"她小声说道，"后面松开了，宫本。"

宫本为她解开了裙子。他的手指顺着初枝的背脊往下滑。她站起身，把裙子从肩膀上拉了下去。裙子落在地板上，她把它捡起来挂在宫本外套旁边的挂衣钩上。

初枝穿着乳罩和衬裙回到床边，在宫本身旁坐了下来。

"我不想弄出太多声音，"她说，"即使开着收音机也不好。我的妹妹们都在听着。"

"好的，"宫本说，"小声点儿。"

他解开衬衫的纽扣，脱下衬衫，把它放在床尾。他把汗衫也脱了下来。他非常结实。初枝都能看到他腹部的肌肉骨碌碌地滑动。她很高兴自己嫁给了他。他也来自种草莓的农民家庭。他很会种草莓，也知道哪些匍匐枝该剪掉。他的手和她的一样，在夏天的时候都沾满了草莓汁。

草莓汁染红了他的皮肤,留下一股草莓的香气。她知道,她之所以想把自己的生活和他联系在一起,部分就是因为这股味道;她的鼻子终于闻到了这熟悉的味道,尽管在别人看来可能很奇怪。而且,她知道天道有着和她一样的梦想——在圣佩佐拥有一个自己的草莓农场。这是他们全部的想法,别无所求,他们只想拥有自己的农场,能够时刻和自己所爱的人亲密相处,窗外弥漫着草莓的香气。初枝知道,有很多像她一样年龄的女孩对幸福有着不一样的理解,她们只想去西雅图或洛杉矶。她们也说不清楚自己到底要到城市里去寻找什么,她们只是想去那儿。初枝也曾经那样想过,但是后来就好像从迷梦中醒来一样,她意识到自己内心真正想要的是什么:她想要的是一个岛上的草莓农场所带给她的平静和安宁。她在骨子里知道自己想要什么,她还知道自己为什么想要。她理解那种幸福——工作一目了然,还可以和自己选择并热爱的男人一起到田野里去。这也正是宫本心中所想,他所希望的也是同样的生活。所以他们一起计划着。等战争结束的时候,他们就回圣佩佐去。天道和她一样,他的根也在那里,他了解土地和土地上的劳动,他也知道和自己所喜爱的人生活在一起是多么美好的事情。多年前,茂村太太与她谈起爱情和婚姻的时候曾为她描述过理想男孩是什么样的,天道正是这样的人选。所以,此刻她亲吻着他,用力地亲吻着。她更加温柔地亲吻他的下颌和额头,然后把她的下巴放在他的头顶,将他的耳朵捂在指间抚弄。他的头发闻上去像湿润的泥土。天道把手放在初枝背部,将她紧紧地搂向自己。他亲吻着她乳房上部的肌肤,鼻子嗅着她的乳罩上的香气。

"你的气味真好闻。"他说。

他抽身脱掉自己的裤子,把它放在衬衫旁边。他们穿着内衣并排坐着。他的大腿在窗外照进来的灯光下泛着光。初枝看到他的性器在内裤底下直挺着,把他的短裤撑了起来。

初枝把脚缩到床上,下巴搁到膝盖上面。"她们在听,"她说道,"我知道。"

"能把收音机的声音调大点儿吗？"宫本大声说道，"我们在这儿听不清楚。"

西部乡村音乐的声音变得更响了。他们一开始十分安静。他们面对面侧躺着，她感觉到他那个东西抵在她的小肚子上。她的手往下摸去，隔着短裤碰了碰它，摸了摸顶部的龟头和下面的筋。她听见煤块在胖肚子火炉里燃烧的声响。

她想起了当年趴在玻璃水箱里和伊什梅尔·钱伯斯接吻的情景。那是一个褐色皮肤的男孩，和她家住在一条路上——他们一起摘草莓，爬树，钓鲈鱼。当天道亲吻着她的乳房下部，继而又隔着乳罩亲吻她的乳头时，她想起了钱伯斯，她觉得钱伯斯是这一连串事情的开端——她在十岁的时候吻了一个男孩，甚至有了一些怪怪的感觉，而今夜，她很快就要体会到另一个男孩身体中那坚硬的部分深入她身体的感觉。但是在她的新婚之夜，把钱伯斯完全置诸脑后对她而言并不是什么难事；那只是脑海中偶然浮现的记忆，因为所有浪漫时刻都会莫名其妙地纠缠在一起——尽管有些已经远逝了。

一会儿，她的丈夫就脱掉了她的衬裙和底裤，解开了她的乳罩，她也脱掉了他的短裤。他们赤裸着，她借着窗外的星光看见他的脸。这是一张好看的脸，结实而平滑。此刻，外面的风正刮得紧，在板壁间呼啸着。她用手握住天道坚硬的性器，揉捏着，它在她手中跳动了一下。然后，她随性地转身仰卧着，手里仍然没有放松，他翻到她身上，双手抱着她的臀部。

"你以前做过这事儿吗？"他小声地问。

"从来没有，"初枝答道，"你是我唯一的。"

他如愿地找到了地方。有那么一会儿，他等在那儿，保持着姿势，亲吻着她——他含住她的下唇，温柔地保持在那儿。然后，他双手抱住她，将她往自己的方向一搂，进入了她的身体，她感觉他的身体拍打在她的皮肤上。她整个身体都感觉到突然收紧了一下，全身都被这种感觉攫住。初枝两边的肩胛骨拱了一下——乳房不自主地贴向天道的胸脯——一种战栗缓缓地传遍全身。

"真好,"她记得自己小声说道,"感觉真好,天道。"

"Tadaima aware ga wakatta,"①他回答道,"我现在才知道这是最美妙的事情。"

八天之后,他便离开,前往密西西比的谢尔比营,在那儿加入了第442海军陆战队。他得去打仗了,他告诉初枝。为了证明自己的勇敢,他必须这么做。他必须向他的国家——美国,证明自己的忠诚。

"就为了证明这些,你可能会牺牲的,"她对他说,"我知道你勇敢而且忠诚。"

尽管如此,他还是去了。这些话她在结婚前就对他说过很多次,她常常劝他不要去,但他终归还是无法克制自己去参加战斗的热情。这不只是为了荣耀,他说,他必须去,因为他长着一张日本人的脸。他们还得证明些别的东西,这是这场特别的战争给他们带来的负担,如果他不扛起来,谁来扛呢?她从这一点中看出来,他这一次是不可动摇的,她也认识到他内心的刚强,这种刚强的性格使得她的丈夫迫不及待地想去战斗。在他的内心,有一个地方是她无法触及的,在那里他只能独自做决定,这使得初枝不仅对他放心不下,而且对他们的未来心存担忧。她的生活现在和他联系在一起了,因此在她看来他灵魂的每一个角落都应该是对她开放的。初枝执拗地告诉自己,是战争,是集中营监狱般的生活,是时代的压力,是他们被放逐出家园,导致了这种距离感。许多男人都不顾女人们的反对奔赴战场,每天都有许多人离开集中营,一车车的年轻人都这么走了。她告诉自己,必须忍耐,像她妈妈和天道的妈妈劝她的那样,不要和那些无法与之抗衡的力量较劲。她处在历史的洪流

---

① 日语,大意即后面那句话。

之中，就像她母亲过去所经历的那样。她必须在历史洪流中小心翼翼地行走，否则她自己的心会将她吞没，而她也将无法内心安然无恙地度过这样的战争岁月，她仍旧抱有这样的希望。

初枝习惯了思念丈夫，并且在漫长的时间里学会了等待的艺术——小心翼翼地控制着歇斯底里的情绪，就像伊什梅尔·钱伯斯在法院看见她的时候那样。

第八章

钱伯斯看着初枝,想起了和她一起在南海滩的悬崖下挖象拔蚌①的情景。初枝拿着一把园艺铲子,提着一个底部已经锈穿孔的金属提桶走在围堰上,破了洞的提桶一路都在漏着水;她当时十四岁,身穿一件黑色的游泳衣。她赤着脚,小心地避开那些藤壶,顺着围堰择路而行。围堰外的潮水已经退去,被太阳晒得干裂的泥土上长着茂盛的浸木池草。伊什梅尔穿着胶靴,手里抓着一把园艺工人用的手铲;烈日晒在他的肩膀和背部,他膝盖和手上的泥巴已经干裂。

他们走了将近有一英里,便停下来去游泳。在潮水转弯处,马蚌②出现了,这些会喷水的家伙像是藏在鳗草中的小型间歇喷泉。泥滩上,一次小喷泉爆发了。几十个蚌在那儿,喷出足有两英尺甚至更高的水柱,刚停了没一会儿又是一阵喷射,过了一会儿又是一阵,只是水柱喷得矮些,最后才渐渐变小终至于消停了。象拔蚌将它们的喷水管从软泥里伸出来,喷嘴对着太阳的方向,喷水管头部的虹管闪闪发亮。潮起潮落的泥滩上,白色而闪亮的虹管像花一般绽放。

两个人跪在一个蚌的虹管旁边,观察它奇特的模样。他们安安静静

---

① 一种大食用蛤,产于北美太平洋沿岸,又称女神蛤。
② 马蚌,一种因外形近似而常被误认为象拔蚌的蚌类。

地，也不敢轻举妄动——任何举动都有可能惊动蚌，使它们把水管缩回去。初枝把提桶放在旁边，一只手拿着铲子，指着蚌那露出来的软唇上的黑色部分，辨别它的大小、颜色和弹性，以及那水汪汪的小凹洞的周长。她认定这是一个马蚌。他们当时十四岁，一个象拔蚌在他们眼里都很重要。时值夏季，除了挖蚌基本上没什么重要事情了。

他们来到第二根水管旁，再次跪下来。初枝跪坐在自己的脚踝上，把头发里面的咸水拧出来，咸水顺着她的手臂流了下来。她干净利落地把头发甩到后面，让它们披散在背上，好承受阳光。

"象拔蚌。"她轻轻地说道。

"好大一个。"伊什梅尔表示赞同。

初枝俯身向前，把一根食指伸到了它的虹管里。只见蚌用虹管吸住她的手指，把水管缩回到软泥里去。她用一根桤木棍子跟随着它回撤的路径捅下去，结果捅进去足有两英尺。"它的位置在那儿，"她说，"个头很大。""我来把它挖出来。"伊什梅尔说道。初枝把自己的铲子递给他。"柄有点儿松，"她提醒道，"当心别弄断了。"

随着他往下挖，石房蛤、树枝和蛀船虫都被带了出来。伊什梅尔筑了个坝，防止潮水流进来；初枝则用那个漏水的提桶往外面舀水。她的身体平伸出去，几乎贴近被晒热的泥浆，她大腿的后部光滑，呈褐色。当桤木棍子倒下的时候，伊什梅尔卧倒在她旁边，看着，初枝开始用手铲挖开泥土。

象拔蚌的虹管露了出来；他们看到一条隙缝，蚌的水管正是从那儿缩回去的。他们一起趴在洞边，各自用一只沾满泥巴的手继续扒开周边的软泥，直到蚌三分之一的壳露了出来。"我们现在把它拔出来吧。"伊什梅尔提议道。

"我们最好先抓牢它。"初枝回答道。

以前是他教她怎样挖象拔蚌，后来他们在一起挖象拔蚌挖了四个夏天，她的本领已经超过了他。所以她的语气十分确定，而他也完全听她的。"它还是夹得很紧,"她说,"如果我们现在拔它,它就会逃走。我们得耐心点儿,多挖一会儿吧。我们挖深点会好些。"

拔的时候,伊什梅尔尽可能地把手伸进洞里,他的一边脸贴着泥巴,面朝着初枝的膝盖。他离初枝很近,所以只能看到初枝的膝盖,他闻到了她皮肤上的咸味。

"轻轻地,"她提醒道,"慢一点儿。放松点儿才行。不要着急。慢慢地拔出来才是最好的。"

"出来了,"伊什梅尔咕哝着,"我能感觉到它。"

随后她从他手上接过蚌,放在浅水中洗了洗。她用手掌根抹去蚌壳上的泥巴,清洁了一下长长的水管和软足。伊什梅尔重新接过蚌,把它放在提桶里。这个蚌干净漂亮,比他见过的所有蚌都大。它的大小和形状同一块除去骨头的火鸡胸脯差不多。他把它拿在手里翻来覆去地看着,赞叹着。他总是惊奇于象拔蚌那种厚实而沉甸甸的感觉。"我们挖到个好的。"他说。

"它很大,"初枝答道,"超大。"

她站在浅水中洗着腿上的泥巴,伊什梅尔则把洞重新填起来。潮水从被太阳烤得炽热的围堰处漫进来,水热得像个潟湖。他们两个并排坐在浅水中,面朝着一望无际的大海,海藻在他们腿间缠绕。"大海永远不会停息,"伊什梅尔说道,"水是这个世界上最多的物质。"

"总会有一个尽头的,"初枝回答道,"要么就是不停地循环。"

"那是一样的。等于没有尽头。"

"总是有个岸,此时肯定有一个地方海水正在涨潮,"初枝解释道,"那就是海的尽头。"

"海是没有尽头的。这个海和那个海相遇,很快水就流回来了,所有的海水都是混合在一起的。"

"海洋是不会混合的,"初枝说,"它们的温度都不一样。所含的盐分也不一样。"

"它们在底下混合,"伊什梅尔说,"实际上只有一个海洋。"他后仰着用手肘支撑住身体,继续辩解,一条海藻搭在他大腿上。

"不只有一个海洋,"初枝说,"一共有四洋:大西洋、太平洋、印度洋和北冰洋。它们每一个都不一样。"

"好吧,它们有什么不一样呢?"

"就是不一样。"初枝也后仰着用手肘支撑住身体,让头发垂在后面。"本来就是这样。"她又补了一句。

"这不是一个好理由。"伊什梅尔说,"重要的是,水就是水。地图上的名字并不代表什么。你觉得当你划着船在海上,从一个洋到另一个洋的时候,你会看见一个标志或别的什么东西吗?它——"

"颜色会发生变化,我听说,"初枝说道,"大西洋是带点棕色的,印度洋是蓝色的。"

"你在哪儿听来的?"

"我不记得了。"

"那不是真的。"

"是的,是真的。"

他们不说话了。周围只有水拍击的声音。伊什梅尔注意到初枝的腿和手臂。他还看到她唇角的海水蒸发之后留下一些盐渍。他还注意到她的指甲、她的脚趾的形状、她喉咙那儿的凹陷。

他已经认识她六年了,但是他并不完全了解她。她那些不为人知、只藏于内心的东西,开始使他产生极大的兴趣。

这使得他近来想到她的时候总觉得有些快快不乐,他已经花了很长时间——几乎整个春天,反复思忖着如何把自己的心事告诉她。他常常整个下午都坐在南海滩的悬崖上想着这件事。他在学校的时候也想着这件事。但是,他的思索没有任何结果,他仍旧不知道该如何向初枝说起。他想来想去,完全不知该如何开口。他觉得在她面前袒露心迹可能会是一个永远无法弥补的错误。她的心扉紧闭,没有给他开口的机会，尽管这么多年来他们下校车后都是一起步行，他们也曾一起在海滩上和森林里玩耍，一起在附近的农场采摘草莓。他们和同一帮小孩一起嬉戏，这帮小孩中有初枝的几个妹妹和其他几个小孩——舍利丹·诺尔斯、阿诺德·克鲁格、比尔·克鲁格、拉尔斯·汉森、蒂娜和吉恩·西维尔森。他们九岁的时候，喜欢在一棵香杉树的树洞里度过一个秋天的下午，趴在地上看外面的雨滴敲打着剑蕨和常青藤。但是在学校里，他们却像陌生人一样，他也不知道为什么，但他知道也只能这样，因为她是日本人，而他不是。事情就是这样，而且似乎没人想要改变这样的状况。

她已经十四岁了，她的乳房在泳衣下面开始有些隆起了。它们还很小，而且硬硬的，就像两个苹果。他无法了解她还发生了哪些变化，但是就连她的脸也开始起变化了。她脸上的皮肤摸上去感觉不一样了。他看到了她的这些变化，当他坐得离她很近的时候——就像他们现在一样，他开始感觉到冲动和紧张。

伊什梅尔的心开始怦怦乱跳，这种感觉是最近跟她在一起的时候出现的。他一时间不知道说什么，舌头像是不能动一样。他再也无法忍受这种跟她在一起却又不能对她表明心迹的时刻。不仅是因为她的美丽打动了他，而且因为他们已经有了一段历史，这片海滩、这些石头，以及他们身后的这片森林都留有他们的印迹。这些都是属于他们的，而且永远是。这个地方因为初枝而有了意义。她知道哪里可以找到松茸、接骨木果和蕨须，而且多年来她都是跟他一起寻找这些东西的，他们对彼此都已经习以为常，他们在一起就像一对伙伴一样自由自在——直到最近几个月。现在，他正为她而苦恼，而且他知道，除非自己做些什么，否则这苦恼会一直伴随他。一切都取决于他，这需要勇气，这种难以言传的感觉令他十分难受。这太难了。他闭起了眼睛。

"我喜欢你，"他闭着眼睛说，"你知道我的意思吧？我一直都喜欢你，初枝。"

她没有回答。她甚至没有看他；她的眼睛一直朝下看着。但是既然开了口，他便不顾一切地凑近她炽热的脸庞，把自己的嘴唇贴到了她的嘴唇上。她的嘴唇也是炽热的。她嘴里的味道咸咸的，还带着喘气的温度。他用力很大，以至于她一只手向后撑到水里才不至于倒下去。她也用力回吻他，他感觉到她的牙齿，同时闻到她嘴里的气息。他们的牙齿轻轻地碰撞在一起。他闭上眼睛，然后又睁开。初枝的眼睛仍然紧闭着，压根儿没看他。

他们的身体一分开，她便跳起来拿起装着象拔蚌的提桶，沿着海滩跑开了。伊什梅尔知道，她跑得很快。所以他只是站起来，看着她跑远。等她消失在树林里之后，伊什梅尔又在水里躺了十分钟，不断地回味着刚才的那次接吻。他决定，不管发生什么事情他都将永远爱她。确切地说，这并不是一个决定，他只是接受了一个无可抗拒的事实。他感觉心里舒服多了，尽管仍旧有些忐忑，担心那次接吻是个错误。但是在他看来，在十四岁的年纪，他们的相爱是无法避免的。这从他们那天趴在玻璃水箱里，漂在海上相互亲吻的时候就注定了，现在他们的爱将永远持续下去。他对此十分肯定。他相信初枝的感觉和他也是一样的。

从那之后接下来的十天里，伊什梅尔一边干活——零工散活儿、除草、擦窗——一边担心着今田初枝。他心绪不宁，觉得初枝在有意地避免到海滩那儿去，渐渐地他变得沉闷阴郁起来。他为弗达·卡米高太太给覆盆子搭的架子固定好了支架，把她那阴凉的工具房里的东西整理了一下，还将她的香杉木柴火捆好——他一边做事一边满脑子想着初枝。他帮鲍勃·第莫斯把他的小房子上的油漆刮掉了，还和赫伯特·克劳太太一起为花床除草。赫伯特·克劳太太是一个喜欢莳花弄草的人，经常盛情款待伊什梅尔的妈妈。这会儿，她坐在一只护膝上，拿着一把枫木柄的耙子在伊什梅尔旁边除草，时不时地停下来用小臂的背面擦拭眉毛上的汗水。她大声地问伊什梅尔为什么看上去那么忧郁。过了一会儿，她提出来到后廊去坐一会儿,用高脚玻璃杯喝一点儿加柠檬块的冰茶。她指着一棵无花果树,告诉伊什梅尔她已经不记得这棵树是多少年前种下的了;尽管经历无数风雨,它还是生根壮大,并结了许多甜美的无花果。她又说,克劳先生很喜欢无花果。她啜了口茶,接着换了个话题。她说,在友睦港的人眼里,南海滩一带的人家都是些自封的贵族、不满现状者、退居隐世者和怪人——其中包括伊什梅尔一家人。她问伊什梅尔是否知道他的祖父曾经帮助那些在南海滩登陆点的"矮子"们运送树桩。她说,派平纽一家穷困潦倒是自作自受——他们家没一个人肯干活儿;而今田家的人则个个都吃苦耐劳,包括他们家的五个女儿。厄伯斯家总是雇些专业的园艺工人和各种检修工——那些开着箱型车来的水管工、电工和杂务工——来给他们干那些又脏又累的活儿,克劳家则喜欢雇左邻右舍来帮忙。她告诉伊什梅尔说,她和克劳先生已经在南海滩这儿生活了四十年。克劳先生曾经在煤矿上和生产集装箱托盘的工厂里工作过,但是最近开始做起了造船的生意。如今正在西雅图筹钱,准备为罗斯福的海军建造驱逐舰和扫雷舰(尽管他对罗斯福一点儿也不在意,克劳太太说)。——但是为什么伊什梅尔这么闷闷不乐呢?高兴点儿,克劳太太劝他,说着又喝了口茶,生活很精彩。

星期六,伊什梅尔和舍利丹·诺尔斯一起钓鱼——他一边划着船沿着海岸线走,一边想着初枝,这时候他看见了克劳先生。他家梯田式的草坪中央支着一个三脚架,上面安了一架望远镜,克劳先生手撑在膝盖上,屈身看着望远镜。凭借良好的地势,他嫉妒地望着西雅图人的游艇从南海滩往友睦港的锚泊地游弋而去。克劳先生的脾气阴晴不定,额头像莎士比亚的一样瘦削高耸。他家所看到的海景宽阔而且长风无阻;他的花园里种着杜鹃花树篱、山茶花、史塔瑞娜玫瑰和修剪整齐的黄杨木,花园外是翻卷的白浪和海滩上暗灰色的石块。他的房子向阳的一面是宽大、光洁无瑕的轩窗,其余三面由郁郁葱葱的香杉树所围绕。克劳先生和他北面的邻居鲍勃·第莫斯曾经发生过边界冲突——他认为鲍勃的一片铁杉树林实际上是生长在他的土地上。伊什梅尔八岁时候的一天早晨，两个勘测员带着经纬仪和测高仪出现了，把所到之处都绑上小红旗。这样的情况过去几年时不时地重演一次，除了勘测员的面孔有所变化之外，什么都没发生，只有那些铁杉树越长越高，它们的尖枝儿像绿色的鞭子，弯曲着伸向天空。从新罕布夏山区迁居而来的鲍勃·第莫斯是一个面色苍白、沉默寡言、意志坚定的人，他只是手插在屁股口袋里，面无表情地看着；而克劳先生则一边咕哝着，一边踱来踱去，高耸的脑门闪闪发亮。

伊什梅尔也为埃瑟林顿家工作，他们是一群从西雅图过来消夏的充满活力的人。每年六月的时候，消夏的人便纷然而至，占据住南海滩那些舒适宜人的居所。他们在自己的小型帆船上优哉游哉，四处闲逛；他们刷漆，锄草，打扫房子，兴致来了想做些恢复植被的工作时还会去种种树，高兴了便在海滩上躺着。晚上，人们燃起篝火，吃着沙海螂、贻贝、牡蛎、河鲈，船儿都被拉到潮水所不及的地方，铲子和搂耙也被冲洗干净放在一边。埃瑟林顿一家人喝起了杜松子酒加奎宁水。在米勒湾尽头的泥滩上首，住着乔纳森·索德兰德船长，他以前每年都要驾着他那艘破旧的大帆船——"C.S.墨菲"号去北极做生意。后来，他终于老得跑不动了，便开始以向那些前来度假的人吹牛度日。他捋着雪白的胡须，穿着羊毛裤和破旧的背带裤——站在已经永远搁浅在泥滩上的"墨菲"号的舵轮前摆姿势供人拍照。伊什梅尔曾经帮他劈过柴火。

南海滩上除了今田家的草莓事业之外，唯一切切实实赚钱的地方就是汤姆·佩克的大美洲蓝狐农场。在米勒湾的另一边，汤姆·佩克在浆果鹃树的树荫下捻着红褐色的山羊胡子，吧嗒着长烟筒。他那六十八个围栏里密密实实地蓄养着一大群美洲蓝狐，为的是获取它们那油光水滑的皮毛。他在与世隔绝的状态下孤独地做着这件事情，尽管这一年六月份他雇了伊什梅尔和另外两个男孩来用钢丝刷帮他清扫笼子。佩克的事迹渐渐笼罩上了一层神秘色彩，包括印第安战争、金矿、雇用杀手等等,据说他身上有一个看不见的肩带枪套,里面藏了一把德林格手枪。在海湾的更远处,在一个叫小房湾的地方,威斯丁豪斯家在那儿建造了一个新港式宅邸,周围是三十英亩的道格拉斯冷杉树林。由于深受东部道德水准下滑的困扰——特别是在林德伯格绑架案发生之后——这位著名的家用器具巨头和他出身名门的波士顿妻子带着他们的三个儿子、一个女仆、一个厨师、一个管家和两个私人教练搬来圣佩佐岛这个与世隔绝的海岸。伊什梅尔花了一个长长的下午帮着戴尔·派平纽——自我任命的好几个消夏家庭的看护者——修剪他家长长的车道上方的桤树枝。

伊什梅尔还和戴尔一起清理了埃瑟林顿家的排水沟。埃瑟林顿家的人十分迁就他,在伊什梅尔看来,对他们而言他是一个有意思的岛民,是这个地方的魅力所在之一。在一次霜冻或两天的大雨之后,戴尔便要打着手电筒挨家挨户地巡视——他的脚有点儿跛,因为他在木榴油工厂摔伤过臀部,一到天气潮湿、阴冷或潮湿而且阴冷的时候便会疼痛;又因为不肯戴眼镜,所以只好眯缝着眼睛。他同时还要巡视各家的车库和墙角,将排水沟里冲出来的淤泥清理掉。秋天的时候,他为弗吉尼亚·盖特伍德家把成堆的灌木和耙拢的树叶一起烧掉。他在黎明的微曦中带着布手套,穿着一件破旧的麦基诺大衣,肘部已经破了。他脸颊上的毛细血管碎裂了,皮肤下面已经冻成青紫色,伊什梅尔觉得他看上去仿佛是一个喝醉了酒的乞丐。

在海滩上和初枝接吻四天之后的黄昏时分,树林中已经漆黑一片,但草莓地里仍然有一丝微光,伊什梅尔蜷伏在今田家的农场边,窥看了半个小时。他惊讶地发现自己居然一点儿都不感到困倦,于是他又在那儿待了一个小时。他躺在星空下,脸颊贴在地上,心里存着一丝希望可以看到初枝,这令他感到释然。但因为担心被人发现并冠上"偷窥者"的名号,他终于还是决定不这么蜷伏着了,就在他刚下定决心要离开的时候,栅门吱呀一声被打开了,走廊上出现一点儿光亮,初枝出来向一个角柱走去。她拿起一个柳条筐走向香杉木栏杆,开始为家人收衣服。

伊什梅尔看着初枝站在走廊的昏黄灯光下，把被单从绳子上拉下来，她的手臂动作优雅。她把衣夹子衔在齿间，将毛巾、裤子和工作衫一件件叠好再放进柳条筐里。她把衣服收完，在角柱上靠了一会儿，一边挠着脖子一边望着天上的星星，又闻了闻新洗的衣服的湿润味道。然后便拿起装有床单和衣物的筐子回屋里去了。

第二个夜晚，伊什梅尔又回到那里；一连五天，他以宗教般的热忱前去窥探。每天晚上，他都告诉自己第二天不再来了，但是到了第二天的黄昏，他又忍不住想出门走走，这一走便又成为一次"朝圣"。他感到内疚和羞愧，他登上她堆放草莓的高坡，在她家田边停下。他不知道其他的男孩是否也会做同样的事情，他也不知道自己的这种偷窥是否属于病态。但是，他只要看到初枝又一次出来收衣服的时候便感到身不由己了，她的手优雅柔美，把衣夹子丢在栏杆上的一个桶里，然后把衬衫、床单和毛巾一一叠好。有一次，她在走廊上站了一会儿，掸着夏天裙子上的灰土。她熟练地把长发绾成一个结，走进屋去。

在他偷窥她的最后一晚，他看见初枝在离他蜷伏处不到五十码的地方倒了一桶厨房废料。她像往常一样，毫无征兆地出现在走廊的灯光下，出来后轻轻地带上门。当她朝他的方向走来的时候，他的心不禁颤了一下，随后便仿佛心脏停止了跳动一般。他这下能够看见她的脸，听到她的木屐橐橐的声音。初枝顺着草莓垅走过来，将垃圾桶倒拎过来，把垃圾倒在肥料堆上。她看了看月亮，蓝色的月光正好照在她脸上。然后，她便转身从另一条路走回屋去。她一只手盘着后颈部的头发，一只手拎着桶，回到走廊上，他透过覆盆子藤的间隙瞥见她一眼。他等了一会儿，她出现在厨房的窗前，头部周围有一圈暗弱的光。伊什梅尔弓着身子悄悄靠近，他看见她正低头洗着自己的头发，手指间堆着肥皂泡。在伊什梅尔周围，正在生长的草莓散发出芬芳的气息，弥漫在夜晚的空气中。他继续靠近，这时今田家的狗从屋后跑了出来，他赶紧待住不动,随时准备逃跑。那条狗嗅了一会儿,呜呜地叫了两声,便慢步朝他走了过来,任由他拍拍它的头和耳朵,又伸出舌头舔了舔他的手掌,并躺了下来。这是一条上了年纪,牙齿有些松动,身体也渐渐失去平衡的黄色老猎狗,她毛很少,走路时背部有些摇晃,忧郁的眼睛里总是泪汪汪的。伊什梅尔摸摸她的肚子。狗灰色的舌头摊在地上,胁部不停地起伏着。

过了一会儿,初枝的父亲来到走廊上,用日语呼唤这只狗。他又喊了一声,用低沉的声音发了个命令,狗抬起头,吠了两声,站起来,跛着脚走了。

这是伊什梅尔最后一次在今田家偷窥。

草莓季开始了,早晨五点半的时候,伊什梅尔在南海滩那被寂然无声的香杉树所荫蔽的林间小道上看见了初枝。他们都要去新田先生家干活——他付的钱是岛上所有草莓农场主中最高的——三十五美分一筐。

他走在初枝后面,手里拿着午餐。他赶上去打招呼。两个人都没有提及两个星期前在海滩上接吻的事。他们静悄悄地走在小路上,初枝说他们有可能会看见正在吃蕨须的黑尾鹿。她前一天早上看见过一头母的。

顺着小路快到海滩的时候,浆果鹃树开始向着潮水的方向歪斜生长。纤细而盘曲,橄榄绿、棕红、深红和灰色,宽阔、油亮的树叶和天鹅绒般光滑的浆果压弯了树枝,在海滩的岩石和泥沼上投下影子。初枝和伊什梅尔惊起了一只栖息的青鹭,它的羽毛颜色和泥沼十分接近;它鸣叫了一声,张开翅膀飞走了。虽然是惊惶之中飞起,但它的姿势依然优雅,它飞过米勒湾,滑翔着停到了远处一棵树枯死的树顶上。

小路在海湾尽头蜿蜒,然后转入一片被称为魔鬼洼的草地——地上腾起的雾气笼罩着草地里的草莓和刺人参,草地里低洼湿冷——之后又在香杉和云杉树影间爬上山坡,再向下延伸入中央谷中。这里的几个农庄都古老而多产——有安德烈亚森家的、奥尔森家的、麦可居里家的、科克斯家的；他们用公牛耕地，这些公牛是圣佩佐旧时为了拖运木材而引进的那批牛的子孙。这是些身形庞大、脾气暴躁的古老生物，伊什梅尔和初枝停下来，看着一头公牛在篱笆桩子上蹭着后臀。

他们到新田家的农场的时候，那些加拿大印第安人已经在忙碌了。新田太太是一个身材玲珑，腰比罐头瓶还细的女人。她头顶摘草莓时戴的草帽，像只蜂鸟般在草莓垄间跑上跑下。她像她丈夫一样嘴里镶满了金牙，当她笑的时候，阳光便照得她的齿间金光闪闪。下午的时候，她坐在一顶帆布伞下，用手掌扶着额头，手指间夹着一支铅笔，面前的一个香杉木的板条箱上摆着她的账本。她手写的字简直无法挑剔——她的账本上记满了娟秀、柔和的数字。她像一个法院抄写员般小心翼翼地记录着，不时地削一下铅笔。

伊什梅尔和初枝分别和自己的朋友们在一起采摘。农场非常大，所以在采摘季节的高峰时期租了一辆破旧的校车，把工人们载到尘土飞扬的农场门口。田野间弥漫着一种狂欢的气氛，因为在采摘的人群中来了一群刚刚从学校放假的欢快的孩子。圣佩佐的孩子喜欢在田间劳动，部分是因为它提供了一种社交生活，部分是因为它使人们产生一种错觉，认为夏天照常就应该到地里去干活。高涨的热情，草莓在舌头上的味道，轻松的谈话，还有想到拿到钱之后可以去买汽水、爆竹、鱼饵和化妆品，这些都吸引着人们往新田家的农场走去。一整天，孩子们都一个个蹲伏在地里，在烈日的炙烤下弓身劳作。许多浪漫的爱情都在这里开始和终结；孩子们在田边接吻或者一起穿过树林走路回家。

伊什梅尔在三垄之外的地方看着初枝干活儿。她本来绑好的头发很快就松散了，锁骨处开始渗出一层细小的汗珠。初枝摘草莓的动作十分娴熟，向来以快速和高效而闻名；她只需要别人采摘一筐半的时间就可以摘满两筐。她和朋友们——六七个日本女孩，一起蹲在垄间，脸被草帽遮挡着，就算伊什梅尔拎着一满筐草莓从她身边走过，她也不会跟他说一句话。她的采摘动作不徐不疾，片刻不停，伊什梅尔又拎着一个空筐从她身边走过，想知道她对手上的活儿有多么专注。他走到自己的采摘点，继续蹲在三垄开外的地方，试图集中精力做自己的工作。当他抬头看时，她正在将一颗草莓送入口中，于是他停下来看她吃草莓的样子。初枝转过头，正好和他的目光相遇，但是他无法从中辨别她的感情，在他看来她完全是出于偶然望了他一眼；并无任何意思。她将目光转向别处，淡定而从容地吃下另一颗草莓，然后活动了一会儿腰腿，又回到有条不紊的工作中去了。

下午晚些时候，大约四点半，厚重的云层笼罩在草莓地上空。明净的六月阳光变得柔和灰暗，微风开始从西南方向刮来。人们几乎能够闻得到大雨将至的气息，一股凉意袭来，紧接着第一滴雨就下来了。空气变得厚滞，突如其来的大风将草莓地旁边的香杉树的树尖儿和树枝刮得东摇西摆。采草莓的人们急急忙忙地抓起自己最后一筐草莓，排队等待着，新田太太坐在伞下，在他们的名字旁边做好记号然后把钱付给他们。采摘者们伸长了脖子看着天上的乌云，有的伸出手掌去试探雨的大小。最开始，只有几滴雨打在他们周围的地上，激起一小圈一小圈的尘土。随后，天空仿佛被捶破一个洞，一场夏季海岛的大雨瓢泼而至，倾泻在人们脸上，采摘者们开始寻找各种避雨之处——谷仓的门口、汽车、草莓储藏棚、香杉树林。有些人站在那里，将浅筐举于头顶，让那些采摘来的草莓承受着雨水。

伊什梅尔看到初枝穿过新田家地势较高的草莓地，钻进香杉树林，向南面跑去了。他自己也身不由己地跟了过去，起初他任由大雨淋身，慢慢地跑着穿过了草莓地——他已经浑身湿透了，所以有什么关系呢？而且雨水暖暖的，打在脸上很舒服——后来，他开始快跑穿越树林。南海滩的小路两边都是郁郁葱葱的香杉树，在阵雨中是一个极佳的去处，伊什梅尔想和初枝一道走回家，就算一句话不说也没关系，只要这是她想的。但是，当他在麦可居里的农场下边看到她的时候，他突然慢下来，以走路的速度跟在后面，保持着五十码的距离。雨声能把他的一切声音都掩盖掉，况且，他也不知道该和她说些什么。他只要能够看着她就心满意足了，不管是在草莓地里还是当他躲在香杉树段后面看着她收拾家里晾晒的衣物的时候。他决定跟在后面，听着雨水敲打在树上的声音，看着她顺着蜿蜒的小路跑回家。

当小路延伸到米勒湾的海滩的时候——那里有一堵花期刚过的金银花墙，点缀着一些美洲大树莓，还有一些野生玫瑰意兴阑珊地绽放其中——初枝就近穿入香杉树林。伊什梅尔跟着她穿过一个长满蕨类植物的小溪谷，白色牵牛花点缀在森林中。一段倒下的香杉树上缠绕着常青藤，正好像座桥似的架在溪谷上；她顺着它滑下，眼前出现一条与清浅的小溪并行的小道。三年前他们曾经坐着浮木船在这条小溪漂流过。这条小道拐了三个弯，初枝从一段枯木上越过溪流，走到香杉山坡的半山腰，然后钻进了一棵中空的树——他们九岁的时候曾经在这个树洞里一起玩耍。

伊什梅尔冒着雨蹲在树枝下方，盯着树洞入口看了半分钟。他的头发湿漉漉地遮住了他的眼睛。他想弄明白她怎么会跑到这儿来；他都已经忘记这个地方了，这里离他家足有半英里多远。他回忆起来他们曾经把干苔垫在腿下面，无所事事地坐在树洞里，抬头望着外面。树洞口可以跪着爬进去，但是不能站起来，然而洞内的空间却足可供他们躺在里面。他们曾经和别的孩子一起来这儿玩，把这儿想象成他们的藏匿所。他们用小刀把桤木棍子削尖，作为抵御外敌的武器。树洞里堆着一大堆箭，起初，这是用来对付想象中的敌人的；后来却变为他们之间相互作战的武器。他们用麻线和红豆杉树做成微型的弓，把空心的香杉树作为堡垒，在山坡上跑上跑下，相互射击。伊什梅尔蹲在那里，回忆着他们在这片山坡上玩打仗的情景，他们最终赶走了赛弗斯顿女孩，后来又赶走了今田姐妹；正在出神的时候，他看见初枝在中空的香杉树的树洞口看着他。

他也正好看见她;躲藏已经没有意义了。"进来吧,"她说,"外面湿。"
"好。"他回答道。

进到洞里,他跪在干苔上,衬衫上还滴着水。初枝穿着湿透的夏裙坐在干苔上,采草莓时戴的宽边草帽放在一旁。"你跟踪我,"她说,"是不是?"

"我不是故意的,"伊什梅尔道歉道,"我有点儿不知不觉地就跟着你来了。我本来是要回家的。你知道我想说什么吗?我看到你拐弯儿,然后就……就有点儿不由自主地。抱歉,"他补充道,"我就跟着你走了。"

她摸了摸耳后的头发。"我浑身都湿了,"她说道,"湿透了。"

"我也是。这儿感觉挺好。好歹这儿还是干的。还记得这个地方吗?这儿有点儿熟悉的味道。"

"我一直来这儿,"初枝说,"我到这儿来想事情。没别的人来这儿。我几年都没见过别人来。"

"你来这儿想些什么事情?"伊什梅尔问道,"我是问,当你在这儿的时候,都想些什么?"

"我不知道。各种事情。你知道,这就是个沉思冥想的地方。"

伊什梅尔俯卧下来,用双手撑着下巴,看着外面的雨。树洞里感觉很私密。他感觉他们在这里面永远也不会被人发现。周围的树壁是光滑的金黄色。令人惊奇的是,绿色的光线居然透过香杉树林照进来了。雨水打在上面的树叶上,也打在剑蕨叶上,每一滴雨水落下来,剑蕨叶都随之颤动。因为下雨的关系,这里显得更加隐秘;没有人会跑到这儿来并发现树洞里的这两个人。

"抱歉那天在海滩上吻了你,"伊什梅尔说道,"让我们忘记那件事儿吧。就当它从来没发生过。"

初枝一开始没做任何回答。初枝似乎并不想回答。伊什梅尔总是想说些什么,尽管老是词不达意,而她却好像具有一种令他无法参透的保持沉默的法门。

她拾起自己的草帽,看着它,眼睛不再看着伊什梅尔。"不要感到抱歉,"她低着眼睛说道,"我并没感到不舒服。"

"我也没有。"伊什梅尔说道。

她仰面躺在他旁边。绿光照在她脸上。他想把自己的嘴贴在她嘴上,并且一直这样保持下去。他现在知道自己可以这样做而不必内心愧疚了。"你觉得这是错的吗?"她问道。

"别的人是这样觉得的,"伊什梅尔答道,"你的朋友们,"他说道,"还有你爸妈。"

"你的朋友也会这样吗,"初枝说道,"你的爸妈也会这样觉得吗?"

"你的朋友和爸妈可能这种看法更强烈一点儿,"伊什梅尔说道,"如果他们知道在这儿,在这树洞里……"他摇了摇头,轻声笑道,"你爸爸或许会拿把大砍刀杀了我的。他会把我剁成一块一块的。"

"也许不会,"初枝说,"但是你说得也没错——他会非常生气的。他会生我们俩的气,因为我们现在做的这些事。"

"但是我们现在在做什么?我们只是在说话而已啊。"

"毕竟,"初枝说,"你不是日本人。而我单独和你在一起。"

"这没什么关系。"伊什梅尔说道。

他们在香杉树里并排躺着说话,直到一个半小时过去。然后,他们又一次接吻了。他们觉得在树洞里接吻非常舒服,便又在接吻中度过了半个小时。外面下着雨,身下垫着柔软的干苔,伊什梅尔闭上眼睛,鼻子深深地吸气,全身心地闻着她的气息。他告诉自己,他从来没有感到如此快乐过,同时他也感到一种痛楚,因为这种快乐真实地发生了,而且不管他将来活多长,都不会再有如此快乐的时刻了。

第九章

伊什梅尔意识到自己坐在初枝丈夫被控谋杀的法庭中,他发现自己在盯着和丈夫说话的初枝看时,便努力使自己看向别处。

陪审员回来了,然后菲尔丁法官也回来了,卡尔·海因的母亲站到了法庭上。尽管已经在镇上生活了整整十年,她仍旧保留着乡下为人妻者的样貌:壮实、显老、满脸风霜。埃塔坐在证人席的椅子上动了动腰身,内衣发出拉扯和滑动的声音——那声音是她身上那根从洛蒂·欧普斯威格商店里买的厚实的尼龙束腹带发出的,那是一条黑色的绑带,是贝灵厄姆的一个医生建议她去买的,为的是治疗她因为长期在农场生活而落下的坐骨神经痛。二十五年来,她不管刮风下雨都跟着她的丈夫老卡尔一起劳动。冬天,她嘴里哈着白气,脚穿一双沾满泥巴的靴子,身穿一件厚外套,一条围巾严严实实地裹住头,在她肥胖的下巴那里打了个结。她戴着头天夜里刚刚织好的不分指头的羊毛手套——那是她坐在床上伴着卡尔的鼾声织出来的——坐在板凳上,挤着牛奶。夏天,她忙着分拣草莓,修剪葡萄枝,拔草,同时还要监视着那些每年来海因农场采摘的印第安人和日本人。

她出生于巴伐利亚英格斯塔德附近的一个奶牛场,至今还带着那儿的口音。她在她父亲开在达科他州北部海丁格附近的小麦农场遇见了她的丈夫。他们私奔到北太平洋,来到西雅图——她还记得在餐饮车上吃早餐的情形——她在西雅图的一个港岛铸造车间工作了两年，又在码头区当了一年木材装卸工。埃塔，一个农民的女儿，发现自己喜欢西雅图。她在第二大道当起了缝纫女工，生产克朗代克大衣，计件领酬。他们在圣诞节的时候去了圣佩佐的草莓农场，那座农场的主人是她丈夫卡尔的父亲，一个大腹便便的男人。卡尔十七岁的时候离开农场去闯世界。父亲去世之后，他带着埃塔回到了圣佩佐。

她试着使自己喜欢上圣佩佐。但是圣佩佐空气潮湿，她总是咳嗽，后腰也开始困扰她。她有四个孩子，她把他们养大，使他们成为勤劳的人。但是，老大去了达林顿铺设电缆，老二和老三去打仗了，只有老二——小卡尔——一个人回来了。老四是个女孩，和埃塔一样，跟人私奔去了西雅图。

草莓开始令埃塔感到厌倦，烦恼——她甚至不喜欢吃它们。她的丈夫是个酷爱水果的人，但是埃塔对之毫无感情。对他而言，草莓是一个神圣的谜，它是糖做的珍珠，是深红的美玉，是甜美的宝珠，是多汁的红宝石。他知道它们的秘密、生长习性，熟悉它们在阳光下每一天的反应。他说，地垄间的岩石会吸收热量，使得他的草莓在夜里保持更高的温度。但是，埃塔对这一类事情毫无兴趣。她把鸡蛋给他送去，然后就去谷仓挤牛奶。她从围裙口袋里掏出饲料扔给火鸡和普通的小鸡。她擦洗物品室里沾满泥土的地面。她给猪的食槽倒上猪食，然后到采摘工人的棚屋里去看看他们是不是偷了罐头来吃。

卡尔在一九四四年十月一个清朗的夜里发心脏病死了。她在厕所里发现了他，头栽在墙上，裤子褪到脚踝处。小卡尔在外面打仗，埃塔趁这个机会把农场卖给了奥莱·乔金森。奥莱得到了中央谷中间的六十五英亩草莓地。这笔钱也足够埃塔把日子过下去，只要她稍微有些经济头脑。幸运的是，这种头脑是她与生俱来的：这种精打细算给她带来的深层的快乐不亚于卡尔从种植草莓中所获得的乐趣。

公诉人阿尔文·胡克斯在埃塔面前显得比任何时候都更身手矫健，

他对她的财务状况兴趣浓厚。他用右手的手掌托着左边的手肘，一个大拇指撑着下巴，在她面前踱来踱去。是的，她说，她还保留着农场的账簿。农场从来都没有赚到过大笔的钱，但是三十英亩的草莓地还是支撑了他们二十五年来的生活——情况有好有坏，她补充道；这取决于罐头厂给的钱是多是少。他们在一九二九年还清了所有的债务，但是之后就爆发了大萧条。草莓跌价了；拖拉机的连杆轴承坏了，要到安纳柯蒂斯去买一个新的；日照也并不是每年都好。有一年春天，夜里一场寒霜把所有的草莓都冻死了，还有一年地里总是积水，从来就没干爽过，长得低的草莓果子都烂掉了。有一年草莓生了霉菌病，还有一年沫蝉多得不得了。最不幸的是，卡尔在一九三六年的时候摔断了腿，只好拄着自己家里做的拐杖在地里蹦来蹦去。后来，他把五英亩的地种上了覆盆子，把钱都投入到了这项试验中——用铁丝和香杉树做柱子，请人来建棚架——但是一直都不顺利，直到最终他们搞明白如何挑选茎苗和如何整枝才能挂果之后才好些。还有一次，他尝试了一个新的品种——雷尼尔山草莓——但是也没有成功，因为他施了太多的氮肥，植株长得绿油油的，又高又茂盛，但结出来的果实又小又硬，收获寥寥。

是的，她说，她很早以前就认识被告宫本天道。那是在二十多年前，被告一家人——被告、他的两个兄弟、两个姐妹，他的父母——来给他们家采摘草莓，她很清楚地记得他们。他们干活很卖力，不太和别人打交道。他们拿着满满的篓子过来，她记下他们的成果，付给他们钱。他们起初住在一个采摘者的小棚屋里；她能够闻到他们烧河鲈的味道。有时候，她看见他们晚上坐在枫树下面，用金属盘子吃着米饭和鱼。他们在一片野地里的两棵小树中间拉了一根绳子，用来晾晒衣服，野地里长满了山柳菊和蒲公英。他们没有代步的车子，她不知道他们是如何出门的。一大清早，他们的两三个小孩便带着钓丝去中央湾，在码头上钓鱼，或者游到礁石上去碰运气，看能否钓到鳕鱼。她看到他们早上七点钟走在回家的路上，手里拿着一串串的鱼，或者拿着蘑菇，或蕨须、石房蛤，运气好的时候还会抓到溯流而上产卵的鲑鱼。他们赤着脚走路；低着头。一个个都带着草编的采草莓时戴的帽子。

是的，她清楚地记得他们。她怎么可能忘记这些人呢？她坐在证人席上，盯着宫本，眼里含着泪水。

菲尔丁法官看到她情绪难以自抑，便叫了休庭。埃塔跟着艾德·索姆斯走进了休息室，默默地坐在那里，回忆着往事。

他们来农场采摘草莓的第三年，宫本全一在采摘工作结束后出现在她家门口。埃塔站在厨房水槽边往客厅望去，看见他正看着自己。他朝她点了点头，她只是盯着他看了一会儿便接着洗碗。她的丈夫卡尔来到门口，大拇指和食指捏着一个烟斗，和全一攀谈起来。当时很难听清楚他们在说什么，于是她把水关了，静静地站在那儿听着。

一会儿，两个男人出门，一起往地里走去。从水槽上方的窗户朝外看去，埃塔可以看见他们：他们停下来，其中一个用手指了指，然后又往前走。他们又停下来，伸着手臂指指这儿，又指指那儿。卡尔点着了烟斗，用手在耳后挠了挠，全一用帽子指着西面，手一挥，然后把帽子戴回头上。两个男人又在地里走了一会儿，转到西面的覆盆子藤后面去了。

卡尔回来的时候，埃塔将咖啡壶放在桌上。"他想要什么？"她问。
"地，"卡尔说道，"七英亩地。"
"哪儿的七英亩地？"
卡尔将烟斗放在桌上。"正西面，中间的七英亩。由南向北的那块地。我告诉他最好是西北边的七英亩。如果我要卖的话就卖那块。反正那是一块山丘地。"

埃塔给两个人都倒上咖啡。"我们不卖，"她意志坚决地说道，"这种时候不卖，地价这么低。除非等价钱好些。"

"那块地坑坑洼洼的，"卡尔说道，"不好耕种。阳光倒是挺足，但

99

是排水难啊。我们的农场就数这块地收成差。他知道这一点。所以他就要这块地。他知道只有这块地我肯放手。"

"他想买中间那七英亩，"埃塔指出，"他可能会得到两英亩好地，你都不知道。"

"也许，"卡尔说道，"不管怎样，我已经注意到了。"

他们喝着咖啡。卡尔吃了一片涂了黄油和糖的面包。接着，他又吃了一片。他总是处于饥饿状态。想要喂饱他是一件挺有挑战性的事情。"那你是怎么跟他说的？"她问。

"我跟他说我得考虑一下，"卡尔说道，"我准备让西边的五英亩地荒掉，让它长草去，你知道吗，要把那儿的蓟草铲除干净是件很困难的事情。"

"不要卖，"埃塔说道，"卖了你会后悔的，卡尔。"

"他们都是些体面的人，"卡尔说道，"你可以打赌那边会很安静。他们不会宴饮狂欢或者大呼小叫。他们是些当你需要的时候可以一起做事的人。这方面他们比许多人都好。"他拿起烟斗玩弄起来，他喜欢把烟斗捏在手中的感觉。"不管怎样，我跟他说的是我会考虑一下，"卡尔说，"并不是说我一定会卖给他，不是吗？只是说我会考虑。"

"好好想想吧。"埃塔提醒道。她站起来开始清洗咖啡具。她感觉这件事情应该好好斟酌。七英亩地差不多是他们家财产的近四分之一，土地的四分之一。"那七英亩土地将来会值钱得多，"她说道，"你最好好好地留着那块地。"

"也许吧，"卡尔说，"这个我也会好好考虑的。"

埃塔站在水槽边，背朝卡尔，使劲地洗着碟子。

"但是手里有钱肯定也不错，是吧？"卡尔过了一会儿说道，"我们还有些事情需要花钱，而且——"

"如果你要那样做的话，"埃塔告诉他，"我是不赞成的。别拿新的好看的衣服来哄我，卡尔。我要穿好衣服的话我自己会想办法。我们还没穷到要把地卖给日本人,不是吗?为了新衣服?为了一小袋好烟草?我建议你还是好好守住自己的地,好好守着,卡尔,不要为了洛蒂商店一顶新的褶边帽子就把地卖了。而且,"她转过身来,一边在围裙上擦手,一边继续道,"你以为那个人在地里挖到了财宝箱或什么东西了吗?你以为他有钱吗?你以为他会一下把钱都扔在你面前吗?你是这样想的吗?除了在我们这儿采摘草莓挣的钱,还有给托森家和南海滩码头上那些信天主教的人(他们算谁啊?)劈柴火挣的钱之外,他什么都没有。他根本没有那么多钱,卡尔。他会每次给你两个子儿,你就会揣着这点零钱去镇上。买些烟草。看看杂志。你卖这七英亩地的钱就全花在友睦港的廉价商店里了。"

"那些信天主教的都是些吝啬鬼,"卡尔说道,"宫本已经不给他们干活了。去年冬天他帮托格森锯香杉木料,我猜他挣了不少钱。他干活很卖力,埃塔。我知道的。他们在地里干活你也是看到的。这不用我多说。他又不花什么钱。他们总是吃海鲈鱼,吃安纳柯蒂斯运过来的大袋批发大米。"卡尔挠了挠胳膊,用粗壮有力的手指按摩着胸口,他又拿起烟斗,在手里把玩着。"宫本家的人很爱干净,"他强调说,"你从来没去过他的棚屋吗?那儿干净得连地板都可以吃,孩子们睡在垫子上,连墙上有块霉斑都要弄掉。孩子们脸上干干净净的,也不乱跑。洗好的衣服都晾在绳子上,用雕花的夹子夹起来。他们从来不睡懒觉,不诉苦,不发牢骚,不要求任何东西——"

"就像那些印第安人。"埃塔说道。

"别视印第安人如泥土,"卡尔说,"对他们好。带他们去公共厕所,指给他们去海湾的小道,告诉他们哪里的石房蛤最多。现在,"卡尔说道,"我完全不在乎他们的眼睛是不是斜的。[①]我一丁点儿都不在乎,

---

[①] 美国俚语中用"斜眼人"(slant)来指代亚洲人,尤其是中国人、日本人,带有贬义。

埃塔,归根到底,大家都是人。这些都是清清白白过日子的人。他们没什么错。所以问题在于,我们想卖吗?因为宫本,他说,他现在就可以放下五百块。五百块。剩下的我们可以分十年结清。"

埃塔再次转身面朝水槽。这好像完全不是卡尔!她想。卡尔喜欢在地里走来走去,和采摘工人聊天,品尝自己的草莓,咂着嘴巴,吸着烟斗,去镇上买一袋钉子。他还喜欢参加草莓节委员会,给花车评分,帮忙烤鲑鱼。他以全副精力物色和购买新的好地,劝说友睦港的人为詹森西港的舞榭捐赠木料。他同时参加了美生会和奥德费罗共济会[①],在格兰其分会帮忙保管记录。他傍晚的时候站在采摘工人的棚屋里和日本人闲聊,和印第安人同声出气,看着女人们织毛衣等物件,和男人们畅谈草莓农场建立前的旧时往事。那才是卡尔!采摘季节结束的时候,他会去他们告诉他的人迹罕至的古迹中游荡,寻找那些箭镞和枯骨、蚌壳之类的东西。如果有老酋长和他一起去,他们就会带着一些箭镞回来,坐在门廊上吸着烟斗,直到凌晨两点。卡尔会和他一起喝些朗姆酒。埃塔在卧室里能听到他们喝酒的声音,他们两个都喝醉了。她睁着眼睛躺在床上,耳朵听着夜里的声音,她听到他们喝酒的声音,听到马打响鼻,还听到酋长不停地讲着图腾柱和独木舟的故事,还有他参加过的一次炫财冬宴。在冬宴上,有其他部落酋长的女儿们结婚,而这位讲故事的老酋长自己则赢了一场掷长矛比赛;第二天另一个酋长突然在睡梦中死去了,就好像他死了他女儿才结婚一样。其他人不知道出于什么可怕的原因,在他的独木舟上凿了个洞,把他塞在里面,然后吊到一棵树上。

埃塔凌晨两点的时候穿着睡袍来到门口,让酋长回家去,当时已经很晚了,天上有星星可以照路,她不喜欢家里有朗姆酒的味道。

此时她站在厨房门口,手臂抱在胸前,准备结束这场谈话。"好吧,"她对卡尔说,"你是这个家里当家的,你穿上裤子,去把我们的地

[①] 美生会(Masons)和奥德费罗共济会(Odd-fellow)都是西方的共济会。

卖给日本人，然后看看会是什么结果。"

复庭之后，在阿尔文·胡克斯的要求下，埃塔解释说他们商定的方案是先付五百美元，然后订立一个为期八年的"先租赁后转让"的合约。卡尔每六个月收取二百五十美元，分别在六月三十日和十二月三十一日付清，每年按百分之六点五计算利息。契约一份由卡尔持有，另一份归全一，第三份留给前来审查的人看。在一九三四年，埃塔说，宫本无论如何都还无法真正拥有土地。他们是从日本来的，他们夫妇俩都出生在日本，法律是禁止他们拥有土地的。卡尔仍然在名义上拥有这块土地，帮他们持有着，如果有人来查就说土地是租给他们的。她没有想到这一点，卡尔却想到了——她只是负责跟踪，看着钱进进出出，确保利息计算正确。她从来没有干过这些事情。

"请稍等。"菲尔丁法官打断道。他整理了一下袍服，朝她眨了眨眼睛。"抱歉我打断一下，海因夫人。法庭关于这件事有些说明。请原谅我打断你。"

"好的。"埃塔说。

菲尔丁法官朝她点了点头，然后将注意力转向陪审团。"我们将跳过公众席上的交头接耳，"他开口说道，"胡克斯先生和我可能要商量一会儿，但是如果我这样做，则毫无疑问地——我要打断证人的话，以解释一个法律概念。"

他揉了揉眉毛，喝了一些水，放下手中的眼镜，开始说话："证人提到了华盛顿州一条已经失效的法令，根据这条法令，在证人所提到的那个时期，一个非公民身份的外国人拥有不动产属于非法行为。这条法令同时规定，任何人不得以任何方法和途径替外国人或非公民持有不动产。而且，据我所知，在一九〇六年，联邦司法部长命令所有联邦法院不得批准日本侨民为自然公民。因此，在严格的法律意义上，日本移民是不可能在华盛顿州拥有土地的。海因太太刚才告诉我们，她已故的丈夫与被告已故的父亲合谋达成了一项协议，但除非对这些法令进行极其宽松的解释——尽管这是双方都满意的，否则这项协议并不能成立。他们绕开了这条法令。不管怎样，证人的丈夫与被告的父亲订立一项所谓的'租赁'协议，隐瞒了实际购买行为。买方交付了一笔定金，双方又签订了一份假的契约以备政府检查。这些契约，实际上连同海因太太提到她丈夫和'买家'所持有其他契约，都一同成为本案的公诉人证物，当然你可以取回。正如海因太太指出的那样，一切事件的引发者如今都已经不在人世，所以我们无法追究他们的责任。如果律师或证人还有任何需要进一步澄清的问题，他们可以继续询问。"法官又补了一句，"但是，"他说，"请大家注意，本法庭不再讨论是否违反本州如今已经失效的《外国人土地法》的问题。胡克斯先生，你可以继续了。"

"我还要说一件事。"埃塔说道。

"当然可以，请讲。"法官回答道。

"他们日本人是不能拥有土地的，"埃塔说，"所以我不明白宫本他们家的人怎么会认为他们拥有我们的土地。他们——"

"海因太太，"法官说道，"请再次原谅。抱歉地打断您一下。但是我必须提醒你宫本先生在本案中被控谋杀罪，这是第一位的，这也是本法庭所关注的焦点，任何有关土地的合法拥有权的争议必须由民事法庭来解决。所以请你自我约束，只回答律师向你提出的问题。胡克斯先生，"法官说道，"请继续。"

"谢谢。"阿尔文·胡克斯答道，"在此我要郑重指出，证人只是试图重建有关其土地所有权的事实，以正面回应质询中的问题。而且这些信息对本案至关重要，清楚地描述被告与证人之间的合约将有助于分析被告实施谋杀的动机所在。因此——"

"可以了，"菲尔丁法官说道，"你已经做完起始陈述了，阿尔文。我们继续吧。"

阿尔文·胡克斯点了点头，又开始踱起步来。"海因太太，"他说，

"让我们倒回去一下。如果像您所说的，法律根本就不允许宫本拥有土地，那他为什么要签订这个买卖契约呢？"

"这样他们就可以付钱给我们，"埃塔说道，"如果他们是公民，法律就会允许他们拥有土地。宫本家的几个孩子都出生在美国，所以他们是公民，我想。当他们二十岁的时候，土地就可以转到他们名下去——法律规定他们可以那样做，把土地挂到他们名下，等他们长到二十岁。"

"我明白了。"阿尔文·胡克斯回答道，"那么也就是说，他们——被告宫本的一家人，在一九三四年的时候还没有一个孩子是满二十岁的，是吗，海因太太？据你所知是这样吗，太太？"

"老大就坐在那儿。"埃塔说着，一个手指指着宫本天道，"他当年应该是十二岁，我猜。"

阿尔文·胡克斯转身朝被告看了一眼，仿佛不确定她所指是不是他。"你是指被告？"他说，"一九三四年的时候？"

"是的，"埃塔说道，"被告。这就是租约定为八年的原因。八年之后，他就二十岁了。"

"也就是一九四二年。"阿尔文·胡克斯说。

"一九四二年，是的。"埃塔说道，"到一九四二年十一月的时候他就二十岁了，他们将在十二月三十一日付清最后一笔钱，然后土地就将转到他名下去，本来应该是这样的。"

"应该是？"阿尔文·胡克斯说道。

"他们没付最后一笔钱，"埃塔说，"实际上，最后有两笔钱没有付清。他们一直没来付。最后两笔。本来一共要付十六笔的。"

她双手抱在胸前。她闭上嘴，等着。

内尔斯·古德莫德森咳嗽了起来。

"现在，海因太太，"胡克斯说，"当他们一九四二年没来付最后两次款的时候，你们是怎么做的呢？"

她一时没有回答。她揉了揉鼻子，手臂换了个姿势。她回想起，有一天下午,卡尔回到家,手里拿着一张在友睦港捡来的通告。他坐在桌旁,将通告在面前摊开,一字一句地看着。埃塔也站在他身后看着。

上面写着——"给生活在以下地区的所有日本人后裔的通告",通告上列出了安纳柯蒂斯和贝灵厄姆、圣胡安和圣佩佐,以及斯卡基特谷中的许多其他地名;其他的她都不记得了。反正这个通告就是告诉日本人,他们必须在三月二十九日中午离开。他们将在第四军团的监督下搬走。

埃塔扳着手指头算了一下。日本人只有八天时间。他们可以带上被褥、床单、洗浴用品、备用衣物、刀子、勺子、叉子、盘子、碗、杯子。他们必须把自己的东西整整齐齐地打好包,每样东西上都写好自己的名字。政府会给他们一个号码。这些日本人能够随身带上自己能带的物品,但是宠物除外。政府承诺会保管他们的家具。家具必须保留在原处,日本人必须在三月二十九日上午八点到友睦港的一个集合点报到。政府将提供运输。

"上帝啊。"卡尔说道。他摇着头,拇指按在那张通告上。

"今年请不到摘草莓的人了,"埃塔说,"或许应该到安纳柯蒂斯去请几个中国人来,日本人都走了。"

"有的是时间来准备这事儿,"卡尔说,"上帝啊,埃塔。"他还是摇摇头。

卡尔一松手,通告纸便自行卷了起来。"上帝啊,"他重复道,"八天。"

"他们会把各种东西卖掉,"埃塔说,"你等着看吧。他们的小装饰物、罐子、平底锅。许多人都会在院子里把东西摆出来卖——你等着瞧吧。这些人就是这么处理东西的——以最快的速度把东西卖出去,不管买主是谁,迅速脱手。"

"那人们也会趁此占便宜。"卡尔一边说,一边继续摇着自己的大脑袋。他坐在那里,手臂撑在桌子上。她马上知道他要去吃东西了,而且将把她的厨房弄得满是面包屑。他那样子仿佛此生就是为了吃东西而来的，好像食物是他的敌人似的。"这太糟糕了，"他说，"这么做不对。"

"他们是日本人，"埃塔答道，"我们在和他们打仗。总不能让一些间谍待在我们周围吧。"

卡尔摇着头，沉重的身躯在椅子里转过来，面朝着她。

"我们都不对，"他平静地对埃塔说，"你和我，我们这么做就是不对。"

她知道，他说得没错，她知道他指的是什么。但她还是没有接茬儿。不管怎样，他以前也说过这样的话。她也没太在意。

埃塔手撑在臀部，向他表明她对这些事情的态度，但是卡尔的目光没有移开。"作为基督徒应该有点同情心吧，"他说，"亲爱的，埃塔。难道你一点儿感觉都没有吗？"

她出去了。她还要除草，还要去喂猪。她走进杂物房，把围裙挂在挂衣钩上，坐下来穿靴子。就当她坐在那里，一面费劲地穿着靴子，一面心里担心着卡尔说的话——关于那件他们意见不合的旧事——的时候，宫本全一出现在门口，他脱下帽子，点了点头。

"我们听说了你们的事。"她说。

"海因先生在家吗，海因太太？"宫本一边说一边拿着帽子在自己腿上拍打了几下，放到身后。

"在，"埃塔说，"他在家。"

她从杂物房探出脑袋，大声地喊着卡尔。"有人来了！"她说。

卡尔走出来的时候，她对他说道："你们可以在这儿当着我的面谈。我也有份儿。"

"你好，全一，"卡尔说道，"为什么不进屋呢？"

埃塔把靴子脱了下来，跟着日本人进了厨房。

"请坐，全一，"卡尔说，"让埃塔给你倒点咖啡。"

他盯着埃塔看了一眼，她点了点头。埃塔从挂衣钩上取下一件新的

107

围裙穿上,给咖啡壶灌上水。

"我们看到了通告,"卡尔说,"八天的时间根本不够。八天的时间怎么能安排好一切?这么做不对。"他又说了一句:"这是不对的。"

"我们能怎么办呢?"全一说道,"我们只能用板条把窗户钉起来。一切都留下。如果你愿意,海因先生,我的土地可以给你种。我们很感谢你把地卖给我们。现在地里的草莓已经种了两年了,长势很好。草莓的收成会很好的。请你把它们摘下来,卖给罐头厂,钱你留着。不然它们都要烂在地里了,海因先生。对谁都没好处。"

卡尔开始抓挠自己的脸。他坐在全一对面,挠着自己的脸。他看上去个头高大、粗壮有力,而日本人个头小、样子精明。他们年龄相仿,但是日本人看上去更年轻,至少小十五岁。埃塔把杯子和杯托放在桌上,打开糖罐子。这一番开场的话说得好精明啊,她心想。以草莓相送,反正它们对他而言已经不值什么钱了。真聪明。然后再谈付钱的事儿。

"义不容辞,"卡尔说道,"那就我们来采摘。我义不容辞,全一。"

日本人点着头。他总是点头,埃塔想。他们就是这样占据上风的——他们行动谨慎,想法却很多,点着头,什么都不说,脸一直朝下;他们就是这样把东西弄到手的——比如,她的七英亩地。"如果我和卡尔来帮你们摘草莓的话,你们打算怎么付钱呢?"她站在炉子旁边问,"不会——"

"你别插话,埃塔,"卡尔打断她,"我们现在还不需要谈这个。"他把注意力重新转向日本人。"家里人都好吗?"他说,"大家都是什么反应?"

"家里很忙,"宫本说,"打包东西,准备行李。"他笑了起来;埃塔看见了他的大牙齿。

"我们能帮什么忙吗?"卡尔说道。

"你们把我们的草莓摘了。这就是帮大忙了。"

"我们能帮忙做点别的吗？我们还能做些什么？"

埃塔把咖啡壶端到桌上。她看见宫本把帽子放在膝盖上。卡尔是一个待客亲切的主人，但是他已经忘记那件事了，不是吗？这个日本人坐在这里，帽子藏在桌子底下，好像尿湿了裤子一样。

"卡尔，倒咖啡。"她大声说道。她坐下来，整理自己的围裙。她双手交叠放在桌上。

"放一会儿，"卡尔说道，"我们过会儿再喝。"

他们就这样坐在那里，小卡尔从厨房门口冲进来。他已经放学回家了。三点四十五分就已经到家了。他八成是跑回来的。他手里拿着一本书——数学书，夹克上沾着青草渍，脸被风吹得通红，还有些微汗。她看得出来他饿了，这一点像他父亲，看见东西就吃。"储藏室有些苹果，"她说，"你去拿一个吃，卡尔。倒一杯牛奶，到外面去吃。这里有客人，我们在说话。"

"我听说了，"小卡尔说道，"我——"

他走进储藏室。手里拿着两个苹果走了出来。他走到冰箱那儿，拿出牛奶壶，给自己倒了一杯牛奶。他的父亲拿起咖啡壶，给宫本的杯子倒满，然后给埃塔倒，然后是自己。小卡尔看着他们，一手拿着苹果一手拿着牛奶杯去了客厅。

"你去外面吃，"埃塔喊道，"不要在这儿。"

男孩走回来，站在门口。一个苹果已经被他咬了一口，杯子里的牛奶已经喝完了。他的个子差不多像他父亲一样高大了。他十八岁。很难想象他的块头有多大。他又咬了一口苹果，"天道在家吗？"他问。

"是的，他在家。"宫本回答道，"他刚回去。"他笑着说。

"我到你家去。"小卡尔说。他穿过厨房，把杯子放在水槽里。他砰的一声撞开厨房的门出去了。

"回来带上你的课本！"埃塔喊道。

男孩跑回来，上楼取了他的书。他走进储藏室，又拿了一个苹果，摇着手从他们身边走过去。"我会回来的。"他喊道。

卡尔把糖罐子朝日本人面前推了推。"加点糖,"他说,"还有奶油,喜欢的话也来点儿。"

宫本点点头。"谢谢,"他说,"非常好。加点糖就行了。"

他加了半勺糖进去搅拌着。他小心翼翼地用完勺子,把它放在杯托上,然后便等在那里,直到卡尔端起自己的杯子,他才跟着端起杯子啜了一小口。"不错。"他说。他朝埃塔看了一眼,对她笑了笑——微微地一笑,点到即止。

"你的孩子现在长成大个子了。"他说。仍旧微笑着。然后他低下头。"我想把钱付清。还有两笔钱就都付清了。今天我带了一百二十美元。我——"

老卡尔摇着头。他放下咖啡,继续摇着头。"绝对不行,"他说,"绝对不行,全一。我们到时候把你的草莓收上来,到今年七月份看看收成再说。或许到那个时候我们可以商量一下。或许……你们去哪儿?他们会给你工作做的吧。谁知道呢?去了就知道了。但是,关键是,我不能在这个时候把你们的积蓄拿走,全一。现在谈都不要谈这个。"

日本人把一百二十美元放在桌上——许多十元的,一些五元的,还有十张一元的;他把它们排成一个扇形。"请你收下这个,"他说,"我到了地方之后还会再寄给你。我还会付钱。可能钱不够,你还有今年七英亩草莓的收成。然后,十二月份的时候,还有一笔钱要付清。是不是?还有一笔。"

埃塔双臂交叠在胸前;她就知道宫本不会白白地把草莓给他们的!"你的草莓,"她说,"我们能收到多少钱呢?毕竟在七月份之前谁都不知道价格。好吧,就算你的草莓长势很好,就像你说的,种了两年了。一切顺利。我们找到人帮忙除草。没有沫蝉,光照很好,一切都好,草莓也结出来了,植株状态良好。那么,除去我们请人的钱、化肥的投入,你那些草莓兴许能值个两百块钱?那还得年成好、价钱好,一切都没事儿，对不对？但是假如碰到坏年成呢？或者一般的年成。草莓生了霉菌病，雨水太多，一堆麻烦的事儿——现在我们按一百美元，或许一百二十美元的草莓来算。好吗？然后呢？我告诉你吧。这还不够你那笔钱，二百五十美元。"

"你们拿上这个，"全一把钱攥在一起，推到她面前，"这是一百二十美元。草莓算一百三十美元，这就够下一笔钱了。"

"还以为你要把这些草莓送给我们呢，"埃塔说道，"你来的时候不是说把草莓送给我们的吗？你不是说让我们把它们卖给罐头厂，得到的钱让我们留下来的吗？现在你说它们要抵一百三十美元。"她伸手拿过他叠得整齐的那把钱，一边说一边数着，"那一百三十美元还指不定能不能拿到手，加上提早付款，本来七月付的钱提早到三月付，期间也有变数和风险吧？这就是你来这儿的打算？"

日本人定定地看着她。他没有说话，也没有碰他的咖啡。他的表情变得严肃、冷峻起来。她看得出来他很气愤，他努力压抑自己的愤怒，不让它爆发出来。他很傲气，她想。我就要戳穿他，他还在假装。别来这一套，她心想。

埃塔不再数钱，把那沓钱放在桌上，重新双臂交叠在胸前。"再来点咖啡？"她问。

"不，谢谢你，"日本人答道，"请你把钱收下。"

卡尔的大手从桌上移了过去。他的手指按在钱上，把它推到日本人的咖啡面前。"全一，"他说，"我们不会收这笔钱的。不管埃塔怎么说，我们都不会收。她对你有些失礼，我为此向你道歉。"他看了看埃塔，埃塔也看着他。她知道他心里的感受，但是这无关紧要——她就是要让卡尔知道事情的真相，让他知道自己是怎样被人愚弄的。她是不会低头的。所以她也反盯着他看。

"对不起，"日本人说道，"非常对不起。"

"我们担心接下来的这个采摘季，"卡尔说道，"你们到了你们要去的地方就写信给我们。我们会把你的草莓收上来,然后回信给你,到时候再作打算。我看,这事儿我们只能边走边瞧。无论如何,你要能把钱付清,或许在路上,长远地看,所有的事物都会按照本来应该的样子进行的。一切都会变成我们满意的样子。但是现在你有更重要的事情要考虑。我们现在不应该为了钱的事儿跟你喋喋不休。你现在除了这个还有很多别的事情要做。如果有什么我们能帮忙的,尽管跟我说,全一。"

"我一准备好钱,"全一答道,"就想办法寄给你。"

"好。"卡尔说着伸出了手。日本人伸出手与他握了握。

"谢谢,卡尔,"他说,"我会付钱的。不要担心。"

埃塔望着全一。她突然发现他几乎没有变老——她无比清楚地注意到了这一点。十年来,他和他们在一块土地上劳动,他依旧眼神清澈、后背挺拔、皮肤也不松弛、腹部平坦而结实。十年来他和她在同一块土地上劳动,而他一点儿也没有变老。他的衣服干净整洁,身姿挺拔,棕色的面孔看上去很健康。所有这一切都令他更加神秘,这是他和她的不同之处。他知道如何抵抗衰老,而她——埃塔却日渐疲惫和憔悴——这是他秘而不宣的东西,藏在他的面容背后。或许是日本宗教使然,她想,或者兴许是他的血统使然。一切似乎都无从知晓。

她站在证人席上,回忆起那天晚上小卡尔拿着一根竹钓鱼竿回到家的情景。她看到他进门的时候头发被风吹得蓬乱。他个头高大,年轻,像一只大丹犬,兴冲冲地走进她的厨房。她的儿子已经长成一个大小伙儿了。

"瞧瞧这个,"他对她说,"宫本借给我的。"

她正在水槽边削着土豆皮,准备做晚饭。他开始跟她讲述。他说这是一根很好的钓鱼竿,用来钓海星简直易如反掌。这杆子是仁司先生用斯普利特竹做的,箍圈光滑,用丝绸包裹着。估计他正盘算着带上这鱼竿,让埃里克·伊弗茨或者别的哪个朋友划着独木舟和他一起去钓鱼呢。爸爸在哪儿?他迫不及待地想拿去给他看。

埃塔一边削着土豆皮,一边对儿子说着自己不得不说的话:把钓鱼竿还给日本人,他们欠我们的钱,拿了这根钓鱼竿就说不清了。

她回忆起当时她儿子看着她的神情。他一脸的不高兴,想把钓鱼竿藏起来。他那受了挫折的样子像是一个大块头的、步伐沉重的草莓农民——和他父亲一模一样。他默不作声,脚像黏在了地上一般不肯挪动。这孩子说话像他父亲,行动也像他父亲,但是他眉毛很浓,耳朵小,眼睛中有些她的神韵。这孩子不完全是卡尔的。这也是她的孩子,她感觉到。

"你回去,马上把这个还给他!"她用削皮器指着他,又说了一遍。如今她站在证人席上,明白自己在这件事情上的感觉没错。小卡尔把钓鱼竿送回去了,几个月之后,他去打仗了,后来他又回家了,再后来那个日本男孩杀了他。她对他们的判断一直没有错;而卡尔,她的丈夫,是错的。

后来他们没有兑现他们的租金,她对阿尔文·胡克斯说。就是这样。根本没再见过他们。她后来把地卖给了奥莱·乔金森,把他们之前付的钱都寄到加利福尼亚。每一分钱都还给了他们。她在一九四四年的圣诞节搬到了友睦港。她本想,事情就这样结束了。但是,她这一次似乎犯了个错误:只要发生金钱上的关系,你就不可能跟一个人断去联系。因此,她告诉法庭,她的儿子是被宫本天道谋杀的。她的儿子死了,没了。

第十章

阿尔文·胡克斯绕过他的桌子，重新以他缓慢、流畅的步伐在地板上来回走动，他几乎一上午都是这样的姿态。"海因太太，"他说，"在一九四四年十二月，你搬到了友睦港？"

"是的。"

"你丈夫刚去世不久？"

"是的，也没错。"

"你觉得没有了他你自己无法把地种下去？"

"是的。"

"所以你搬到友睦港去住，"阿尔文·胡克斯说道，"确切的地址是哪里，海因太太？"

"在主大街，"埃塔说道，"就在洛蒂·欧普斯威格商店上面。"

"洛蒂·欧普斯威格？那个服饰商店？"

"是的。"

"你住的是一套大公寓？"

"不，"埃塔说，"只是一个单室套。"

"服饰商店上面的一个单室套，"阿尔文·胡克斯说道，"那么你住的是一个单卧室的公寓。我可以问问每个月的租金是多少吗？"

"二十五美元。"埃塔说道。

"一套二十五美元一个月的公寓,"阿尔文·胡克斯说,"你现在还住那儿吗?现在的住处还是那儿?"

"是的。"

"还是每个月付二十五美元?"

"不是,"埃塔说道,"是三十五美元。价钱从一九四四年之后就涨上去了。"

"一九四四年,"阿尔文·胡克斯重复道,"就是你搬进去的那一年?你把宫本的那份钱寄给他并搬到友睦港的那一年?"

"是的。"埃塔说。

"海因太太,"阿尔文·胡克斯停下脚步说道,"从那之后你还有宫本的消息吗?我是说,自从你把他们的钱寄给他们之后。"

"我听到过他们的消息。"埃塔说。

"听到什么消息?"阿尔文·胡克斯说。

埃塔咬着嘴唇想了一会儿;她用手搓了搓脸。"当时是一九四五年,"她最终回答说,"那个人出现在我门口。"她指着宫本天道说。

"被告人?"

"是的。"

"他在一九四五年来到你家门口?来到你位于友睦港的公寓门口?"

"是。"

"他之前打过电话给你吗?你知道他要来吗?"

"没有。就是突然出现了。就那样。"

"一声不吭就出现了?不知从哪儿冒出来的,是吗?"

"是,"埃塔说,"不知从哪儿冒出来的。"

"海因太太,"公诉人说道,"被告跟你说他是为什么事情而来的?"

"他想谈谈土地的事情,他说。一些关于我卖给奥莱的那块地的事儿。"

"他确切地是怎么说的,海因太太?你还记得吗?为了这件案子你

115

能回忆一下吗？"

埃塔把手叠在一起放在膝上，看了宫本天道一眼。她从他的眼睛里看出来他还记得那一切——那双眼睛骗不了她。他站在她门口，穿得干净整齐，两只手紧握着，眼睛一眨不眨地直盯着她。当时是七月份，她的公寓里热得不得了；门口倒是凉快许多。他们看着对方，然后埃塔将双臂交叠在胸前，问他想干什么。

"海因太太，"他说道，"你还记得我吗？"

"当然记得。"埃塔回答道。

日本人离开的那天，她没有看见他——那是三年多以前，一九四二年——但是她清楚地记得他。这个男孩当时想给卡尔一根钓鱼竿，她曾经从厨房的窗户看出去，看见他在地里练习木剑。他是宫本家最大的孩子——她认得他的脸，却记不得他的名字——他儿子曾经整天和他在一起玩。

"我回来三天了，"他说，"我想卡尔还没回来吧。"

"卡尔去世了，"埃塔说道，"小卡尔还在和日本人打仗。"她瞪着站在她门口的这个人。"他们很快就要打赢了。"

"很快。"宫本重复道。他两手松开，背到身后。"听到海因先生去世的消息我很难过，"他说，"我是在意大利的时候听到这个消息的。我妈妈给我写了一封信。"

"嗯，我在把你们的那份钱寄给你们的时候说了那件事，"埃塔回应道，"我在信里说卡尔死了，我不得不搬走，并且把地卖掉。"

"是的，"天道说，"但是海因太太，我父亲和海因先生有个契约，是不是？不是说——"

"海因先生死了，"海因太太打断道，"我必须得做个决定。那个农场我一个人经营不了，不是吗？所以我把它卖给了奥莱，事情就是这样。"她说，"你想谈那块地的事，就去找奥莱谈。这和我一点儿关系都没有。"

"求你了,"天道说,"我已经和乔金森先生谈过了。我上个星期三才回到岛上,一回来我就去看看农场怎么样了。你知道,四处看看。乔金森先生在那儿,坐在拖拉机上。我们为这件事情谈了一会儿。"

"那么,好啊,"埃塔说,"那你和他谈过了。"

"我和他谈过了,"天道说,"他说我最好来跟你谈。"

埃塔双臂抱得更紧了。"哼,"她说,"那是他的地了,不是吗?回去告诉他吧。告诉他我是这么说的。你去告诉他。"

"他当时不知道,"天道说,"你没有告诉他我们只要再付最后一笔款,其中有块地就是我们的了,海因太太。你没有告诉他海因先生和——"

"他当时不知道,"埃塔说,"是奥莱这样告诉你的吗?他当时不知道——是吗?难道我应该跟他说:'奥莱,有一家人跟我丈夫有个不合法的协议,让我们转让七英亩土地给他们'?我应该这么说吗?他不知道。"埃塔反复地说道。"这是我听过的最荒谬的事情。难道我应该告诉来买我的地的人这块地连带了一个不合法的合同,把事情搞砸吗?如果我这样说会怎么样呢,嗯?事实是,你们这些人没有兑现欠款。这才是事实。假设你们欠了银行的钱。仅仅是打个比方。结果你们没有还清欠款,你认为会怎样?别人会一直等着你们?不会。银行会把你们的地重新收回去,就是这样。我所做的并不比银行过分。我什么也没做错。"

"你没有做任何违法的事情,"日本人答道,"但是这不等于你没做错。"

埃塔眨了眨眼睛。她退后一步,把手放在门把手上。"你走开。"她说。

"你把我们的地卖了,"日本人接着说道,"你在我们不在的情况下把我们的地卖了,海因太太。你趁我们不在的时候占我们便宜。你——"

但是她已经把门关上了,所以没听见下面的话。卡尔惹来这么大一个麻烦,她心想,现在还得我来收拾这一切。

"海因太太,"当她把事情讲述完的时候,公诉人阿尔文·胡克斯说道,"从那以后你还见过被告吗?他还为土地的事情找过你吗?"

"我还见过他吗?"埃塔说,"我当然见过。在镇上,在皮特森杂货店,哪儿都能见到他……这不,今天在这儿又见面了。"

"你跟他说过话吗?"

"没有。"

"从来没有?"

"没有。"

"你们之间再没沟通过?"

"我想没有了。除非你想看着人家一直用怨恨的眼神瞪着你。"说完她又看了天道一眼。

"怨恨的眼神,海因太太?你指的是什么?"

埃塔坐在证人席上,抚平了自己裙子的前摆,身体挺得更直了些。"每次我看到他,"她坚持说道,"他都把眼睛眯成一条缝,盯着我,脸上露出凶恶的表情。"

"我明白了,"公诉人说道,"这种状况持续了多久?"

"一直都这样,"埃塔说道,"从来没停止过。我从来没见他友善地看过我一眼,我看见他那么多次一次都没有过。总是眯着眼,给我一张凶巴巴的脸。"

"海因太太,"阿尔文·胡克斯说,"关于这件事你和你儿子提到过被告吗?你告诉过小卡尔,宫本天道来过你家门口并且为你们家卖地的事跟您争执过吗?"

"我儿子知道这一切。他回来的时候,我告诉了他。"

"回来?"

"从战场回来,"埃塔说道,"几个月之后,大约是十月份,我想。"

"所以你那时候就告诉了他被告来到你家门口的事?"

"是的。"

"你还记得他当时的反应吗?"

"记得,"埃塔说道,"他说他会关注这件事。他说如果宫本天道用怨恨的眼神看我的话,他会注意盯着他。"

"我明白了,"阿尔文·胡克斯说,"那他做了吗?"

"做过。至少据我所知是的。"

"他对宫本天道有所提防?"

"是的,提防。他密切注意着他。"

"就你所知,海因太太,他们两个之间有不友好的表现吗?他们都是渔民,这一点是一样的。正如你所说,他们少年时代是邻居,但中间却存在这场……纠纷。这场家庭之间关于土地的纠纷。所以,他们——被告和你的儿子,从一九四五年开始是处于友好还是不友好的状态?"

"不,"埃塔说,"被告肯定不是我儿子的朋友。这不是很明显吗?他们是敌人。"

"敌人?"阿尔文·胡克斯说。

"卡尔不止一次地告诉我他希望天道能够忘记他那七亩地的事儿,也不要再冲我吹胡子瞪眼了。"

"当你告诉你儿子被告用怨恨的眼神看你的时候,他确切的反应是什么,海因太太?"

"他说希望天道不要再那样做。他说他必须盯着点天道。"

"盯着点,"阿尔文·胡克斯重复道,"他从宫本那儿看出来危险了吗?"

"反对,"内尔斯·古德莫德森打断道,"要求证人推测她儿子的思想状态和他的情绪状态。他这是——"

"好吧,好吧,"阿尔文·胡克斯说道,"告诉我们你观察到些什么情况,海因太太。告诉我们你儿子对你说了什么或他做了什么——有没有什么事情表明他从宫本天道那儿看出来了某种危险?"

"他说他会盯着他点，"埃塔重复地说，"你知道，他会注意的。"

"你儿子有没有说，他感觉到他必须对宫本先生提防一些？他对他有某种危险什么的？"

"说过，"埃塔说，"他对他有所提防。每一次我告诉他那个男人瞪着我的时候，他都是那么说的——他会盯着点儿。"

"海因太太，"阿尔文·胡克斯说，"你是否认为'家族宿仇'可以准确地用在你的家庭和被告的家庭上？你们两家是仇敌吗？你们之间是不是有宿仇？"

埃塔直视着天道。"是的，"她说，"我们就是仇敌。他们为了那七英亩地的事儿纠缠了我们快十年了。我的儿子就是因为这个而被杀的。"

"反对，"内尔斯·古德莫德森说，"证人正在推测关于——"

"反对有效，"菲尔丁法官同意道，"证人只需回答律师所提出的问题，不能进行任何进一步的推测。我再次要求陪审团成员无视她刚才说的最后一句话。证人刚才的言论也将从法庭记录中删除。我们继续，胡克斯先生。"

"谢谢，"阿尔文·胡克斯说，"但是我想不到还有什么要问的了，法官大人。海因太太，尽管今天的天气如此糟糕，您还是来了，对此我非常感谢您。谢谢您在这么个大雪天出庭作证。"他踮着一只脚转身，一个食指指向内尔斯·古德莫德森。"该你了。"他说。

内尔斯·古德莫德森摇着头，皱起眉头。"只有三个问题。"他坐在那里咕哝着说道，"我做了一些计算，海因太太。如果我算得没错的话，宫本家为了从你那里买那七英亩地，一共花了四千五百美元——是不是？四千五百美元？"

"他们是想以这个价钱买下来，"埃塔说，"但是他们从来没有付清过。"

"第二个问题，"内尔斯说，"当你在一九四四年去找奥莱·乔金森，告诉他你想把地卖给他的时候，每英亩的价钱是多少？"

"一千,"埃塔说,"每英亩一千元。"

"我想这样一来四千五百美元就变成了七千美元,是不是?也就是说如果你把宫本的钱还给他,然后把地卖给奥莱·乔金森,等于这块地的价值增加了两千五百美元?"

"这是你的第三个问题吗?"埃塔说。

"是的,"内尔斯说,"正是。"

"你的算法没错。是两千五百美元。"

"那么我问完了,谢谢你。"内尔斯答道,"你可以下来了,海因太太。"

奥莱·乔金森拄着一根拐杖从旁听席上走出来。阿尔文·胡克斯为他支着双向门,奥莱拖着脚走了过去,他右手拄着拐杖,左手放在后腰部位,拖着一只脚,像只受伤的螃蟹,朝手捧《圣经》的艾德·索姆斯走去。当他走到的时候,他蹒跚着将拐杖从一只手换到另一只手,将它临时挂在腰间。七月的一次中风使他一只手变得颤抖。他当时正在他雇请的一群采摘者中间,分拣箱子里的草莓,这时他感到脚下的地开始倾斜摇晃起来,整个上午一直缠着他的头晕恶心的感觉也更加强烈了。奥莱跳起来,最后尽力挣扎了一下,想摆脱这种感觉,但是天仿佛都向他头上压过来,地也仿佛陷下去了一般,他一下栽倒在装草莓的箱子里。他躺在那里眨着眼睛望着天上的云,直到两个加拿大印第安采摘工人架住腋窝将他拉了出来。他们把他放在拖拉机车斗里送到他家,将他像一具尸体一样放在他家门廊上。雷塞尔摇晃着他,直到他咕哝了一声,流出一些口水,见此情状,她开始发疯似的询问他怎么会变成这样。她看到他明显无力回答,便不再说话,只是吻了吻他的额头。然后冲进屋里打电话给贺拉斯医生。

从那以后,他就迅速地枯萎了。他的脚开始一瘸一拐,眼睛老是流泪,他的胡子长到了他汗衫的第三个纽扣那里,他的皮肤呈粉红色并且老是破损。他在证人席上坐下,双手抱着拐杖的手柄,已然是一个颤抖、干瘦的老人。

"乔金森先生,"阿尔文·胡克斯开始发问,"你和中央谷的海因一家做了多年的邻居,是吗,先生?"

"是的。"奥莱·乔金森说。

"多少年?"

"一直是。"奥莱说,"为什么,我还记得四十年前,卡尔,我是指老卡尔,平整我家旁边那块地的情形。"

"四十年,"阿尔文·胡克斯说,"四十年来你一直都在种草莓?"

"是的,先生。不止四十年。"

"你有多少亩土地,乔金森先生?"

奥莱似乎在想这件事。他舔了舔嘴唇,瞥了一眼法院的天花板;双手拿着拐杖从头到尾地来回抚摸着。"三十五英亩,这是我整理出来的。"他说,"然后我又从埃塔那里买了三十英亩,这个刚才埃塔在这儿也说了。所以我总共就有了六十五英亩;是个大农场了。"

"没错。"阿尔文·胡克斯说,"你是说,你从埃塔·海因那里买了三十英亩地?"

"是的,先生。是这样。"

"这是什么时候的事?"

"就是她说的那个时候。一九四四年。"

"她是那个时候把地契给你的吗?"

"是的,先生。"

"在你印象中,乔金森先生,地契上写得清楚吗?上面有没有什么抵押或附带条件?比如地役权、留置权,或诸如此类的条款?"

"没有,"奥莱·乔金森说,"没有这些东西。合约上写得很清楚。看上去没有任何问题。"

"我知道了,"阿尔文·胡克斯说,"也就是说,你当时不知道任何条款说明你新买的这三十英亩土地中有七英亩可能是归宫本所有的。"

"不知道,没有,"奥莱说,"我向埃塔提到过这件事,因为宫本家在这块地里有一座房子,我知道有七英亩土地已经卖给他了。但是埃塔对我说他们没有付清钱款,所以她把土地……收回了。她说,卡尔死后她没有办法。合同上看一切正常,她说。宫本一家人在集中营里,或许他们不会回来了。她说她会把钱寄给他们。他们没有任何可主张的权利,没有,先生。"

"所以你一点儿也不知道你新购的土地上有七英亩是归宫本所有的?"

"不知道。我什么消息都没听说,直到那个男人,"他用鼻子指了指被告,"来我的农场找我交谈。"

"你说的是那边的被告——宫本天道吗?"

"他,"奥莱说,"是的,就是他。"

"他是什么时候来的,乔金森先生。"

"我想想看,"奥莱说,"他是一九四五年夏天来的。是的。他出现在我家农场,说海因太太抢劫了他。他还说,如果海因先生在的话,他是不会允许这样的事情发生的。"

"我没听明白,"阿尔文·胡克斯说,"一九四五年夏天,被告出现在你的农场,指责埃塔抢劫了他?"

"是的,先生。我记得是这样的。"

"那你说了什么?"

"我对他说不,埃塔把地卖给我了,我没有看到地契上的任何地方有他的名字。"

"是吗?"

"他想问我能否把地卖回给他。"

"卖回?"阿尔文·胡克斯说,"三十英亩?"

"他并不想要全部的三十英亩,"奥莱说,"不管怎么样,我都没想过要卖、卖掉它。那是在我……中风之前。那时候我有一个很棒的农场,面积有六十五英亩。我不想把任何一块地卖给别人。"

"乔金森先生,"阿尔文·胡克斯说,"当你买下埃塔·海因的三十英亩地的时候有没有把她的房子也买下来?"

"没有。房子她是另外单独卖的。只卖了房子,卖给了比约恩·安德烈亚森。他们现在还住在那里。"

"那被告一家人住的那座房子呢,乔金森先生?"

"这座房子,"奥莱说,"是我买下了。"

"知道了,"阿尔文·胡克斯说,"那你用这座房子来干什么呢?"

"我用来给我雇来的采摘工人住。"奥莱说,"我的农场一下子变大了,我需要有个人来常年地帮我管事儿。所以这个管事儿的就住在那座房子里,剩下的房间在采摘季的时候供采摘工人们住。"

"乔金森先生,"阿尔文·胡克斯说道,"被告在一九四五年夏天来找你的时候有没有跟你说别的?你还记得吗?"

奥莱·乔金森的右手离开拐杖的手柄,蜷曲着伸向他外套的侧口袋,在里面摸索着什么东西。"有,还有一件事,"奥莱说,"他说总有一天他会把他的地要回来的。"

"他说他会把地要回来?"

"是的,先生。他很愤怒。"

"那你是怎么说的?"

"我跟他说为什么对我生气?我对这块地一无所知,我只知道我不想把它卖给任何人。"奥莱掏出手帕,抬到嘴边擦了擦嘴唇,"我叫他去找埃塔·海因谈谈,她搬到友睦港去了。我告诉他在哪里可以找到她,她才是他应该找的人。"

"然后他就离开了吗?"

"是的。"

"后来你还见到过他吗?"

"我见过他,是的。这个岛很小。只要你还住在这里,跟谁都有碰面的时候。"

"没错，"阿尔文·胡克斯说道，"照你所说，你中了一次风，乔金森先生。那是在今年的七月份？"

"是的，先生。七月二十八日。"

"我知道了，"阿尔文·胡克斯说，"这次中风使你失去了劳动能力，是吗？所以你感到自己再也无法打理你的农场。"

奥莱·乔金森一开始没有回答。捏着手帕的右手重新又放回到拐杖上。他嚼着自己的内腮帮子；摇着头。奥莱费劲地说着话。

"我……我，是的，"他说，"我打理不过来了，你知道的。"

"你打理不了自己的农场了？"

"不……不行了。"

"那你做了什么？"

"我……我把农场挂到市场上。准备出售，"奥莱·乔金森说，"九月七日，就在劳动节过后。"

"今年？"

"是的，先生。"

"乔金森先生，你就你的地产的事跟房地产经纪人联系过了吗？"

"是的，先生。"

"和克劳斯·哈特曼？"

"是的，先生。"

"你还通过别的什么方式发布了广告吗？"

"我们在仓库上面挂了块牌子，"奥莱说，"仅此而已。"

"结果怎么样呢？"阿尔文·胡克斯问道，"有人来看吗？"

"卡尔·海因来了，"奥莱说，"卡、卡尔·海因，埃塔的儿子。"

"那是什么时候的事？"阿尔文·胡克斯问。

"那是九月七号。"奥莱说道，"卡尔·海因绕道来我家，想买下我的农场。"

125

"请给我们讲讲,"阿尔文·胡克斯语气温和地说道,"卡尔·海因是一个成功的渔民。他在米尔伦路有一块很好的地方。他要买你的农场做什么?"

奥莱·乔金森眼睛眨了几下。他用手帕轻轻地揩了揩眼睛,回忆道:那个年轻人,小卡尔,开着一辆天蓝色的雪佛兰敞篷车来到我的院子里,把我的鸡吓得在他前面乱跑。奥莱来到走廊上,立刻认出了来人是谁;但不知道他是何来意。这个年轻人每个采摘季都会来;还会带上他的妻子和孩子。他们带着糖果来到田里,一起采摘些草莓。奥莱每次都不肯收卡尔的钱,但卡尔每次都硬塞给他。每当奥莱摇头的时候,卡尔就把钱放在称重台上的秤旁边,压上一块石头。"不管这里是不是曾经是我爸的地,"他说,"它现在都是你的。我们要付钱的。"

如今他身材高大,像他的父亲,他个头像父亲,面相像母亲,脚上穿一双胶靴,像个渔民——他本来就是个渔民。奥莱还记得,他的船是用妻子的名字命名的——"苏珊·玛丽"号。

雷塞尔给这个年轻人倒了一杯冰茶。他坐下来,望着外面大片的草莓地。远处,他们还能看见比约恩·安德烈亚森家房子的侧面——小卡尔曾经在那里生活过。

我们坐在那儿闲聊,奥莱向法庭陈述道。卡尔问他今年草莓的长势,奥莱也问了鲑鱼的鱼汛情况。雷塞尔问了问埃塔的身体状况,然后又问卡尔渔民的生活是不是适合他。"不适合。"卡尔当时回答说。奥莱想,这个年轻人这样大声地说出来似乎有点儿奇怪。这样说对他而言一定是件挺伤自尊的事情。奥莱知道,他肯这样承认一定是有原因的。他一定有他的道理。这个年轻人放下玻璃杯,搁在他的胶靴前面,然后倾身靠近他们,手肘撑在膝盖上,仿佛要向他们坦白些什么。他盯着走廊里的地板看了一会儿。"我想买你们的农场。"他说。

雷塞尔告诉他海因家的老房子现在是比约恩·安德烈亚森的——他没办法买回来了。雷塞尔也告诉,她和奥莱实在不想离开农场——实在是出于无奈。这个年轻人点点头,挠了挠下颌上的胡须。"我对此很抱歉,"他小声说道,"我也不想趁你身体不好的机会来买你的农场。乔金森先生。但是如果你不得已要卖掉的话……那么,我有兴趣买下它。"

奥莱当时说,"我很高兴。你在这里生活过,你了解这个地方。我们公平交易。我很高兴。"然后他向这个年轻人伸出了手。

年轻人郑重地握住了他的手。"我也很高兴。"他说。

他们在厨房里谈了具体的安排。卡尔的钱都压在"苏珊·玛丽"号和他那座位于米尔伦路的房子上。卡尔还付了一千美元的定金——他把它放在桌上。十张一百美元的票子。卡尔说,到十一月份的时候,他会把船卖掉,然后把房子也卖掉。"你妻子会很高兴的,"雷塞尔笑着说,"渔民总是夜不归宿的。"

奥莱·乔金森靠在他的拐杖上,回忆起那天晚些时候还有一个来访者——宫本天道也来拜访他了。

"你是说被告?"阿尔文·胡克斯问道,"在今年九月七号?"

"是的,先生。"奥莱说。

"就是卡尔·海因来看你并问你卖地的事儿那天?"

"是的,先生。"

"那一天下午?"

"差不多吃午饭的时候。"奥莱说,"当时,我们刚坐下来吃午饭。宫本敲了我们的门。"

"乔金森先生,他有没有说明他的来意?"

"和埃塔的儿子一样,"阿尔文·胡克斯说,"他也想买我的地。"

"告诉我们,"阿尔文·胡克斯说,"他确切地跟你说了些什么?"

奥莱讲述说,他们一起在门廊里坐下来。被告看到了仓库上的告示牌,想把奥莱的农场买下来。奥莱还记得这个日本人的话——他站在地里发誓说总有一天他会把自己家的地要回来的。他已经不太记得这个日

127

本人。毕竟已经过去九年了。

他还记得，这个日本人很多年前曾经为他工作过，他一九三九年的时候和其他人一起为他种植过覆盆子。奥莱记得他站在皮卡车的车斗里，光着膀子，挥着长柄锤，敲着香杉木的桩子为覆盆子搭架子。他当时差不多十六七岁。

他也记得曾看见他大清早在地里挥舞着一柄木剑。他记得男孩的父亲好像是叫"圈一"什么的。他一直发不好那个音。

他在门廊里向天道问起他的父亲，但是他很早以前就已经去世了。

那个日本人后来就问起土地的事情，并且表示自己有意买下他们家曾经拥有的那七英亩地。

"恐怕已经不能买了，"雷塞尔说，"地已经卖掉了。有人今天上午来过。非常抱歉告诉你这个消息，天道。"

"是的，"奥莱说，"我们很抱歉。"

日本人愣在那里。有那么一会儿他的脸上一点儿笑意都没有，所以奥莱也不知道他在想什么。"卖了？"他说，"已经卖了？"

"是的，"雷塞尔说，"已经卖了。我们很抱歉让你失望了。"

"全部都卖了？"日本人问道。

"是的，"雷塞尔说，"我们很抱歉。我们甚至都还没时间把告示牌取下来。"

宫本天道脸上僵硬的表情好一会儿都没变过来。

"谁买去了？"他说，"我想去和他们谈谈。"

"埃塔·海因的儿子卡尔，"雷塞尔说，"他大概十点钟来的。"

"卡尔·海因。"日本人说，声音里含着一丝愤怒。

奥莱建议宫本天道去找卡尔·海因谈这件事。或许有办法。

雷塞尔摆了摆手，紧攥着自己的围裙擦着手。"我们已经把地卖掉了，"她充满歉意地重复说道，"奥莱和卡尔已经握手成交了。我们已经收了定金，必须履行协议。地已经卖掉了。我们很抱歉。"

日本人站起来。"我应该早点来的。"他说。

第二天卡尔又来了——雷塞尔打电话告诉了他宫本天道的事,让他来把仓库上的牌子拿下来。奥莱拄着拐杖,站在下面,告诉他日本人来的事。他还记得,卡尔很关心其中的细节。他点点头,仔细地听着。奥莱·乔金森把一切都告诉了他——关于日本人失礼的样子,关于他听到自己想要的地已经卖掉的时候脸上莫测的表情。卡尔·海因不停地点着头,然后拿着告示牌从梯子上下来。"谢谢你告诉我。"他说。

第十一章

中午休庭之后，宫本天道和过去的七十七天一样，在他的囚室里吃了午饭。这间囚室是法院地下室的两间囚室中的一间，没有铁栅也没有窗户。囚室的大小可以容下一张作为剩余军用物资的矮脚行军床、一个马桶、一个盥洗池和一个床头柜。在水泥地面的一角有个排水孔，门上开了一个一英尺见方的铁栅小窗。除此之外便没有任何可以透光的开口或缝隙。一个光秃秃的灯泡吊在头顶，天道可以把它在灯泡座上旋进旋出来控制开关。但是不到一个星期，他就发现自己更喜欢待在黑暗中。他的眼睛已经习惯了黑暗。光秃秃的灯泡灭掉的时候，他更少因为牢房四面封闭的墙壁而感到烦恼，也更少意识到自己身陷囹圄的处境。

天道坐在床沿，午饭就搁在他面前的床头柜上。一个花生酱加果冻三明治、两根胡萝卜条、一坨酸橙泥、一马口铁杯的牛奶，用一个自助餐盘装着。此时此刻，他的灯泡亮着。他把它旋进去是为了看清楚自己吃的是什么，同时也好用刮胡子用的小镜子看看自己的脸。他的妻子说他看上去像东条英机手下的日本兵。他想知道是不是的确如此。

他把盘子放在膝盖前面，坐在那里看着自己在手中的小镜子里的模样。他能够看见他的脸曾经是一个男孩的脸，在这之上又蒙上了一张战争年代的脸——他看到这张脸时已经不再惊诧，尽管当初它曾经令他十分震惊。他从战场回到家中，在自己的眼中看到了一种他在所认识的其他士兵眼中曾见过的混沌而空虚的眼神。他们看东西的时候目光游移，仿佛是透过当下世界的状态看到一个已经永久地离他们远去的世界，似乎这个世界比当下的世界更加近在眼前。许多往事都以这样的形式印刻在天道的记忆中。在他日常生活的表面之下，他过着一种仿佛在水下的日子。他记得在树木繁茂的山坡上，一个坚固的蜂巢下面，有一个士兵头盔，头盔下面是一个十分年轻的小伙子，他的腹股沟被直接射穿了。当天道从一侧接近他的时候，小伙子死盯着他，牙齿一边打战一边颤抖着说着德语。然后，小伙子恐惧地挪动着手想去拿枪，天道近距离地对着他的心脏又补了一枪。但是这个小伙子仍旧不肯死去，他躺在两棵树之间，而天道站在五英尺之外，端着步枪，一动不动。小伙子双手捂着自己的胸部，努力地从地上抬起头来，使劲地喘着，吸着午后炽热的空气。然后他从齿缝间挤出一句话，天道知道他是在乞求、哀告，他是想叫这个置他于死地的美国人救救他——他除了向他求救之外没有选择，周围没有其他人。一切都没用了，小伙子不再说话，他胸部抽搐了几下，血从他的嘴里冒出来，顺着面颊流下。天道拿着步枪走上前去，右膝跪地蹲在德国小伙子旁边，他的手搭在天道的靴子上，闭上眼睛，断了气。最后一丝气息在他嘴里停留了一会儿，天道看着，直到它散去。早餐的气味很快从这个德国小伙子的内脏中飘散出来。

　　天道坐在自己的囚室中，端详着自己在镜中的模样。这不是他能控制的事情。他的脸因为当兵的经历而发生了变化，从外表看去，仿佛这个人内心被一团什么东西堵住了一样——他心中的确存在这种感觉。这么多年以后，他回想起那个临死的德国小伙子躺在山坡上的样子，心脏还是会像当年一样怦怦直跳。他当时坐在树下，用一个行军水壶喝着水，耳朵里嗡嗡直响，双腿不住地发抖。他怎么跟圣佩佐的人们描述自己当时那种周身寒冷的感觉呢？世界是不真实的，它如此令人烦恼，使他无法集中精力回忆起那个小伙子的模样，一团苍蝇在他惊愕的脸庞上盘旋，一摊血从他的衬衫里面流出，渗入土地之中，散发出一股腥气，东面的山坡上传来枪炮声——他离开了那片战场,但是那片战场在他心中留下的阴影却始终不肯离去。在那之后他还杀过更多的人,确切地说是三个,后来比第一次要容易些,但那终归是杀人。所以,怎么向人们解释他的脸呢?他漠然地坐在囚室中,过了一会儿,他对自己的脸开始变得客观起来,然后他便看到了初枝所看到的模样。他的本意是想向陪审员们表现自己的无辜,他想让他们看到他的灵魂处在纠结之中,他坐得笔直,希望他极力表现出的镇静能够反映出他内心的状态。这是他父亲教他的:一个人越是镇静,便越是通透,其内心生活的真相也越是显现无遗——一个有趣的悖论。天道认为,他表现得超脱于这个世界便能构成一种自我解释,法官、陪审员和公众席上的人们便能够认清他的脸——这是一个战场回来的老兵。他永远地牺牲了自己的那份平静,才使得这些人得以拥有属于他们的那份平静。现在,他看着自己,仔细端详着自己的脸,却看见自己一副藐视的神情。他拒绝对所发生的一切事情做出反应,也没有让陪审员从他的脸上读出他内心的颤抖。

而且,听着埃塔·海因在证人席上的陈词,天道感到悲愤难当。当他听到她在法庭上用侮辱性的口吻说起他父亲的时候,他听到自己小心翼翼搭建起来的外壳崩裂的声音。他有一种强烈的欲望,想要否认她说的话,打断她的证言,告诉人们关于他父亲的真相,告诉人们他父亲是一个强壮而不知疲倦的男人,他正直得近乎过头,而且善良谦恭。但是这一切冲动都被他压抑下来。

现在,他坐在牢房中,盯着镜子中自己所戴的面具,他本来是想通过这个面具来表现他所经历的那场战争和他为了面对战争的阴影而集聚的力量,但结果却令人感觉到他对法庭以及法庭可能给予他的死刑判决的傲慢和无形的藐视。镜子中的这张脸和他在战争令他变得内向之后所表现出来的那张脸毫无二致,尽管他努力地想改变它——因为带着这张面具对他而言是个负担——它仍然是他的,最终仍是无法改变。他知道自己私下里对杀人有种负疚感——即便是在战争中杀人。正是这种负疚——他知道不是别的词——永远潜藏在他的内心,他努力不去勾动它。然而这种努力本身就勾起负疚感,令他无法停止。当他坐在那里,双手放在被告席的桌子上,背朝着他的岛上同胞的时候,他无法改变脸上本来的表情。他知道自己脸上写着自己的命运,正如内尔斯·古德莫德森最初的时候所说:"事实摆在那里,陪审员将听取这些事实,而且,他们还会观察你。他们会看你脸上的表情,看证人说话的时候你脸上有什么变化。实际上,对他们而言,答案取决于你在法庭上的表现,你的样子,你的动作。"

天道喜欢内尔斯·古德莫德森这个人。当内尔斯在九月的一个下午第一次出现在他的牢房门口时,他就开始喜欢他了。他胳膊下面夹着一个折叠式棋盘,还带了一个装满棋子的哈瓦那雪茄盒子。他从上衣口袋里掏出一支雪茄递给天道,点燃了自己的那支,然后从盒子里拿出两块糖,不动声色地丢在宫本身旁的行军床上。这就是他表达友好的方式。

"我是内尔斯·古德莫德森,你的辩护律师,"他说,"法院指定我来代理你的案子。我——"

"我没有杀他,"天道说,"我没有犯任何罪行。"

"你看,"内尔斯说,"我跟你说。我们稍后再操心这件事情,好吗?我正在找一个有空的人来跟我下棋,最好是极其空闲的。似乎你就是这一人选。"

"我是,"天道说,"但是——"

"你当过兵,"内尔斯说,"我猜你的棋下得不怎么样。国际象棋、西式跳棋、拉米纸牌、桥牌、收全红、骨牌、克里比奇牌戏。还有单人纸牌戏,怎么样?"内尔斯说道,"或许你在这儿也只能玩玩单人纸牌。"

"我从来不喜欢单人纸牌。"天道回答道,"再说,一个人要是在牢房里玩起了单人纸牌,那只会让他更加消沉。"

"我没想到过这一点。"内尔斯说道,"我们要想办法让你从这儿出去，一切只为了这个。"他笑着说。

天道点点头。"你能吗？"

"他们现在还没什么动作，天道。我想，直到开庭之前你都得待在这儿了。"

"根本就不应该起诉我。"天道说。

"阿尔文·胡克斯可不这么想，"内尔斯说道，"首先，他正在收集证据。他一门心思认定这是一桩谋杀案；其次，他很认真地主张死刑判决。我们也应该认真点对待它。我们有很多事情要做，你和我。但是，先下盘棋怎么样？"

死刑，天道心里思忖着。他是一个佛教徒，相信因果报应，所以他觉得自己可能得为自己在战争中杀人而遭受报应了：一切皆有报应，凡事必有因。对死的恐惧在他心中滋长起来。他想到了初枝和他的孩子们，他觉得自己肯定要离开他们了——因为他如此深爱着他们，所以要以此为代价来偿还他在意大利的土地上所欠下的人命。

"你坐行军床上，"他对内尔斯说，努力想使自己平静下来，"我们把床头柜拉过来放棋盘。"

"好，"内尔斯说，"很好。"

老头子双手哆嗦着摆好棋子。这双手上布满了深色的斑点，皮肤显得透明，青筋凸起。

"你要白棋还是黑棋？"内尔斯问。

"都可以，"天道回答道，"你先选，古德莫德森先生。"

"大多数棋手都喜欢先走，"内尔斯说，"可是，为什么呢？"

"他们肯定是觉得先下手为强，"天道说，"相信进攻是最好的。"

"你不是吗？"内尔斯问道。

天道拿起两枚棋子放在身后。"最好的解决办法就是这个，"他说，"只要猜一个就行。"他把握紧的拳头伸到内尔斯面前。

"左手。"老头儿说，"既然要碰运气的话，左手和右手没什么区别。

都是一样的。"

"你没有偏好吗？"天道问道，"你喜欢白色，还是黑色？"

"把你的手打开。"内尔斯回答说。然后他将雪茄放入嘴里，用右边的牙齿咬住——他戴的是假牙，天道意识到。

结果是内尔斯先走。而且，这个老头儿从来不走王车易位。他对残局不感兴趣。他的策略是以棋子换取位置，在开局阶段丢弃棋子以争取无可战胜的盘中局势。尽管天道能看出来他在干什么，但是一点儿办法也没有，他赢定了。他一点儿也不浪费时间。棋局突然间就结束了。

天道把镜子放在食物托盘上，将酸橙泥吃了一半。他将胡萝卜条和剩余的三明治吃掉，然后把马口铁杯子里面的牛奶一饮而尽，又倒了两杯水进去。他洗了洗手，脱掉鞋子，在牢房的床上躺下。一会儿，他又站起来转灭了灯泡座里面的灯泡。然后，在黑暗中，这个受到指控的男子再次躺下来，闭上眼睛，开始做梦。

他做的是无眠之梦——白日梦、醒着的梦，他在牢房中经常这样做梦。通过这种方式，他从四面墙壁之中逃离出来，自由地漫步在圣佩佐的林间小道上，在结着白霜的秋季牧草地边缘；有时他在心里沿着一段小路行走，突然便来到了一大片黑莓地，或是野生的金雀花地。在他的心里还有旧时滑道的遗迹和荒芜的农场小路，隐没在长满鬼蕨的山谷和臭菘遍布的洼地中。这些小路有时消失在望海的土崖上，有时蜿蜒而下伸向海滩，在那里，茂密的雪松、初生的桤木、藤槭被冬天的海潮冲倒，卧在沙滩上，枯枝的顶端被沙砾掩埋起来。海浪卷来海草，像湿漉漉的轻纱一样披挂在倒伏的树上。然后他的思绪飘飞出去。天道再次出现在海上。网已撒下，鲑鱼在奔突，他站在海岛人号的前甲板上，微风拂面，水中磷光闪烁，白浪在月光下泛出银辉。躺在县监狱的行军床上，他又感觉到了大海，行船时波涛的涌动。闭上眼，他闻到了冰凉的咸味和货舱里鲑鱼的气味，听到卷网机运转的声音和水下传来的马达声。许多海鸟从水上飞起，在第一缕朦胧的光线中翱翔，伴着海岛人号在寒冷的清晨启程返航。船舱里装着五百条帝王鲑，船上的绳索被风刮得咯咯直响。在罐头厂，他几乎每条鱼都要过手一下才把它们抛出去——肥厚的大鳞鲑鱼身体柔软滑腻，瞪圆着光滑透亮的鱼眼，它们几乎像他的手臂一般长短，足有他体重的四分之一那么重。他仿佛身临其境，再次体会到肥鱼在手的感觉，海鸥在他的头顶盘旋。当他启动马达朝码头驶去的时候，海鸥迎着风，跟着他的船在高空中飞翔。后来当他冲洗着"海岛人"号的甲板时，海鸥便在他身边飞来飞去。他听到它们的鸣叫声，看着它们低飞盘旋，变换着角度寻找食物碎屑。马林·特尼斯科得或威廉·乔瓦格用双管枪朝它们射击，海鸥落入水中。枪声在友睦港的群山之中回荡，天道想起他今年错过的那些：满树金黄和火红的桦木和桤木，槭树的锈色秋妆，十月头层林尽染的红与褐的缤纷诸色，苹果酒、南瓜、一筐筐鲜嫩的节瓜。一夜的渔猎之后在朦胧静谧的晨光中拖脚踏上走廊时闻到的枯叶的气息，以及香杉树充满生机的芬芳。脚下踩过树叶时发出的窸窣之声，雨后被碾为泥土的落叶。他错过了秋雨。雨水顺着他背脊的突起流下，又与他头发中的海雾混合——他本来不知道他错过了这些。

八月份的时候，他还带着家人去了趟兰溪顿岛。他们玩了漂流，他划着小船把他们带到糖沙海滩上。他的女儿们站在海浪中，用棍子戳着一只水母；她们还采集了一会儿海胆；然后他们顺着海岸边的小溪穿过了一个小溪谷，天道右手抱着最小的孩子，来到一个瀑布前面，一条飞瀑从一处长满苔藓的峭壁上奔腾而下。他们在那里找了个地方，在铁杉树荫下吃了中饭，还采集了一些大树莓。初枝在白桦树下发现了几个毒蘑菇，指给女儿们看。她告诉孩子们，这些蘑菇的样子洁白可爱，但是吃了却是要命的。她还指给她们看附近的铁线蕨；她说，黑柄菇放在松针编织篮里面可以保持色泽不变。

他那天彻底为她所折服。她收集了细辛作为米饭的佐料，又采了蓍草叶子用来泡茶。在海岸边，她用一根带尖头的棍子挖石房蛤，在她面前挖出一个弧形。她四处寻找海玻璃,还在一块凝岩上发现了镶嵌其中的蟹腿化石。她还把海水泼向最小的孩子。女儿们帮着天道在海边捡拾漂流木,在夜幕降临的时候生起了火堆。最后,当天完全暗下来的时候,他们重新坐上小船。他的大女儿在兰溪顿的海藻床上钓到一条不错的鳕鱼。他在甲板上把鱼切成片,这时,初枝又用手绳钓上来一条。他们在海上吃了晚饭——鳕鱼、蚌、细辛拌饭、蓍草泡茶。他的二女儿和最小的孩子睡在他的行军床上,大女儿操纵着舵盘。天道和初枝走向船头。他胸口贴着初枝的背,手扶着帆缆,站在那里,直到南方出现了友睦港的灯光。然后,他走进驾驶舱,调整好"海岛人"号的方向,使船头对准航道。他接过舵盘之后,女儿倚在他身上,头靠着他的胳膊,他保持着这样的姿势驶进了港湾。

然后,他回忆起去曼扎纳集中营之前的草莓地,那是令人难忘的地方,一片草莓的海洋,一畦畦的,放眼望去全是。从他小时候起,草莓的枝蔓就像是一座纵横交错的迷宫,覆盖在几家农场的土地上,从中汲取着养分。他也曾在那用栅栏围起来的草莓地里,弯着腰,顶着烈日采摘草莓。他俯身贴近地面,地里是一片红和绿的海洋,带着泥土的气息,草莓的味道像薄雾般升起,随着他双手不停地采摘,他的大筐里十二个松枝编织的篮子都满了起来。他在结婚前就见过他的妻子,他看见过她在市川的农场里摘草莓。他记得自己抱着采集箱向她走去,装成偶然经过的样子;也记得她弯着腰专注于自己的工作,没有看到他走过来,但是在最后一刻,她抬起眼,目光温柔而机敏地看了他一眼,手却没有停下来,仍旧忙碌地采摘着草莓——草莓像红宝石般轻柔地落在她的手指之间。当她的目光和他相遇的时候,她的手一边还在将草莓放到松枝编织的篮子里面,其中有三个篮子已经装满了成熟的草莓,放在采集箱上。他蹲在她对面,一边采摘草莓,一边看着她——她蹲在那里,下巴几乎要挨着膝盖,头发整整齐齐地编成一条又粗又长的辫子,额头上冒着汗,几缕从辫子里松脱出来的头发丝悬垂在她的脸颊和鼻子上。

她那年十六岁。她低俯着身子，胸部贴着大腿，穿着编织凉鞋和一条红色的平纹细棉布夏裙，裙子细细的肩带勒在她肩膀上。他看见她腿很结实，脚踝和小腿肚子都呈褐色，脊背很灵活，喉咙部位冒出一层细汗。夜晚的时候，他走出南海滩的树林小径，望着她那个用旧香杉木板搭建的家，还穿过田野来到她家不远处：田地被高大的香杉树围绕着，笼罩在一弯细月的清辉下。一盏煤油灯从初枝家的窗户里闪烁出橘黄色的光亮。她家的门半开半掩，敞开一条大约十英寸的缝隙，煤油灯的一缕光线照在她家的门廊上。蟋蟀和夜蟾蜍鸣叫着，狗在外面跑来跑去，洗过的衣物在晾衣绳上被风吹得拍打着。他再次闻到了草莓枝条的青蒿味、雨水在香杉树落叶堆里腐烂的味道和海水的味道。她提着一桶厨房垃圾朝他走来，她的拖鞋发出吱吱的声音，走向肥料堆那边，当她返回的时候从覆盆子地里穿过。他看到她一只手绾着自己的头发，一只手从覆盆子的藤蔓间抚过，搜寻着最熟的覆盆子果实。她不时地踮起脚后跟。她一只手仍旧绾着头发，一只手把覆盆子放入齿间，当她松开枝梢的时候，覆盆子的枝条便无声地反弹回去。他站在那里看着，想象着如果他那天夜里吻她的话，覆盆子的味道传到他嘴里一定非常美妙。

他看着她，就像当初在历史课上看着她一样。她嘴里衔着一支铅笔，一只手放在颈背，被浓密的头发遮盖着。她将书本抱在胸前从走道上经过，她穿着百褶裙、菱形格子花纹的毛衣，脚上的波比短袜翻折到鞋子上的闪亮的黑玛瑙搭扣上。她看了他一眼，然后很快地将目光移向别处，当他经过她身旁的时候她什么话也没说。

他回忆起在曼扎纳的日子，营房里、柏油涂墙的棚屋里和咖啡店里，到处都是尘土，就连面包吃起来也仿佛掺着沙砾。他们的工作是在营地的菜园里照管茄子和莴苣。他们收入菲薄，劳动时间漫长，他们被告知辛苦劳动是他们的职责。他和初枝起初说些无关紧要的事情，然后开始回忆起他们的圣佩佐田野，以及熟透的草莓的味道。他开始爱上她了，不仅是爱上她的美丽和优雅，当他发现他们的心里有着同样的梦想的时候，他感到自己更加肯定地爱上了她。一天晚上，他们在开来营地的卡车后面接吻了，尽管十分短暂，但她嘴里的温暖湿润使他感觉她仿佛是从一个天使的世界降临到了人类的世界。从此，他对她爱得更深了。在菜园里劳动的时候，他会从她身边经过，趁势伸手搂一下她的腰。她则会拉拉他的手，他也拉拉她的手作为回应，然后他们又各自除草。风把沙尘吹到他们脸上，使他们的皮肤变得干燥，头发结成一缕一缕的。

他回忆起他告诉初枝说他已经报名参军的时候她脸上的表情。初枝说，她并不是担心天道的离开——尽管离开也是一件可怕的事情——而是担心他再也不会回来，或者当他回来的时候已经不再是原来的那个他。天道没有对她做任何承诺——他也说不好自己是否回得来，或者能够原模原样地回来。这关系到一个人的荣誉，他对初枝解释道，他别无选择，只能履行自己所肩负的参加战争的使命。起初，她不肯理解这一点，并且坚持认为所谓的使命并不比爱情更重要，她希望天道和她想的是一样的。可是天道无法令自己接受这一点；爱情日益加深是一回事，但事关荣誉他又别无选择。如果他不去打仗，他便不是原来的那个他，也不值得她去爱。

她转身离去，并且试图不再理他，他们三天都没有跟对方说话。最后，还是天道去找了她。黄昏之际，他在菜园中对初枝说，他爱她胜过世间的一切，说只希望她能够理解为什么他必须离开。天道没有向初枝提任何要求，只希望她承认他是个什么样的人，怀着一颗什么样的心。初枝拿着长柄锄站在那里，说茂村太太曾经告诉她，性格就是一个人的命运。他必须做他应该做的事情，而她也一样。

他点点头，努力地装出平静的样子。然后他转身离去，穿过茄子地。当他走出去二十码的时候，初枝叫着他的名字，问他是否愿意在离开之前与她结婚。"为什么想和我结婚？"他问。初枝的回答传来："为了留住部分的你。"她扔下锄头，走过二十码的距离用胳膊抱住了他。

"如果这也是我的性格使然,"她喃喃道,"那爱上你也是我的命运。"

他现在知道,这是一桩战争中的婚姻,只能匆匆完成,因为他们别无选择,也因为他们两个都感到一种紧迫。他们彼此了解不过几个月,尽管他一直在远处暗恋着她。当他想起来的时候,他觉得他们的婚姻是一个必然性事件。他的父母同意了,她的父母也点了头,他满心欢喜地离开,奔赴战场,因为他知道她在等着他,等他回来。后来,他的确回来了,但是变成了一个杀过人的人。初枝曾担心他回来的时候将不再是那个原来的他,结果这一担心变成了现实。

天道又回想起父亲的脸,以及珍珠港事件以前他父亲藏在木箱子里的那把刀。那是一把武士刀,由铸剑师正宗打造,据说已经在宫本家族流传了六百年。他的父亲把它装在刀鞘里,用布包裹着。这是一件朴实无华却十分厉害的武器。它的美就在于它的古拙,在于它平凡无奇的形状;即使是它的木制刀鞘也十分寻常。一天夜里,他的父亲带着这把刀,将它和其他东西一起埋在了一片草莓地里——他的木质剑道练习刀、下绪①、御角带、道服,以及他的木刀。他把这些东西包好,与他用来清理树桩的炸药、满满一箱子书和用日文写的卷轴,以及一张天道身穿旧式和服手持剑道木棍站在圣佩佐日本社区中心拍的照片一起小心翼翼地放进洞里埋了起来。

天道从七岁起开始学习剑道。他的父亲在一个星期六把他带到社区中心,中心的健身馆辟了一个角落作为柔道训练馆。他们跪在房间后部的壁龛前面,注视着一个架子,上面整齐地排列着许多盛白米的小碗。天道学会了如何以坐姿行鞠躬礼。他以脚后跟承力跪坐在那儿,他的父亲轻声地向他解释全神②的意思。根据天道的理解,全神意味着对潜在危险一直保持警觉的状态。他的父亲讲完之后重复说了两遍:全神!全

---

① 绑在剑鞘上的带子。
② 原文为日语,zenshin。

神！然后从墙上取下一根木棍，在天道还没反应过来之前，猛击在他的腹部。

天道刚刚喘过气来，全一便说道，"全神！你不是说你理解的吗？"

天道的父亲说如果他要学习剑道，就要比普通人付出更多。至于他愿不愿学呢，这由他自己决定。他应该花点时间考虑一下。

当天道八岁的时候，他的父亲第一次把一件武器交在他手中——那是一柄木剑。

在一个七月的清晨，草莓采摘季刚刚过去，他们一大早便站在草莓地里。那把三英尺长的樱桃木剑原为天道的曾祖父所有。他在明治维新之前是一个武士，在武士携带剑器被列为非法行为之后，他曾去九州做过十天役农，为政府种植水稻，之后便在熊本加了一支两百人的武士叛乱队伍。他们把自己组织成一个神圣暴动团，高举着手中的剑去攻击一支皇家卫戍军。卫戍军手持来复枪，一阵乱射杀死了几乎所有的叛乱者，只有二十九个人得以幸免；这些幸存者选择了在战场上自尽，其中包括天道的曾祖父。

"你来自一个武士家庭，"天道的父亲用日语对他说道，"你的曾祖父之所以死，是因为他始终将自己视为一名武士而不肯放弃。但他不幸生于一个不再需要武士的时代。他对此无所适从，内心充斥着对世界的愤怒。我还记得他那愤怒的样子，天道。他活着只是为了向明治政府复仇。当他们告诉他，他不能再在公共场合佩剑的时候，他便开始谋划着杀了那些他几乎不认识的人：政府官员、住在我们附近的有家室的人、善待我们的人、和我们一起玩耍的孩子的家人。他的行为开始失去理智，开始念叨着要净化自己，这样就可以刀枪不入，而无惧于明治政府的来复枪。他晚上总是不在家。我们也不知道他去哪儿了。我的祖母只能咬着自己的指甲等他回来。当他早晨回家的时候，她就和他争吵，但是他一如既往，也不肯解释。他的眼睛总是红红的，脸上表情坚毅。他默默地坐着吃碗里的东西，在家里剑不离身。据说他和其他一些被明治政府废籍的武士们在一起。他们乔装走在路上游荡，手中执剑，专门刺杀政府官员。他们成了一帮歹徒、小偷和叛道者。我还记得，我的祖父听到大久保利通被刺杀的消息很高兴——正是这个人使他的领主的城堡被没收，军队被摧毁。他笑了，笑得牙齿都露了出来，还喝酒庆祝。"

"我的祖父是个剑道高手，"全一说，"但是内心的熊熊怒火使他失去了理智。这是件讽刺的事情，因为当我像你这么大的时候，他还是个知足而平和的人，常常跟我讲人与佩剑的道理。'用剑来赋予生命，而不是夺取生命。这是武士的目的。'我的祖父当时说。剑的目的是赋予生命，而不是夺取生命。"

"如果你集中精神，就可以把木剑用得很好。"天道的父亲说道。"你有这样的潜质。你现在只是要决定学还是不学，你已经八岁了。"

"我想学。"天道回答说。

"我知道你会想的。"他父亲说，"但是，注意你的手。"

天道调整了一下手的姿势。

"你的脚，"他父亲说道，"前面的脚往内收一点儿。重心太靠后了。"

他们开始练习直砍、前进。在草莓地里，男孩和父亲一进一退，两个人练习默契。"木剑砍下去的时候，"天道的父亲说道，"臀部和腹部用力。你向前砍的时候，必须收紧腹部的肌肉。不对，你的膝盖太僵硬了——砍的时候膝盖必须放松。肘部也要放松。不然动作就不协调了。木剑是靠身体的力量去砍杀的。臀部下沉，膝盖和肘部放松，腹部收紧，砍，转身，再刺……"

天道的父亲为他示范怎样握剑才能令腕部收放自如。一个小时过去了，接下来是下地劳动的时间，他们便丢开木剑开始劳动。从那之后，每天清晨，天道都要练习剑道动作——直砍可以将一个人的脑袋从鼻梁中间劈开，眼睛一边一只，头颅裂为两半；四个斜劈动作——左右上下，可以将人从肋骨处劈开，或者剁下人的一条胳膊都不是难事；水平横扫从左边砍入，可以将一个人从臀部上方劈开；最后是最常见的剑道动作——水平突刺，惯用右手的人可以猛力刺向敌人的头部左侧。

他每天练习这些动作，直到熟练自如，人剑配合默契，使木剑成为手臂的延伸。他十六岁时，社区中心已经没有人能赢他了，即便是岛上那几个认真爱好剑道的大人也不再是他的对手，连他父亲也打不过他，痛快地承认儿子已经超过了自己。剑道俱乐部的许多人都说全一尽管年长许多，却只能算是一个资深的练习者，但是天道这孩子却有着更旺盛的斗志和更强的意志力，他为了取胜，能够将自己的黑暗的力量激发出来。

直到杀了四个德国兵之后，天道才意识到他们说的是多么正确。他们以长者的眼力洞悉了他的内心。他是一个战士，他的凶狠本色传承自宫本家族的血统，而且注定要传给下一代。他明白了，他曾祖父——那个陷入疯狂的武士的故事，也是他自己的故事。有时候，当他因为失去自己家的草莓地而怒火升腾的时候，他便将这团怒火压抑在心中，站在院子里，拿着练习剑道的竹棍操练起自己的黑色之舞。战争之后，他所见到的只有黑暗——在世界中，在他自己的灵魂中，除了草莓的香味，除了妻子和三个孩子身上好闻的味道之外，黑暗无所不在。他的三个孩子——一个男孩、两个女孩，是上天赐予他的三份礼物。他感到自己不配享受家庭带给他的片刻幸福，所以，深夜无法入眠的时候，他会想象着自己给他们写下书信，彻底澄清自己所犯下的罪恶。他将离开他们，独自去承受痛苦的煎熬，他的痛苦将远胜于愤怒。暴虐或许最终将从他身体内消失，使他可以不再思索自己的命运和下辈子将在何处轮回。如今他坐在这里，被指控杀了卡尔·海因，在他看来这正是自己所渴求的受苦之地。宫本天道在自己的牢房中，心中因为即将到来的审判而饱受煎熬。或许这是他注定要为自己在愤怒之下杀死的生命付出的代价。这就是因果报应，这就是一切事物的无常表现。多么玄妙的人生啊！一切都因为玄妙和命运而联系在一起。在黑暗的囚室中，他思考着这些，心里越来越明白。无常、因果、苦难、欲念、生命的珍贵。一切有感情的生命都在自我的外壳和界限中挣扎和徘徊。他有时间，对苦难有清醒的认识，从而得以踏上寻求解脱之路，这追求将花上他几辈子的时间。他将在一条漫长的道路上一直走下去，并且将不得不接受一个现实——他所犯下的暴行将是一座他终生都无法翻越的大山。他在接下来的一次又一次轮回中将继续攀登，他的苦难也将无穷无尽。

第十二章

北风不住地呼啸,卷裹着雪花在法院外飞舞着。正午时分,镇上已经落了三英寸厚的雪,雪花如此轻灵,铺在地上松软得仿佛没有任何重量;雪花在友睦港的街道上纷飞,犹如一团冰雾——幽灵呼吸的白雾,云端洒落的冰凇,缥缈如纱的烟云。正午时分,海水的气味渐渐消散,海上大雾弥漫的景象也渐渐朦胧;人们的视野变小了,变得模糊并被大雪所阻隔,迷蒙一片。霜的寒气将那些冒险出门的人鼻孔冻得火烧一般地痛。他们低着头,顶着风,朝皮特森杂货店走去,雪花随着他们的胶靴飞了起来。当他们抬头望着这个白茫茫的世界的时候,风便卷裹着雪花扑向他们眯缝着的眼睛,使他们无法看清远处。

伊什梅尔·钱伯斯在雪中漫无目的地走着,一边欣赏着雪景,一边回忆起往事。宫本天道的案子使那些往事又浮现在他眼前。在那个香杉树洞里,差不多有四年,他和初枝都把彼此视为梦幻般美妙的初恋情人。黄昏之后,或周六、周日的下午,他们把外套铺在松软的苔藓上,在树洞里待到不得不离去为止。香杉树散发出的清香弥漫在他们的肌肤和衣物之间。他们走进树洞,深深吸气,然后躺下,彼此抚摸——树洞内的温暖、香杉的清香、私密的空间和外面的雨水、唇舌间的柔滑,令他们一时恍然,觉得世界上的一切都消失了,只剩他们两个。伊什梅尔紧抱着初枝,初枝也紧抱着他,她的臀部离开干苔,双腿在裙下张开。

他感觉到她的乳房贴着自己，伸手抓住了她内衣的裤带。她便伸手拍着他的腹部、胸脯和后背。有时候，伊什梅尔穿过树林回家的时候，会在某个寂静的地方停下来，情不能自抑的他只能紧抱着自己。他一边想着初枝，一边抚摸着自己。他闭上眼睛，将头靠在树上；然后他会感觉舒服一些，但同时也更感失落。

有时在夜里，他会紧闭着双眼，想象着自己和初枝结婚会是什么样。在他看来，这一希望十分渺茫，除非他们一起搬到世界别的地方去。他喜欢想象自己和初枝一起在瑞典、意大利或法国之类的地方。他把所有的感情都投入恋爱之中；他不自觉地认为他和初枝的感情是早就注定的。他注定在童年的时候在海滩上见到她，然后和她共度一生。一定是这样的。

在香杉树洞里，他们带着青春期的紧张和兴奋，几乎无话不谈。他发现初枝情绪多变。有时候她会变得冷淡而沉默，他完全感觉得到来自她的疏离感，使他根本无法靠近。即使是他抱着她的时候，他也感觉在她的心中有一个地方是他进不去的。有时他会鼓起勇气和初枝谈论这些，告诉她，这种有所保留的爱对他而言是一个多么大的打击。初枝否认自己对爱情有所保留，她对他解释说自己对感情的压抑是不自觉的。她说，自己从小到大一直都被小心翼翼地教育要避免流露自己的感情，但是这并不意味着她的感情是浮浅的。她说，如果他能够学会倾听的话，她的沉默也能传达一些讯息。但是，伊什梅尔心中仍然怀疑自己爱她比她爱自己更深，并总是为此担忧。

他发现，初枝有着一些近乎宗教的信念，这些他很小的时候就感觉到了。他们曾经谈起过这些，她坦言，她脑海中总是时刻不忘几条自己所坚信的基本原则。比如，一切生命都不是永恒的，这是她每天思考的问题。一个人要行事谨慎，这是很重要的。初枝解释道，因为每一个行为都会对其将来灵魂归往何处产生影响。她坦陈自己因为瞒着父母与他幽会而在道德上深深自责。在她看来，自己肯定要为此承担后果，任何人的隐秘行径都终将被人发现并为此付出代价。伊什梅尔长篇大论地加以反驳，他认为上帝不可能将他们的爱情视为错误或罪恶。初枝说，上帝是在人的心中；只有她自己知道上帝希望她做什么。她还说，动机是很重要的——为什么不敢告诉父母自己和伊什梅尔幽会的事呢？这是最为困扰初枝的问题——她要知道自己的动机所在。

在学校的时候，伊什梅尔在初枝面前不冷不热，初枝渐渐教会了他装作对她熟视无睹。初枝则十分擅长装作全神贯注的样子；她穿着缝褶整齐、衣袖宽松、衣领带褶边的花格子罩衫，头上戴个蝴蝶结，下穿百褶裙，将书本抱在胸前，在走廊上与他擦身而过。她就那样，带着一丝毫无矫饰的冷淡从他身边经过。起初，这令伊什梅尔既惊讶又难受。她怎么能够在内心火热的同时表现出如此冷淡的样子呢？渐渐地，他也学会了享受这样的相遇时刻，尽管他的冷漠与她相比常常带有做作的痕迹，而且经常流露出一种无法掩饰的焦虑，不敢正视她的目光。他甚至还学会了假装和她打招呼。"考试好难啊，"他下课的时候说，"你怎么样？"

"不知道，我不够用功。""你做了斯帕林的作文吗？""我试着写了。写了差不多一页纸。""我的也是。略微长点。"

他们接着便理好自己的书，与舍利丹·诺尔斯、东·霍伊特或丹尼·霍尔巴克一起离开教室。

在一九四一年的草莓节，他看了镇长给草莓公主初枝加冕的仪式。镇长为初枝戴上花冠，又将一条绶带披到她肩上。初枝和另外四个女孩一起在人群中游行，向孩子们撒草莓味的糖果。伊什梅尔的父亲身兼《圣佩佐评论报》的出资人、出版人、编辑、主笔、摄影师和印刷工数职于一身，他对这些活动有着特别的兴趣。每年，他们都会刊出一则头条新闻，配上头戴花冠、秀丽可爱的草莓公主和正在进行野餐的家庭的照片（"保卫角的莫尔顿一家享受着星期六的草莓节"），一篇充满善意的评论或例行的专栏文章盛赞当地组织者的努力（"……埃德·贝利、路易斯·敦科克和卡尔·海因先生,没有他们便没有此次草莓节的成功……")。亚瑟穿着背带裤,戴着领结,在举行野餐的草地上闲逛,他把馅饼式男帽拉得低低的,盖住前额,用一条很宽的皮革带子将笨重的相机挂在脖子上。他为初枝拍照的时候,伊什梅尔就站在他旁边——趁父亲一只眼睛盯着相机,他向初枝挤了挤眼,初枝也不露声色地朝他微微一笑。

"那是我们隔壁的女孩,"他父亲说,"南海滩的人应该为此感到骄傲。"伊什梅尔那天下午一直跟着父亲,参加了拔河比赛和"两人三腿"赛跑。草莓节的游行彩车上扎着鹿角蕨、鱼尾菊和勿忘我花,在草莓节组委会委员们的注视下从他们面前驶过,其中包括镇长、商会主席、消防队长和亚瑟·钱伯斯。伊什梅尔仍旧站在父亲身旁,看初枝坐着花车从他面前经过,她手中拿着绉绸纸扎的权杖,仪态端庄地朝众人挥手。伊什梅尔也向她挥了挥手,笑了。

九月份到了,他们升入了高中。万物沉淀为一片深沉的灰绿色,前来消夏的人们陆续离去,回到他们在城市的家中:淡淡的乌云、暮霭、山间萦绕的雾气、公路上的尘土、空荡荡的海滩、岩石间散落的空蚌壳、寂静的商店。十月份的时候,圣佩佐已经褪去夏日胜地的面纱,呈现出迟缓、昏昏然的梦中人的面貌,潮湿的绿苔铺就它冬日的温床。汽车以二十或三十英里的时速缓缓行驶在泥土和沙砾铺成的道路上,像是慵懒的甲虫在树木下爬行。西雅图人变成记忆,冬日的用具开始派上用场;炉火被拨旺,火堆被封压起来,书本被取下,被褥被缝补。水沟里塞满了铁锈色的松针,充斥着桤树叶腐烂的气息,溅起了冬日雨水的声音。

一天下午,初枝向他说起自己在茂村太太那里接受辅导的事,她十三岁的时候,茂村太太便建议她以后找个同族的男孩结婚——嫁一个善良人家出身的日本男子。她说自己常常因为欺骗世界而感到不开心。她过着一种隐秘生活,却无时无刻不要面对自己的父母姐妹,这使她感觉自己背叛了他们,犯下了罪孽——她找不到别的词来形容,她告诉伊什梅尔。外面,从香杉树的枝叶上滴落的雨水又从常青藤的叶子上滑下去。初枝双颊埋在膝间,从香杉树洞口往外看去,她的头发编成一条辫子搭在后背。"这不是罪孽,"伊什梅尔坚持说,"这怎么会是罪孽呢?毫无道理。不合理的是这个世界,初枝,"他继续说道,"不要在意它。"

"不是那么容易的,"初枝说道,"我每天都向家人说谎,伊什梅尔。我有时候都觉得自己快发疯了。有时候我觉得我们不该这样下去了。"

后来他们并排躺在干苔上,双手枕在脑后,望着渐渐变暗的香杉树林。"不能再这样下去了,"初枝小声说道,"难道你不担心吗?"

"我知道,"伊什梅尔答道,"你是对的。"

"我们该怎么办?怎样才好?"

"我不知道,"伊什梅尔说,"好像没有什么办法。"

"我听到有传言,"初枝说,"有个渔民说他在友睦港外看见了德国人的潜艇。他看到一个潜望镜——他跟踪了它半英里。你觉得这是真的吗?"

"不会的,"伊什梅尔说,"这不是真的。人们什么都会信——他们害怕了,我想。这不过是恐惧,仅此而已。他们害怕了。"

"我也害怕,"初枝说,"现在每个人都害怕。"

"我要去参军了,"伊什梅尔说,"这是我必须面对的。"

他们坐在香杉树洞中想着这些事情,但战争似乎仍旧遥远。在树洞中,战争干扰不到他们,他们仍旧为自己拥有这个秘密的地点而感到极其幸运。他们沉迷于对方,感受着身体的温热,感受着混合在一起的气味和四肢游动的感觉——这些使他们暂时忘却了外面真实的世界。但是有时候,伊什梅尔在夜里会无法入眠,因为世界正在发生着一场战争。他会转念去想初枝,然后一直想着她,直到渐渐入睡。入睡之后,可怖的战争阴霾又将卷土重来,占据他的梦乡。

第十三章

今田初枝刚刚做完佛事,站在友睦港佛堂的门廊中扣着大衣的扣子,山下乔治亚的妈妈对聚集在那里的人们宣布了珍珠港的消息。"这太可怕了,"她说,"一次轰炸。日本空军把一切都炸毁了。这对我们太可怕了,非常糟糕。这会儿电台里全在说这个事儿。都在谈论珍珠港的事情。"

初枝把衣领拉得更紧了,紧紧地护住喉咙,目光转过去看着她的爸爸妈妈。她的父亲本来正在忙着帮助她母亲穿上外套,这会儿站在那里聚精会神地听着山下太太说话。"这不可能。"他说。

"是真的,"她说,"找台收音机来。就在今天早晨。他们轰炸了夏威夷。"

他们与山下、市原、佐崎和林田等几家人一起,站在厨房的外间,听着放在餐台上的本迪克斯收音机里传来的声音。大家都一言不发——只是站在那里。足足十分钟,他们都一动不动,俯首侧耳地站在那儿听着收音机。最后初枝的父亲开始一边踱步,一边挠着头,然后又缓缓地摸起下巴。"我们最好赶紧回家。"他说。

今田家的五个女孩和她们的爸爸妈妈开车回到家中,又打开收音机听起来。他们整个下午都开着收音机,甚至深夜里也开着。不时地电话铃会响起来,初枝的父亲过去拿起话筒,用日语和小代先生或仁司先生交谈一会儿。几次之后,他也开始打电话出去与其他人讨论。打完电话之后,他会挂起电话,挠挠头,然后回到收音机旁边他的座位上。

小代先生再次打电话来,告诉初枝的父亲,友睦港有一个叫奥托·威利茨的渔民在市山茂的电影院前面架了一副梯子,把遮篷上的灯泡旋了下来。他忙着干这事儿的时候,另外两个人在下面帮他撑着梯子,并大声咒骂此时并不在场的市山。奥托·威利茨和他的朋友们发现市山不在,便又驾车来到伦德格伦路。他们坐着皮卡车,停在市山家门前,猛揿喇叭,直到市山来到自家门廊前看他们究竟要干什么。威利茨称市山先生是卑鄙的小日本,并且说他应该把遮篷上的每盏灯都砸掉——并质问他难道不知道正在实行灯火管制吗?市山说自己不知道,他很高兴他们来告诉他,也很感谢他们帮他把遮篷的灯泡取下来。他无视了奥托·威利茨的侮辱。

十点钟的时候,小代先生再次打电话来;手持武器的人们已经在友睦港四处设下岗哨,以防备日本人袭击。这些人手持滑膛枪,埋伏在小镇南北两面海滩上的木料后面。圣佩佐的防卫工作已经组织起来;已经有人在曼森旅馆开会了。小壶八点钟开车经过的时候看到至少有四十辆小汽车和皮卡车停在曼森旅馆附近的路上。而且,据说还有三四艘刺网渔船被派到圣佩佐的附近水域巡逻。小代先生在离他家不远处的新月湾峭壁下就看到过一艘,它漂在海上,关闭了引擎,熄灭了航行灯,只能看见一个黑色轮廓。初枝的父亲用日语问小代先生是不是真的有潜艇,以及关于俄勒冈和加利福尼亚遭到入侵的传言是否确有其事。"任何事情都有可能,"小代先生回答道,"你必须做好发生一切事情的准备,久雄。"

初枝的父亲从壁橱里取出他的滑膛枪,卸出里面的子弹,将它放在起居室的角落里。他又取出一盒备用子弹,将三个子弹壳放在上衣口袋里。然后他将所有的灯都熄掉,只留一盏。每个窗户都挂上帘子。他守候在收音机旁,每过几分钟就站起来,掀起帘子的一角,观察一下外面草莓地里的情况。然后他便走到走廊上,去听听或者看看天上有没有飞机。他没有看到任何飞机,不过当时天空一片阴霾,就算有也看不见。

他们去睡觉,却无人入眠。早晨,在校车上,初枝朝自己的座位走去的时候从伊什梅尔·钱伯斯身边经过,她直视着他。伊什梅尔也看着她,朝她点了点头,就那么一下。校车司机罗恩·兰伯森在座位底下塞了一份安纳柯蒂斯的报纸;每到一站他都打开车门,坐在那里趁孩子们默默登车的工夫读上一段报纸。"就是这么回事,"当校车沿着米尔伦路缓缓行驶的时候,他背朝学生大声说道,"日本人不只袭击了珍珠港,他们是四面出击。在整个太平洋都发动了攻势。罗斯福今天就要宣战了,但是现在我们面对这些攻击有什么办法呢?整个舰队都被摧毁了,就这副样子。联邦调查局已经出动了,他们在夏威夷等地抓捕日本间谍。实际上,联邦调查局已经在西雅图对他们采取行动了。把间谍什么的全抓起来。政府已经冻结了日本人的银行账户。最重要的是,整个沿海地区今天晚上都要开始宵禁。海军估计会有空袭。不是吓唬你们这些孩子,但是千真万确——目标就是玛瑙海岬的电台。海军的电台?你们的收音机今天晚上七点到明天早上将收不到信号,这样日本人也收不到任何信号。每个人都要用黑布把窗户遮起来,待在屋里,保持安静。"

到了学校,一整天,除了听收音机之外无事可做。死了两千人。播音员的声音平缓而严肃,显然在克制着自己的情绪。学生们都坐在那里,书本都没打开一下,听一名海军详细描述如何排除燃烧弹,听关于日本人进一步攻击的报告,听罗斯福对国会的演讲,听总检察长比德尔宣称已经开始在华盛顿、俄勒冈和加利福尼亚抓捕日本间谍。斯帕林先生变得焦躁不安,开始以悲愤的语调说起他大战时期在法国度过的那十一个月。他说他希望班里的男孩们能够肩负起战斗的严肃使命,并且将此视为自己的荣耀,给日本人以迎头痛击,让他们付出代价。"战争是不幸的,"他说,"但是日本人已经挑起了战事。他们在星期天的早晨轰炸了夏威夷。星期天的早晨。岂有此理。"他摇着头,把收音机的声音调大,双臂紧抱在胸前,神情抑郁地倚在黑板上。

那天下午三点钟,伊什梅尔的父亲印好并开始分发其报纸有史以来第一份战时号外。号外只有一个版面,上面的大字标题写着:**小岛进入戒备状态!**

日本和美国进入敌对状态几个小时之后,圣佩佐岛已经于昨日深夜进入——至少暂时进入戒备状态,防备空袭或者其他严重的紧急情况。

地方防卫司令理查德·A.布莱克金顿立刻召集了地方防卫委员会会议,会议昨天下午在曼森旅馆召开,防卫委员会的所有军官都参与了会议。一个空袭灯火管制信号系统已经建立,详见文末。它将依靠教堂钟声、工厂汽笛,以及汽车喇叭来实现。

防卫军官们表示"一切都可能发生",他们警告岛民在听到警报之后赶紧关掉电灯。拦截机监视员将二十四小时在岗。同时岛上的日本人社群成员都宣誓对美国效忠。

美国海军的玛瑙海岬电台、克劳海军铁路和造船公司都已经增兵三倍。太平洋电话电报公司和普吉湾电力与照明公司也都表示将采取措施保护公司的设施。

冬天存放在安纳柯蒂斯的夏天消防设备也被安排运送过来,今天抵达圣佩佐岛。

海军少尉R.B.克劳森,代表玛瑙海岬电台的指挥官L.N.钱宁在防卫会议上作了发言。陆军和海军情报部门,他说,对当前情势已经掌握了充分情报,并且正在地方上采取适当措施来防止破坏者和间谍活动。"电台在收到珍珠港遭袭的消息后立刻进入了战争警报状态,"克劳森少尉说,"无论如何,岛上的居民必须尽每个人的责任为海军和陆军提供帮助,以保卫他们的家园和事业不受破坏和不被炸毁。"

下列军官也参加了昨天的防卫会议：

比尔·英格拉姆，通讯官；厄内斯特·廷戈斯塔德，运输官；托马斯·麦金宾夫人，医疗支持；克莱伦斯·乌克斯迪齐夫人，后勤与食品；吉姆·米尔伦，警力协助；伊纳·皮特森，道路与工程；拉里·菲利普斯，消防协助；亚瑟·钱伯斯，新闻官。

以下几位也参加了会议：O.W. 霍奇金斯少校，独立地方防卫委员会主席；巴特·约翰森，霍奇金斯的助手；S. 奥斯汀·康奈，圣佩佐岛拦截机指挥所司令员。

在报纸的底端，以十六号的粗体字印着圣佩佐岛防卫委员会的通告：

听到拖长的教堂钟声、拖长的汽笛声和从克劳海军铁路和造船公司传来的拖长的哨子声，请立即熄掉所有电灯。包括熄灭所有的长明夜灯，比如商店招牌灯。在听到所有警报解除的信号之前不要开灯，警报解除信号和空袭警报信号鸣响方式一样。

报纸上还登着一条理查德·布莱克金顿发布的声明，说教堂钟和汽笛只有遇到空袭时才准鸣响。负责医疗服务的托马斯·麦金宾太太要求，岛上所有拥有可充当救护车辆的旅行车的居民，都到友睦港172-R联系她；她同时还征募急救护士和接受过急救训练的人员。最后，圣佩佐岛的治安官杰拉德·伦德奎斯特要求岛上居民如果遇见可疑活动和有人搞破坏的迹象都必须以最快速度向他报告。

亚瑟的战时号外包括一篇题为"日本社群领袖宣誓效忠美国"的文章。在文章中，长石正人、上田正男和宫本全一三人——他们都是草莓种植者——声明，他们以及岛上所有的日本居民都时刻准备着捍卫美国的旗帜。他们分别代表日本人商会、美籍日本人联合会和日本社区中心。《评论报》说，他们的誓言"及时而且毫不含糊"。上田还承诺："如果有任何破坏分子或间谍活动的迹象，我们将会第一个向当局报告。"亚瑟还在编辑专栏"实话实说"中写了一篇评论。那是他凌晨两点在打字机旁点着蜡烛熬夜写出来的。

如果有一个社区面临着一种紧急局面，而这局面的起因完全不在他们的掌控之中，那就是一九四一年十二月八日，周一早晨的圣佩佐。

事态与每个人都息息相关，这的确是适宜"实话实说"的时刻。

在圣佩佐岛上有一百五十个家庭的八百个人，他们在血缘上与日本相联系。这个国家昨天犯下了人神共愤的罪行。这个国家挑起战端，与我们为敌，受到我们迅速而坚决的还击。美国人将联合起来，勇敢地面对太平洋上的威胁。待到尘埃落定之时，胜利必将属于美国。

同时，当前摆在我们面前的任务是牢记这一切，并且表达我们最强烈的愤慨。然而，本报必须强调的是，这些情绪不应该是盲目的、泛滥的，我们不应该将这种仇恨投射到所有和日本有血缘关系的人身上。这些人当中有的恰好是美国公民，对这个国家满怀忠诚，或者与他们所出生的国家已经没有任何联系，而暴民式的疯狂仇恨会轻易地将他们一道牵连进来。

因此，本报指出，圣佩佐岛上的日本人后裔并不是珍珠港悲剧的元凶。这一点不应该混淆。他们已经宣誓为美国效忠，数十年来一直是圣佩佐的良好公民。这些人如今是我们的邻居。他们当中有六个家庭把自己的儿子送去参加了美国军队。总而言之，他们，和圣佩佐岛上那些德国人或意大利人后裔一样，不是我们的敌人。我们不应该忘记这一点,它将引导我们正确地对待我们每一个邻居。

所以,在这件紧急事件上,本报将以尽可能冷静的方式对待所有圣佩佐岛的居民——不管他们的祖先是谁。在这个充满考验的时刻,让我这样去做吧,唯有如此,当一切都过去的时候,我们圣佩佐岛上的居民才能问心无愧地正视彼此。让我们记住,在极其紧张的战争时刻,有些东西如此容易被忘记:偏见和仇恨从来都不会是正义的,也从来不会被一个合理的社会所接受。

伊什梅尔坐在香杉树洞中读着他父亲的文章;初枝穿着外套,戴着围巾一头钻了进来,坐在他旁边的干苔上。"我父亲一夜没睡,"伊什梅尔说,"忙着弄他的报纸。"

"我爸爸存在银行的钱取不出来了,"初枝回应道,"我们只有几美元现金,其余的都被冻结了。我的爸爸妈妈不是公民身份。"

"那你们怎么办?"

"我们不知道。"

"我在采摘季攒了二十美元,"伊什梅尔说,"你全部拿去——都给你。我明天早上带到学校来。"

"不,"初枝说,"不要带来。我爸爸很快就会想到办法的。我绝对不能拿你的钱。"

伊什梅尔转身面朝着她,用手肘支撑着身体。"简直难以置信。"他说。

"如此不真实,"初枝说,"这太不公平了——不公平。他们怎么能这样做?我们跟这件事有什么关系?"

"这件事不是我们挑起来的,"伊什梅尔说,"是日本人逼我们这样做的。而且是在星期天早晨,任何人都毫无防备的情况下。要我说,这太卑鄙了。他们——"

"你看着我的脸，"初枝打断道，"看着我的眼睛，伊什梅尔。我的脸是干这些事的人的脸——你知道我在说什么吗？我的脸——是日本人的样子。我的父母是从日本来到圣佩佐的。我的妈妈和爸爸，他们几乎不会说英语。我的家人现在处境很糟糕。你还不知道我的意思吗？我们会有麻烦的。"

"等会儿，"伊什梅尔说，"你不是日本人。你是——"

"你听到新闻了。他们正在抓人。他们把很多人称作间谍。昨天夜里有些人聚集在市山的家门口，喊着名字骂他们，伊什梅尔。他们坐在门前，鸣着喇叭。怎么会这样？"她继续说道，"事情怎么会变成这样？"

"这是谁干的？"伊什梅尔说，"你在说谁？"

"是威利茨先生——奥托·威利茨。吉娜·威利茨的叔叔。还有另外几个人。他们都为电影院亮着灯的事情义愤填膺。市山没有把灯灭掉。"

"这太过分了，"伊什梅尔说，"整件事情都太过分了。"

"他们把他的灯泡旋了下来，然后开车来到他家。他们称他为卑鄙的小日本。"

伊什梅尔无言以对。他只是摇摇头。

"我放学后回到家，"初枝说，"我父亲在打电话。大家都担心海军电台，玛瑙海岬的那个。他们觉得那儿今晚会遭到轰炸。有人已经拿了猎枪去那儿保卫了。他们要藏在海滩边的树林里。白崎一家在玛瑙海岬有个农场，有几个发报站的士兵去了那儿。他们把电台、相机和电话都带到那儿去了，他们还逮捕了白崎先生。白崎家其他的人也不允许离开他们的屋子。"

"第莫斯先生也要去那儿，"伊什梅尔回答道，"我看见他了，他正要上车。他说他要先去曼森旅馆，那里现在是指挥中心。他们告诉人们哪些海滩需要守卫。我妈妈正在做屏蔽幛。她一天到晚听着收音机。"

"大家都在听收音机。我妈妈寸步不离我们家的收音机。她坐在那里,仔细听着,还打电话跟别人谈论。"

伊什梅尔叹了口气。"战争,"他说,"我无法相信这是真的。"

"我们得走了,"初枝答道,"天已经暗下来了。"

他们跨过他们的香杉树边一条暴涨的小溪,顺着山边小路走去。天色已是黄昏,海风吹在他们脸上。他们站在小路上,相互拥抱,他们亲吻对方,然后再次亲吻,第二次他们非常用力。"不要让这个伤害到我们,"伊什梅尔说道,"我不在乎世界上正在发生什么事情。我们不会让这件事伤害到我们的。"

"不会的,"初枝说,"一定不会。"

星期二,伊什梅尔去给他父亲帮忙。他在安德鲁森大街的办公室负责接电话,并在一本黄色横格拍纸簿上做记录。他的父亲让他打电话给一些人,并列好准备问哪些问题。"可以帮我一下忙吗?"他父亲说,"我忙不过来了。"

伊什梅尔打了一个电话给海军电台。一个日间侦察机飞行员,也就是英塞恩·克罗森,发现一个他以前从未注意到的现象:圣佩佐岛上日本人的草莓农场所种的草莓,一畦畦地都径直指向玛瑙海岬的电台。一畦畦的草莓使日本人的炮火可以轻易地找到它们的五个目标。"但是那些田地三十年来一直都在那儿啊,"伊什梅尔说,"并不是所有的。"英塞恩·克罗森回答道。

县治安官打来了电话。他怀疑有几个日本农民在他们的工棚或仓库里藏有炸药,这些可能会被用来搞破坏活动。他还听说有些人有短波收音机。治安官出于好意,希望这些农民把这些危险物品交到他在友睦港的办公室来。他说,他想在《评论报》上登一条消息。他非常感谢伊什梅尔的帮助。

亚瑟把治安官的消息印了上去。他还印了一条防卫当局的通知,告诉圣佩佐的日本人,十二月十四日之后他们将不能搭乘轮渡。他在一篇新文章中写道，二十四个人被拉里·菲利普斯点名参加市民防卫协助消防队，其中包括立花乔治、安井弗瑞德和若山爱德华。"是的，不错，这三个人的名字是我刻意挑选的。"当伊什梅尔问起的时候他解释道。"不是每一件事情都是照实描述，"他说，"这完全是一种……平衡的艺术。就看你怎么处理，各种关系，这就是新闻的本质。"

"那不是新闻，"伊什梅尔说，"新闻只是报道事实。"

他在学校里正好从课本上学到有关新闻报道的内容。在他看来，他的父亲曲解了新闻业的某些基本原则。

"哪些事实？"亚瑟问他，"你要报道哪些事实，伊什梅尔？"

在接下来的一期报纸中，亚瑟提醒圣佩佐岛上的商店一到夜晚就灭掉灯光；眼下正是圣诞，人们多少还是希望开着灯。他还宣布新年夜将有一个公共舞会，口号将是：记住珍珠港——它也可能发生在这里！穿制服者可以免费入场；欢迎所有岛民参加。亚瑟告诉他的读者们，圣佩佐岛红十字救济会的拉尔斯·海因曼女士设定了一个五百美元的捐款上限，而美籍日本人联盟立刻捐赠了五十五美元，这是迄今为止最大的一笔捐款。另外一篇文章则报道，友睦港的日本人社区中心举行了一个招待会，欢送坂村罗伯特参加军队。招待会上提供了食物，还准备了演讲；人们向美国国旗敬礼，高唱《星条旗之歌》，歌声响彻夜空。

《圣佩佐评论报》还刊登了一则提醒，要求大家保证对那些对敌人有安慰作用或有帮助的军事新闻保持缄默。它还劝告岛民"不要随意与人谈论可能被人观察到的陆军与海军动向"。由于战争的原因，亚瑟说，选址于保卫角的岛上第一个渔民救助站将推迟建设。尼克·奥拉夫森在堆砌木料的时候去世；乔治·波迪恩一家在他们厨房的炉子爆炸的时候逃过一劫，但是波迪恩太太断了一条腿和一只胳膊。父母教师协会发起了一场节约纸张运动，尤其对圣诞节礼物的包装纸感兴趣。圣佩佐的农业保护者协会（格兰其分会）也致力于圣佩佐的保卫工作，并且向农业委员会写信承诺"保证种植那些适宜本岛种植并且可供前线将士食用的水果蔬菜"。军队要求圣佩佐岛上那些养有骡子和马的人把自己的牲口数量向县特派员汇报登记，字里行间都把这描述为"爱国行动"；他们还要求岛民检查他们的汽车轮胎，并且在驾驶的时候注意保护轮胎：橡胶供应处于短缺状态。

海军在《评论报》上也登了一则消息，提醒岛民"拒绝传播，谣言自止"。同时还有另一个慈善舞会，玛瑙海岬电台的在编人员都作为嘉宾受到邀请。防卫经费委员会来到学校董事会，请求利用中学礼堂举办两场舞会；学校董事会则要求出具书面保证，确保现场不会有人吸烟或者喝酒。菲斯克五金店支起了入伍登记的桌子；同时，一股突如其来的暖流将圣佩佐的马路变得泥泞不堪，汽车都陷在路上难以前进。八十六岁的伊芙·萨曼开着她的一九三六年产别克车，被困在皮尔索路上，当她出现在皮特森杂货店的时候，她的膝盖上沾满了泥浆块儿；她步行了两英里来到镇上。《评论报》提醒读者，许多电线杆上现在都贴着防空准则：保持镇静；待在家中；熄灭灯火；躺下；不要靠近窗户；不要打电话。市川瑞伊在友睦港高中篮球队对安纳柯蒂斯的比赛中独得十五分，帮助球队取得了胜利。詹森西港的六位居民声称，他们看见一种古怪的生物在浅滩处晒太阳；它长着天鹅般的脖子，北极熊般的头和洞穴般的大口，嘴里喷着白色的雾气。人们划船过去，想看得清楚点，那怪物便消失在水中了。

"你不会把这个登上去吧？"伊什梅尔问他父亲，"詹森西港出现一只海怪？"

"或许你是对的，"亚瑟说，"但是你记得我去年登的那个熊的故事吗？忽然间，那头熊成了各种事件的祸首。死去的狗，打破的窗户，丢失的母鸡，被刮花的车子。一个神秘生物——这是新闻，伊什梅尔。这就是人们要看的事实——这就是新闻。"

在接下来的一期中，亚瑟刊登了一则公益广告，鼓动岛民购买战争债券。他解释说，公民防卫委员会正在登记一旦需要疏散的时候能够用得上的船只。他告诉读者,威廉·布莱尔——友睦港的札琪尔睿和伊迪丝·布莱尔的儿子——从美国海军学院的第一个救护班毕业,已经坐船奔赴欧洲战区了。军方的系留气球①爆炸坠落,压断了电线,导致某天早晨圣佩佐岛断电四个小时。防卫长官理查德·布莱克金顿指定了九个区域的空袭监督官,负责有效地实行岛上的灯火管制;他还到安纳柯蒂斯参加了一个化学战训练班,后来便忙于散发关于化学战的传单。同时,圣佩佐的孩子们都被一一编号,并且按各个教室登记在册,以防他们和自己的家庭失散。亚瑟登了一张作战部提供的图片,上面有飞机的侧翼和尾部标志。他还印了一张照片上去,照片上是加利福尼亚州旧金山市的美籍日本人,他们正排着队申领公民登记卡。

岛上又有四名日裔入伍,加入了美国陆军——这条消息登在头版文章中。在中学教木工课的理查德·恩斯洛辞去工作,加入了海军。南海滩的伊达·克洛斯太太为水手们织了些袜子寄了出去,结果收到一封从巴尔的摩附近的防空炮兵基地寄来的感谢信。海岸警卫队禁止渔民到圣佩佐西面的海域捕鱼,并且在夜里逼近驱逐那些在限制区域下网捕鱼的刺网渔民。在一月末,岛民们经历了一段短暂的燃油短缺时期,不得不在公民防卫委员会的指令下调低了燃油取暖器的温度。委员会要求农民们准备一万个沙袋——麻布袋、饲料袋或面粉袋。一百五十个岛民参加了红十字会救助队的急救课程。由于燃料和人手短缺,皮特森杂货店取消了送货服务。

"你好像很偏向日本人,亚瑟。"一位《评论报》的匿名读者有一天写信来说,"你每个星期都把他们放在头版,总是写他们如何爱国,如何忠诚,却绝口不提他们的背信弃义。嗯,也许现在你应该把脑袋从沙子里面探出来看看,现在他们正在和我们打仗呢!你到底站在哪

---

① 一种形似飞艇的气球,内充氦气或氢气,可稳定地悬停在高空,气球上可以携带自记仪器、无线电遥测仪器等,或可通过缆绳传送信息,用于侦察和监视。

一边？"

一月份，十五位岛民取消了订阅，其中包括小艇角的沃克尔·科尔曼家和友睦港的赫伯特·兰格利家。"日本人是我们的敌人，"赫伯特·兰格利写道，"你的报纸侮辱了所有誓将这一威胁从我们中间肃清出去的美国白人。请从今天起就取消我的订阅并立刻把钱退还给我。"

亚瑟照办了；他向那些退订的人退还了全额的订报费，同时附上一封话语真诚的短信。"总有一天他们会回来的。"他预言。但是，随后安纳柯蒂斯的平价商店取消了每周刊登的四分之一版广告；然后是主街的洛蒂·欧普斯威格商店，然后是拉森木材场和安纳柯蒂斯咖啡店。"我们不用担心这个，"亚瑟告诉他儿子，"实在不行我们总还可以把八版的报纸缩到四版吧。"他把沃克尔·科尔曼的信和另一封来自英格马·司格森的差不多的信登了出来。在中学教英语的莉莉安·泰勒回信愤怒地谴责了"这两个明显丧失了理智、陷入战争歇斯底里症之中的岛上名人在信中所表现出的狭窄心胸"。亚瑟把这个也登了出来。

第十四章

　　两个星期之后,也就是二月四日,一辆黑色的福特穿过今田家的田地,朝香杉木板搭建的板房驶来。初枝当时正在柴房边从油帆布盖着的柴堆中取引火柴,放在自己的围裙里,她注意到——很奇怪的一点——福特车的车头灯被蒙住了;她先是听到汽车的声音,然后才看见那辆车。汽车就停在她家门口;两个穿西装打领带的男人走了出来。他们轻轻地关上车门,相互看了一眼,其中一个稍微整理了一下西装外套——他的块头比另一个大些,西装袖子有些短,里面的衬衫袖口露出一大截。初枝静悄悄地站在那里,围裙里兜着一兜引火柴,她看着两个男人走进门廊,把帽子拿在手里,敲响了她家的门。她父亲穿着毛衣和拖鞋出来开门,左手拿着一份报纸,读书时戴的眼镜架在鼻梁上;她母亲站在他身后。

　　"请允许我自我介绍一下。"小个子男人一边说,一边从大衣口袋里掏出一枚徽章。"联邦调查局,"他说,"你就是今田久雄吗?"

　　"是的,"初枝的父亲说道,"出什么事了吗?"

　　"确切地说不是什么事,"联邦调查局来的人说道,"我们只是接到命令来搜查这个地方。你知道的,我们要例行搜查一下。我们进去说好吗?都坐下来。"

　　"好的,请进。"初枝的父亲说道。

初枝把兜满柴火的围裙丢回到杉木柴堆上。两个男人转身看见了她;大个子的那个从门廊的台阶上走下来。初枝走出柴房的阴暗处,站在门廊的灯光下。"你也进来。"小个子的那个说道。

大家来到起居室。初枝和她的姐妹们坐在沙发上,久雄从厨房拿了两把椅子出来给联邦调查局的人坐——他走到哪儿,那个大个子就跟到哪儿。"请坐。"久雄说。

"你真客气。"小个子说道。然后,他从外套口袋中取出一个信封,把他递给久雄。"这是美国地方检察官的授权信。我们要搜查这个地方——我们是奉命行事。"

久雄接过信封,并无打开的意思。"我们是忠诚的。"他说。此外便不说话了。

"我知道,我知道,"联邦调查局来的人说,"但我们还是要四处看看。"

当他这么说的时候,另一个大个子男人站起来,整了整衣袖,然后默不作声地打开了富士子的玻璃盒子,拿起最底层架子上一堆散页的尺八①乐谱。他拿起富士子的竹笛,拿在手里翻来覆去看了两遍,然后将它放在餐厅的桌子上——这个男人块头挺大,但一双手却十分迷你。柴火炉子旁边放着一本杂志,他拿起来翻看。他还拿起久雄的报纸。

"我们接到本地居民的举报,说圣佩佐岛上有的敌国侨民藏有非法的战时禁运品,"小个子男人说道,"所以我们的职责就是把这里搜一遍,看看有没有那些东西。请你配合一下。"

"好的,当然配合。"久雄说。

大个子走进厨房。他们看着他走进去,瞅瞅水槽底下,又打开烤箱门。"我们要把你的私人财产搜查一遍。"小个子继续解释道。他站在那里把信封从久雄手中拿过来;放回到外套口袋。"希望你不要介意。"

---

① 一种日本传统乐器,形似箫。

他说。

他打开起居室角落里的一个斗柜——一种有抽屉的柜子,把富士子的丝质和服与织锦腰带取了出来。"真漂亮,"他一边说着一边把它拿到灯光下,"这好像是一个古老的国家的东西。非常华美。"

大个子从配餐室走进起居室,一只手拿着久雄的滑膛枪,胸前还抱着四盒弹药。"这家伙可是全副武装,"他对自己的搭档说道,"那里面还有一把很大、很古老的剑。"

"都放到桌上,"小个子说道,"都做好标记,威尔逊——你把标签带来了吗?"

"在我口袋里。"威尔逊回答道。

今田家最小的一个女儿手捂着脸,开始抽泣起来。"嘿,小姑娘,"联邦调查局的人说道,"我知道这有点儿吓人——但是不要怕。没什么好哭的,听到我说吗?我们很快干完就走了。"

大个子威尔逊转身去拿久雄的剑。然后开始搜查卧室。

"嘿,"第一个人开口向久雄说道,"我们就安坐在这里等威尔逊搜查完。然后我们到外面去兜兜。我们会把这些东西都做好标记,装到车上去。然后你可以带我们到外屋转转。我们要统统检查一遍——这是程序。"

"我理解。"久雄说道。他和富士子的手握在一起。

"不要紧张,"联邦调查局的人说道,"我们很快就走,不打扰你们。"

他站在桌子旁边,往物件上挂标签。有一会儿,他就静静地在那儿等着。他的脚打着拍子,将笛子放到嘴边。"威尔逊!"他终于喊道,"不要碰人家的内衣!"然后他咯咯地笑了两声,拿起了久雄的滑膛枪。"我们得把这个带走,"他充满歉意地说道,"还有这个,你能理解的。他们要将这些东西保管一段时间——谁知道是为什么,然后统统寄还给你。检查完之后他们就会把东西都还给你。说不清楚,但就是这样。两国交战，没办法。"

"那支笛子很珍贵的，"久雄说，"还有那件和服、散页乐谱——你一定要把这些东西带走吗？"

"诸如此类的东西都要带走，是的，"联邦调查局的人说道，"所有从日本来的东西我们都要带走。"

久雄眉头紧蹙着，默不作声。

威尔逊从卧室回到客厅，表情严肃；他手里拿着初枝的剪贴簿。"笨蛋，"他的搭档说道，"快点儿。"

"废话，"威尔逊说，"我在搜查抽屉。你要是不喜欢下次你来。"

"久雄和我要出去转转，"小个子不紧不慢地说道，"你和女士们坐在这里，把标签贴完。礼貌点儿，"他说。

"我一直很有礼貌。"威尔逊说道。

久雄和小个子男人去了外面；威尔逊开始贴标签。标签都贴好之后，他咬着下嘴唇，拿起初枝的剪贴簿翻看起来。"草莓公主，"他一边说一边抬起头，"你一定很自豪吧。"

初枝没有回答。"照片拍得很好，"威尔逊说，"看上去很像你。实际上，就是你的模样。"

初枝还是没说话。她心里希望威尔逊不要碰她的剪贴簿。她正想着是不是要有礼貌地叫他把它放下的时候，久雄和小个子男人走进门来，小个子手中拿着一个板条箱。"炸药，"他说，"看看这个，威尔逊。"他把板条箱轻轻地放在桌子上，两个人站起来伸手去查看箱子里的炸药——二十四支。威尔逊撇了撇嘴，眼睛盯着久雄看了起来。

"你们得相信我，"久雄坚持道，"这是炸树桩用的，为了平整土地。"

小个子的联邦调查局探员神情严峻地摇了摇头。"或许是，"他说，"但是这仍旧不妙。这玩意儿，"他一个手指头指着板条箱，"是违禁物资。你应该把它交上去的。"

他们把枪、弹药、剑和炸药统统搬出去装在车厢里。威尔逊回屋的时候拿了一个粗呢袋子,把剪贴簿、和服、散页乐谱等塞了进去,最后是那支竹笛,也放了进去。

所有的东西都放进他们的车厢之后,两个联邦调查局的人再次坐下来。"嗯,"小个子说道,"这事儿。你看怎么办?"他对久雄说。

久雄没有回答。他穿着毛衣和拖鞋坐在那里,眨着眼睛,眼镜拿在手里,在等着联邦调查局的人发话。

"我们得逮捕你,"威尔逊说,"你得到西雅图去一趟。"他从腰带上解下一副手铐,手铐旁边是他的枪。

"用不着这东西,"小个子说,"这位老兄是个明白人,是一位绅士。不需要手铐。"他的目光转向久雄,"我们带你去,他们会问你一些问题,好吗?我们去趟西雅图,他们问几个问题,您回答他们的问题,这件事就过去了。"

两个小点的女孩都哭了起来。最小的一只手捂着脸,初枝一只胳膊抱着她。她把妹妹的头拢到自己身边,轻轻地抚摸着她的头发。久雄从椅子里站了起来。

"请不要带走他,"富士子说,"他没干过任何坏事。他——"
"谁也不知道,"威尔逊说,"说不清楚。"
"也许只要几天,"另一个说道,"这些事情花不了多少时间,你知道的。我们得带他上车,去西雅图。他必须接受安排。可能是几天,也可能是一个星期。"

"一个星期?"富士子说,"但是我们干了什么?你要——"
"就当是一种牺牲吧,"联邦调查局的人打断道,"你想,外面正在打仗,所有人都在做出牺牲。或许你可以往这方面想想。"

久雄问他是否可以换掉拖鞋,并到储藏室拿件外套。他还想打个小包,如果可以的话。"可以,"威尔逊说,"去吧。我们很乐意提供便利。"

他们让他亲吻了妻子和女儿们并与她们一一道别。"打电话给仁司罗伯特。"久雄对她们说,"告诉他我被逮捕了。"但是富士子打电话过去,发现仁司罗伯特也被捕了。小林罗纳德、住田理查德、小田三郎、加藤太郎、北野淳子、山本宪造、增井约翰、仁司罗伯特——他们都被关在西雅图的监狱里了。他们是同一天夜里被捕的。

这些被捕的日本人被装在一辆火车上,火车窗户都用木板条密封起来——之前火车开到岔道的时候发生过囚犯被枪击的事件。他们被火车从西雅图带到了蒙大拿的劳动营。久雄每天都给家人写一封信;他说,伙食并不是很好,但是总的来说待遇还不算太糟糕。他们天天都在挖沟渠,建造供水系统,准备把劳动营的规模扩大一倍。久雄在洗衣房得到一份工作,负责熨烫和折叠衣物。仁司罗伯特则在劳动营的厨房工作。

初枝的母亲把五个女儿都叫到一起,手里拿着久雄的信。她又一次向女儿们讲述起她乘韩国"麻生"号从日本到美国的冒险之旅。她告诉她们自己在西雅图给人清洁房间的经历,那些被白人吐了血的床单,满是他们的排泄物的马桶,他们身上的酒精和汗混合在一起的臭味。她告诉她们自己在码头区的厨房干过切洋葱和炸土豆的活儿,那些来吃饭的白人搬运工根本不把她放在眼里,就好像她根本不存在一样。她已经尝过艰难岁月的滋味,她说——她的生活就是这么艰苦过来的。她知道那是一种毫无生趣的活着的状态;她知道那是一种无人知晓的存在。她希望女儿们明白如何以不失尊严的方式去面对这一切。母亲说话的时候,初枝一动不动地坐在那里,试图参透母亲话中的含义。她已经十八岁了,母亲的故事对她而言比以前听到的时候更加意味深长。她前倾着身体,仔细聆听。母亲预测,与日本的这场战争将迫使她所有的女儿决定自己到底是谁,并且使她们更像一个日本人。白人心底里不是并不想要她们留在他们的国家吗?有传言说沿海的所有日本人都将被强令离开。隐藏某些东西或假装自己不是日本人,这没有任何意义——白人一看他们的脸就知道;他们必须接受这个现实。她们是美日交战时期身在美国的日本姑娘——难不成她们想否认这一点？关键在于生活在这里而不至于憎恨自己，因为你周围都是仇恨。关键在于不因为自己的痛苦而放弃有尊严的生活。她说，在日本，人们学会不去抱怨，也不因为遭受苦难而心烦意乱。一个人是否坚忍，反映了他的内在生活状态，反映了他的哲学，反映了他的思想。面对年迈衰老、死亡、不公和艰难困苦，最好的态度是坦然接受——这些都是生活的组成部分。只有愚蠢的姑娘才会否认这一点，她那样做只是告诉世人自己有多么不成熟，只是说明她更多地生活在白人的世界，而不是自己人的世界中。富士子始终认为，日本人才是她的"自己人"——过去几个月所发生的事情证明了这一点；否则为什么孩子们的父亲会被逮捕呢？过去两个月所发生的事情应该让孩子们了解到白人内心的黑暗，并且懂得黑暗乃是生活的一部分。否认生活的黑暗面就好比将冬天的寒冷当作一种短暂的幻觉，是通往漫长、温暖、令人愉悦的夏天这条更"真实"道路上的一个驿站。但是，实际上，夏天和冬天融化的雪花一样不真实。富士子说，现在你们的父亲不在了，他在蒙大拿的劳动营里干着叠衣服的活儿，我们必须要生活下去，要忍耐。"你们明白吗？"她用日语问道，"我们别无选择。我们都要忍耐着。"

"不是所有的白人都恨我们的，"初枝回答道，"你说得太夸张了，妈妈，你是故意这么说的。他们和我们也没什么两样。有些人恨，有些人则不恨。不是所有人都恨我们。"

"我知道你是什么意思，"富士子说，"不是所有的人都恨——你说得没错。但是，"她仍然用日语说着，"你难道不觉得他们和我们很不一样吗？你不觉得他们在一些重大事情上都和我们不一样吗，初枝？"

"没有，"初枝说，"我不觉得。"

"他们和我们不一样，"富士子说，"我能告诉你哪里不一样。你看，白人，被自我所驱使着，他们不懂得忍耐。但是我们日本人，知道所谓的自我其实是虚无的。我们驾驭自我，一直以来都是这样，这就是不一样的地方。这是根本性的不同,初枝。我们知道低头,我们鞠躬,我们不说话,因为我们知道自己如果只是一个单独的人,便什么都不是,不过是疾风中的一粒尘埃;而白人认为他自己就是一切,他的独立性是他存在的根本。他苦苦追寻,把握机会,为的是确保他的独立性;而我们则追求超越生命的精神境界——你要知道,初枝,这是根本不同的生活道路,白人和我们日本人的道路完全不同。"

"那些轰炸珍珠港的人,"初枝说,"他们也是在追求超越生命的精神境界?如果他们真的那么谦卑忍耐的话,为什么要四处攻击,去占领别的国家呢?我觉得我跟他们不是一类人。"初枝说,"这里才是我的归属,"她继续说道,"我属于这里。"

"没错,你是出生在这里,"富士子说,"但是你身体里流的是日本人的血——你仍然是个日本人。"

"我不想当日本人!"初枝说,"我不想和他们有任何关系!你知道吗?我不想当日本人!"

富士子对大女儿初枝点点头。"这是很受煎熬的时期,"她回答道,"现在没有人知道自己真正的身份归属。一切都还是一团迷雾。但是,你必须懂得不要说出让自己懊悔的话来。有些话并不是你内心真正想说的,你不能一时冲动说出来。这你是知道的:沉默是金。"

初枝当时便知道妈妈是对的。看得出,妈妈是安详而平静的,她的声音里带着一种真理的力量。初枝陷入了沉默,为自己感到羞惭不已。她该如何表达自己的感受?她当时的感觉像是一个解不开的谜,她百感交集,怎么也理不出一个头绪,不知道如何用言辞来形容。她妈妈是对的,沉默是更好的选择。这是她心里唯一清楚的事情。

"我知道,"她妈妈继续说道,"和白人生活在一起让你受了他们的影响,使你的灵魂不再纯净,初枝。你处处都透露着这种不纯净——我每天都看在眼里。你的一言一行都透露着这种气息。它就像一团迷雾环绕着你的灵魂,当你没有保护好你的灵魂的时候,它便像一层阴翳笼罩在你脸上。你下午的时候急着出门往树林里去的时候，我就看出来了。如果不是因为你每天生活在白人当中而产生了这种不纯粹的话，我是无法轻易看出这一切的。我不是要你完全避开他们——你也不应该这样。你在这个世界中生活，你无从选择，而这个世界又是一个白人的世界——所以你必须学会如何在其中生活，你得到学校去。但是不要让生活在白人当中变成和他们纠缠在一起。否则你的灵魂就会堕落。有些根本性的东西会被腐蚀，会变质。你十八岁了，是个大人了——我不能处处跟着你。你很快就要独自走自己的路了，初枝。我希望你能够始终保持纯洁，并且记住你自己是谁。"

初枝知道自己已经露出了马脚。四年来，她都隐匿着自己的"行踪"，她回家的时候总是带着一些蕨须、豆瓣菜、鳌虾、蘑菇、越橘、大树莓、黑莓，甚至大串用来做果酱的接骨木果——总之一切能掩盖她的目的的东西。她和其他的女孩一起去跳舞，站在角落里拒绝别人的邀请，伊什梅尔则和朋友们站在一起。

她的女友们还曾经谋划着给她寻找约会对象；大家都鼓励她好好利用自己的美貌，抛开羞怯。去年春天，甚至还有一阵子起了传言，说她有一个秘密的男朋友，模样帅得不行，她经常到安纳柯蒂斯去看他。但是过了一阵子，这个谣言也渐渐停息了。一直以来，初枝都在内心挣扎着想把真相告诉她的姐妹们和学校里的朋友们，因为把真相埋藏在心里是件很累的事情，况且她也像多数年轻的女孩一样需要和其他的女孩们一起谈论自己的爱情。但是她没有说。她一直忍耐着，而她在男孩面前害羞的表现也使得男孩们不敢来和她约会。

现在她妈妈似乎知道了这个真相，或者发现了一些蛛丝马迹。她妈妈黑色的头发一丝不苟地盘在脑后。她的手端庄地交叠在膝上——丈夫的信放在咖啡桌上——身体十分端正地坐在椅子的边缘，目光冷静地看着自己的女儿。"我知道自己是谁，"初枝说，"我完全知道自己是谁。"她又重申了一遍，但内心更多的是摇摆和愧疚。她应该保持沉默的。

"你很幸运。"富士子不徐不疾地用日语说道,"你的语气很坚定,大丫头。话说得也很顺溜。"

那天下午晚些时候,初枝走进树林里。当时是二月末,阳光还缺乏热度。待到春天,和煦的阳光会透过树冠的间隙,森林里的枯枝败叶将纷纷飘落——小枯枝、树籽、松针、枯树皮,一切都悬浮在薄雾缭绕的空气中。但是现在还只是二月,森林里暗沉沉的,树木看上去都是湿漉漉的,散发出强烈的腐烂的味道。初枝走向森林深处,四周的香杉树渐渐地被长满地衣和青苔的枞木所代替。这里的一切对她而言都是熟悉的——枯死或即将枯死的香杉树的心材已经松腐;倒下的树或折断的树枝几乎和房子一样高,暴露的树根上面爬满了藤槭;毒蕈、常青藤、沙龙白珠树、香草叶子,还有长满刺人参的潮湿低洼之地。这是她从茂村太太家上完课回家的路上经过的那片森林,她就是在这片树林里培养起茂村太太所说的那种平静。她曾经坐在六英尺高的剑蕨丛中,或者坐在一块凸出的岩石上,下面是长满延龄草的溪谷,她从那里可以俯瞰整个溪谷。从她能够记事时起,这片寂静的森林就在这里,为她保留着神秘的面纱。

那里有呈笔直一排生长的树木。两百年前,大树倒下之后渐渐腐烂变成泥土,在这一温床之上长出了这些树——成排的树。那些大树在倒下之前已经生长了五百年,森林的地面就是一张倒下的大树的地图——这里一个小土包,那里一个坑,那边又是一个土墩或者渐渐崩塌的小山包——森林保存着大树的残骸,这些大树如此古老,任何在世的人都未曾亲眼见过它们的样子。初枝曾经数过倒下的大树上的年轮,有的树龄不下六百年。她看见过波氏白足鼠、蹑手蹑脚的田鼠,还有香杉树下颜色转绿的鹿角,那是白尾鹿的角,已经日渐腐蚀。她知道哪里长着蹄盖蕨、齿片鹭兰和大块的巨型马勃菌。

在森林深处,初枝躺在一根倒下的原木上,望着颀长无枝的树干。

冬天临去前的寒风吹得树冠摇摆不定,使她产生一种俯视一切的错觉。她喜欢道格拉斯冷杉树嶙峋的树皮,顺着树皮上的沟壑朝上望去,树冠足有两百英尺高。这个世界复杂得令人无法琢磨,然而这片树林却使她的心灵澄澈无比,这种感觉是别处所找不到的。

她趁着头脑寂静,整理着那些充塞她内心的思绪——她的父亲走了,因为在柴房里藏了些炸药而被联邦调查局的人带走了;到处都在传言,说用不了多久圣佩佐所有长着日本人面孔的人都将被送走,直到战争结束;她有一个男朋友,是个白人,她只能偷偷地与他相见,而且他过不了两个月就要被征召入伍,被送去与她的同胞厮杀。而现在,除了这些无可奈何的事情之外,她妈妈还在几个小时之前洞悉了她的灵魂,发现了她内心深处的摇摆不定。妈妈似乎已经意识到在她的生活和她本身的渊源之间横亘着一条鸿沟。而她到底是什么人?她属于这里,但又不属于这里。尽管她渴望成为美国人,但是正如妈妈所说,她长着一张美国人的敌人的脸,而且这张脸永远也无法改变。她在这里,在白人中间,永远也无法感到自由自在,而同时,她无比热爱这里的森林和家里的土地。她一只脚在父母的家中,这个家和她的父母多年前所离开的那个日本有着极其相似的氛围。她能够感受到这个大洋对面的国度在牵引着她,流淌在她的血液之中,尽管这并非她所愿;这是她无法否认的现实。同时,她的双脚又深深地植根于圣佩佐岛,她一心只想拥有一个自己的草莓农场,喜欢闻着土地和香杉树的芬芳,在这个地方简单地生活到永远。然而,伊什梅尔出现了。他就像那些树木一样,是她生命的一部分,他身上有那些树木的味道,有他们寻找蚌的海滩的味道。而且他在她心里深深地扎下了根。他不是日本人,他们很小的时候就相遇了,他们的爱情是在未加思索和冲动的状态下产生的,她在还不了解自己之前就已经爱上了他,然而她现在明白了,自己或许永远也无法了解自己,或许没有人可以了解她,或许他们的爱情是不可能的。初枝觉得她理解了自己长期以来试图理解的东西,她之所以隐藏着对伊什梅尔·钱伯斯的爱,不是因为她在内心里是个日本人,而是因为她根本无法向世界承认她对伊什梅尔的感情就是爱。

她感觉浑身无力。黄昏前的散步没能掩盖她和一个男孩幽会的行迹,对此她妈妈早就有所察觉。初枝知道自己没能瞒过别人的眼睛,也没能说服自己,所以她也从来都没有感觉心宽过。他们——初枝和伊什梅尔——怎么就能肯定他们真的是爱着对方的呢?他们只是碰巧一起长大,一起度过了童年,那种亲切自然和亲密无间的关系使得他们产生了爱的错觉。但是,如果说在香杉树洞中的干苔上,她对那个她无比熟悉的男孩的出乎本能的感觉不是爱情,还有什么可以称之为爱情呢?这个男孩属于这个地方,他属于这森林、这海滩,这个男孩身上的味道就像这片森林一样。如果一个人的身份是按地理而不是按血统来划分的话——也就是说,如果生长于同样的地方才是真正重要的因素的话,那伊什梅尔就是她的一部分,在她的灵魂之中,这种关系远胜于日本的一切。她知道,这是最简单的爱情,最纯洁的爱情,没有受到任何想法的玷污——想法这个东西会让一切都发生扭曲。讽刺的是,这样的爱情正是茂村太太所主张的。不,初枝告诉自己,她只是顺从自己的直觉,而她的直觉没有所谓是否日本血统之分。她不知道爱情还能是别的样子。

一个小时之后,在香杉树洞中,她把自己的苦恼告诉了伊什梅尔。"我们从小就在一起,"她说,"我差不多都忘了我们是什么时候认识的了。认识你之前的事情我几乎都不记得了。好像一件都不记得。"

"我也是。"伊什梅尔说,"你还记得我那个玻璃水箱吗?我们放到水里去的那个。"

"当然,"她说,"我还记得。"

"那肯定是十年前的事情,"伊什梅尔说,"我们趴在箱子上。在海上漂着。我记得。"

"我也想说这件事呢。"初枝说,"一个箱子漂在海上,多么神奇的开端啊?那时候我们很熟吗?我们甚至彼此都还不认识。"

"我们认识的。我们一直都认识彼此。我们和大多数人都不一样,他们从陌生人,到相遇,然后开始约会。我们一开始就认识。"

"那不一样,"初枝说,"我们没有公开约会过——这个词不对——我们不能约会,伊什梅尔。我们只能在这个树洞里见面。"

"我们还有三个月就毕业了,"伊什梅尔说,"我想我们毕业之后应该搬到西雅图去。在那儿就不一样了——你说呢?"

"在西雅图,他们正在逮捕像我这样的人,就像这里一样,伊什梅尔。一个白人和一个日本人——我不在乎是不是在西雅图——我们一起走在街上都不行。自从珍珠港事件之后。你知道的。再说,六月你就要应征入伍了。事情就是这样。你不会搬去西雅图。我们不要骗自己了。"

"那我们怎么办?你告诉我。答案是什么,初枝?"

"没有答案,"初枝说,"我不知道,伊什梅尔。我们什么也做不了。"

"我们只需耐心等待,"伊什梅尔回答道,"战争总有一天要结束的。"

他们默默地坐在树洞中,伊什梅尔一只手肘撑着躺在那里,初枝把头靠在他的肋骨上,双脚翘在光滑的树壁上。"待在这儿真好,"初枝说,"这里总是这么舒服。"

"我爱你,"伊什梅尔答话道,"我会一直爱你。不管发生什么事。我都会一直爱下去。"

"我知道,"初枝说,"但是我要面对现实。我说得还不简单吗?有那么多事。"

"那些都不重要,"伊什梅尔说道,"其他的那些事情都不重要。爱情是这个世界上最牢固的东西,你知道的。没有什么能比得上它,甚至没有什么能跟它相比。如果我们爱对方,那我们就能渡过一切难关。爱情高于一切。"他说得信心满满,而且十分动情,令初枝也被打动,相信爱情的确高于一切。她希望这是真的,所以抛开一切顾虑沉醉于其中。他们躺在树洞里的干苔上开始亲吻,但是干苔的存在还是提醒了她,使她意识到他们正在试图忘却真实的世界,用吻来欺骗自己。"对不起,"她缩回来道,"这实在太复杂了。我无法忘记那些事情。"

伊什梅尔把初枝抱在怀中,抚摸着她的头发。他们不再说话。她在他怀中感到安全,仿佛自己正冬眠于森林深处,时光不再流逝,世界也停滞不动。他们头靠在干苔上睡着了,直到树洞中的光线从绿色变成灰暗,这时候他们必须回家了。

"一切事情都会解决的,"伊什梅尔说,"你看——会解决的。"

"我不知道怎么解决。"初枝回答道。

问题在三月二十一日得到了解决。美国战争迁移局宣布,岛上的日裔居民必须离开,他们将有八天的时间来准备。

小林一家在中央谷五英亩的土地上种了价值一千美元的大黄,他们和托瓦尔·拉斯姆森达成了协议,请他们代为照管和收获作物。增井一家在月光下为他们的草莓地除草,给豌豆打桩;他们想把庄稼都管理好再交给迈克·彭斯和他好吃懒做的弟弟帕特里克。他们答应为增井家照看庄稼。住田家决定打折把东西卖掉,并关闭他们的托儿所;星期四和星期五,他们举行了全日特卖,看着他们的修枝器、废料、香杉木椅子、给鸟儿戏水的盆子、花园椅、纸灯笼、猫饮水器、裹树网布、蜡烛、盆景树任由人们搬走。星期天,他们用挂锁将温室门锁上,并托付皮耶丝·皮特森帮忙照看。他们把一群下蛋的鸡和一对绿头鸭送给了皮耶丝。

加藤伦恩和小桥川乔尼开着载重三吨的运干草的卡车奔波在圣佩佐岛的马路上,车上载着家具、板条箱和各种器具,开往日本社区中心。日本社区中心里面堆满了各种床、沙发、炉子、冰箱、屉柜、桌子和椅子,星期天晚上六点的时候,社区中心被锁上并用板条钉上。

三名退休的刺网渔民——吉莉安·克里奇顿、山姆·古托和艾瑞克·霍夫曼先生被征召为圣佩佐岛治安官的助手，负责看守堆放在日本社区中心的物品。

战争迁移局搬入友睦港外边的 W.W. 贝森罐头加工厂码头那陈旧腐霉的办公室。码头上不仅有陆军运输司令部的办公室，农场安全管理局的代表处和联邦就业服务局也驻扎在那儿。一个星期四的下午，正当所有人都在准备下班离开的时候，中学棒球队的教练卡斯巴斯·欣克尔冲进战争迁移局的办公室，把他的花名册摔在秘书的桌子上——他的接球手、二垒手和两个外场手，将缺席整个赛季。这件事情难道不能再斟酌一下吗？这些孩子可不是什么间谍！

三月二十八日，星期六晚上，友睦港高级中学的高年级舞会正在中学的礼堂举行，今年的主题是"水仙花之梦"。一支安纳柯蒂斯的摇摆乐队——小城男人忘情地演奏着欢快的舞曲；在舞曲的间隙，棒球队队长站在乐队演奏台的麦克风前，愉快地向即将在星期一离开的七位队员分发荣誉信。"没有你们我们赢不了比赛，"他说，"现在我们甚至凑不出一支完整的球队。但是我们赢得的每一场比赛，都是为了即将离开的各位而赢的。"

伊芙琳·尼尔林是个动物爱好者。她是一个寡妇，住在耶司利海岬一间香杉木板搭成的棚屋里，里面既没有抽水马桶也没有电。她从几户日本人家里牵来了羊、猪、狗和猫。太田一家把他们的杂货店租给了查尔斯·马可奥和森家，把他们的一辆轿车和两辆皮卡车卖给了查尔斯。亚瑟·钱伯斯和小尼尔森商议，请他为自己的报纸充当特别通讯员，把消息传回圣佩佐。亚瑟在三月二十六日的报纸上刊登了四篇关于迫在眉睫的撤离行动的文章：《岛上日本人接受军方迁徙命令》《日本妇女坚持 PTA 的工作至最后一刻，获得表扬》《迁徙命令使棒球队球员不足》，以及一篇《实话实说》专栏文章，题为《时间紧促》，强烈谴责迁移局《毫无道理并迫不及待地驱逐我们岛上的日裔美国人》。第二天早晨，七点三十分的时候，亚瑟接到一个匿名电话："小日本的拥护者是些没种的家伙，"一个尖锐高亢的声音响起来，"他们都没种……"亚瑟挂断了电话，接着去打一篇准备在下期的报纸上刊登的故事：《虔诚地赞美复活节的早晨》。

星期天下午，四点钟，初枝告诉妈妈，自己要去走走；她说，这是她离开之前最后一次散步。她想在森林里坐一会儿，同时想一会儿事情，她说。她出门的时候假装朝保卫角的方向走去，然后在森林里绕个圈儿来到南海滩的小路，顺着小路来到香杉树林。她发现，伊什梅尔正在那里等着她，头搁在夹克上。"没办法了，"她在树洞口跪了一会儿，对他说道，"明天我们就得走了。"

"我想到办法了，"伊什梅尔说道，"等你到了地方，你就写信给我。校报出来的时候，我就寄一份给你，把我写给你的信夹在里面，回信地址就写新闻记者班。你觉得这个计划怎么样？这样安全吧？"

"我希望我们根本不需要什么计划，"初枝说，"为什么我们要这样做？"

"写信到我家来，"伊什梅尔说道，"但是回信地址上写山下肯尼的名字——我父母知道我和肯尼要好，你可以直接写信给我。"

"但是如果他们想看肯尼的信呢？如果他们问起他的近况呢？"

伊什梅尔想了一会儿。"如果他们想看肯尼的信？不如你集五六封信，然后把它们塞在一个信封里，怎么样？一封是肯尼的，一封是你的，一封是海伦的，一封是小汤姆的——告诉他们这是校报的要求。我今天晚上就打电话给肯尼，跟他说这件事，这样你跟他说起来的时候就不会感到奇怪了。你把他们的信都收齐，然后把你的放在最后一封，一起寄给我。我会把你的抽出来，其余的带到学校去。这个办法绝对管用。"

"你和我一样，"初枝说道，"我们都喜欢绕来绕去。"

"这不是绕来绕去，"伊什梅尔说，"我们只能这么做。"

初枝解下外套的系带，那是一件从安纳柯蒂斯的商店买的人字形缝式裹身外套。外套下面,她穿了一条宽绣花领子的裙子。这一天,她把自己的长发都披散在后背,没有编辫子,也没有扎丝带。伊什梅尔把鼻子凑在上面。

"有股香杉树的味道。"他说。

"你也是,"初枝说,"我会无限怀念你的味道的。"

他们躺在干苔上,既不触摸,也不说话,初枝的头发盘在一侧肩膀上,伊什梅尔将手放在膝上。树洞外,吹起了三月的风,他们听到蕨草在风中沙沙作响,叹息般的风声和树下小溪中的流水声交错在一起。树洞中,这些声音都变得细微柔和,初枝感觉自己是在万物的心脏之中。这个地方,这棵树,是安全的。

他们开始亲吻和彼此抚摸,但是她始终感觉到一种空洞,那些念头在她脑海中挥之不去。她把食指放在伊什梅尔的唇上,闭上眼睛,任由自己的头发垂落在干苔上。香杉树的味道也是他的味道,是这个她明天就要离开的地方的味道,她开始明白自己将何等思念这个地方。想到这里她就满心是痛;她为他感到难过,也为自己感到难过,她开始默默地哭泣,眼泪在眼眶中打转,喉咙发紧,胸中像压了块大石。初枝紧抱着伊什梅尔,默默地哭泣着,闻着伊什梅尔喉结的味道。她鼻子紧贴着他的喉结。伊什梅尔双手移到她的裙摆下,然后缓缓地顺着她的大腿滑上去,滑过她的底裤,移到她的腰际,然后停留在那里。他轻轻地抱住她的腰,过了一会儿,手开始下移,移到她的臀部,紧紧地将她搂向自己。初枝感到自己被抱了起来,她感觉到他的坚硬,身体紧紧地贴向他坚硬的部位。那长长的硬物顶着他的裤子,隔着裤子顶着她的底裤,光滑、湿润的丝质相互摩擦着。他们吻得更加激烈,她开始扭动着,仿佛想把他吸进去一样。她能感受到他的硬物,以及中间隔着的她的丝质内裤和他的棉质裤子。他的手从她的臀部移开,在裙下顺着她的腰线向上摸到她的乳罩扣子。初枝将身体拱起,为他的手腾出空间。他顺利地解开了搭扣,将乳罩的肩带褪到她的手臂上,轻柔地亲吻起她的耳垂。他的手又向下从裙子里出来，抚摸起她秀发覆盖的脖子，然后是她的肩膀。她任由自己的身体压在他手上，挺起胸脯，将乳房迎向他。伊什梅尔亲吻着她裙装的前襟，然后开始从绣花领子往下将十一颗纽扣解开。这颇费时间。他们感受着彼此的呼吸，初枝的双唇吮着伊什梅尔的上嘴唇，伊什梅尔小心翼翼地解着她的纽扣。一会儿，初枝的前襟敞开了，伊什梅尔将她的乳罩推了上去，舌尖在她的乳头上游走。"我们结婚吧，"他耳语道，"我想娶你，初枝。"

她仍旧一片空白，根本无暇回答；她一句话也说不出来。她的声音仿佛被哭泣掩埋在底下，无法从喉咙发出。她只好用自己的指尖抚过他的背脊、臀部，然后她的双手隔着他的裤子触摸到里面的坚硬之物，她感觉到有一会儿他似乎完全屏住了呼吸。她双手挤压着它，亲吻着伊什梅尔。

"我们结婚吧。"他再次说道。初枝知道他的意思。"我就是……我想娶你。"

他把手伸进她的内裤，她没有阻止。然后他将她的内裤褪到她的腿部，她仍旧在默默地哭泣着。他一边亲吻着她，一边把自己的裤子脱到膝盖处，他那坚硬的东西顶到了她的皮肤上，他的双手捧着她的脸庞。"答应我，"他小声地说道，"只管答应我，告诉我你愿意。说你愿意。说愿意啊，求你，说愿意吧。"

"伊什梅尔。"她轻轻地说了一声。就在这个时候，他进入了她的身体，全部，他那坚硬的部分完全地充实了她的身体，初枝十分清醒地知道这是不对的。其实她一直都知道这一点，只是它隐藏到此刻才出现，当她意识到这一点的时候，不禁吓了一跳。她缩了回去，将他推开。"不，"她说，"不，伊什梅尔。不行。"伊什梅尔自己也退了出来。他是一个正经的孩子，一个善良的孩子，她知道这一点。他拉上裤子，将扣子扣上，并帮她把裤子穿了回去。初枝整了整自己的乳罩，重新扣上，把衣服也扣起来。她穿上外套，坐了起来，仔细地掸掉头发上的干苔。

"对不起,"她说道,"这样做不对。"

"我看没什么不对,"伊什梅尔说道,"这就像我娶了你,你嫁给了我,就像我们两个结婚了。我们只能以这样的方式结合。"

"对不起,"初枝一面说着,一边翻找着头发里的干苔,"我不想让你不高兴。"

"我就是不高兴。我心情糟透了。你明天早上就要离开了。"

"我也不高兴,"初枝说,"我心里很难受,从来没有感觉这么难受过。我不知道怎么办了。"

他陪她走回家,来到她家的地旁边,他们在那儿的一棵香杉树后面站了一会儿。当时已近黄昏,三月的静谧气氛笼罩着一切——树木、腐烂的枯木、无叶的藤槭、地上散乱的石块。

"再见,"初枝说道,"我会写信的。"

"不要走,"伊什梅尔说道,"留下来。"

当她最终还是离开的时候,夜色已经浓了,她走出树林,走进空地里,她心里想着不要再回头看了。但是走出十步之后,她还是不由自主地回过了头——想要不回头实在太难了。她心里想,这就是永远的再见了。她多么想告诉他,他们再也不会见面了;她多么想告诉他,自己选择离去是因为在他的怀抱里她感受不到完整的自己。但是她没有说出来,她没有说他们太年轻,他们无法看清这一切,他们被森林和海滩迷住了,所有这一切一直以来都只是幻想,她没有找到那个真正的自己之类的话。她只是凝神望着他,她无法伤害他,就像应该的那样,在某种不确定的程度上她仍旧爱着那个他,他的善良、他的认真、他心底里的美好。伊什梅尔,他站在那里,绝望地看着她,她永远都忘不了那一幕。十二年后,她仍旧能回忆起他带着那种绝望的神情站在草莓地边上:默默无声的香杉树影下,一个英俊的男孩,伸着一只手,召唤她回去。

第十五章

星期一早上七点，一辆军用卡车将富士子和她五个女儿带到友睦港渡轮码头。那里的士兵给了她们一些标签贴在手提箱和大衣上。她们顶着严寒在包袱边等着，那些白人邻居站在那里，看着她们被士兵赶到码头。富士子看见尤思·塞弗伦森也在其中，双手抓着前面的栏杆靠在上面；今田一家经过时，她朝她们挥手。从西雅图搬来的尤思十年来都在富士子那里买草莓，但言谈之间总仿佛她是个农妇，其角色不过是让尤思从城里来的朋友感受一下岛上生活的异域风情。她的友善总有些纡尊降贵的味道，每次买草莓的时候总带点施舍味道地多给一些钱。所以，今天早上，尽管尤思·塞弗伦森友好地喊出了她的名字，富士子却没有看她或是和她打招呼——她只是目光低垂，盯着地面。

九点，她们排队登上了"克洛肯"号，白人从高处山上惊讶地看着他们，田中戈登八岁的女儿在码头上摔了一跤，哭了起来。很快其他人也哭起来了，山上传来安东尼奥·丹格伦的声音，这个菲律宾裔的小伙子两个月前刚娶了北野伊利诺为妻。"伊利诺！"他大声喊道，待她抬头看时，他抛了一束红玫瑰下来，花束随风向水面飘下，落在码头木桩下的水波间。

火车将她们从安纳柯蒂斯带到一个临时宿营地——朴雅勒普集贸市场的马棚。她们在马棚里临时安顿，睡在帆布行军床上；晚上九点之后她们不得离开马棚，十点被勒令熄灯，每家只有一个光秃秃的灯泡。马棚里的寒冷直透进她们的骨头里，夜里下雨屋顶漏水，她们又起来挪床。第二天早上，六点，她们踩着泥浆去临时宿营地食堂，吃了些罐装无花果和用馅饼盘烤的白面包，喝了点锡杯装的咖啡。富士子忍受着这一切，保持着自己的尊严，尽管在其他女人面前故作轻松，但她内心感觉自己已濒临崩溃。肚子疼时扭曲的脸令她深感羞辱。她垂着头坐在马桶上，羞愧于自己的身体制造出来的声音。公用厕所的屋顶也漏着雨。

三天后，她们上了另一列火车，开始慢吞吞地朝加利福尼亚行进。夜里，在车厢来回巡逻的军警让她们拉下窗帘，她们歪在座位上度过了黢黑的几个小时，努力克制着自己不要抱怨。火车走走停停，摇晃得她们无法入睡，厕所门口总是排着长队。在朴雅勒普临时宿营地吃的东西让很多人集体拉肚子，包括富士子。她坐在位置上，腹内灼烧着，脑袋轻飘飘的，仿佛脑子已经不在脑壳里了，一滴冷汗挂在她的前额。她竭力忍着这种不适，没有对女儿们提及。她不想让她们知道她内心也受着煎熬，需要找个地方舒舒服服地躺着，好好睡上一觉。因为在她刚想睡的时候，几只绿头苍蝇总在她耳边嘤嘤嗡嗡地飞来飞去，还有高见家的婴儿的哭声，那孩子才三个星期大，发着烧。婴儿的哭声啃噬着她的神经，她用手指堵住耳朵，但似乎无济于事。随着睡意渐渐逃走，她对小孩和高见一家的同情也开始溜走，她心里开始暗暗希望那小孩死掉算了，那样耳边就安静了。但同时她又恨自己这么想，压制这种想法的同时，她的怒气也在增长，恨不能将那小孩从窗户扔出去，那样大家也许就清净了。过了很长时间，正在她觉得再也忍受不下去的时候，那个婴儿停止了像严厉刑罚一样的尖利哭喊，富士子让自己平静下来，闭上眼睛，带着极大的宽慰准备睡觉，就在那时，高见家的小孩又哭了起来，尖锐的哭声折磨着人们的神经。

183

火车在一片无边无际的寂静沙漠的中心,一个叫作莫哈维①的地方停了下来。早上八点半,她们被赶上一辆辆的汽车,汽车带着她们沿灰扑扑的道路向北走了四个小时,到了一个叫作曼扎纳的地方。富士子闭上眼睛,试图将拍打在车身上的沙尘暴想象成故乡的雨。她迷迷糊糊地打着盹,醒来时便看见缠着倒钩的铁丝网和一排因尘土弥漫而显得模糊的暗色营房。十二点半,她的手表显示;她们刚好赶上排队领午饭。她们背对着风,站在那里用军用餐具吃饭。花生黄油、白面包、罐装无花果和豇豆;在所有的食物里她都能尝出灰土的味道。

第一天下午,她们排队领了止泻药。尘土飞扬,她们待在行李旁等着,然后又排队领晚饭。傍晚的时候,今田一家被分到十一区的四号营房,分到了一间十六乘二十英尺的房间,房间里仅有的物件是一个光秃秃的电灯泡、一台小小的科尔曼油汀、六张CCC②军用小床、六张草席和十二条军用毯。富士子坐在一张小床的边上,营地的食物和那份止泻药在她胃里翻腾,令她痉挛。她穿着大衣,抱着自己,她的女儿们拍平草席里的麦秆,点起了油汀。虽然有油汀,可她一件衣服也没脱地躺在毯子下还是冻得直发抖。到半夜的时候,她终于忍不住,和三个同样感到痛苦的女儿一起,磕磕绊绊地在黑漆漆的沙漠里朝营地的公用厕所走去。令她们惊讶不已的是,那里竟然半夜时分都排着长队,五十几个甚至更多的女人和孩子们穿着厚重的外套,在寒风中绷紧后背。队伍里一名妇女吐得厉害,是她们中午都吃了的罐装无花果的气味。那名妇女用日语向大家道歉,就在这时队伍里的另一个人也吐了,此后她们就都重新陷入了沉默。

进到厕所,她们发现地上都是排泄物,湿湿的,到处都是擦过的卫生纸。十二个厕位——背对背地排列着——全都满到快溢出来了。但女

---

① 莫哈维沙漠。
② 行军床的一种牌子。

人们还是照样用，在半暗中蹲在上面，一排陌生人捂着鼻子看着。轮到富士子的时候，她低着头，手揉搓着肚子，使劲将直肠里的东西都排空。旁边有个水池可以洗手，但没有肥皂。

夜里，尘土和黄沙从墙壁和地板的节孔中吹了进来。到早上的时候，她们的毯子上已经覆了一层沙土。富士子的枕头上枕着的地方是白色的，但周围没枕着的地方已经积了一层黄色的颗粒。她感觉自己脸上、头发里和嘴巴里面也都是沙土。夜里很冷，相邻的房间里有个婴儿尖声啼哭，两个房间相隔只有一块四分之一英寸厚的松木墙板。

到达曼扎纳的第二天，她们领到了一个拖把、一把扫帚和一只水桶。她们这一区的头头是一个穿着灰扑扑的大衣、从洛杉矶来的男人。他自称以前是个律师，但现在，他站在那里，胡须没有刮，一只鞋的鞋带没有系，金属框的眼镜歪歪地挂在脸上。他领着她们去看户外水龙头在哪里。富士子和女儿们扫掉灰尘，在一个只有一加仑大小的汤罐头的空罐里浆洗衣物。但她们在打扫的时候，更多的灰尘和沙子吹进来，落在她们刚擦过的松木墙板上。初枝冒着风沙出门去，回来的时候带回了一些油毡纸，那是她在防火通道旁的一堆铁丝网边找到的。她们用它堵住门框处的缝隙，又从藤田家借来图钉将它们固定在节孔上。

和任何人谈论任何事情都已经失去了意义。每个人的处境都一样。每个人都在哨塔下，在四面环绕的群山的包围中像鬼魂一样游荡。刺骨的风从山上吹下来，吹过带刺的铁丝网，将沙粒卷起打在她们脸上。营地还处在半竣工状态；营房还不够用。有的人一来想要有个睡觉的地方，就得自己动手建房子。到处都是人，方圆一英里的不毛之地上聚集了成千上万的人，军用推土车弄得到处尘土飞扬，连个僻静的地方都找不到。所有的营房看上去都一模一样：到这里的第二天晚上，夜里一点半的时候，一个醉汉站在今田家门口，他没完没了地道歉，让风沙乘虚而入。他走错门了，他说。她们的房间也没有天花板，别的营房里的人吵架都听得见。相隔三个房间的那个营房里，有个男人自己酿酒——他用的是食堂的米饭和罐装的杏仁汁——第三天深夜，他们听到他妻子逼迫他的时候，他哭了。就在那晚，哨塔的探照灯亮了，扫过她们唯一的窗户。早上，有个哨兵确信有人想逃跑，提醒哨塔内的机关枪手提高警惕。第四天晚上，十七号营房的一个年轻人开枪杀死了自己的妻子，然后自杀了——两人一起躺在床上。他不知怎么弄到了一把枪。"没办法的事。"[1] 大家都说，"没办法的事，注定的。"

没有地方搁衣物。她们就用手提箱和柳条箱将就着。脚下的地板冷，所以她们一直穿着脏兮兮的鞋子，直到上床睡觉。一个星期快过去的时候，富士子已经完全不清楚女儿们的行踪了。所有人渐渐变成了一个模样，穿着战略物资部门多余的衣服——海军呢大衣、针织帽、帆布护腿、军用护耳，还有土黄色的羊毛裤。只有两个最小的女儿和她一起吃饭；另外三个都和年轻人混在一起，在别的桌上吃饭。她批评她们，她们都毕恭毕敬地听着，但之后还是照样出门。几个大一点儿的女儿早出晚归，衣服和头发里净是灰土。集中营成了年轻人巨大的散步场所，他们在防火通道上乱逛，聚集在营房的背风处。一天早上吃过早饭后，富士子在去洗衣房的路上看见她三女儿——她才十四岁——站在一群人中间，其中有四个穿着帅气的艾森豪威尔夹克的男孩。她知道他们都是洛杉矶来的男孩；这个集中营的大多数人都是从洛杉矶来的。洛杉矶的人不是很热情，因为莫名其妙的原因看不起她；她和他们一句话也说不到一起去。富士子对一切都保持沉默，内心濒临崩溃。她在等久雄的信，但来的却是一封别的信。

圣佩佐高级中学新闻班——伊什梅尔这封写着假地址的信送到了初枝的妹妹寿美子的手里，她就忍不住拆开看了。流放之前寿美子已经念到中学二年级了，虽然她知道信是寄给初枝的，但这信来自家乡，对她

---

[1] 原文为日语。

有着难以抗拒的诱惑力。

寿美子在糊着油毡纸的基督教青年会所前读了伊什梅尔·钱伯斯写来的这封信；在集中营的猪圈外面，她又读了一遍，将其中一些惊人的词句回味了一遍。

我的爱：

我每天下午依然去我们的香杉树洞。我闭上眼睛，静静等待。我在空气中捕捉你的气息，在梦中与你相遇，心痛地想你回来。我每时每刻都想着你，渴望抱着你，抚摩你。思念令我痛不欲生。仿佛我身体的一部分被生生剥离。

我孤独、痛苦，时刻想着你，盼着你能立刻给我写信。信封上记得用"山下肯尼"这个名字，以免我爸妈生疑。

我这儿的一切现在都糟糕透顶，生活已经不值得过下去。我只能希望你在我们被迫分开的这段时间里能过得快乐——要快乐，初枝。至于我自己，我只能是痛苦的，直到你重新回到我的怀抱。我不能没有你，我现在知道了。我们在一起这么多年之后，我发现你已经成了我的一部分。没有你，我便一无所有。

永远全心全意爱你的，
伊什梅尔
一九四二年四月四日

寿美子边走边想并将伊什梅尔的信反复读了不下四遍，半小时后，她终于愧疚地将信交给了母亲。"给你，"她说道，"我觉得很不光彩。但我还是得给你看。"

她母亲一手抚额，站在油毡纸棚下读了伊什梅尔·钱伯斯的信。她的嘴唇快速翕动着，眼睛不时地眨一眨。读完之后，她坐在一把椅子的边缘，手里捏着那封信愣了片刻，然后叹着气取下眼镜。"不可能。"她用日语说道。

她疲惫地将眼镜放在膝头，信放在眼镜上，用两只手掌按了按眼睛。

"邻居家的男孩，"她对寿美子说道，"教她游泳的那个。"

"伊什梅尔·钱伯斯，"寿美子说道，"你知道他是谁。"

"你姐姐犯了个可怕的错误，"富士子说道，"一个我希望你永远也不要犯下的错误。"

"我不会的，"寿美子说道，"再说，那也不是一个在这样的地方能犯得了的错误，不是吗？"

富士子重新拿起眼镜，捏在拇指和食指之间。"寿美子，"她说，"你告诉过谁吗？你有没有将这封信给谁看过？"

"没有，"寿美子说道，"只给你看过。"

"你要答应我一件事，"富士子说道，"你要保证不把这件事告诉任何人——任何人。就算没这事，谣言也够多的了。你要保证闭上你的嘴巴，再也不提这件事。你明白吗？"

"好的，我保证。"寿美子说道。

"我会告诉初枝信是我发现的。这样她就不会怪你了。"

"好的。"寿美子答道。

"出去吧，"她母亲说道，"让我一个人待一会儿。"

女孩出门漫无目标地闲逛去了。富士子将眼镜重新架在鼻梁上，开始重读这封信。从字里行间，她清楚地知道她女儿已经和这个男孩纠缠得很深、很久了，或许有很多年了。很明显，他碰过她的身体，他们两个将林子里一棵空心的树作为幽会地点，在树洞里发生了亲密的性关系。正如富士子曾经怀疑过的一样，初枝的散步是个借口。她女儿回来时手里拿着忍冬藤，大腿之间却是湿润的。可恶的丫头，富士子心里骂道。

她想起了自己年轻的时候，嫁给一个自己从未见过的男人，在一间纸板房里和他度过生命中的初夜，墙壁上贴着白人杂志纸当墙纸。第一个晚上，她拒绝让丈夫碰她——久雄是那样一个肮脏的男人，他的手那么粗糙，而且穷得叮当响。他花了几个小时向富士子道歉，详细解释他经济上的窘迫，求她和他一起奋斗，说明他的才能和优点——他有抱负、勤劳、不赌博、不酗酒、没有不良习惯，并且节俭，只是时局艰难，他需要有个人陪在他身边。他能理解她现在并不爱他，他说，但他愿意用时间向她证明自己，如果她肯耐心一点儿的话。"别跟我说话。"她当时回答。

那天夜里，他睡在椅子上，富士子彻夜未眠，琢磨着有什么办法能摆脱现在的处境。她没有足够的钱买回程票，而且，她心里也十分清楚，她不能再回日本的那个家了——她父母把她卖了，并付了一定的佣金给那个骗她的媒人，他信誓旦旦地说久雄这些年在美国已经攒下了丰厚的财富。她就这么醒着，越想越气；天近拂晓，她开始觉得自己都想杀人了。

早晨，久雄站在床前问富士子睡得好不好。"我不会和你说话的。"她答道，"我要写信回家，让他们寄钱过来，一收到钱我就回去。"

"我们一起节俭一些，"久雄恳求道，"我们可以一起回去，如果那是你想要的。我们可以——"

"那你山上那十二英亩土地呢？"富士子愤怒地说道，"媒人还带我去看了——桃树、柿子、垂柳、岩石花园。那些都不是真的。"

"是的，都不是真的。"久雄承认，"我没有钱——这是真的。我是个穷人，一天到晚累得像狗一样。媒人骗了你，我很抱歉，但是——"

"请不要和我说话，"富士子说道，"我不想嫁给你。"

她花了三个月的时间去习惯和他一起睡。当她那么做的时候，她发现自己也学会了爱他，如果可以用爱这个词的话。当她睡在他的臂弯里时，她发现爱并不是当自己还是个吴市小女孩时想象的那回事儿，也不

189

像她少女时代所认为的那么激动人心，而是要实际得多。处女膜破裂的时候，富士子哭了，部分是因为她献出自己的处女贞洁满足了久雄的需要，这并不是她所希望的情况。但她现在结婚了，他是个可靠的男人，她的心慢慢地靠近了他。他们已经同甘共苦了，而他一次也没有抱怨过。

此时，她站在那里，手里捏着这封信———一个白人男孩写给她女儿的信，关于他们在香杉树洞里的爱情，关于他的孤独、痛苦以及对她的强烈思念，并叮嘱她回信的时候写上假地址——"用'山下肯尼'这个名字。"他写道。她不知道她女儿是否爱这个男孩，甚至不知道她是否知道什么是爱。现在，她明白初枝为什么那么沉闷不乐了——比她其他的几个女儿都更沉默和沮丧——从她们离开圣佩佐岛的那天开始。每个人都不快乐，初枝利用了这一点，大家共同的不快乐给了她这个方便，只是她还是比任何人都更沉闷一些；她无精打采，干家务活的时候也呆呆愣愣的，仿佛沉浸在某种悲痛之中。她思念父亲，问到的时候她这么说；她思念圣佩佐岛。但她没有告诉任何人她思念那个白人男孩，她的秘密情人。她的欺骗深深地刺痛了富士子，面对如此的背叛，她感觉到了一个母亲的愤怒。这种愤怒和自从轰炸珍珠港事件以来在她心中日甚一日的忧伤掺杂在一起；这是富士子成人生活中鲜少的一次令她感到悲痛难忍的时刻。

她提醒自己无论在什么情况下，都不要失态。刚到美国的日子里，她忘了这些，但随着时间的推移，她重新发现自己从吴市的祖母那里继承的这一品德弥足珍贵。她祖母称之为 Giri[①]——很难准确地翻译成英语——它的意思是以一种坚忍的态度、安静地做自己该做的事。富士子重又坐下，让自己内心慢慢恢复平静，面对初枝时必须心平气和。她深深吸了口气，闭上了眼睛。

[①] 日本语，意为"义理"。

好吧,她心想,等初枝从营地闲晃荡回来,她要和这丫头好好谈谈。她要了结这件事。

晚饭前三小时,一群来自圣佩佐岛的小伙子来敲她家的门。他们带着工具和一些边角木料,说是准备为今田家做一些必需的家什:搁物架、五斗柜、椅子。她认得他们都是岛上人家的儿子们——田中家的、福助家的、松井家的、宫本家的。她对他们回答说是的,那些东西她都会用到,于是小伙子们便在营房的背风处忙碌了起来,测量、切割、开锯,风一直吹着。宫本天道走进屋内,将支架钉上,富士子抱着双臂坐在小床上,身后放着那个白人男孩寄来的信。"营区厨房边上有一些不用的铁片,"宫本天道对她说道,"我们可以用那个来堵地板上的节孔——比油毡纸好。"

"油毡纸容易被撕破。"天道用英语说的。富士子也用英语回答道:"而且不隔冷。"

天道点点头,继续干手头的活儿,锤子敲得力道均匀。"你家人怎么样?"富士子问道,"你母亲?你父亲?家里的每个人都好吧?"

"我父亲病了,"天道答道,"集中营的食物对他的胃很不好。"他停下来从口袋里取出另一枚钉子。"你呢?"他问道,"今田家的太太小姐们都怎么样?"

"一个个都脏兮兮的,"富士子答道,"灰土都吃进肚子里了。"

这时初枝从门口进来,从脖子上扯下围巾,她的脸颊被冻得红红的。她甩开头发的时候,宫本天道停下手里的活儿,盯着她看了一会儿。"你好,"他说道,"见到你很高兴。"

初枝又甩了甩头发,然后娴熟地一把将它们握在手里,梳理着它们,然后将手插进大衣口袋,在母亲身边坐下。"你好。"她回应道,却没有说别的。

他们默默地坐了一会儿,宫本天道继续干活儿。他跪坐在小腿上,背对着她们,认真地敲着手里的钉锤。另一个木匠抱着一堆新锯好的松木板从门口进来。宫本天道将它们一一放在支架上,用水准仪测量着。"是直的,"他宣布,"应该能用。很抱歉,我们的手艺只能做成这样了。"

"它们很好,"富士子说道,"你们真是太好了。谢谢。"

"我们还会给你们做六把椅子,"天道说道,看着初枝,"还要做两个五斗柜和一张吃饭的桌子。我们过几天就给你们送过来。一做好就送过来。"

"谢谢你们,"富士子说道,"你们真是太好了。"

"我们很乐意为你们效劳,"宫本天道说道,"一点儿也不麻烦。"

依然握着钉锤的他冲初枝微笑了一下,她垂下目光看着自己的膝盖。他将钉锤插进裤子上的一个布搭扣里,然后拾起他的水准仪和量尺。"再见,今田太太。"他说道,"再见,初枝。见到你真高兴。"

"再次谢谢你,"富士子说道,"真是多亏了你们帮忙。"

门关上之后,她将手伸向身后,拿出信来递给初枝。"这个,"她甩了初枝一巴掌,"是你的信。我都不知道你原来这么会骗人。我不明白,初枝。"

她本来是计划和她好好谈谈的,但是她突然明白痛苦的力量可能会让她说出一些非她本意的话。"你不能再给这个男孩写信或是收他的信了。"她站在门口严厉地说道。

初枝坐在那里,手里拿着那封信,眼中充盈着泪水。"对不起,"她说道,"请你原谅我,妈妈。我欺骗了你,我一直都知道。"

"不只是欺骗了我,"富士子用日语说道,"女儿,你也欺骗了自己。"

然后富士子顶着风出门。她走到邮局告诉那里的职员,寄给今田家的信都不用投递。从现在开始,她会自己过来取。那些信只能交给她本人。

那天下午,她坐在食堂,写信给那个叫伊什梅尔·钱伯斯的男孩的父母。她将树林里那棵空心树,以及伊什梅尔和初枝这么多年瞒天过海的事都告诉了他们。她将他们的儿子写给她女儿的信的内容也告诉了他们。她的女儿,她说,不会回信的,现在不会,将来也绝对不会。他们之间的一切都结束了,她为自己女儿的行为表示抱歉;她希望那个男孩能用一种新的眼光来看待未来,不要再去想初枝。她写道,她理解他们都只是孩子;她知道孩子总难免犯傻。但这两个年轻人都犯了错,并应该认识到这个错误,检视自己的灵魂,拷问自己的良知。发现自己被另一个人所吸引并没有错,她写道,相信那就是爱也没有错。不光彩之处在于向家人隐瞒这种感情。她希望伊什梅尔的父母能理解她的立场。她不希望她女儿和他们的儿子之间继续有任何联系。她已经向她女儿清楚地表达了她的意思,要求以后她不要再给那个男孩写信,也不要收他的信。她最后加上一句,说她很敬重钱伯斯家,很看重《圣佩佐评论报》。祝他们一切都好。

她将信折好,在装进信封之前,先给初枝看了一下。那姑娘左手撑着左腮,细细地看了两遍。看完之后,她紧攥着它放在膝头,目光空洞地看着她母亲。她脸上的表情奇怪地看不出任何情绪;那样子仿佛一个内心疲惫已极的人,疲惫到已经失去了感觉。富士子明白,在离开圣佩佐岛以来的三个星期里,她长大了。她的女儿突然间长大了,长成了一个女人,一个内心疲惫的女人。她女儿突然变得坚强了。

"这封信你没必要寄出去,"她对富士子说道,"我已经不打算再给他写信了。在来这儿的路上,在火车上,我能想到的就只有伊什梅尔·钱伯斯,以及我是否应该给他写信。我是否还爱他。"

"爱,"富士子打断她,"你还不懂得爱。你——"

"我十八岁了,"初枝答道,"够大了。不要再把我当作小女孩。你必须明白:我已经长大了。"

富士子小心地取下眼镜,习惯性地擦了擦眼睛。"在火车上。"她说道,"那你的结论呢?"

"开始什么结论也没有，"初枝说道，"我想不出个头绪。脑子里的事情太多了，妈妈。而且我难过得没法思考。"

"那现在呢？"富士子说道，"你现在是怎么想的？"

"我和他已经结束了。"初枝说道，"我们从小就在一起，我们在海滩上玩，后来慢慢产生了更深厚的感情。但他不是适合我的丈夫，妈妈。我一直都知道。无论何时我们在一起，总仿佛有什么地方不对。我一直都知道，打心底里知道，那是错误的，我心里有这种感觉——感觉我既爱他，同时又不能爱他——我一直都很困惑，这种困惑从刚开始的时候就存在，每一天都存在。他是个好人，妈妈，你了解他的家庭，他真的是个好人。但这并不重要，是不是？我想告诉他一切都结束了，妈妈，但是我那时就要离开了……一切都那么迷茫，我没法把话说出来，而且，我并不真的清楚我的感觉。我很疑惑。有太多事情要考虑了。我需要将所有的事情都想清楚。"

"那么，现在想清楚了吗，初枝？一切都清楚了吗？"

女孩沉默了片刻。她用手捋了一下头发，任由发丝从指间落下，然后换另一只手。"清楚了。"她说道，"我必须告诉他。我必须结束那一切。"

富士子从女儿膝头拿起信，从中间将它一撕两半。"信你自己写吧，"她用日语说道，"告诉他所有的真相。让这一切成为过去。告诉他实情，然后过你的日子。忘了那个白人男孩。"

早上，寿美子被叮嘱千万不要将这段插曲泄露出去。她向母亲保证一定不说出去。富士子拿着初枝的信到了邮局，买好了邮票。她舔了舔信封封口，亲自将信封上，然后，出于一个突如其来的想法——纯粹是一种随性的想法——她将邮票倒贴在信封上，然后将信投入了邮筒。

宫本天道送五斗柜来的时候，富士子请他喝杯茶再走，而他一坐就坐了两个多小时；第二天晚上送饭桌来的时候也是；第三天晚上送椅子来时又是。到了第四天晚上,他来到她们门前,帽子捏在手里,问初枝是否愿意和他一起趁着星光去外面走走。这一次,初枝拒绝了,此后的三个星期都没再和他说话,不过,她也知道他文雅、英俊,是草莓农夫家的好小伙,毕竟,她不能这么为伊什梅尔·钱伯斯伤心一辈子。几个月后,当伊什梅尔化为她心中永远的痛,渐渐被埋藏在生活琐事之下时,她在食堂和宫本天道说话了,并坐在他旁边吃午饭。她欣赏他用餐时无可挑剔的仪态和他那亲切和煦的微笑。他温柔地和她说话,问及她的梦想,当她说她想在岛上拥有一个草莓农场时,他说他也有一模一样的梦想,并告诉她他家的七英亩地很快将转入他的名下。等战争结束了,他打算回到圣佩佐岛的家中种草莓。

当她第一次亲吻他的时候,她感觉到悲伤的利爪比以往更紧地攫住了她,他的嘴唇和伊什梅尔的是那么不一样。他身上散发着泥土的味道,他身体的力量远胜于她。她发现她在他双臂的拥抱中动弹不得,不由得气喘吁吁地挣扎。"你要温柔一些。"她轻轻地说道。"我尽量。"天道答道。

第十六章

一九四二年季夏,伊什梅尔·钱伯斯和其他七百五十名新募士兵一起在南卡罗莱纳州的帕里斯岛接受海军陆战队的训练。十月,他因高烧和痢疾在医院卧床了十一天。在此期间,他体重锐减,靠读《亚特兰大报》、和其他士兵下棋打发时间。他仰卧在床上,蜷起腿,脑袋枕在手上,听着收音机里关于战争的新闻,漫不经心、淡然地执迷于研究报纸上的军队调度图。他的胡须蓄六天,刮一次,然后再蓄。几乎每个下午他都在睡觉,醒来的时候刚好来得及感受夜幕的降临,看光线在他右边三张床开外的窗口渐渐消退。其他的士兵来来去去,他却留了下来。战斗中受伤的士兵被送来医院,但都安置在他无缘得去的另外两层楼上。他终日穿着T恤和内衣。落叶腐烂、雨打尘土以及犁过的田地的气味从窗户飘进来,他开始觉得躺在这离家几千英里远的地方,一个人孤零零地生病有一种奇怪的惬意。或许,这正是他过去的五个月里——自从收到初枝的信以来——一直都渴望的那种折磨。这样懒洋洋、昏昏沉沉地发着烧是那么舒适,何况,只要他不过多活动,不做无谓的努力,他可以一直这么过下去。他以病作茧,将自己缚在其中。

十月,他作为通信兵再次受训,被编入海军第二师,派往新西兰北岛某区集结待命。他们将他分在海军二团三营B连,他很快见到了曾在瓜达尔康奈尔作战的士兵,并顶替了一个在所罗门群岛中弹身亡的电报员的位置。一天晚上，一个叫吉姆·肯特的海军少尉回忆起之前那个电报员对一个裤子褪到脚踝处的已经死亡的日本士兵产生了兴趣。那个电报员，一个叫杰拉德·威利斯的士兵，将一块石头放在那个士兵的性器下面，使它竖起来，然后小心翼翼地卧倒在泥土里，用步枪射击，直到将它打下来。事后他很为自己感到自豪，并为此吹嘘了半个多小时，向别人描述那个士兵的性器开始的时候是什么样，掉在地上之后又是什么样。士兵威利斯两天后在巡逻的时候牺牲了，死在自己人的迫击炮下，是他自己要求开炮的，当时的指挥正是肯特少尉本人，他的指挥很英明。在那次战役中，他们排共有七人丧生。肯特自己藏在一个战壕里，看着一个叫威斯纳的士兵朝碉堡扔手榴弹却没有成功，就在那时，一阵机枪火力直攻威斯纳腰部，将他的内脏都打了出来。其中一块掉在肯特前臂上，青色的、新鲜发亮。

他们不停地进行训练，在海潮汹涌的霍克湾演练登陆。有士兵在训练中死去。伊什梅尔试图认真地对待演习，但他班里的老兵却是拖拖拉拉、吊儿郎当地应付，他们漫不经心的态度也影响了其他人。休假的时候，他和像他一样才参战的士兵一起去惠灵顿①喝麦芽酒——有时候也喝琴酒②，打台球。凌晨一点，喝得醉醺醺的他在烟雾弥漫的灯光下倚靠在手中的球杆上，另一个男孩在用球杆瞄准着小球，惠灵顿的乐队演奏着他不知道名字的舞曲，甚至在这样的时刻，伊什梅尔还是感到格外孤独。他对一切都麻木了，对喝酒、台球以及别人都不感兴趣；他喝得越醉，心里却越清醒，越觉得所有人都与他不相干。他不能理解他的同胞们的欢笑、轻松或其他一切。他们在这儿干什么，远离自己所熟悉的故土，在这异国他乡饮酒、叫嚣到凌晨一点；他们为了什么这样纵情狂欢？一天凌晨，四点三十，他冒着倾盆大雨，走回惠灵顿的旅店，重重

---

① 新西兰首都。
② 一种烈酒。

地倒在床上,拿起书写板给他父母写信。给他们写完之后,他又给初枝写了一封,然后他将两封信都拿起来,撕了,然后睡着了。撕碎的信有的塞在他大衣的口袋里,有的散落在地上。他就那样穿着鞋子睡着了,六点十五分醒来之后,便在走廊尽头的盥洗室吐了起来。

十一月的第一天,第二师开离惠灵顿,本打算重回霍克湾演练,但最后却到了法国海岛新卡冷多尼亚的努美阿。第十三天,伊什梅尔所在团登上了"海伍德"号,一艘运输船,同行的有第三舰队的一半多兵力——护卫舰、驱逐舰、轻装和重装巡洋舰和别的战舰——都朝着一个未知的目的地进发。上船后的第二天,他所在的连在甲板上集合,被告知他们正朝塔拉瓦环状珊瑚岛前进,他们将在贝提尔登岸,那是一个有重兵防守的岛屿。一位少校叼着烟斗站在他们面前,右肘托在左掌上。他解释说,作战方案是让海军摧毁这个地方——一个方圆不到两平方英里的珊瑚沙洲——然后登陆,扫清残余。他说,那个小日本的指挥官曾吹嘘贝提尔就算被一百万士兵来攻上一千年也不可能被攻下。上校将烟斗从嘴里拿出,坚定地宣布这个小日本指挥官的话极其可笑。他预计战斗顶多持续两天,海军不会有大的伤亡。

这事儿海军的枪炮就可以搞定,他重申,那是船上的大炮大显神威的绝佳位置。

十九日晚,一弯月牙从海上升起,舰队泊在离塔拉瓦七英里处。伊什梅尔和他喜欢的一个男孩,厄内斯特·特斯塔夫得——从特拉华州来的反坦克炮手——一起,在"海伍德"号乱糟糟的甲板上吃了最后一顿饭。他们吃了鸡蛋牛排、烤土豆,喝了咖啡,然后特斯塔夫得放下狼藉的餐盘,从口袋里摸出一叠纸和一支钢笔,开始给家里写信。

"你最好也写一封。"他对伊什梅尔说道,"要知道,这是你最后一次机会了。"

"最后一次机会?"伊什梅尔答道,"即便那样,我也没有谁可写。我——"

"世事难料,"特斯塔夫得说道,"为防万一——写一封吧。"

伊什梅尔下到舱内,拿出自己的信纸簿。他坐在顶甲板上,背靠着一根柱子,给初枝写信。从他坐的地方,他能看见二十多名其他士兵,全都在聚精会神地写信。夜已深沉,但还挺暖和的,士兵们衣领敞开、军服衬衣的袖子卷起,看上去都挺舒适的。伊什梅尔告诉初枝,他即将登上太平洋中心的一个岛屿,而他的任务就是去杀那些看上去和他相像的人——能杀多少就杀多少。她做何感想呢?他写道。那会给她什么感觉呢?他说他现在麻木得可怕,他没有任何别的感觉,只盼着尽可能多杀日本鬼子,他恨他们,想要他们死——全死光,他写道;他恨他们。他向她解释他的仇恨的本质,告诉她,她比世界上任何人都更应该为这种仇恨负责。事实上,此刻他恨她。他不想恨她,但既然这是最后一封信,他势必要将真相完完全全地告诉她——他心中的每一个角落充满了对她的恨,他写道,他觉得以这种方式写出来也不失为一件好事。"我全心全意地恨你,"他写道,"我恨你,初枝,永远恨你。"写到那里时,他将那一页纸撕下来,揉成一团,扔进了海里。它漂在水面上,他盯着看了几秒,随后将那叠信纸也扔了出去。

凌晨三点二十分,伊什梅尔完全醒来,躺在铺位上,听到有人在发布命令:"全体海军士兵到甲板上的下船位置集合!"他坐起来,看着厄内斯特·特斯塔夫得系靴上的鞋带,然后自己也开始系,中间停下来喝了一口军用水壶里的水。"嘴巴干,"他对厄内斯特说道,"你想在死之前喝点吗?"

"系好鞋带,"厄内斯特说道,"上甲板。"

他们上到甲板上,拖着自己的装备,伊什梅尔现在感觉已经完全醒了。海伍德号的甲板上已经有三百多人了,他们或蹲或跪,摸黑整理着自己的装备——板条箱、水壶、挖战壕的工具、防毒面具、子弹带、钢盔。还没有交火,所以感觉不那么像战争——倒像是在热带海域进行的又一次噩梦般的演练。伊什梅尔听到登陆艇垂下时吊艇滑车的轮槽发出的声音；然后士兵开始登艇，背上背着包裹，头盔用皮带系紧，顺着吊网攀援而下，然后看准下面摇摆不定的小船，纵身一跳。

伊什梅尔看着六个海军医务兵忙着打包战地医疗器械，整理担架。这是他在演练中没有见过的，他指给特斯塔夫得看，他耸了耸肩，接着去数对付坦克的弹药。伊什梅尔打开他的无线电，戴着耳机听了一会儿里面的噪音，然后关掉，在那里等着。他不想太早就将它背起来，还没轮到他爬吊网下去，背着它站在那里太沉了。他坐在自己的装备旁，睨望着大海，试图分辨出贝提尔岛，但那个小岛现在还看不见。半小时前从"海伍德"号上放下去的登陆艇看上去就像水面上的一个黑点——伊什梅尔数了数，有三十多艘。

来自圣安东尼奥的海军中尉佩弗尔曼在顶甲板上对三排的三个班简单介绍了情况，详细说明了在整体作战部署中B连的作用。他面前放着一个用三块方形橡胶组成的小岛地形模型，借助指示器，他开始说明小岛的地形特点，他说得毫无激情。两栖战车，他说，将冲在最前面，然后是登陆艇。会有空中掩护——俯冲式炸弹、悍妇式战机的猛烈扫射和从伊利斯群岛调来的B-24轰炸机，配合发动攻击。B连将在一个叫红二号沙滩的地方登陆，他说，迫击炮部队将全权由普拉特少尉指挥，以期建立火力基地。二排将同时从普拉特的右侧跟进，在它的轻型机关枪的掩护下越过防海堤，占领高地，然后向内陆推进。在红二号沙滩的正南方有掩体和碉堡，佩弗尔曼中尉说道，海军情报中心甚至认为小日本指挥官的碉堡或许也在这片区域，可能就在飞机场的东头。二排要找到它，并为紧跟其后的爆破队确定爆破位置。三排——伊什梅尔所在排——登陆沙滩，跟进，或者听从贝娄斯少尉的调遣，支援任何一支取得实质性进展的部队。该排有望得到K连的支持，他们将与主力部队和一个重机枪排一起紧跟在三排后面。他们将乘坐更多的两栖战车登陆，那东西能用来对付防海堤；理论上说，佩弗尔曼中尉说道，他们会跟在第一波步枪士兵后面迅速而有力地推进。"也就是说，先去的都是送死的。"三排有人刻薄地说了句,但没有人笑。佩弗尔曼仍然机械地介绍着作战部署:步枪排,他说道,将谨慎但坚定地推进,增援兵力作为第二波跟进,指挥部和供给部队作为第三波,然后是更多的步兵连、更多的指挥部和供给部队,直到滩头被完全占领。然后,佩弗尔曼中尉手叉在腰带上,叫上了一个叫托马斯的随军牧师,带他们背诵《圣经》第二十三首赞美诗,并一起高唱《基督恩友歌》。唱完之后,甲板上的每个人都陷入了沉默之中,牧师号召大家去思考他们和上帝、基督之间的关系。"很好,"黑暗中有个士兵说道,"但是,瞧,我是个无神论者,牧师,战争和炮灰中没有无神论者,可我是个例外,我就是个该死的无神论者,到死都是!"

"随你的便吧。"托马斯牧师平静地应道,"愿上帝同样保佑你,我的朋友。"

伊什梅尔开始好奇,一旦他登上海滩,这些能怎么指引他呢?他认认真真地听着佩弗尔曼的话,却不明白他的话和他登上贝提尔之后步子该往哪边迈之间有什么关系。他为什么要去那里?去干什么?牧师正在分发幸运糖果和一卷卷的军用卫生纸,伊什梅尔每样各拿了一个,因为其他人都是这么做的。牧师——腰带上系着一把45口径的柯尔特式自动手枪——劝他多拿几颗糖果——"是好东西。"他说,"拿吧。"是薄荷糖,伊什梅尔剥了一颗放进嘴里,然后将无线电在背上绑好,站了起来。他全套装备的总重量,他估计,有八十五磅多。

身负重物爬下吊网并不容易,好在伊什梅尔经过演练,已经学会了怎么让自己放松。爬到一半的时候他将薄荷糖吐掉,俯身看着水面。一声呼啸在耳边响起,分秒间便越来越响,他转身去看,就在那时,一颗炮弹栽进了离船尾大约七十五英尺的海里。溅起的海水向小船砸过来,弄得船上的士兵一身的水;一片绿色的磷光照亮黑暗。伊什梅尔旁边的小伙儿,一名从内华达州的卡森市来的二等兵吉姆·哈维低声骂了两句,然后靠回吊网。"该死,"他骂道,"一颗炮弹。真他妈不敢相信。"

"我也是。"伊什梅尔说道。

"我还以为他们已经把那里的敌军都他妈的打得溃不成军了呢,"吉姆·哈维抱怨道,"还以为在我们去之前所有的重型大炮都已经被摧毁了呢。去他的耶稣基督。"他补了句。

"那些老爷还在从伊利斯岛来的路上吧,"沃尔特·贝内特在下面说道,"在我们到达沙滩之前,他们会用'雏菊切刀'①把那些小日本都灭了的。"

"屁话。"另一个声音说道,"根本不会有什么'雏菊切刀'来。沃尔特,你小子是白日做梦。"

"小日本的炮弹,该死。"吉姆·哈维说道,"让它见鬼去吧,我——"

但是另一颗炮弹呼啸而至,落入他们前面百码远的水域,炸起巨大的浪花。

"该死的!"二等兵哈维嚷道,"我还以为他们已经把那群混蛋打趴下了,我们只需要过去打扫战场呢!"

"那群笨蛋,慢手慢脚的,"一个叫拉里·杰克逊的小伙儿平静地解释道,"打趴下之类的话根本就是扯淡。他们把什么事都弄砸了,现在我们都要上去了,该死的小日本的火力还这么强。"

"耶稣,"吉姆·哈维说道,"我真是不敢相信。这到底是怎么回事儿?"

三排士兵都上了船后,登陆艇继续前进。伊什梅尔能听到水面传来的炮弹呼啸声现在渐渐远了。他低低地坐在船只在努美阿维修期间临时装上的胶合板船缘下。沉重的装备压得他直不起身来,头盔滑到了眉毛处。他能听到吉姆·哈维还在很乐观地喋喋不休:"那些笨蛋已经打了他们几天了,是吗?那里应该只剩下沙子和小日本被炸得稀巴烂的尸体了。刚才大家都听到了,是这么说的。马德森在广播里说的,布莱索当

---

① 一种巨型炸弹的绰号。

时和他就在一个房间里,不是胡说的,他们已经……"

结果,和预计的正好相反,大海浪高潮急,汹涌澎湃。伊什梅尔经不起大海的颠簸,不得不依赖晕海宁。他从腰间解下水壶,用水吞下两片,松开头盔的带子,越过胶合板船缘望着船外。身下的船摇摆不定,他看见他们的船和左边紧挨着的其他三艘登陆艇一起前进着。他能看见旁边那艘艇里的人;其中一个点着了一根香烟,虽然那个士兵试图用手掌挡着,但烟头的光亮清晰可见。伊什梅尔缩回来靠在装备上,闭着眼睛,用手指堵着耳朵。试着不去想眼前这一切。

三小时后,他们抵达贝提尔近海处。七点三十分,队形排好后,他们开始坚定地前进,海浪不时地越过船缘,船上每个人浑身都湿透了。小岛如地平线上的一条黑线,出现在视线内。伊什梅尔站起来活动活动腿。贝提尔那边炮火连天,他旁边一个戴了防水手表的人试图测算岛上主力舰炮弹齐发的时间。另外一边的两个人则在抱怨一个叫阿德米拉尔·希尔的管事的人把他们进攻的时间定在白天,让他们没法借着夜色的掩护。他们能看见海军火力正猛——巨浪之间黑烟从小岛上升起——这对三排的士气开始产生了积极影响。"那些混蛋会一个不剩的,"二等兵哈维断言,"这些五英寸口径的巨炮就够他们受的了。它们会把他们炸得屁滚尿流的。"

十五分钟后,他们顺着水流到达塔拉瓦咸水湖湖口。他们超过了两艘驱逐舰——"达希尔"号和"林戈尔德"号,两舰都在靠近海滩的海浪中开炮,炮声震耳欲聋,那声音比伊什梅尔听过的任何声音都响。他系紧帽带,并决定不再朝船缘外张望。他抬头看了一下,看见前面远处有三辆两栖战车上了岸。它们都遭到了机关枪的猛烈攻击,一辆掉进了一个弹坑,另一辆被火力击中停了下来。根本没有俯冲式炸弹,B-24型轰炸机也没出现。最明智的做法就是趴下,系紧头盔带子,避开火力攻击。伊什梅尔稀里糊涂地陷入了小男孩们梦寐以求的激战关头。他要攻占一个海滩,他是一个海军通信兵,但他觉得自己大便都快拉裤子里了。他能感觉到自己的直肠在收缩。

"见鬼,"吉姆·哈维在说,"见鬼,这些混蛋,脑袋净是屎的家伙,可恶,这可不行!"

他们的班长,来自加利福尼亚州伊利卡的瑞奇·欣克尔——他在新西兰将伊什梅尔训练成了一个优秀的下棋搭档——是他们之中第一个牺牲的。登陆艇突然在一块暗礁上搁浅了——他们离海滩还有五百多码的距离——士兵们坐在那里面面相觑了三十几秒,机关枪的火力在登陆艇右舷呼啸。"还会有大家伙来的。"欣克尔大声喊道,"我们最好离开这见鬼的地方。离开这里!离开!我们走吧!""你先走。"有人答道。

欣克尔跨过胶合板船缘,跳进了水里。大家开始跟着他,伊什梅尔·钱伯斯也是。他正费力地将他八十五磅重的装备弄过船舷时,欣克尔面部中弹,倒了下去,然后跟在他后面的那个人也被击中了,脑袋顶被打飞了。伊什梅尔将他的装备扔进大海,自己也紧跟着跳进了水里,他在水下待了尽可能长的时间,只偶尔浮出水面透一口气——他能看见小型武器的火光在岸边闪烁——然后又深扎进水里。等他再浮上来时,他看见大家——运输兵、爆破兵、机枪手、所有人——都纷纷将东西扔进水里,然后像伊什梅尔一样潜在水里。

他和其他几十个海军士兵一起游回登陆艇的后面。海军艇长还站在那里,骂骂咧咧,一边前后来回按压着油门,想让登陆艇从暗礁上脱身。贝娄斯少尉对船上不愿下船的士兵大声嚷嚷着。"浑蛋,贝娄斯!"有个人一直说着。"你先上啊!"另一个人叫道。伊什梅尔听出来那是二等兵哈维的声音,他现在有点儿歇斯底里了。

登陆艇遭受到了更多的火力攻击,躲在它后面的那群士兵开始朝岸边转移。伊什梅尔处在那群人中间的位置,压低着身体游过去,试图将自己想象成一具漂浮在贝提尔湖口的毫无威胁的士兵尸体,一具被潮水冲上去的尸体。他们已经到了水只有齐胸高的地方了,有些人还将步枪举过头顶,不停地有人倒在已经被先前牺牲的人的血染红的海水里。伊什梅尔看着他们摇摇晃晃倒下去，看见机关枪的火力抽打着水面，将自己的身体又压低了一点儿。在他前面的浅滩处，二等兵纽兰德站起来跑向防海堤，然后另一个他不认识的人也朝那边跑去，被子弹击中，倒在浪花中，然后第三个人又朝那边跑去。第四个人，艾瑞克·布里德索被打中了膝盖，倒在浅滩上。伊什梅尔停下来，看着第五、第六个人也中弹了，他前面的人都在往那边跑，他也做好准备，从水中冲了出来。他们三个毫发无损地跑到了防海堤，缩在椰子树原木后面看着艾瑞克·布里德索；他的膝盖已经被打掉了。

伊什梅尔看着艾瑞克·布里德索流着血，像是快死了。他倒在五十码外的海水里用微弱的声音求救。"哦，混蛋，"他说道，"救救我，伙计，快点，伙计，快来救救我，求你们了。"艾瑞克和厄内斯特·特斯塔夫得一起在德拉瓦尔长大；在惠灵顿的时候经常在一起喝得醉醺醺的。罗伯特·纽兰德想跑出去救他，但贝娄斯少尉将他拉了回来；没用的，贝娄斯指出，敌人火力太猛了，那么做只会弄得两个人都活不了，每个人都不吭声地表示同意。伊什梅尔靠着防海堤站直了一点儿；他不打算再跑到海滩上去救受了伤的人，虽然他心里也有点儿想那么做。他能怎么样呢？他的装备已经沉入湖口了。他甚至不能给艾瑞克·布里德索一条绷带，更别提救他的命了。他坐在那里，看着艾瑞克在海水里翻转，脸朝向太阳。他的腿部分浸在水里，但伊什梅尔能清楚地看到其中一条已经断掉，随着波浪漂动着。在伊什梅尔缩在防海堤后面的时候，那男孩因失血过多而死亡，他的那条腿随着海浪漂到了几英尺外的地方。

十点钟，他还在那里，没有武器，也没事可做，和几百个上了岸的、受了伤的士兵一起盘坐在那里。海滩上牺牲的士兵多了许多，受伤的也多了许多，防海堤后面的人试图不去听他们的呻吟和呼救。然后J连的一个中士，似乎不知道是从哪儿冒出来的，突然站到了防海堤的上面，嘴角叼着一根香烟，骂他们是"一群胆小如鼠的人"。他毫不留情地斥责他们，痛骂个不停，说他们就是"等这个战役打完后都应该狠狠教训一通的懦夫"，"为了自己的小命，只知道让别人去冲锋陷阵"，"根本不算个男人"，等等，下面的人都求他隐蔽起来，小心丢了性命。他不肯，结果被一颗炮弹炸飞了。中士甚至没时间表示惊讶，就面朝下扑倒在沙滩上。没人再说什么了。

一辆两栖战车终于在防海堤上弄开了一个缺口，几个士兵开始从那里通过，立刻全部阵亡。伊什梅尔被招去帮忙将一辆油驳弃置在贝提尔、陷入沙里的半履带式装甲车挖出来。他跪在地上用挖壕沟的工具挖，他旁边的那个人倒在沙滩上昏了过去，头盔滑到了脸上。K连的一个通信兵在防海堤旁打开无线电装备，正冲着里面大声呼叫着，但他抱怨说，近海处战舰炮火齐鸣，他连噪音都听不到，根本联系不上任何人。

到了下午，伊什梅尔意识到，从海滩迎面吹来的甜丝丝的气味是死去海军士兵的气味。他呕吐了，然后喝掉了水壶里最后一口水。就他所知，他那个班已经没别的人还活着了。过去的三个多小时里，他没看到他们中的任何一个，但一队运输兵带着补给来了防海堤这边，他拿到了一支卡宾枪、一包子弹和一把刀。他解开头盔系带，坐在防海堤下，擦拭着那支卡宾枪——里面净是沙子——在当时的情形下尽可能地清理着它。他就那样坐在那里，手里拿着扳机触发器，拉着衣服一角擦拭着，新一拨的两栖战车登上了沙滩，遭到了迫击炮的轰击。伊什梅尔饶有兴趣地看了他们一会儿，士兵们冲出来，然后倒在沙滩上——有的牺牲了，有的受伤了，有的边跑边尖叫着。他低下头，不愿再看，继续清理自己的卡宾枪。四小时后，夜色降临，他还在那里，蜷在同一个地方，手里拿着卡宾枪，砍刀插在挂在腰带上的刀鞘里。

一个上校带着随从来到海滩，督促军士和下级军官重整各班。晚上九点，他说——离现在不到二十分钟了——这儿的每个人都必须冲出去；任何滞留不前的人都将依军法处置；是时候像个真正的海军一样冲锋陷阵了，他补充道。上校继续向前走，K连的迪欧珀少尉问伊什梅尔他是哪个班的,他这么一个人在防海堤这样挖是想干什么。伊什梅尔解释说他的装备在越过登陆艇船缘的时候丢了,他旁边的人不是牺牲了就是受伤了;他不知道班里其他人都在哪里。迪欧珀少尉不耐烦地听了,然后让伊什梅尔在防海堤边挑个人出来,然后又让他挑了一个,然后又挑了几个,直到加上他自己足以组成一个班,然后让他去弗里曼上校在那辆被埋在沙里的半履带式装甲车旁边临时设立的指挥所报告。他说他没时间废话。

伊什梅尔向二十几个小伙解释了情况,才召集了一个班。有个士兵让他滚一边去;另一个说腿受伤了动不了;还有一个说一会儿就来却一直没有动。突然有枪声从水面传来,伊什梅尔推测有一个小日本的狙击手泅水出来,正在用湖口一辆被摧毁的两栖战车里的机关枪朝这边开火。防海堤已经不安全了。

他压低身子沿着防海堤一直走下去,一边快速地和人们说上一两句,最后,他遇上了厄内斯特·特斯塔夫得,他正趴在椰子树原木上开枪还击呢,他枪举得高高的,头压得低低的。"嗨,"伊什梅尔说道,"感谢上帝。"

"钱伯斯,"厄内斯特说道,"去他的耶稣基督。"

"大家伙儿都在哪儿?"伊什梅尔问道,"杰克逊和其他人怎么样了?"

"我看见杰克逊中枪了,"厄内斯特答道,"爆破和排雷班的那些人上岸的时候全被打死了。还有沃尔特。"他补充道,"还有吉姆·哈维。还有海基斯那个家伙。我看见他倒下去。还有姆瑞和博林,也中枪了。他们在水里就都中枪了。"

"欣克尔也是,"伊什梅尔说道,"还有艾瑞克·布里德索——他的腿被炸断了。还有费兹——他是上岸之后牺牲的,我看见他倒下去。贝娄斯没死,但我不知道他在哪儿。还有纽兰德。那些家伙都在哪儿呢?"

厄内斯特·特斯塔夫得没有回答。他拽了一下头盔的系带，放下手里的卡宾枪。"布里德索？"他说道，"你确定？"

伊什梅尔点点头。"他牺牲了。"

"腿炸断了？"厄内斯特追问道。

伊什梅尔背靠着防海堤坐了下去。他不想再谈论艾瑞克·布里德索，也不想再想起他死时的情景。很难说在这样的时候谈论这些有什么用。很明显，没有任何意义。从登陆艇在珊瑚礁上搁浅之后所发生的一切他都不愿去想起。他发现自己现在似乎陷入了某种湿漉漉的梦境，梦里的事反复重演。他在防海堤旁挖掘，过一会儿发现自己又在那里，过了一会儿又发现自己还在防海堤下挖着。有时候情景一闪，他能看清自己手里的具体细节。他又累又渴，发现自己根本不能集中精神，他体内的肾上腺素正在耗尽。他想活下去，他现在只知道这一点，别的什么都不清楚。他想不起来自己来这里的原因——他为什么会入伍，参加海军来这里作战，这到底有什么意义。"是的，"他说，"布里德索死了。"

"见鬼。"厄内斯特·特斯塔夫得骂道。他踢了两下防海堤里的第一条原木，然后又踢了第三下、第四下。伊什梅尔·钱伯斯转过身。

晚上九点，他们和其他三百人一起越过防海堤。他们遇到了正前方饱经摧残的棕榈树林中迫击炮和机关枪的攻击。伊什梅尔没看见厄内斯特·特斯塔夫得中枪；他是后来才知道的，通过问别人才知道，厄内斯特的头部被炸出了一个像男人拳头大小的洞。伊什梅尔自己左臂也中枪了，正中二头肌中央。子弹穿过时肌肉被扯伤——只是一颗南部[①]机关枪射出的子弹——骨头碎成了上百块，刺进了他胳膊上的神经、血管和肌肉里。

九小时后，他醒过来，发现两个医务人员跪在他旁边的那个男人身边，那人似乎是被击中了头部，脑浆从头盔下流出来。伊什梅尔在那个

---

① 二战时期日军使用的一种枪炮。

死人后面接受手术,他服过镇痛剂,还有他腰间的医疗箱中有一卷纱布。他将胳膊包了起来,靠身体的重量压住止血。"好了,"一个医务人员告诉伊什梅尔,"我们的担架队正朝这边来。沙滩安全了。一切都好了。我们会用船把你运走的。"

"该死的小日本。"伊什梅尔说道。

之后他便躺在离贝提尔七英里远的大海上不知道哪艘船的甲板上,一排排伤员中间躺着的一个小伙儿,他左边担架上的一个小伙儿则因子弹穿透了他的肾而死去了。另一边是个长着龅牙的小伙儿,他的大腿处被子弹打中,血染红了他的卡其裤子。那个小伙儿没法说话,弓着背躺在那里,急促微弱地呼吸着,每隔几秒便机械地呻吟一声。伊什梅尔问他是否还好,但他只是接着呻吟。十分钟后,就在救护人员过来抬他去做手术之前,他死掉了。

在船上的一个手术台上,伊什梅尔失去了他的手臂,给他截肢的军医从业生涯中只做过四台手术,都是在过去几个小时里做的。那位军医用一把手锯锯平骨头,但截肢处却不平整,所以伤口比通常愈合得慢,留下的伤疤也又厚又粗糙。伊什梅尔没有全身麻醉,醒来时看见自己的手臂被丢在角落里一堆染血的衣物上。十年后,他还会梦到那一幕,他自己的手指紧握着朝向墙壁,他的胳膊看起来那么苍白渺远,不过他还是认出了那就是他的胳膊,成了地上的一段垃圾。有人注意到他一直盯着它,便吩咐了一声,于是那截手臂被卷在一条毛巾里,扔进了一个帆布的垃圾篓。另一个人又给他打了一针麻醉剂,伊什梅尔逢人便说"小日本……该死的小日本……"但他不知道该如何说完这句话,他不太清楚自己想说什么,"该死的小日本"是所有他能想到要说的。

第十七章

庭审第一天下午二时,大雪覆盖了岛上所有道路。一辆轿车轮胎打滑,悄无声息地打起了旋,直转了九十度才刹住,滑停时一只车头灯撞向皮特森杂货店的门。奇迹般地,有人恰巧在那一刻拉开了门,轿车和杂货店都躲过一劫。友睦港小学后面,一个七岁女孩弯腰团雪球,被一个用硬纸板从山上滑雪下来的男孩从后面猛地一撞,摔断了右臂——青枝骨折。校长艾瑞克·卡尔森给她肩头裹了床毯子,安顿她坐在一个蒸汽暖气片旁,才跑出去发动车子。然后,透过车用除霜器在结冰的挡风玻璃上化开的些许月牙形窥视路面,战战兢兢地开车下第一山送她去镇上。

在米尔伦路上,快艇码头的拉森太太将她丈夫的德索图开到了水沟里。阿恩·斯托巴德的柴火炉烧得过旺,导致烟囱着火。一个邻居打电话给志愿消防队,但水泵车在印第安球形山路上打滑,司机艾德加·珀尔森不得不停下来给轮胎装防滑链。这期间,阿恩·斯托巴德烟囱里的火已经烧尽了。消防员终于赶到时,他向他们表示,他很高兴这下烟囱里的杂酚油都烧净了。

三点,五辆校车驶离友睦港,雨刮器刮去挡风玻璃上结的冰,车头灯照进雪幕中。步行回家的中学生们互相扔着雪球;往南海滩去的那辆刚过中央谷就滑下了路肩。学生们从车里爬出,在跟在后面的司机片山乔尼的护送下,冒着暴雪走回家。每个小孩快到家的时候,乔尼都递给他们半条薄荷口香糖。

那天下午,一个男孩滑雪橇时撞到一棵香杉树上摔坏了脚踝。他不太懂得怎么让那东西转弯,那棵树突然就到他面前了。他应该伸脚出去挡住的。

一位退休老牙医,老凯布尔医生在去柴火棚的路上重重地滑了一跤。摔下去的时候尾骨什么地方扭到了,疼得在雪地里像婴儿一样缩成一团。过了一会儿才慢慢地爬起来,一瘸一瘸地回到屋里,龇牙咧嘴地向妻子报告说自己受伤了。莎拉将他安置在沙发上,给他焐了个热水瓶,他吃了两粒阿司匹林后就在沙发上睡着了。

两个少年在杰弗逊港港口比赛扔雪球。他们的目标,先是系船浮筒,然后是邻近码头的木桩。其中一个少年,旦·丹尼尔的儿子斯科特,来了个三步助跑,把雪球扔进了海域,人也跟着栽进了咸水中。他不到五秒钟就爬上了岸,衣服上直冒寒气。他穿过雪幕,飞奔回家,头发结冰,如丛生植物簇立。

圣佩佐岛的居民奔向皮特森杂货店,将货架上的罐装食品一扫而空。他们的鞋靴将雪花带进商店,致使店内的伙计厄尔·坎普整个下午都停不了手,拿着拖把和手巾跟在他们身后清理。伊纳·皮特森从货架上拿了一箱子盐,尽数撒在门口。尽管如此,还是有两位顾客滑倒。伊纳决定免费向顾客提供咖啡,并吩咐收银员杰西卡·波特——一个笑容可掬的二十二岁年轻人——站在一张折叠桌边专门负责此事。

在菲斯克五金店,圣佩佐岛的居民买铲雪锹、蜡烛、煤油、火柴、衬里手套和手电电池。三点时,托格森兄弟售完了库存的所有轮胎防滑链,还有大部分的冰刮片和防冻剂。汤姆用他新喷过漆的两吨级救险车将陷进沟里的汽车拉出来,戴夫卖煤油、电池和汽车润滑油,建议顾客回家去,待着别出门。很多岛民站到里面去听,戴夫给他们的车加油,为他们的轮胎装防滑链条,一边对未来天气做出严峻判断。"连下三天,"他说,"大家最好有所准备。"

到三点时,香杉树的枝桠被积雪压低,一阵风吹过,雪花纷纷摇落。圣佩佐岛上的草莓田成了一片白色的原野,像沙漠般平整无瑕。各类生物的声音都变得细微了,细微到如同静止了一般——连海鸥都噤声了。只剩下风声、海浪摔碎的声音和海水从沙滩上退却的声音。

圣佩佐岛处处笼罩着肃杀之气,还有一种紧张的期待。既然十二月风暴拉开了序幕,谁知道会发生什么呢?这些岛民的家也许很快会被洪流淹没,海边小木屋会只剩斜顶露在外面,大点的房子也只看得到上层。风刮得厉害的话或许还会断电,让他们陷入黑暗。卫生间马桶冲不了,井里的水泵抽不上水来,他们将凑在火炉和灯笼旁过日子。但另一方面,暴风雪也可能意味着短暂的放松,一个快乐的冬季假期。学校停课,道路封阻,没人需要工作。家人可以吃一顿丰盛的晚早餐,然后穿上雪天的衣服出门,心知有个温暖舒适的家在等他们回来。烟从烟囱里盘旋升起;傍晚时分屋里亮起灯。歪扭的雪人如哨兵一样立在院中。食物充足,万事无虞。

不过,那些在岛上住得久的人知道,这场暴雪的结果不可预期。它可能像以前有过的暴雪一样,让他们遭罪,甚至导致死亡——也可能在今晚的星光下渐趋平息,给孩子们带来银装素裹的快乐。谁知道呢?谁能预料得到呢?即便是灾难,也只能听天由命了,他们对自己说。做该做的。剩下的,一如四面环绕的咸水——它依然故我地汹涌澎湃,将雪花吞没,不费吹灰之力——不受他们的掌控,不受。

下午的休庭结束后,阿尔文·胡克斯重新传唤阿尔特·莫兰出庭。这位警察治安官离开了两个半小时,去联系消防队,召集他的助手们,都是些危急时刻能指望得上的志愿者。他们的角色一般是在草莓节上或者其他公众场合下维持秩序;现在,根据他们家的位置和各自所干的行当,他们分片区地帮助那些被困在路上的人。

那天第二次站在证人席上时,阿尔特有点儿心烦意乱。他现在满脑子想的都是这场暴雪。他明白阿尔文的案子需要他再次出庭,但他心里却并不乐意。在十五分钟的休庭时间里,他刚吃了一份三明治,坐在阿尔文的办公室里,膝头铺开一张蜡纸,办公桌边上放着一个苹果。胡克斯提醒过他在陈述情况时要注意方法,要注意那些在他看来也许不相关的小细节。现在,站在证人席上,他紧了紧领带,又检查了一下嘴角有没有面包屑,等得有些不耐烦。阿尔文正在请求法官接受四段绳子作为证物。"莫兰治安官,"胡克斯终于说道,"我手里有四根渔民用作缆绳的那种绳子。可以请你认一下吗?"

阿尔特将那几根绳子拿在手里,做出认真看的样子。"我看好了。"过了一会儿他说道。

"你认得它们吗?"

"是的,我认得。"

"在你的报告中你提到过这几根缆绳吗,莫兰治安官?它们就是你在报告中提到的那四根?"

"是的,没错。这就是我在我的报告里提到过的那些,胡克斯先生。就是这几根。"

法官接受这些绳子作为物证,艾德·索姆斯给每根绳子都加了个标签。阿尔文·胡克斯将它们放回阿尔特手上,请他说明他是在哪里发现它们的。

"哦,"治安官答道,"这里这根,标着'A'的这根,是从被告船上找到的。是从左舷的系缆桩上取下来的,确切地说,是从船尾算第三根系缆桩。它和他其他的缆绳是一样的,瞧见了吗?它和所有的缆绳都是一样的,除了靠左舷从船尾算第二根系缆桩上的。就是这儿这根,上面标着'B'——那根是新的,胡克斯先生,而其他的都是用旧了的。它们都是三股的马尼拉麻绳,一端系着帆脚索,并且都用得很旧了。那就是宫本先生的系缆绳——都系着帆脚索,用得很旧,只有这根除外。

它也系着帆脚索,却是崭新的。"

"那么另外两根呢?"阿尔文·胡克斯问道,"你在哪里发现它们的呢,治安官?"

"我在卡尔·海因的船上发现的,胡克斯先生。这儿这根——标着'C'的这根,"——治安官拿起那根绳子给陪审团成员看——"和我在死者海因先生的船上看到的其他系缆绳一模一样。你们瞧,这是一根三股的马尼拉绳,很新,末端结着花哨的环——手工编制的。胡克斯先生。大家都知道卡尔·海因很会做这个。他所有的系缆绳都结着这种环,没有一个系帆脚索的。"

"你手上的第四根绳子呢,"阿尔文追问道,"你是在哪儿找到它的呢,治安官?"

"也是在卡尔·海因的船上找到的,但它和其他系缆绳不匹配。是在船的右舷发现的,在从船尾算第二个系缆桩上。奇怪的是,它和我在被告船上发现的绳子是一样的。很旧,并且跟我给你们看过的另外那条系缆绳一样,也系着帆脚索。它们看起来非常相似,显然是一套的。新旧程度也一样。"

"这根绳子看上去像被告船上的?"

"没错。"

"但你是在死者船上发现它的?"

"是的。"

"在右舷、从船尾算第二个系缆桩上。"

"是。"

"而被告船上的左舷有一根新绳子,也是从船尾算第二个系缆桩上,我说得对吗,治安官?"

"是的,胡克斯先生。那儿有一根新的系缆绳。"

"治安官,"阿尔文·胡克斯问道,"如果被告靠上卡尔·海因的船,刚才提到的两个桩会用缆绳绑在一起吗?"

214

"当然绑在一起。而且如果他——那边的宫本——是匆忙撇开死者的船的话,他可能会落下一根缆绳系在那第二个桩上。"

"我明白了,"阿尔文·胡克斯说道,"你的推论是他掉落了一根缆绳,所以换了一根新的——也就是你手里拿着的证物 B——他回到码头后就换了。"

"是的,"阿尔特·莫兰说道,"一点儿没错。他靠上过卡尔的船,并落了根缆绳在他船上。在我看来情况非常清楚。"

"但是治安官,"阿尔文·胡克斯问道,"最初是什么引导你去调查被告的呢?你为什么会想到去查看他的船,并注意到像一条新缆绳这样的细节的呢?"

阿尔特回答说因为要调查卡尔·海因的死因,他——很自然地——去问过卡尔的亲戚。他先去找了埃塔·海因,他说,向她解释即便是捕鱼事故,也还是要进行正式的调查。卡尔有什么对头吗?

见过埃塔之后,他说,奥莱·乔金森这条线索就很清晰了,离开奥莱之后,他就去了卢·菲尔丁的办公室:阿尔特需要一张搜查令。他要搜查宫本天道的船,"海岛人"号,趁它还没有离开码头去鲑鱼水域。

第十八章

十六日傍晚五点零五分,阿尔特·莫兰敲门求见卢·菲尔丁法官时,来开门的是他的法警艾德·索姆斯。他穿着大衣,手里拿着午餐盒;他解释说他正要出门;法官还在伏案办公。

"是关于卡尔·海因的事吗?"艾德问。

"我猜你听说了,"治安官答道,"但是,不,这次不是关于他的。如果你去咖啡馆乱说的话,你知道会怎么样吗?你会犯错误的,艾德。"

"我不是那种人,"法警答道,"别人也许是,但我不是。"

"你当然不是。"阿尔特·莫兰说。

法警敲了敲法官办公室的门,然后推门进去,禀报说治安官来了,有事想和他私下里谈。"好吧,"法官应道,"让他进来。"

法警为阿尔特·莫兰打开门,站在一边让他进去。"晚安,法官大人,"他说道,"明早见。"

"晚安,艾德。"法官答道,"出去的时候请锁上门好吗?治安官先生是我今天的最后一位来访者。"

"好的。"艾德·索姆斯说着关上了门。

治安官坐下来,调整了一下腿。他将帽子放在地板上。法官耐心地等着,直到听见锁咔嗒一声,才首次直视着治安官的眼睛。"卡尔·海因。"他说。

"卡尔·海因。"治安官答道。

卢·菲尔丁放下钢笔。"一个有老婆和孩子的男人。"他说。

"我知道,"阿尔特答道,"我今天上午已经将这件事告诉了苏珊·玛丽。上帝保佑。"他沉痛地加了句。

卢·菲尔丁点点头。他愁眉苦脸地坐在那里,胳膊肘撑在案头,双手托着下巴。他看上去永远一副似睡非睡的模样;他的眼睛酷似矮脚猎犬的眼睛。脸颊和前额布满皱纹,状如沟壑;灰白的眉毛浓密一似丛生植物。阿尔特还记得他身手灵活一些的时候,记得他在草莓节上掷马蹄铁的样子。法官他穿着背带裤,撸着袖子,眯着眼睛,半弓着腰。

"她怎么样?"法官问,"苏珊·玛丽。"

"不好。"阿尔特·莫兰答道。

卢·菲尔丁看着他,等他说下去。阿尔特拾起帽子,放在膝上,抚弄着帽檐。"不过,我过来是想让你签署一张搜查令。我想去搜查宫本天道的船,或许还有他家——我还不确定。"

"宫本天道,"法官说道,"你要找什么?"

"嗯,"治安官欠了欠身答道,"我有一些考虑,法官大人。一共五点。第一,有人告诉我宫本昨天晚上事发时和卡尔在同一水域作业。第二,埃塔说宫本和她儿子早就有过节——老矛盾,土地纠纷。第三,我在卡尔的船上发现一条别人留下的缆绳,系在一个缆桩上;那人似乎上过船,所以我想去看看宫本的缆绳。第四,奥莱·乔金森说卡尔和宫本近期都为买他的地的事去找过他,奥莱卖给了卡尔。据奥莱说,宫本离开的时候非常生气。说他要找卡尔谈谈。嗯,也许他是找了。在海上。然后事情……失控了。"

"那第五点呢?"卢·菲尔丁问。

"第五点……"

"你说有五点考虑的。我听到了四点。第五点是什么呢?"

"哦,"阿尔特·莫兰说,"贺拉斯……仔细地检查了尸体。卡尔的头部一侧有重伤。贺拉斯还说了一些有意思的事，和我从奥莱那儿听来的正好吻合，埃塔也提到过。贺拉斯说他在战争期间见过像这一样的伤痕。是日本佬用枪托打的。说他们从孩提时起便被训练如何用棍棒搏斗。他们受的那种训练，贺拉斯说叫剑道。出自剑道招数的攻击，我猜，会留下像卡尔头上那样的伤痕。不过那时候我还没想到什么，直到码头上的人说宫本昨晚也在船舰湾——和卡尔处在同一位置。甚至那时候我也没想起什么。但今天下午埃塔提及'她和宫本之间的种种过节'时，我突然想到了；听了奥莱·乔金森的话之后，我就更那么想了。我想我最好沿着这条线追查下去，并搜查宫本的船，法官大人。只是以防万一，看看那里会不会有什么蛛丝马迹。"

卢·菲尔丁法官捏了捏自己的鼻尖。"我不明白，阿尔特。"他说。

"首先，贺拉斯说卡尔·海因头上的伤痕和他见过的日本士兵留下的伤痕碰巧很像，但他只是随口说的——那真的能让我们去怀疑宫本吗？你还提到了埃塔·海因，换作是我，我是不会去找她的，她的话根本不足为信。她很惹人厌，阿尔特，我不相信她。昨天夜里至少五十多个刺网渔船的渔民冒雾出海——他们当中任何一个人都可能和附近的渔民起争执，如果他觉得有人在截他的鱼的话。然后你还提到了奥莱·乔金森。我承认奥莱的话很有意思。我承认在奥莱这一点上，你的确提出了一些值得考虑的情况。但是——"

"法官大人，"阿尔特·莫兰打断他的话，"我可以说一句吗？如果你考虑太久的话，我们就根本没机会了。那些船就快要出海了。"

法官拉起衣袖，斜睨了一眼手表。"五点二十。"他说，"你说得对。"

"我这儿有一份书面陈述，"治安官说道，趁势从衬衣口袋抽出一张纸，"匆忙写下的，但没有错，法官大人。情况都在上面，简单明了。我想找的是一件杀人凶器，就是这样，如果走运的话。"

"嗯……"卢·菲尔丁答道，"阿尔特，我想，如果你处理得当的话，倒也无甚不妥。"他从桌子那边朝治安官探身过来，"既然如此，那我们就走一下程序吧：你发誓书面证词里的所有内容均属事实吗？你能对上帝起誓吗？"

治安官起誓。

"好吧。你带了搜查令吗？"

治安官从另一个衬衣口袋里抽出一张纸；法官对着书桌台灯将它展开，拿起自来水笔。"我要说明一下，"他说，"我允许你搜查那艘船，但不包括天道的家。不可惊扰到他的妻子和孩子们。我看没必要急着那么做。还有，记住，这是一张有限制的搜查令。仅限于搜查凶器，阿尔特，不包括任何其他东西。不得粗暴干涉此人隐私。"

"明白，"阿尔特·莫兰说，"仅限凶器。"

"如果在船上没有找到任何东西，明天上午再来找我。我们到那时候再讨论搜查他的住处的事。"

"好的，"阿尔特·莫兰说，"谢谢。"

然后他问法官是否可以用一下电话。他拨了他办公室的号码，找伊林诺·窦可思。"让阿贝尔去码头等我。"他说，"叫他带上手电筒。"

一九五四年的圣佩佐岛渔民善于注意到其他人不在意的一些暗示和征兆。他们认为，因果之网看不见，却无处不在；所以有的人可能今天撒下网能捕到一网的鲑鱼，明天却只能拉上来一些海藻。潮汐、洋流和风是一个原因，运气也是一个原因。在刺网渔船上，渔民们绝口不提马、猪等词，因为提了的话便会招致恶劣天气，或导致螺旋桨被缆绳缠住。舱盖打开时面朝下会招来西南风暴，带黑色手提箱上船会让齿轮嘎吱作响，渔网缠结。伤害海鸥会惹怒船上的幽灵，因为那些在海上意外中丧生的人的鬼魂就附在海鸥身上。伞，也是不祥之物，还有打碎的镜子和作为礼物的剪刀。在围网渔船上，只有懵懂的新手才会想到坐在围网堆上剪指甲，或者将肥皂亲手递给同伴而不是直接扔进他的洗脸盆里，或者从底部打开水果罐头。所有这些都可能导致捕不到鱼或坏天气。

那天傍晚宫本天道——提着一个"海岛人"号用的电池——走上南码头向他的船走去时，看见一大群海鸥停在他的卷网机、横向稳定杆和船舱顶上。他走近准备上船时，它们才向天空飞起，开始看上去有三四十只，扑扇的翅膀呼呼作响，比他想象的还多，大概五十只海鸥从"海岛人"号上飞起，从它的驾驶舱蜂拥而出。它们在船和码头的上方盘旋了五六圈，才向大海方向飞去。

天道的心跳得厉害。他虽然不是特别信预兆之说，但这等景象，他也从未见过。

他走进船舱，撬开电池槽的盖，将新电池安进去，拧紧电缆线，最后启动船引擎。丢开引擎，他拨开一号泵的阀门，要用甲板上的水龙头。天道站在货舱盖边缘，将海鸥的粪便从排水孔冲出去。那些海鸥打破了他心里的平静，让他有点儿心烦意乱。他看见其他的船都在起航，驶过友睦港的航标，往鲑鱼水域开去。他看了看表，已经五点四十了。他想今晚去船舰湾试试运气；去艾略特海岬得有好装备。

他抬头看见一只落单的海鸥傲慢地栖在十步开外的左舷上缘靠近船尾的位置。珍珠灰色的羽毛、白色的翅膀，那是一只年幼的青鱼鸥，有着宽阔美丽的胸脯，它似乎也在看着他。

宫本悄然回身，将水龙头开到最大。水流更强劲地冲刷在靠近船尾的甲板上，水花溅向船尾。再次看向海鸥时，他从眼角观察了片刻，然后身体重心移至左边，将水管对准了它。水柱击中了那只受惊的鸟的胸脯一侧，它在挣扎躲避水柱冲力时，头猛撞在相邻泊位上"海港之星"号的船缘上。

天道手里依然拿着水管，站在左舷船缘边注视着那只垂死的海鸥，这时阿尔特·莫兰和阿贝尔·马丁森出现在他的船边，两人都带着手电筒。

治安官连摸了两下喉咙。"关掉你的引擎。"他大声说道。

"为什么?"宫本天道问。

"这是搜查令。"治安官答道,将它从衬衣口袋里拿出来,"我们要搜查你的船。"

天道眯起眼睛看着他,板起面孔。他关掉水管,注视着治安官的眼睛。"要多久?"他问。

"我不知道。"治安官答道,"可能需要一会儿。"

"那你们要找什么?"宫本天道问。

"一件凶器。"阿尔特·莫兰回答道,"我们认为你可能和卡尔·海因的死有关。"

天道再次眯起眼睛,将水管扔在甲板上。"我没有杀害卡尔·海因,"他争辩道,"和我无关,治安官。"

"那么你不会介意我们搜查一下吧,是不是?"阿尔特·莫兰说着上了船。

他和阿贝尔围着船舱查看了一圈,然后进了驾驶室。"你要看一下这个吗?"治安官说着将搜查令递给天道,"我们要开始搜查了。如果我们什么也没找到的话,你就可以出发了。"

"我当然要出发。"天道答道,"这儿没有什么可找的。"

"很好。"阿尔特应道,"但现在你要关掉引擎。"

三人走进船舱。宫本关掉舵轮边的开关。引擎停转,周围顿时安静下来。"搜吧。"天道说道。

"你何不放松些?"阿尔特说道,"到你的床铺上坐会儿。"

天道坐下后看了看那张搜查令。他看着治安官的助手阿贝尔·马丁森查看他工具箱里的工具。阿贝尔一件件拿起那些扳手,用手电筒照着仔细审视着。他用手电筒照了照地板,然后跪了下来,手里拿着一把起子,将电池槽盖撬开。手电筒的光扫过电池和电池槽的深凹处。"D-6。"他说道。

宫本没回应他，阿贝尔将电池槽盖推回原处，将起子放到一边，关掉手电筒。

"引擎在床底下？"他问。

"是。"天道答道。

"请你起来，将被褥挪开，"阿贝尔说道，"我想看看，如果你不介意的话。"

宫本站起来，将被褥卷到一边，掀开引擎隔段的活板门。"请吧。"他说。

阿贝尔重新摁亮手电筒，脑袋探进引擎隔段里。"没什么。"过了一会儿他说道，"把你的被褥放回去吧。"

他们出到船尾甲板上，阿贝尔·马丁森走在前面。

治安官正在一件件检查船上的东西：雨衣、橡胶手套、浮标、缆绳、软管、救生圈、甲板扫帚、水桶。他进行得很慢，每件东西都要琢磨一下。他仔细地搜查着整艘船，检查他走过的每个系缆桩上的缆绳，跪下来仔细地看。有好一会儿，他走上前，跪在船锚边，默不作声地想着什么。然后，他回到船尾，将手电筒别在裤腰间。

"我看你新换了一根缆绳。"他对宫本天道说道，"左舷的第二个系缆桩上。那是一根新绳子，对不对？"

"那个已经换了一段时间了。"宫本天道解释道。

治安官盯着他。"当然。"他说道，"当然是的。阿贝尔，帮我一起打开这个货舱盖。"

他们将舱盖移到一边，一起朝舱内探看。鲑鱼的腥臭味扑鼻而来。"什么也没有，"阿贝尔说道，"现在怎么办？"

"下去看看。"治安官说道，"仔细看清楚。"

治安官助手下到货舱里。他跪在甲板上，拧亮手电筒，例行检查了一下。"呃，"他说，"什么也没看见。"

"本来没什么可看的。"宫本天道说道，"你们这是在浪费自己和我的时间。我要出发去捕鱼了。"

"出来吧。"阿尔特·莫兰说。

阿贝尔转向右舷,手搭在舱缘。天道在一旁看着,只见他盯着右舷船缘下挂着的一个楔形长柄鱼叉。"瞧这个。"阿贝尔说道。

他爬出货舱,拿起鱼叉——鱼叉挺粗的,三点五英寸长,一端装着带倒刺的铁钩。他将它递给阿尔特·莫兰。

"上面有血迹。"他指出。

"鱼血。"天道说道,"我用它来叉鱼的。"

"鱼血怎么会弄到手柄这端呢?"阿尔特问,"我以为应该是钩子上会有,而不是手柄上。你手握哪里呢?是鱼血?"

"当然。"天道答道,"鱼血会弄到手上,治安官。随便问个渔民都知道。"

治安官从裤子后面的口袋里抽出一条手帕,隔手帕拿着鱼叉。"我要将这个拿去化验。"他说着将它递给阿贝尔·马丁森。

"这在搜查令允许范围之内。我想你今晚走不了了,你不能出海,等我消息吧。我知道你想出海捕鱼,但我想你今晚必须留下来。回家去吧。在家待着。等我消息。否则我只好现在就逮捕你了。我认为你和此事有牵连。"

"我没有杀他。"宫本天道反复辩解,"而且我不能不去捕鱼。像这样的夜晚,我不能让船闲在这里,而且——"

"那么你被捕了,"阿尔特·莫兰打断他,"因为我是绝不可能让你出海的。用不了半个小时,你就能逃到加拿大去。"

"不,我不会的。"天道答道,"我会去捕鱼,然后回家。等我回来,那时候你也知道我鱼叉上的血迹是鱼血,而不是海因的血了。我现在出海去捕我的鲑鱼,明天早上再去找你验证。"

治安官摇摇头,手滑到腰间的皮带上,拇指勾在皮带的搭扣上。"不行,"他说道,"你被捕了。很抱歉,但我们不得不逮捕你。"

治安官估计，这个调查已经进行五个小时了。他想起了夏洛克·福尔摩斯。贺拉斯·威利笑话了他看到尸体头皮翻起的脑袋和卡尔脑子里面的碎骨时的作呕反应。苏珊·玛丽肩上搭着尿布，戴着手套的无名指指向教堂的蛋糕，那白色的手指让他忍不住往嘴里塞了条薄荷口香糖。她瘫倒在楼梯上，腿伸在前面，婴儿奶瓶滚落在脚边。好吧，他终究还是得扮一回夏洛克·福尔摩斯，是的，这是一场游戏。卡尔·海因溺水身亡，他没有想过这会有什么蹊跷。像之前的其他渔民一样，掉进了大海，然后遇难，事情就是这样。阿尔特·莫兰是个相信命运的人。在他看来，生活中偶然发生不幸的事也是难免的。工作过程中见过的种种不幸都还在他脑海中。这么多年来，他见了很多，他知道以后他还会见到，生活就是这样。在这方面，岛上的生活和任何地方的生活都一样：不幸的事总是时有发生。

现在他才开始相信，他手头的案子是件谋杀案。他应该料到迟早他都会遇上这事的。他对自己在遇到这事时的专业表现感到满意；他的调查不比任何人逊色。这下贺拉斯·威利不会笑话他自以为是夏洛克·福尔摩斯了。

他想，贺拉斯·威利尽管无礼，但他是对的。因为这个日本佬就在眼前，还有贺拉斯建议他找的染血枪托。他找过的每个岛民，谈话的矛头都无情地指向了眼前这个日本佬。

阿尔特·莫兰注视着这个日本佬平静的眼睛，想从中看出点究竟。但它们冷硬，嵌在一张骄傲、平静的脸上，完全看不出什么。这双眼睛的主人的情感深藏，定有隐情。"你被捕了。"阿尔特·莫兰重复道，"罪名是涉嫌谋杀卡尔·海因。"

第十九章

十二月七日上午八点半,菲尔丁法官的法庭坐满了对来自锅炉的热气心存感激的市民。他们将潮乎乎的外套留在衣帽间,但头发、裤子、鞋靴和毛衣上依然带着雪的味道。艾德·索姆斯将暖气又调高了些,因为陪审团主席反映住在友睦港饭店的几位陪审员夜里受冻了。倒霉的暖气片发出痛苦的呻吟,狂风在窗外怒吼,害得他们彻夜未眠。陪审团主席说他们被安置在二楼,上床之前他们就猜测,这场暴雪会使审讯中断。暴风雪在饭店外肆虐,他们大部分人都没能睡着,缩在被窝里瑟瑟发抖。

艾德·索姆斯为此向陪审员们深表歉意,告诉他们休息室里有咖啡壶,欢迎他们在休庭时取用——咖啡是热的。像前一天一样,他给他们指出了茶橱的位置,里面有十四个咖啡杯,挂在青铜挂钩上,以及糖罐,但没有奶油,他表示抱歉,希望他们将就一下,因为皮特森杂货店的奶油都卖光了。

陪审团主席表示他们已经准备就绪,于是艾德·索姆斯领他们进了审判室。记者们也各自落座,被告被带了进来。伊林诺·窦可思在速记机前坐下。艾德·索姆斯让全体起立,然后卢·菲尔丁法官从内室出来,旁若无人地大步走向法官椅。他像往常一样,看上去铁面无私。他用左拳支撑着脑袋的重量,冲阿尔文·胡克斯点点头。"新的一天,"他对他说道,"但还是你的时间,公诉人。开始吧。传你的证人出庭。"

阿尔文·胡克斯站起来谢过菲尔丁法官。他看来精力充沛,胡须刮得很干净,肩线笔挺的哔叽呢西服十分合体。"请斯特林·惠特曼医生出庭。"他宣布,然后旁听席上一个大家以前都没见过的男子站了起来,走过矮门,走到证人席前,在那里跟着艾德·索姆斯起了誓。他个子很高,至少有六英尺五英寸,对于他身上的衣服来说,他块头太大了,衬衣的袖子露了一大截在外面,外套紧勒着胳肢窝。

"惠特曼医生,"阿尔文·胡克斯说道,"感谢你在这样的上午克服各种困难前来作证。据我所知,只有少数内陆人敢搭六点二十五分这班渡轮过海来圣佩佐岛——是不是,先生?"

"是的,"惠特曼医生答道,"只有六个。"

"冒着这么大的暴雪坐船很吓人。"阿尔文·胡克斯补充道。

"是的。"惠特曼医生重复道。

他的体形对证人席来说也太大了,他站在里面就像一只鹳或鹤被硬塞在柳条箱里。

"惠特曼医生,"公诉人问,"你是一名血液科医生,任职于安纳柯蒂斯综合医院,是吗?我说得对吗?"

"对。"

"你在那里工作多久了?"

"七年。"

"医生,在这期间,你工作的性质和内容确切地说是什么?"

"我做了六年半的血液科医生。严格地说,就是一名血液科医生。"

"一名血液科医生,"阿尔文·胡克斯问,"血液科医生具体做些什么?"

惠特曼医生挠了挠后脑勺,又在眼镜左腿的上方和下方挠了挠。"我专攻血液病理学和治疗学,"他说,"主要是血液的化验和分析,为主治医生提供参考。"

"我明白了,"阿尔文·胡克斯说道,"简单地说,过去六年半时间里,你的工作就是化验血液,并对化验的结果进行分析,是这样吗,医生?"

"可以这么说。"斯特林·惠特曼说道。

"很好,"阿尔文·胡克斯说道,"那么,惠特曼医生,考虑到你已经有了六年半的工作经验,我们是否可以更确切地说你就是血液化验方面的专家呢?你能说你在……比如说确定人的血型方面,已经达到了专家的水平了吗?"

"当然。"斯特林·惠特曼说,"血型是……是最基本的。判断血型——对任何血液科医生来说都是一项基本技能。"

"好的,"阿尔文·胡克斯说道,"今年九月十六日夜晚——深夜——本县治安官给你带去了一把鱼叉,是不是?他请你化验一下他在上面发现的血迹,对吗,惠特曼先生?"

"是的。"

阿尔文·胡克斯扭过头看着艾德·索姆斯;艾德将那把鱼叉递给他。

"惠特曼医生,"这位公诉人说道,"我现在要给你看的东西是已经得到认可的4-B号证物。请你仔细看看。"

"好的。"斯特林·惠特曼答道。

他接过鱼叉,仔细验看——一把长柄鱼叉,一端装着带倒刺的铁钩,柄端贴着"认可"的标签。

"好了,"他说,"我看过了。"

"很好,"阿尔文·胡克斯说,"你认得这把鱼叉吗,惠特曼先生?"

"认得。这就是九月十六日晚上莫兰治安官带来的那把。上面有血迹,他让我化验一下上面的血迹。"

阿尔文·胡克斯接过鱼叉,放在陪审员可以清楚看到的证物桌上。然后他从他的公文堆中抽出一个文件夹,回到证人席旁。

"惠特曼先生,"他说,"我现在给你的是要向法庭提交的第5-A号证据。请告诉我你是否认得它，是否可以告诉法庭它是什么？"

"可以。"斯特林·惠特曼说，"这是我出具的检验报告。是我在莫兰治安官给我那把鱼叉之后写的。"

"请再仔细看看，"阿尔文·胡克斯说，"它现在和你当时写的是一模一样的吗？"

斯特林·惠特曼一页页地翻看了一下。"是的，"过了一会儿他说，"看上去是一样的。没错。"

"上面的签名是你的吗？"

"是的。"

"谢谢你，医生。"阿尔文·胡克斯说着拿起文件夹，"法官大人，我请求法庭接受5-A号证据。"

内尔斯·古德莫德森清了清喉咙，说道："不反对。"

卢·菲尔丁宣布其为证据。艾德·索姆斯利落地在上面盖了个章。然后阿尔文·胡克斯又将它递给了斯特林·惠特曼。

"好了，"他说，"惠特曼医生，我现在给你的是已经得到法庭认可的第5-A号证据：你出具的关于这把鱼叉上的血迹的化验报告。你可以向法庭简单陈述一下你的发现吗？"

"当然。"斯特林·惠特曼说道，一边拉了一下让他很不舒服的衣袖，"第一点，莫兰治安官给我的鱼叉上的血迹是人血，它对人类抗体表现敏感。第二点，是我们所说的B型阳性血型，胡克斯先生。这个我在显微镜下看得很清楚，很容易判断。"

"还有其他重要的内容吗？"阿尔文·胡克斯问。

"有。"斯特林·惠特曼答道，"治安官让我查一下我们医院的记录，看看一个叫小卡尔·海因的渔民的血型。我查了。我们都是有记录存档的。战后海因先生生病时来过我们医院，所以我们有他的就医记录。我查过之后将情况都写在我的报告里了。海因先生的血型是B型阳性。"

"B型阳性血型。"阿尔文·胡克斯说道，"你是说死者的血型和鱼叉上的血迹的血型吻合？"

"是的，"斯特林·惠特曼答道，"它们是吻合的。"

"但是惠特曼先生，"阿尔文·胡克斯又问道，"一定有很多人都是B型阳性血型。你能确定那血迹就是卡尔·海因的吗？"

"不，"惠特曼医生说，"我不能。但是我得说B型阳性血型是一种相对少见的血型。数据显示很少见。十个白种男性中至多一个。"

"每十个白种男性中一个？不会超过这个概率吗？"

"不会。"

"我明白了，"阿尔文·胡克斯说，"十分之一。"

"没错。"斯特林·惠特曼说。

阿尔文·胡克斯从陪审团成员面前走过，走近被告席。"惠特曼先生，"他说，"这位被告人名叫宫本天道。我想知道他的名字在你的报告中出现了吗？"

"出现过。"

"与哪方面有关？"阿尔文·胡克斯问。

"嗯，治安官让我也查了他的记录。他问我在查卡尔·海因的记录时，能不能将宫本的记录也调出来。我按他说的做了。我发现宫本也有几次就医记录。宫本天道参军时的记录上写的是O型阴性；他的血型是O型阴性。"

"O型阴性吗？"阿尔文·胡克斯问。

"是的，没错。"

"但莫兰治安官带给你的那把鱼叉，也就是他搜查被告的渔船时发现的那把鱼叉，也就是刚才你拿在手里的那把鱼叉，上面的血迹却是B型阳性，是不是，医生？"

"是的，是B型阳性。"

"所以鱼叉上的血迹不是被告的？"

"不是。"

"也不是鲑鱼的?"

"不是。"

"它不是鱼血,也不是别的什么动物的血迹?"

"不是。"

"它和死者,也就是小卡尔·海因先生的血是一个血型?"

"是的。"

"谢谢你,惠特曼先生。我的问题问完了。"

内尔斯·古德莫德森颤巍巍地站起来,走过去盘问斯特林·惠特曼。今天是第二天,到今天上午的时候,记者们已经存心要看他的好戏了。每次他清喉咙或者艰难笨拙地站起来或坐下去时,他们都会相视一笑。他穿着吊带裤,已经老态毕现,眼眶深陷,一只眼睛已经失去了视力,喉部的胡子也没刮干净——粗糙、皱巴巴、略带粉色的皮肤上残余着一些稀疏的银色胡茬。不过,虽然内尔斯·古德莫德森有时候似乎可笑,但是当他从他们面前经过,让他们近距离地看清他太阳穴处的脉搏,以及视力还好的那只眼睛里深邃的目光时,他们还是有点儿肃然起敬。

"好的,"内尔斯说道,"惠特曼医生,阁下。介意我问你几个问题吗?"

斯特林·惠特曼表示完全不介意;他就是为此才来圣佩佐岛的。

"好的,那么,"内尔斯说,"关于这把鱼叉。你说你在上面发现了血迹,是吗?"

"是的,"斯特林·惠特曼答道,"我是这么说过。"

"这个血迹,"内尔斯说,"确切地说你是在什么地方发现的呢?"他拿起鱼叉,将它递到证人面前。"在哪个位置,惠特曼医生?柄端?还是钩子上?"

"柄端,"医生答道,"这一端,"他用手指了指,"不是钩子那端。"

"这儿吗?"内尔斯将手放在上面说道,"你在这个木柄上发现了血迹?"

"是的。"

"血迹渗透到木头里面去了吗?"内尔斯·古德莫德森问,"这种木头不是会将血吸进去吗,医生?"

"是的,渗进去了一点点。"斯特林·惠特曼答道,"不过我还是采集到了一些血液标本。"

"怎么采集的呢?"内尔斯问,仍然将鱼叉握在手里。

"刮下来的。对于干了的血迹都是这么做的。必须用刮的办法。"

"我明白了。"内尔斯说,"你用刀片刮的吗,医生?"

"是的。"

"你将它刮在显微镜载片上?然后将载片放到显微镜下?"

"是的。"

"你看到了什么?血和木屑?"

"是的。"

"还有别的东西吗?"

"没有。"

"什么都没有。只有血和木屑?"

"是的。"

"医生,"内尔斯·古德莫德森说,"鱼叉上一点儿骨头屑、头发丝或是一丁点儿的头皮都没有吗?"

斯特林·惠特曼坚定地摇摇头。"没有,"他说,"只有我刚才说的那些。我已经说明了,也在调查报告中写明了。只有血和木屑。"

"医生,"内尔斯说道,"你不觉得奇怪吗?如果这把鱼叉真的被用来攻击一个人的头部的话,它上面不应该留下一些什么证据吗?比如说,几缕头发?或者几片头骨碎片?或者一点儿头皮?那些不是通常和头部创伤有关的东西吗,惠特曼医生?那些证据可以让某器具有被用作造成头部创伤的凶器的嫌疑,不是吗?"

"莫兰治安官让我做两个血液检验,"证人说道,"我只是照做。我的结论是——"

"是的是的,"内尔斯·古德莫德森打断他,"这个你先前已经说过了。鱼叉上的血迹是 B 型阳性;没人怀疑这一点,医生。我想知道的是,就你所知,你,过去六年半的时间,你都在显微镜下观察血液,这是你的饭碗,如果这把鱼叉是造成头部创伤的凶器的话,你应该会在上面看到血迹的同时,也看到头发、头骨或头皮之类的东西,是吗,医生?这样不是很符合逻辑吗?"

"我不知道。"斯特林·惠特曼说道。

"你不知道?"内尔斯·古德莫德森问。鱼叉还在他手里,但现在他将它放在自己和那位血液科专家之间的证人席狭长边缘上。

"医生,"他说,"如果我没记错的话,检验死者尸体的验尸官在报告里提到'在死者右手拇指和食指之间的虎口内侧到手腕外侧有一道轻微的伤口'。换句话说,手掌上有伤口。卡尔·海因的右手掌上有一道很普通的伤口。惠特曼医生,像那样的一道伤口有没有可能——如果那只手握着鱼叉柄这个位置的话——就是那道伤口导致你提到的 B 型阳性血渗入木头里呢?这有没有可能,医生?有没有?"

"是的,有可能,"斯特林·惠特曼答道,"但我不知道。我的工作只是按莫兰治安官说的检验那血迹。而我发现鱼叉上的是 B 型阳性血。至于怎么弄上去的,我完全不知。"

"呃,"内尔斯·古德莫德森说,"谢谢你这么说。你说过,每十个白种男性中有一个是 B 型阳性血型,是不是?也就是说,在一座像我们这样的岛屿上,大概有二百个男人是这种血型,是吗,医生?这么说对吗?"

"是的,我想是的。这座岛上百分之十的白种男性。它——"

"那么这种概率在日裔男性中不会高点吗,医生?在岛上的美籍日裔公民中 B 型阳性血型的概率是不是会高一点儿呢?"

"是的,会高一点儿。大约百分之二十。但是——"

"百分之二十，谢谢，医生。那么这个岛上有 B 型阳性血的男人真不是个小数目呢。但是为了说明问题，让我们再假设一下，假设鱼叉上的血迹的确是卡尔·海因的，虽然事实上它可能是岛上几百个男人中的其中一个的——让我们暂且做个假设好了。在我看来，它沾在上面至少有两种可能的情况。它可能来自死者的头部，也可能来自他手上的那道普通伤口——头部或手掌，医生，两者都有可能。那么，考虑到那血迹是在鱼叉的手柄端，在人们通常用手握着的地方，考虑到你在上面只看到血迹，却没有看到骨头或者头皮或者发丝——我想那应该是头部创伤会留下的痕迹——你觉得哪种情况更有可能？鱼叉上的血迹，如果说它是卡尔·海因的，那它到底是来自他的头部还是手掌呢？"

"我不知道。"斯特林·惠特曼说道，"我只是血液科的医生，不是侦探。"

"我并不是要你做侦探，"内尔斯说道，"我只是想知道哪一种情况更有可能？"

"手掌，我想是。"斯特林·惠特曼承认道，"我想手掌的可能性大于头部。"

"谢谢，"内尔斯·古德莫德森说道，"很感谢你排除重重困难来到这里，并告诉我们这些。"他转身离开证人，走向艾德·索姆斯，将鱼叉递给他。"你可以收起来了，索姆斯先生，"他说，"谢谢你。我们用完了。"

三个渔民——戴尔·米德尔顿、凡斯·寇普和伦纳德·乔治——都出庭作证，证明在九月十五日晚上见过卡尔·海因的船——"苏珊·玛丽"号——在船舰湾的捕捞区撒了网。此外，他们也看见了宫本天道的船，"海岛人"号，在同一片海域，差不多是相同的时间段。伦纳德·乔治解释说，船舰湾和岛上的渔民捕捞鲑鱼的其他很多地方一样，因为海底地形狭窄，渔民捕鱼的时候经常能看见彼此，移动船只的时候也要特别小心，以免在多雾的夜晚——初秋季节的岛县经常大雾迷蒙——经过别人撒网的区域时螺旋桨缠上别人的网，将别人的网扯坏。正因如此，那晚八点到八点半的时候，伦纳德在船舰湾还是认出了"苏珊·玛丽"号和"海岛人"号，尽管当时有雾。他回忆说，他开过去的时候看见"海岛人"号开过来，十分钟后，他又遇上了"苏珊·玛丽"号，看见卡尔·海因正从卷网机上将网退出来，朝他的篝灯的反方向开去。也就是说，他们在同一水域捕鱼，卡尔向北走得更远一点儿，处于下流：离船舰湾因之得名的航道线近一千码。

内尔斯·古德莫德森问伦纳德·乔治，刺网渔船的渔民在海上登上别人的船是不是常有的事。"绝对不是，"伦纳德回答，"他们没什么理由那么做。除非你电池里的电用完了，别人借个电池给你。除此之外，没别的原因。如果你受伤了，船抛锚了，或者有别的什么情况，也有可能。否则你是不会和任何人扯到一起去的。自己做自己的事。"

"他们在海上的时候会吵架吗？"内尔斯问，"我听说他们会。刺网渔船的船民们。乔治先生，海上会有争执吗？"

"当然会有。"伦纳德说，"如果有人加塞儿——"

"加塞儿？"内尔斯打断他，"你可以简单解释一下吗？"

伦纳德·乔治回答说刺网的构成有上缘和下缘；网的下缘叫水砣绳——上面缀着很多小铅块，以便让它可以沉下去——上缘叫软塞绳：软木塞的浮力让它浮在水面上，所以从远处看，刺网看上去就像一排软木塞，从船尾一直延伸到警示用的篝灯。如果有人在你的上游拉一道网的话，他就是在你前面"加了个塞儿"，不等那些鱼游到你这边来就会被他截去。那样就麻烦了，伦纳德说，那样你就只好收网，开船超过他，到上游的某个地方重新下网，但那样的话，那个家伙可能又会跑到你前面去，那样只会浪费你们两个人的捕鱼时间。不过，即便如此，伦纳德指出，他们还是不会上对方的船。不会，他从没听说过。各人干各人的活儿，除非你遇到了紧急情况，需要别人的帮助。

那天上午休庭时间结束后,阿尔文·胡克斯唤二级军士长维克特·梅布尔斯出庭作证。梅布尔斯军士长穿着一套绿色军装,佩戴着第四步兵师的徽章。他佩戴着神枪手和步兵徽章。梅布尔斯军士长的大衣上的铜纽扣、衣领上的领章、胸前的徽章反射着审判室里本就微薄的光亮。梅布尔斯军士长超出标准体重三十五磅,但穿着制服依然显得仪表堂堂。超出的体重分布匀称,梅布尔斯是个孔武有力的人。粗短的胳膊、几乎看不见的脖子、一张胖嘟嘟、永远透着稚气的脸,剃着板寸头。

梅布尔斯军士长告诉法庭他自一九四六年便被派到伊利诺伊斯州的谢里丹要塞,在那里专司训练作战部队。在那之前,他曾在密西西比州的谢尔比军营训练兵士,一九四四年参加了对意大利的战争,一九四五年也是。他在阿诺河畔的战役中负过伤——德军的一颗子弹击中了他的腰背部,险些伤及脊椎——因此得过紫心勋章。他说他也曾在里窝那和露西安娜,见过四四二团——被告所在的日裔军团——在哥德防线[1]一带作战。

梅布尔斯军士长当年曾训练过成千上万士兵的搏击术。搏击是他的专长,他说;他也负责过其他方面的训练,但最擅长的还是这个。梅布尔斯军士长回忆道,一九四三年年初,由日裔小伙子组成的四四二团在谢尔比军营开始受训。那都是些从集中营来的小伙子,将被派去欧洲战场的新兵,其中就有被告宫本天道。

在站在面前的数千新兵中,他记住了天道,因为……一段特别的插曲。那是二月的一个下午,在谢尔比军营的训练场上,梅布尔斯军士长站在十个班的受训士兵中间——十个由日裔男孩组成的班,所以在讲解拼刺刀的动作要领时,他发现自己面对的是一百张日本人的面孔。梅布尔斯军士长告诉士兵,按照美国军队的方针,他们应当保全性命,留到

---

[1] 二战最后阶段德军的重要防线。

战场上去拼杀,因此训练期间,他们将用木制武器代替真正的武器。同时要求戴上头盔。

他先示范了一下刺杀的动作,然后问有没有人自愿上来配合一下。就在那时,他见到了被告。一个年轻人从一圈受训士兵中走出来,走到他面前,微微鞠了一躬,然后敬礼,并大声喊道:"长官!""首先,"梅布尔斯军士长纠正他,"你不必向我敬礼,叫我'长官'。我只是一个服役的士兵,和你一样——一个上士,不是军官,也不是上校。其次,部队里不鞠躬。这儿有很多的长官,你要向他们敬礼,但不需要鞠躬。这不是军队里的做法。至少美国的军队里不是。不是。"

梅布尔斯军士长给了宫本一支木头枪,扔给他一顶头盔。那小子话语中带了点挑衅的意味,他听出来了。对于这个年轻人,他已略有耳闻,在基础项目的训练中他已经小有名气了,是个好斗的人,总是一副严肃的神情,透着杀气。这样的士兵梅布尔斯见得多了,从来没有被他们的年轻气盛吓倒过,其中能让他留下印象或视为敌手的屈指可数。"搏斗中,敌人可不会静静地待在那儿不动,"他注视着那个男孩,说道,"击打模型和沙袋是一回事,但和一个训练有素、会动的人搏斗又是另一回事。所以,"他告诉聚集在一起的新兵,"你要想办法避开刺向你的模型刺刀。"

"明白,长官。"宫本天道说道。

"不要叫'长官'。"梅布尔斯军士长说道,"下不为例。"

他告诉法庭,他感到非常惊讶——简直是震惊,他根本击不中被告。宫本天道没怎么动,却能够躲开他刺的每一枪。那一百个日裔新兵默默地看着,看不出到底该支持哪一方。梅布尔斯继续用木枪发动攻击,但宫本天道却将他手里的木枪击落在地。

"很抱歉。"宫本说道,蹲下去捡起木枪递给上士。然后又鞠了一躬。

"不必鞠躬,"上士重申,"我告诉过你。"

"我这么做是出于习惯,"宫本天道说道,"和别人比试时我习惯冲他鞠个躬。"然后,有点儿突然地,他拿起木枪,直逼着梅布尔斯军士长的眼睛,微微一笑。

势无可避,梅布尔斯军士长只得默然接受,和被告进行搏斗。搏斗只持续了三秒钟。他一出招,就失去了平衡,栽倒在地上,对方枪尖指着他。枪尖随即移开了,被告鞠了一躬,伸手将他拉起,并将枪递给他。"你的枪,军士长。"

自那以后,梅布尔斯军士长抓住这个机会向这位剑道高手学起了剑道。他不笨——他坦然告诉法庭,因此从宫本那里学到了能学到的一切,包括鞠躬的重要性。随着时间的推移,梅布尔斯军士长成了剑道高手,战后在谢里丹要塞教突击队剑术。以他作为日本传统搏击术专家的身份,梅布尔斯军士长可以很确定地说,被告绝对有能力用鱼叉杀死一个块头比他大得多的人。事实上,据他所知,很少有人能抵挡得住宫本天道发起的攻击——一个完全没受过剑道训练的人当然全无招架之力。以梅布尔斯军士长的经验来看,他是一个既有精湛的搏击技巧,又有对别人施加暴力的意愿的人。不,如果听说宫本天道用鱼叉杀死了一个人,梅布尔斯军士长是丝毫不会感到吃惊的。他完全有能力做那事。

第二十章

到宫本天道谋杀案开庭审理之时,苏珊·玛丽·海因新寡近三个月,却仍未能适应,仍会一连几个小时地发呆,想着卡尔,想着他已经不在人世的事实,特别是在晚上。她的母亲和姐姐一左一右地陪她坐在旁听席上,她从头到脚都是黑色穿戴,一抹雪尼尔圆点纱巾笼在眼前,看上去凄楚动人:她那美丽而忧伤的模样让记者们不禁转头看她,思考要怎样才能借职业之便堂而皇之地和她亲密交谈。年轻寡妇浓密的头发编成辫子,盘在帽子下面,以致白皙光滑的脖颈暴露在审判室所有人面前。那脖颈以前曾在教堂集会上令阿尔特·莫兰倾慕不已。那脖颈、那发辫和叠放在膝上的白皙双手都和她的黑色丧服形成巨大反差,使苏珊·玛丽仿佛一位朴素的年轻男爵夫人,她也许夫君新丧,需要通过衣着以示悲痛,却尚未忘记如何打扮得体。苏珊·玛丽心中的悲痛显而易见。熟识的人都看得出来她的脸都变形了——颧骨下面都陷进去了。不知就里的人将此归因于自卡尔死后,她没能好好吃饭,但其他人看得出来那是一种更深刻的精神上的变化。第一山路德教堂的牧师连续四个礼拜来,都要求会众不仅为卡尔·海因的灵魂祈祷,也为苏珊·玛丽祈祷,希望她能"随着时间的推移,渐渐从悲痛中解脱出来"。为了第二个原因,教会的女人给苏珊·玛丽和她的孩子轮流提供一个月的砂锅菜作晚饭,伊纳·皮特森杂货店将东西都直接送到她的厨房。在这个小岛上,人们就这样借由食物对苏珊·玛丽的寡居表示同情。

公诉人阿尔文·胡克斯深知苏珊·玛丽·海因的价值。他已经传唤了县里的治安官和验尸官、被害者的母亲、佝偻的瑞典人——被害者原计划从他手里买回父亲以前的农场——出庭作证。他也传唤了许多间接的证人——斯特林·惠特曼、戴尔·米德尔顿、凡斯·寇普、伦纳德·乔治、维克特·梅布尔斯上士。现在,他要了结此案,要亮出被害者的妻子这张牌,这个女人光坐在旁听席上,就足以影响到那些看见她的陪审员了。那些男人不会愿意以最后裁定无罪来伤害这样一个女人的。她可以说服他们,无须任何言语,仅凭她的身份就够了。

九月九日,也就是星期四的下午,宫本天道站在她家门前的台阶上,说要和她丈夫谈点事情。那是一个晴朗无云的日子,九月的圣佩佐岛难得有那样的好天气——不过今年九月初却接连多日如此——炎热,但是有风,海风吹动树叶,甚至带落其中一两片。风时起时止,带着盐分和海藻的味道,树叶被吹得簌簌作响,如海浪拍击沙滩。宫本天道站在门廊里,一股风灌进他的衬衫,将衬衫的衣领吹得贴在脖颈上,肩膀处鼓了起来。风过后,衬衣各就其位,她请他进去,到前厅坐一坐,她说她这就去叫她丈夫。

那天下午,日本男人似乎拿不定主意要不要进去。"我可以在门廊这里等,海因太太。"他说道,"今天下午天气好,我就在外面等。"

"哪有这样的道理。"她说着让到门的一旁,指了指客厅的方向,"请进,请自便。别站在太阳底下,进来坐坐。里面凉快。"

他看着她,眨了眨眼睛,但只上前了一步。"谢谢,"他说,"这房子很漂亮。"

"卡尔建的。"苏珊·玛丽答道,"进来吧。请坐。"

日本人从她面前经过,转向左首,在一张沙发凳的边缘坐下来。他背脊挺直,一本正经的样子。他似乎觉得让自己舒适是无礼的。他双手叠在一起,立正似的站在那里等着,在玛丽看来,似乎很刻板。"我去叫卡尔,"苏珊·玛丽说道,"一会儿就来。"

"好的,"日本人说道,"谢谢。"

她离开客厅。卡尔和孩子们正在外面砍覆盆子藤,她在那边的架子下找到了他们,卡尔正在砍那些老藤,孩子们在将它们装进小推车。她站在地头喊他们。"卡尔!"她说道,"有个人来找你。是宫本天道。他在等你。"

他们都转过身看着她,男孩们光着膀子,在一排排像墙一样的覆盆子藤边显得那么小。卡尔跪在地上,手里拿着刀,像个长着赤褐色胡子的巨人。他收起手里的刀,插进腰带上的刀鞘里。"天道,"他说道,"他在哪里?"

"在客厅,他在那儿等你。"

"告诉他我就来。"卡尔说道。他随即将两个男孩都抱进小推车,坐在砍下来的那些藤上。"小心刺,"他说道,"我们走了。"

她回到家,告诉那个日本人她丈夫很快就来了;他在外面修剪覆盆子藤。"你喝咖啡吗?"

"不,谢谢。"宫本天道答道。"一点儿也不麻烦,"她说,"喝一点儿吧。""你太客气,"他说,"太客气了。""那么你来一点儿么?"苏珊·玛丽问道,"卡尔和我正打算喝一杯。"

"那么好吧,"天道说道,"谢谢,谢谢你。"

他仍然坐在那个位置,那个旧沙发凳的边缘,和她几分钟前离开时一模一样。他拘谨的样子让苏珊·玛丽觉得很不自在,她正想劝他坐后一点儿,放松下来,不要拘束时,卡尔从前门走了进来。宫本天道站起来。"嗨,"卡尔说道,"天道。"

"卡尔。"日本人说道。

他们走到一起,握手,她丈夫比来访者高出半英尺,留着胡须,肩膀宽厚,胸肌结实,穿着一件带汗渍的T恤。"我们出去谈吧,"他建议道,"周围转转?别待在屋里,去外面谈怎么样?"

"好的。"宫本天道说道,"希望我来得是时候。"他补了句。

卡尔转向苏珊·玛丽。"我和天道出去一下,"他说,"一会儿就回来。就在外面走走。"

"好的。"她答道,"我把咖啡煮上。"

他们离开之后,她上楼去看小宝贝。她弯下身子凑近婴儿床,闻着小女婴温暖的呼吸,她用鼻子碰了碰孩子的脸颊。从窗口她能看到院子里的孩子们,看见他们的脑袋,他们坐在被砍掉的覆盆子藤旁边的草地上,用覆盆子藤打结玩。

苏珊·玛丽知道卡尔已经和奥莱·乔金森谈过买下奥莱的农场的事,并且已经付了定金;她知道卡尔对中央谷的那块老地方的感情以及他对种植草莓的热情。虽然她并不想离开在米尔伦路上的这个家:青铜灯具、刷过清漆的松木板、楼上房间暴露在外的屋顶大梁,这房子视野宽阔,可以一直望见覆盆子地那边的大海。从她婴儿的房间里,可以眺望原野,她清楚地知道自己不想搬家。她是一个种干草的农民和锯木工的女儿,家里经常入不敷出。她切过几千块木片,弯着腰用斧头和木棒弄香杉树的木块,累得金色的秀发常常耷在眼前。家中共有三个女儿,她排行老二,她记得,妹妹有一年冬天死于肺结核;他们将她埋在印第安球形山路德教会的公墓区。那是个十二月的早晨,泥土都封冻着,男人们花了大半个上午,好不容易才给艾伦挖好了墓穴。

与卡尔·海因的相遇是她有意安排的。在圣佩佐岛上,一个有着她这般容貌的姑娘可以这么做,如果她动机纯洁的话。那时她二十岁,在拉森药店工作,在橡木柜台后当销售员。一个星期六晚上,十一点半,在詹森西港舞榭后面的小山上,她站在一棵香杉树下,卡尔的手游走在她宽松的上衣下,用他捕鱼的手抚摸着她的胸脯。树林被灯笼照亮,透过树枝的间隙,她能看清山下远处港湾里停泊的游船上的甲板窗。有些灯光一直照到他们站的地方,所以她能看清他的脸。这是他们第三次一起跳舞了。到现在为止,她已经清楚地知道自己喜欢这张经历了风吹日晒的宽大的脸。她双手捧着他的脸，凝视着，相距仅有六英寸。这是一张海岛男孩的脸，却又有几分神秘。毕竟，他参加过战争。

卡尔开始亲吻她的脖子，她不得不向后仰起头，给他——以及他赤褐色的胡子——让出空间。她看着头顶的香杉树枝，呼吸着它们的香气，他的唇移到她的锁骨处，然后是她的双峰之间。她顺从了。她清晰地记着她是多么顺从，对另外两个男孩她可没那么顺从——一次是在高中即将毕业的时候，另一次是在这次之前的夏天。而这次是她自己，从内心深处强烈地想要。这个长着胡子的渔民，他经历过战争的洗礼，有时候，在她的坚持下，也会毫不夸张地给她讲战争的事。她的手指轻轻抚摸着他的头，感受着他的胡须在她的胸口磨蹭的奇怪感觉。

"卡尔。"她轻唤道，之后却什么也没说。她不知道自己还想说别的什么词。过了一会儿，他停了下来，双手撑在她身后的香杉树上，两只粗壮结实的胳膊挡在她头的两侧。他细细地看着她，亲昵而严肃，似乎没什么可让他感觉尴尬的——这个严肃的男人——然后将她的一缕金发别到耳后。他又吻了吻她，然后一边深情地看着她，一边解开了她上衣的纽扣，然后又吻她，她被温柔地困在卡尔和树之间。她的腰肢贴向他，她以前从来没有这样对别的男人。那是对她的欲望的承认、泄露，她自己都大吃了一惊。

但从另一个方面来说，二十岁的她在詹森西港舞榭后山上的香杉树下这样紧贴着卡尔·海因，她丝毫不觉惊讶。毕竟，这都是她自己招致的，是她自己愿意的。十七岁的时候，她发现她可以用自己的行为左右旁人的行为，而这种能力来自她的容貌。看着镜子里的自己，她不再惊讶，她发现自己长成了一个胸臀饱满有魅力的成熟女人。她的惊异很快就被幸福感取而代之了。她的身体藏在浴袍之下，圆润、坚实，浓密的金发给肩头笼上一层光芒。两只乳房微微分开，走路时摩擦着她手臂的内侧。它们很大，开始她觉得很难为情，但后来发现男孩们在它们面前就变得心慌意乱，便暗自欢喜起来。但苏珊·玛丽从不卖弄风骚。她知道自己有魅力，但从不表现出来。遇上卡尔之前，她和两个男孩约会过，一直都是规规矩矩的。苏珊·玛丽不想别人只看重她硕大的乳房，不过，她也为此颇感自豪。这种自豪感伴随着她直到二十几岁，到她生下第二个孩子，那时，她的乳房不再只是作为她的性感象征而显得重要。经过两个儿子的牙齿和嘴巴的吸吮，在她看来它们已经不一样了。她穿起了带钢托的胸罩，将它们托起。

和卡尔结婚不到三个月，苏珊·玛丽就知道自己做了非常正确的选择。他有着退伍军人严肃、沉默寡言的特点，但他也温柔体贴、可靠。他晚上出海捕鱼，早晨回到家，吃饭，洗澡，然后他们一起上床。他用浮石磨手，让手保持光滑，所以，虽然是渔民的手，它们摸在她肩头时感觉很好。他们两个换了一个又一个姿势，什么都试过了，阳光就在拉上的窗帘后面，他们的身体在晨光之外的阴影处转动，依稀可见。她发现自己嫁了个体贴的男人，他总是力求让她得到满足。他能读懂她每一个动作的暗示，当她快到高潮时，及时退出，让她的欲望更加难忍。然后她会将他压在身下，弓着背猛烈摇摆，而他，半坐起身子，抚弄、亲吻她的乳房。她经常这样到达高潮，随着自己的感觉，引导自己配合卡尔的身体，卡尔掐好时间，再次将她压倒，在她感觉自己还没有满足时再到一次高潮[①]，第一山路德派教堂的牧师肯定不会同意的，因为——她很肯定——他根本不知道这有可能。

卡尔会一直睡到下午一点，然后再吃一顿，然后去地里干活。当她告诉他她怀孕了时，他很高兴。怀孕期间，他也一直和她做爱，直到第九个月初她不让他做了。他们第一个儿子出生后，卡尔买了一艘自己的船。他用她的名字给船命名，她很高兴，还去船上看了。他们带着尚在襁褓中的婴儿去了海湾，向西一直开，直到小岛看上去就像天边的一条

[①] The Second Coming，在此为双关语，字面意义为第二次高潮，但在基督教中有特别含义：基督重临。

低低的黑线。她坐在短短的床铺上照顾他们的儿子,卡尔站在船舵边。她坐在那里看着他的后脑勺,他乱糟糟的短发,他宽厚的、肌肉结实的后背和肩膀。他们吃了一罐沙丁鱼、两只梨和一袋榛子。婴儿在床铺上睡着了,苏珊·玛丽站在货架上控制着船的方向,卡尔站在她身后,抚摸着她的肩膀、腰背,然后屁股。她紧紧地抓着舵,他撩起了她的裙子,滑下了她的内裤,她倚靠在船舵上,双手反到后面抚摸她丈夫的屁股,然后闭上眼睛,摇摆了起来。

苏珊·玛丽记得的就是这些。在她的印象中,性就是他们婚姻的中心。他们之间的一切都与性有关,这种情况也曾令她担心。如果他们的性生活不和谐了,他们的关系是不是也会一起变得糟糕?以后总有一天,他们会变老,不再这样充满激情,对彼此的欲望也渐渐转变,消退——到那时他们会怎样呢?她不愿想到这一点,也不愿想象有一天他们之间会变得一无所有,他一言不发,一味沉迷于手头上的工作——他的船、他们的房子和他的花园。

她看见自己的丈夫和宫本天道走到了地边上,然后上了一个坡,从她视野中消失,她俯下身摸了摸孩子的头发——那些头发在她手掌下是那么美丽。接着,她下了楼。

二十分钟后卡尔一个人回来了,换上了一件干净的T恤,坐在廊前,双手抱着脑袋。

她一手端着一杯咖啡走了出来,在他右手边坐下。"他来干什么?"她问。

"没什么,"卡尔答道,"我们有些事要谈。也没什么,不是什么要紧的事。"

苏珊递给他一杯咖啡。"小心烫。"她说道。

"好的,"卡尔说道,"谢谢。"

"我给他也煮了一点儿,"苏珊·玛丽说道,"我以为他还会回来。"

"没什么要紧的事,"卡尔说道,"但说来话长。"

苏珊·玛丽用胳膊搂住他的肩膀，说道："什么事呢？"

"我不知道，"卡尔叹了口气，"他想要奥莱的七英亩地。他想要我让奥莱将那七英亩地卖给他。或者我自己卖给他。总之，别阻碍他。"

"七英亩地？"

"他家以前的那几亩。他想买回去。那件事我妈说过的。"

"是这事儿啊。"苏珊·玛丽应道，"他来的时候我就感觉可能是为这件事。果然不出所料。"她不快地加了句。

卡尔没有接腔。他有时候就是这样，不愿多说。他不喜欢解释或是说得太详细，他心里有一个连她也无法进入的角落。她将此归因于他的战争经历。对于他的这种沉默，多数时候她不予计较，但有的时候却会很恼火。

"你怎么说的？"她问道，"他生气了吗？"

卡尔放下咖啡，胳膊肘撑在膝盖上。"该死，"他答道，"我还能怎么说呢？我得考虑到我妈，你知道她的，我不得不好好想想。如果我让他回到那里的话……"他耸了耸肩，显得非常无奈。她看见海风在他眼角吹出的皱纹。"我告诉他我得考虑一下，要和你商量。还告诉他我妈不喜欢他——不喜欢他阴沉的表情和那张凶巴巴的脸。我说这话的时候他愣了一下。没有失态，但是愣了一下。他不再看着我，也不肯来家里喝咖啡。我不知道，我猜是我的错。我想我们闹僵了。我不能和他谈话，苏珊。我就是……不……不知道该怎么谈。我不知道该对他说些什么……"

他没有接着往下说，她知道，像有的时候一样，他又不想说了，她想了想，忍着没有追问下去。她一直搞不清楚卡尔和天道到底是朋友还是敌人。这是她第一次看见他们两个在一起，但她觉得他们彼此有一定程度上的好感，至少这么久以来，他们心里还保留着一些往日友情的记忆——给她的印象是这样的——但没有实实在在的表现。也有可能他们的热情和握手只是一种客套，他们心底里彼此恨对方也说不定。不过，她知道卡尔的母亲对宫本一家除了厌恶还是厌恶；星期天在晚餐桌上的时候，她有时会说起他们，喋喋不休地说一些带偏见的话。这种时候，卡尔通常都保持沉默，或者敷衍地附和几句，然后便换别的话题。苏珊·玛丽已经习惯了卡尔的这种反应，他不愿谈起这件事。但是虽说习惯了，却并不是说她就不介意。她希望现在就能把事情弄清楚，趁他们一起坐在前廊下的时候。

起风了，风摇晃着桤木的树冠，她觉得风中带有一些说不出来的秋天的暖意。卡尔告诉过她不止一次——他前天还刚刚又说过一次——从战场回来后他就不爱和人说话了。就算是老朋友也是如此，所以现在卡尔是个孤独的人，他对土地、工作、船、大海还有他自己的手的了解远甚于对他的嘴巴和心的了解。她很同情他，温柔地抚摩着他的肩膀，耐心地陪在他身旁。"该死，"过了一会儿卡尔说道，"不过，我想你会同意我把那块地让给他，随他想干什么。我觉得你并不想离开这里，搬到那里去。"

"这里很美，"苏珊·玛丽答道，"卡尔，你看看这四周。"

"你也应该看看那里，"他说，"苏珊，那里有六十五英亩土地。"

她明白。他是个需要大的空间和广阔的土地供他劳作的男人。他生来便是如此，大海虽大，却不能代替土地。卡尔需要空间，那远不是一艘渔船能够提供的。不管怎样，要将战时的记忆抛到脑后——坎顿岛沉船事故时，他曾亲眼看见那些人是怎么溺毙的——他必须将船泊在港湾里，像他父亲一样去种草莓。她知道这是她丈夫找回想说话感觉的唯一办法；正因如此，她才最终愿意随他迁去中央谷的。

"假如你将他那七英亩地卖给他，"苏珊·玛丽问道，"你妈那边怎么办呢？"

卡尔坚决地摇了摇头。"其实并不是因为她，"他说，"而是因为天道是个日本佬。我不厌恶日本佬，但也不喜欢他们。这很难解释。但他偏偏就是个日本佬。"

"他不是日本佬,"苏珊·玛丽说道,"这不是你的本意,卡尔。我听你说过他的好话。你和他是朋友。"

"曾经是,"卡尔说,"没错。很久以前。在战争爆发以前。但现在我不那么喜欢他了。我不喜欢当我告诉他我要再考虑考虑时他的反应,他那样子,就像他指望我将那七英亩地拱手让给他似的,就像我欠他的,或者——"

这时,屋里传来男孩的叫声,是疼痛而不是争吵或生气的叫声。不等苏珊·玛丽站起来,卡尔已经往屋里跑了。他们发现大儿子跌倒在地板上,两只手抓着他的左脚;他的左脚被翻倒在一旁的独轮手推车上的一块利片划了一道口子,在流血。苏珊·玛丽跪下来,亲了亲他的脸,将他紧紧地抱在怀里。她记得卡尔是那么温柔地看着那道伤口,像换了一个人,不再是那个老兵了。他们带儿子去看了威利医生,然后卡尔就去捕鱼了。他们两个再也没有谈论过宫本天道的事,苏珊·玛丽很快就意识到那是个禁忌话题。在她的婚姻里,她不能去揭开丈夫的伤口,一探究竟,除非经过他的允许。

卡尔走后,她意识到,他们的婚姻主要是性。自始至终都是和性有关,直到卡尔从她生活中消失的那天为止:那天早上,孩子们都还睡着,他们关上浴室的门,插上门闩,脱下衣服。卡尔先洗,洗掉身上的鱼腥味后,苏珊·玛丽也开始洗。她为他清洗他硕大的性器,感觉到它在她的指下渐渐变硬。她用胳膊环绕着他的脖子,腿缠绕在他的腰部。卡尔将她抱起来,揉捏着她的腿,脸埋进她的双峰之间舔舐着。他们就那样站在浴缸里,水哗哗地流着,苏珊·玛丽的金色头发贴在脸上,双手紧紧抱着她丈夫的头。事后,像有的夫妇一样,他们为彼此擦洗,慢慢地洗着,然后卡尔去睡觉,一直睡到下午一点。两点的时候,他吃了些洋蓟煎蛋、罐头梨和蜂蜜面包作午餐,然后出去给拖拉机换油。那天下午,她从厨房的窗口看见他捡起早上风吹落的苹果,将它们扔进一个粗麻布袋里。三点四十五分,他回到屋里和孩子们说再见,他们正坐在前廊上喝苹果汁，吃荞麦饼，滚鹅卵石玩呢。他走进厨房，抱住他的妻子，说如果鱼汛不是特别好的话，他明天早上会早点回来，他希望凌晨四点能回来。然后他就去了友睦港码头，从此再也没回来。

第二十一章

轮到内尔斯·古德莫德森向苏珊·玛丽·海因提问的时候,他站得离证人有一些距离:他不想离这样一个悲惨、性感的美丽女人太近,以免被人认为好色。他很清楚自己一把年纪了,如果他不和苏珊·玛丽·海因保持一点儿距离,并做出一副冷漠超然的样子,是很容易引起陪审员的反感的。上个月,安纳柯蒂斯的医生告诉内尔斯,他的前列腺有增生,需要通过外科手术来切除,他以后都可能不能射精了。那个医生问了内尔斯一些尴尬的问题,而他则被迫承认了一个令自己感到羞辱的事实:他已经没法勃起了。他可以短暂地勃起,但不等他有快感,它就在他的手里萎掉了。最糟糕的还不是这个,而是一个像苏珊·玛丽·海因这样的女人让他有一种深深的挫败感。打量着站在证人席上的她,他觉得很失败。他再也不可能向任何女人展示他作为情人的优点和价值了——即便是镇上他认识的那些和他年龄相仿的女人——他已经没有那种价值了,他不得不在心里承认——作为情人他完全是过去时了。

内尔斯看着苏珊·玛丽·海因,想起自己精力最旺盛的时期到如今已经半个多世纪了。他简直不太相信事情会这样。他七十五岁了,被困在一具日渐衰朽的躯壳里。睡眠和撒尿对他来说都显得困难。他的身体已经背叛了他,大多数他曾经不在话下的事情都不太可能了。面对这样的处境,人也许很容易变得暴躁,但内尔斯决定不在无法逆转的生命规律面前做那些无谓的挣扎。他的确是个有智慧的人——如果你想这么说的话——虽然他知道多数老人根本不明智,他们只是戴了一张薄薄的智慧的面具,作为对抗这个世界的盾牌而已。其实,年轻人想从年龄的增长中获得的那种智慧并不能从生活中获得,不管他们活了多少年。他希望他能告诉他们这一点,而不招致他们的讥笑或同情。

内尔斯的妻子死于结肠癌。在她生前,他们相处得并不是特别好,但他还是很想念她。有时候他会坐在公寓里独自啜泣,清空心中的自我怜悯和懊悔。有时候,他会试图做一些不成功的自慰,希望能重新找到让他深感痛心的失去的那部分自己。极少的时候,他说服自己他能做到,年轻的那个他依然深藏在他的身体里。多数时候他都接受这不是事实,然后用各种方法来安慰自己,却都是徒劳。他爱上了吃东西。

他爱下棋。他对自己的职业倒不是很在意,但他知道自己擅长做这一行。他爱阅读,他知道自己阅读的习惯是偏执的、神经质的,他告诉自己如果他读点不像报纸杂志那样肤浅的东西的话,他可能真的会好起来的。问题是他根本无法集中精神读"文学",不管他内心有多么敬仰它。确切地说,不是《战争与和平》让他觉得无聊,而是他的思想根本不能集中在那上面。另一个缺陷:他的眼睛只能给他提供半个世界的视野,阅读会使他的神经衰弱症发作,让他的太阳穴突突地跳。他感觉他的智力也在退化——虽然对此没人能做出准确判断。但他的记忆力确实没有以前年轻的时候好了。

内尔斯·古德莫德森将大拇指插在背带裤的襻带后面,以探究的眼神看着证人。"海因太太,"他说,"九月九日,也就是星期四的时候,被告出现在你家门前的台阶上,是吗?刚才你是这么说的吗?"

"是的,古德莫德森先生,没错。"

"他说要和你丈夫谈点事,是吗?"

"是的。"

"他们是出去谈的？没有在房子里说什么？"

"是的，"苏珊·玛丽说道，"他们出去谈了。在我们的田地里，谈了大约三四十分钟。"

"我明白了，"内尔斯说道，"你没有在他们旁边吗？"

"没有，"苏珊·玛丽说道，"我不在旁边。"

"那你有没有听到一点儿他们谈话的内容呢？"

"没有。"

"也就是说，谈话的内容你并不是亲耳听的——是这样吗，海因太太？"

"我所知道的是卡尔告诉我的。"苏珊·玛丽答道，"我没有听到他们的谈话。没有。"

"谢谢。"内尔斯说道，"我很关心这一点。你没有听到谈话，却在为谈话的内容提供证明。"

他捏了捏自己喉部松弛的皮肤，用那只好的眼睛看向菲尔丁法官。用手托着脑袋的法官打了个哈欠，漠然地回看着他。

"那么，"内尔斯说，"海因太太，我们可以这么说，你丈夫和被告一边走一边谈，而你没有跟去。是这样的吗？"

"是的。"

"三四十分钟后你丈夫回来了。是不是，海因太太？"

"是的。"

"你向他询问过他和被告谈话的内容吗？"

"是的。"

"他告诉你他们两个谈了土地的问题？就是二十多年前你婆婆卖给奥莱·乔金森的那块地？就是被告童年时家住的那块地？是这样的吗，海因太太？"

"是的，"苏珊·玛丽答道，"就是这样。"

"你和你丈夫当时刚付了买那块地的定金。是那样的吗，海因太太？"

"是的，我丈夫付了定金。"

"让我们想想，"内尔斯·古德莫德森说，"九月六日星期一，是劳动节，七日星期二的时候，乔金森先生将他的那块土地挂出来出售……然后在星期三，九月八日，你丈夫和乔金森先生签订了买卖合同，是吗？"

"应该是的，"苏珊·玛丽说道，"星期三那天好像是八号。"

"然后，第二天，被告去了你家？是星期四，九月九日吗？"

"是的。"

"好的，"内尔斯·古德莫德森说道，"你已经证明在九日下午被告出现在你家门口，他和你丈夫一边散步一边谈话，但他们谈话时你并不在场。我说得对吗，海因太太？"

"是的，你说得对。"

"然后，"内尔斯说道，"那天下午被告离开后，你和你丈夫坐在廊下谈话了？"

"是的。"

"你丈夫显得不愿意谈论他和被告谈话的内容？"

"是的。"

"你追问他了？"

"是的。"

"他告诉你他向被告表示愿意仔细考虑一下这件事？表示他会考虑一下是否将那七英亩地卖给宫本先生？或者是让乔金森先生这么做？"

"是的。"

"他告诉了他他担心他母亲的反应，如果他将地卖给被告的话？你是这么说的吗，海因太太？"

"是这么说的。"

"但他真的考虑做这样的交易吗？"

"是的。"

"那么他也同样向被告表示过这个意思?"

"是的。"

"也就是说,九日那天宫本先生离开你家的时候,他从你丈夫那里得到的回答,是你丈夫还是有可能将那七英亩地卖给他的。"

"没错。"

"你丈夫告诉过你他鼓励宫本先生相信有这样的可能吗?"

"鼓励?"苏珊·玛丽·海因答道,"这个我不知道。"

"让我这样说好了,"内尔斯说道,"你丈夫没有明确地说不?他没有引导被告相信他完全没有可能拿回他家的地,是不是?"

"没有。"苏珊·玛丽答道。

"换句话说就是,他鼓励宫本先生相信至少还是有这个机会的。"

"我猜是的。"苏珊·玛丽说道。

"不在谈话现场,我想你只能猜了,"内尔斯说,"海因太太,你只能将你丈夫告诉过你的告诉法庭。话也许不会百分百准确,因为如你所说,你丈夫知道你对搬家的事不太同意,可能会改换他和宫本先生谈话的语气和内容——"

"反对,"阿尔文·胡克斯插话道,"有争议。"

"反对有效,"法官说道,"古德莫德森先生,不要扯远话题。你只能问证人和她的证词直接或间接相关的问题。不能说到别的——这你知道的。请继续发问。"

"很抱歉。"内尔斯答道,"好吧,海因太太,请原谅。你丈夫和被告小时候是在一起长大的,我说得对吗?"

"就我所知,是的。"

"你丈夫以前有没有提到过他,作为邻居、一个年少时期的熟人?"

"提到过。"

"他有没有告诉过你他们在十一二岁时一起去钓鱼?或者在同一个

中学棒球队或者足球队里打球?或者多年里一起乘同一辆校车上学?他有没有说起过这些,海因太太?"

"我想他说过。"苏珊·玛丽说道。

"嗯,"内尔斯说着又拉了拉喉咙处褶皱的皮肤,盯着天花板看了一会儿。"海因太太,"他说道,"刚才你提到宫本先生的'臭脸'可能是针对你婆婆的。你记得这么说过吗?"

"是的。"

"你没有说过被告用同样的眼神看过你,是吗?我记得没错吧?"

"没有,我没么说过。"

"也没有那样看过你丈夫吗?你说过他用阴森的眼神看着你丈夫吗?还是只是你婆婆提到过有那样的事?"

"我不能代表他们说话,"苏珊·玛丽答道,"我不知道他们以前的事。"

"当然,"内尔斯说道,"我也不想要你代表他们说话。只是刚才——胡克斯先生向你提问的时候——你似乎很乐意那么做,海因太太。所以我想我或许也能试试。"他微笑道。

"好了,"菲尔丁法官打断他,"行了,古德莫德森先生。请继续提问,要么就坐回去。"

"法官大人,"内尔斯答道,"有很多的道听途说被当成了证据。我必须指出来。"

"是的,"法官说道,"很多道听途说的话——但你没有指出来,古德莫德森先生。因为你知道根据法律规定,海因太太有责任汇报她和她被害的丈夫之间的谈话内容。不幸的是他自己不能说了。海因太太发了誓要讲真话。作为法庭,我们没有选择,只能取信她所告诉我们的。"他慢慢地转向陪审员。"这里涉及的是一项叫作《死亡条例》的法律,这个名字不太好听。"他解释道,"正常情况下,它禁止和死者有过谈话的人出庭作证——也就是说,我可以将刚才的证词视为道听途说,不予取信——因为涉及的个人已经死亡。但是，在刑事案件中，《死亡条例》并不禁止这类证词，这一点古德莫德森先生你很清楚。不过，坦率地说，《死亡条例》是造成了一个……法律上的可疑区。我相信，古德莫德森先生想要指出的正是这一点。"

"是的，"古德莫德森先生说道，"这正是我想指出的。"他向法官点头致意，扫了一眼陪审团的成员，然后转身看着宫本天道。他还笔直地坐在被告席的桌前，手齐整地叠放在身前。就在这时，审判室的灯闪了一下，又闪了一下，然后灭了。皮尔索路上有棵树倒了下来，扯断了电线。

第二十二章

"时间刚刚好,"岛县审判室的灯灭的时候,内尔斯·古德莫德森说道,"我没有其他问题要问海因太太了,法官大人。她可以下去了。"

四扇高大的窗户上凝结着暖气片上散发出来的水汽,雪天灰暗的天光从中投射进审判室,代替头顶的灯光,意味不明地照在旁听席上的市民们中间,而市民们坐在那里面面相觑或者看着天花板。

"很好,"菲尔丁法官答道,"一件一件事情来。肃静。肃静。我们还是要有条不紊地进行,不管有电没电。胡克斯先生,你还有问题吗?"

阿尔文·胡克斯站起来,告诉法庭公诉人没有别的问题了。"事实上,"他看了内尔斯一眼说道,"这停电的时间把握得比我的被告辩护律师同事还好。海因太太是我方的最后一位证人。电力供应休息了,我们也该休息一下了。"

陪审团中有几位笑了起来。"休息,"卢·菲尔丁重复道,"很好。好吧。我正想着要休庭呢。我们会听电力公司的报告,了解那里的情况的。同时,我想请胡克斯和古德莫德森两位先生来一下我的办公室。"

法官拿起小木槌,无精打采地朝胡桃木托板上打了一下。"去吃午饭吧,"他建议道,"如果我们还开庭的话,将会在一点整的时候——下午一点整,以我的表为准,它现在是——"他看了一下手表,"十一点五十三分。大楼里的电子钟有时候是不准的。别管它们。"

艾德·索姆斯为他打开门,菲尔丁法官走出了审判室。旁听席上的市民也鱼贯而出。记者们各自收起笔记簿。索姆斯跟在法官后面去给他点蜡烛,他知道办公桌的抽屉里藏有一对。菲尔丁法官会需要它们的。

他的办公室里很暗,比黄昏的时候还暗,只有窗户里透进来的一些晦暗的天光。艾德刚点亮蜡烛,内尔斯·古德莫德森和阿尔文·胡克斯就来了,他们在菲尔丁法官的办公桌前坐下。蜡烛放在他们之间,使他们看上去像是在准备降神会——法官穿着丝袍,内尔斯打着领结颇有戏剧效果,阿尔文·胡克斯优雅地跷着二郎腿。艾德退至门边,询问法官还有没有什么吩咐。如果没有,他就要去看看陪审团那边了。

"哦,对了,"菲尔丁法官答道,"去锅炉房查看一下,好吗?看看它还能不能继续供暖。然后给电力公司打个电话,要他们报告一下情况。还有,让我想想看,尽量多找些蜡烛来。"然后他转向坐在他面前的两位律师。"我有什么遗漏的吗?"他问。

"饭店,"阿尔文·胡克斯答道,"最好也问问他们的锅炉房,要不然陪审团的人可受不了了。他们昨晚就没睡好,现在停电了,情况可能会更糟。"

"好的,"艾德·索姆斯说道,"我去看看。"

"很好,艾德。"法官回答道。然后又说,"你想得真细致,阿尔文。"

"我是个细致的人。"阿尔文·胡克斯答道。

索姆斯神情严肃地退了出去。审判室里空荡荡的,只剩下伊什梅尔·钱伯斯一个人,他坐在旁听席上,脸上一副愿意永远等下去的神情。伊林诺·窦可思招呼那些陪审团的人了,他们正在前厅穿外套。"法官在休庭期间有事商谈,"艾德告诉伊什梅尔·钱伯斯,"你不用等了,他没有时间接受你的采访。下午一点我们会宣判的。"

这个记者站起来,将笔记簿塞进衣袋。"我不是在等他,"他轻轻地答道,"我只是在想事情。"

"那你得到别处去想,"艾德说道,"我要锁上审判室的门了。"

"好的,"伊什梅尔说道,"很抱歉。"

但他离开的动作缓慢,一副若有所思的样子。艾德·索姆斯不耐烦地看着他。一个怪胎,他心里想。"还不如他父亲的一半呢。这也许和缺了一条胳膊有关吧。"艾德想起伊什梅尔的父亲,无奈地摇了摇头。他和亚瑟以前关系挺好的,但这孩子却不是你能和他聊得来的人。

伊什梅尔缩着肩膀、竖起大衣领子,冒着风雪艰难地朝办公室走去,用别针别着的那只大衣袖子在风中摇摆。风从海上吹来,吹向小岛的西北方向,低吼着卷过靠山街。伊什梅尔只能低着头走,因为他一抬头,风雪就会像针一样刺痛他的眼睛。不过,他还是能看到友睦港哪儿都没有灯光,整个岛都停电了。靠山街上弃置着四辆轿车,角度各异,希尔街和艾瑞克森街的交接处附近,一辆车撞在另一辆停在那里的小型卡车上,将驾驶员那边的后座都撞瘪了。

伊什梅尔推开办公室的门,然后用肩膀关上它。不等脱下外套、取下带着雪花的帽子,他就拿起电话打给他母亲;她一个人住在离镇上五英里远的地方,下这么大的雪,他想问问她怎么样,看看小岛南部是不是也和友睦港的情况一样糟糕。如果她生上火——在储藏室的门口挂上帘子——厨房里做饭用的炉子应该足以让她暖和。

但是电话用不了了,他耳边只有空洞洞的忙音。他的打字机也一样,用不了了,他这会儿才逐渐回过神来。电取暖器用不了,办公室里很快就变得冷起来了,他手插在大衣口袋里坐了一会儿,出神地看着窗前飘落的雪花。剩下的那截胳膊痛了起来,或者确切地说,是好像那条胳膊又在那里了,只是近乎麻木。他的大脑显然还没有完全明白——或者说还不相信——那条胳膊已经没有了。战争刚结束的时候,那条失去的胳膊让他承受了很大的痛楚。西雅图的一位医生曾经建议他做手臂神经切除术——让它没有感觉——但伊什梅尔拒绝了。只要胳膊有感觉，不管是痛还是别的什么，他只要能感觉得到它。他也不知道是什么原因。现在，他手伸进外套里，手掌捂着剩下的那一截胳膊，想着停电了他应该要做些什么。首先，他得去看看他母亲；得去汤姆·托格森的店里用他的无线电设备插播一个电报给安纳柯蒂斯，让那里的人印他的报纸。他还想同内尔斯·古德莫德森和阿尔文·胡克斯谈谈。还想去看看安纳柯蒂斯渡口是否还在营运，看电力公司对于什么时候能修好线路能否给出个时间。最好能找到线路出问题的地方，出去拍几张照片。最好还能去一趟海岸观测站，弄一份完整的暴风雪情况报告，关于风速、浪高和降雪量，等等。或许他还应该从镇上给他母亲带些食物过去，还有煤油。棚里有一个煤油取暖器，她可以拿到卧室里取暖，但得换一个新的灯芯。他最好在菲斯克五金店停一下。

伊什梅尔将相机往脖子上一挂，出门到靠山街上拍照去了。即便天气晴好，对他这样一个只有一条胳膊的人来说，要像他那样稳定相机也不是件容易的事。那是一架大个儿的盒式相机，挂在他脖子上重得像块石头，他一点儿也不喜欢它。如果有选择的话，他会将它固定在三脚架上；没有选择的时候，他只能将它放在断臂的肩膀上，偏过头看着镜头，尽可能地拍出好照片。这姿势让他很尴尬。整个身子都得扭着，耳朵旁边搁着一个相机，他觉得自己就像个马戏团的小丑。

伊什梅尔拍了三张轿车撞上皮卡车的照片。他镜头前的雪花怎么也弄不掉，他试了几次便放弃了。不过，他确定自己应该带着相机多拍几张，因为像这样的暴风雪并不多见——上一次大概是一九三六年——它所造成的破坏足以成为岛上的新闻。不过，在伊什梅尔看来，这恶劣天气不应该盖过宫本天道的案子，那是一件性质完全不同的事，要重要得多。在岛上他的乡邻心里，这种天气绝对是压倒一切的。即便有一个男人正面临生死判决，圣佩佐岛上的居民更关心的肯定还是码头会不会被破坏、树会不会压倒房屋、水管会不会爆裂、汽车会不会抛锚这些事。

伊什梅尔虽是岛上土生土长的人，却不能理解为什么这些暂时性的突发事件会让他们如此关心，似乎他们一直都在等待某些重大的事情发生，让他们也成为新闻的一部分。另一方面，宫本天道的案子也是二十八年以来岛上的第一桩谋杀案——伊什梅尔查过《圣佩佐评论报》以前的报纸；而且，和暴风雪不同，它是人类事件，站在人类责任感的范围内；它不是听凭于风和海的意外，而是一件人可以操控的事。它的进展、影响、结果和意义——这些都掌握在人的手里。伊什梅尔想将它——宫本天道的案件——变成铅字，如果星期四的报纸还能印的话。

他朝汤姆·托格森的加油站走去，加油站的篱笆旁边停着一溜带着伤痕的汽车，车篷上都积了一层雪，汤姆正将另一辆停过来。"到处都是。"他从救险车车窗探出头来对伊什梅尔说，"光中央谷我就看到了十五辆，米尔伦路上还有十多辆。光这些就够我忙三天了。"

"听我说，"伊什梅尔说道，"我知道你很忙。但我的德索图需要装防滑链条。它停在靠山街上，我没办法开到这里来。那里也有四辆车抛锚了，等着你去移开。等会儿你能去一下吗？我后车座的地上有防滑链条。我得先用你的无线电给安纳柯蒂斯发条电报，电话都打不通了。没有电，我的报纸也印不了了。"

"整个岛上都停电了，"汤姆·托格森答道，"哪儿的电话都打不通了。有二十个不同的地方的电线都被树压断了。皮尔索的工作人员正在试图修复呢——我估计也许明天早上能修好。这样，我派个人过去给你的德索图装防滑链。我自己去不了。我们请了两个高中生帮忙，我派他们中的一个过去，好吗？"

"好的，"伊什梅尔说道，"钥匙就在车上。我能用一下你的无线电吗？"

"上星期我拿回家去了。"汤姆答道，"你去我家里吧。都是弄好的——罗伊斯会告诉你怎么用的。"

"我正打算去海岸观察站。我让他们给我插播一下吧。"

"随便你,"汤姆说道,"你要用的话,再去我家用好了。"

伊什梅尔转到主大街,去菲斯克五金店,在那里买了一加仑的煤油和他妈妈的取暖器用的灯芯。菲斯克那儿所有的 D 号电池都已经卖光了,铲雪锹也只剩一把了。蜡烛已经卖掉四分之三,煤油只剩下五分之一了。菲斯克,凯尔顿·菲斯克,很有市民责任感的他从上午十点就开始限购了,每个家庭只能买一加仑煤油。他两腿叉开站在火炉旁边,用法兰绒衬衣的褶边擦着眼镜,不等伊什梅尔追问,便主动将八点钟以后店里货物的销售情况一一报告。他还提醒伊什梅尔他买的这种灯芯用过六次以后就得剪。

经过友睦港饭店时,伊什梅尔走了进去,让伊丽娜·布里奇斯给他拿了两块奶酪三明治,装在纸袋里;他没时间坐在这里吃。这个饭店,虽然灯光昏暗,此时却宾客盈门,人声嘈杂——人们坐在位置上、吧台边,一个个裹着大衣、围巾,脚边放着采购来的一袋袋日用品,目光投向窗外的飞雪。有个地方可以供他们进来避避暴风雪他们自然高兴,但是等会儿他们吃完之后,要再走出去就不容易了。伊什梅尔一边等一边听着坐在吧台边的两个渔民谈话。他们喝着放在煤气炉上热过的所剩不多的西红柿汤,一边谈论着电力什么时候能够恢复。一个人怀疑每小时五十五海里的大风卷起的大海浪会将镇上的码头都淹没。另一个则说西北方向吹来的风会刮倒更多的树,他担心他屋后山崖上长的那棵冷杉也会被刮倒。他上午出门将他的船用三股绳拴在港湾了,大风吹过港湾时,他在客厅里用望远镜就可以看见。第一个人咒骂了一句,说他希望自己的船也那么弄了就好了,但那样他得用十二根绳子绑,一边六根。刮这样大的风,要移动它可不容易。

一点差十五分时,伊什梅尔进了位于第二街和主街转角处的岛县电力公司办公室。他带着一大堆东西,一只大衣口袋里装着三明治,另一只口袋里面放着新买的取暖器灯芯,脖子上挂着相机,手里提着那听煤油。报告贴在门上供圣佩佐岛上的居民看。上面写着皮尔·赛尔路、奥尔德古路、西海滩干道、新瑞典路、米尔伦路、木屋湾路,还有至少六条其他的路都被倒下的树堵塞,电线被扯断。预计友睦港的电力次日早上八点恢复,请市民耐心等待。电路修护工得到志愿救火队的帮助,将连夜修复,能做的都在以最快速度进行中。

伊什梅尔回到法院,坐在二楼走廊的长凳上吃了一块三明治,相机放在他身边,煤油放在脚边地板上。他注意到走廊因为过往的人鞋子上带进来的雪融化了,变得有点儿滑。来往的人走过的时候都小心翼翼的,像新学滑冰的人——唯一的光线来自房子的窗户和门上几组半透明的玻璃。公用更衣室里也是一样——潮湿、地滑、晦暗,挂满了滴水的外套、袋子、帽子和手套。伊什梅尔将煤油和相机放在他挂外套的地方上方的架子上。他知道没有人会偷相机,但他希望没有人会偷他的煤油。但是现在,停电了,后者失窃,他想,倒是不无可能。

菲尔丁法官的开庭通告很简洁。此案暂时休庭,到明天早上八点再开庭,届时电力公司也有望恢复供电。因为圣佩佐岛和大陆隔海相望,海浪汹涌,安纳柯蒂斯的渡轮停运,所以无法为陪审团成员安排新的住处,只能委屈他们仍住在昨天下榻的地方——友睦港饭店阴冷晦暗的客房里,他们只能自求多福了,因为现在情况已经超出了菲尔丁法官的控制,安排另外的住所已无可能。他希望这些事情不会转移各位陪审员对手头这件重大又棘手的案件的注意力。菲尔丁法官说,他们有义务勇敢面对暴风雪和断电的困难,将精力完全集中在案件和证人证词上。这位法官双手抱在胸前,倚靠在面前的桌子上,以至于即便是光线微弱,陪审团成员也能看清他那张多须、疲惫的脸。"想到复庭就让我感到疲惫,"他叹了口气,"我想,我们多努力一些,就能避免复庭,是不是?希望你们在友睦港饭店度过一个相对愉快的夜晚。但是即便不愉快,也请你们勇敢面对,充分考虑一下手头的案件,明天早上再回到这里来。毕竟,这是一起谋杀案。"法官提醒他们,"下不下雪,我们都得将它放在首位。"

那天下午两点三十五分,伊什梅尔·钱伯斯将他买的那听煤油、取暖器灯芯和两袋日用品放进德索图的车厢。汤姆·托格森派来的高中生已经给车胎装上了防滑链条,伊什梅尔弯着腰检查了一下它们装得牢不牢。他刮掉车窗上的冰块,打开了防冻器,然后才慢慢地开进雪地里。他知道其中诀窍,切忌刹车,开慢点稳点,上坡时靠油门,下坡时获得动力。在第一山的时候,他听见防滑链条的声音,他小心翼翼地将车开下山,挂一挡,身体前倾。他一直没停车,一路开到了主干道,然后又立即左转,上了中央谷路。车子有一点点打滑,但是他已经不那么担心了。雪花已经被其他车子的轮胎压实了。这条路是可以走的,只要耐心一点儿,小心一点儿就可以。他的主要担心不是雪,而是其他比较粗心的司机。他得看着他的后视镜,有人超车的时候,他就尽可能地让到一边。

伊什梅尔选择从伦德格伦路出友睦港,因为那一路是平稳的上坡路,没有高低起伏,相对米尔伦路和皮尔索路来说更安全,而且电力公司门口的通知上被倒下的树堵塞的道路名单中也没有提到它。但是在乔治·弗里曼家附近,他还是看到一棵道格拉斯冷杉倒在地上,树根翘得有十二英尺高,就在乔治的邮箱旁边。树冠的部分压坏了乔治家用香杉树枝做的一段篱笆。乔治谢顶的脑袋上扣着一顶羊毛帽子,正拿着锯子在那里忙活呢。

伊什梅尔沿着伦德格伦路艰难前进,然后转到了斯卡特-斯普林斯路。在第一个拐弯处,一辆哈德森车鼻子探进了水沟里;在第二个拐弯处,一辆帕卡德-克利伯小轿车翻了个底朝天,躺在路边的荆棘丛中。伊什梅尔停下来,将相机三脚架放在路缘,拍了几张它的照片。帕卡德后面是笔直的桤树和枫树,在漫天的雪花和雪天冷峻灰暗的天光里显得那么清晰而突兀;可怜的小轿车孤立无援地躺在那里,轮胎上积了一层松软的白雪,车厢的一部分隐没在冰雪覆盖的灌木丛中,因此只能看见半截车窗——这就是暴风雪中的风景,如果这是风景的话,伊什梅尔带着几分悲悯拍了下来。对他而言，它包含了暴风雪的意义：在暴风雪的世界里，一辆帕卡德-克利伯失去了其意义，不管它原来是做什么的，现在它就这样被弃置在这里；像沉到海底的船一样不再拥有实用价值。

伊什梅尔很高兴看到驾驶室的窗玻璃被摇了下来，车里没有人。他认得这车是查理·托瓦尔的——查理住在新瑞典路上，以做船上用的隔离壁、甲板和泊船浮标谋生。他拥有大量的跳水设备、一艘上面画着鹤的艇，还有——如果伊什梅尔没记错的话——这辆生锈的棕色帕卡德。如果他的车翻得底朝天的照片刊登在《评论报》上的话，他或许会觉得难堪。伊什梅尔决定在刊登这张照片前先和他谈谈。

斯卡特-斯普林斯道第三个拐弯处是个急转弯，公路盘旋着钻出香杉树林，到了中央谷地形多变的地段——伊什梅尔看见三个男人忙着弄一辆被雪困在路中间的普利茅斯：一个在它的保险杠上跳上跳下，一个蹲在地上看它飞转的轮胎，一个敞着车门坐在方向盘后面踩油门。伊什梅尔没有停，开着车从他们旁边绕过，然后转上了中央谷路，地有点儿打滑——他有点高兴，心里也有点激动。从刚才离开第一山，一种对于这样开车以及其中危险的奇怪热情就在他心里滋长着。

这辆德索图，他知道，在雪天驾驶并不可靠。伊什梅尔在它的方向盘上装了一个樱桃木的把手，让一个只有一只手臂的人开起来不至于太难。其他的，他并未做任何修改，也没有这样的打算。这辆德索图，准确地说，到这个岛上已经十多年了，是伊什梅尔的父亲十五年前购买的，四挡半自动，准双曲面后轮驱动，方向盘式变速。它是一九三九年在贝灵厄姆的一个市场，亚瑟用他的福特外加五百美元换购来的。这是一辆毫不张扬的汽车，四平八稳、体格巨大，有点儿像道奇，它的前身很长，看上去几乎有点失衡，散热器的护栅在保险杠的下面。伊什梅尔一直用着它，一方面纯粹是因为懒，另一方面也是因为开着它会让他想起父亲。坐在方向盘后面，他能感觉到父亲留在驾驶座上的坐痕。

中央谷的草莓地躺在九英寸厚的积雪下，在飞雪中显得像梦里的景致一样朦胧、无边无际。在斯卡特-斯普林斯道上，树木如穹盖笼罩，天空只剩下狭窄的一条，像模糊、单调乏味的彩带悬在头顶，但在这里，它却豁然变得开阔了，混沌、酷烈。透过挡风玻璃，伊什梅尔看见无边无际的雪花落下，在空中划出一道道长长的切线，天空阴沉低垂。风将雪花吹向牲口棚和人们的家，伊什梅尔透过侧面车窗上的橡胶条听到它在呼啸，那橡胶条很多年前就已经松动了；他父亲还在世的时候就松了，也算得上是这辆车的一个特点了，这也是他不愿意和它分手的原因之一。

他经过奥莱·乔金森的房子，木柴燃烧产生的白烟从烟囱里冒出，随风飘散——奥莱显然在取暖。积雪模糊了田地之间的界线，宫本天道一直以来所珍视的那七英亩地和周围的土地也无法分辨了。人类对于土地的所有权在暴雪面前失去了效力。世界成了一个整体。一个人为了其中一小块而杀害另一个人的想法变得毫无意义——这样的事情的确发生过，伊什梅尔知道。毕竟，他是参加过战争的。

在中央谷路和南海滩道的交界处，伊什梅尔看见，在他前面的那个拐弯处，一辆车在绕过一小片白雪皑皑的香杉树林时抛锚了。伊什梅尔认得那是富士子和今田久雄的威利斯旅行车。事实上，久雄正拿着锹在它右边的后轮那儿忙活着，那个后轮已经陷进了路边的排水沟。

今田久雄的体格本来已经够小了，这时候缩在冬衣里，就更显得小了。他的帽子拉得低低的，围巾裹到下巴处，只剩下嘴巴、鼻子和眼睛露在外面。伊什梅尔知道他不会找人帮忙的，一方面是因为圣佩佐岛的人从来不会帮他，另一方面也是因为他的性格。伊什梅尔决定在戈登·奥斯托姆的邮箱边停车，走五十英尺的路去南海滩道，说服今田久雄接受他的帮助，让他载他们一程。

伊什梅尔认识久雄很久了。他八岁的时候，就见到这个日本男人吃力地走在一匹背部受过伤、用来耕地的白马后面；见过他腰带里别着弯刀去砍藤槭。收拾他们新买的房子时，他一家人就住在两个帆布帐篷里。他们从附近的小溪提水,靠孩子们生起的火堆取暖——女孩们都穿着胶鞋,初枝也是——她经常拉来树枝,抱来一摞摞的灌木丛。久雄瘦瘦的,坚毅,做事有方法,从来都有条不紊。

他穿着一件肩部用皮带扎着的T恤,加上腰带上的那柄锋利弯刀,常常让伊什梅尔想起自己在父亲从友睦港公共图书馆带来的那些图画书上看到的海盗。但是这些都是二十多年前的事情了,所以在南海滩道上当他向他走去的时候,伊什梅尔看到的完全是另外一个男人:不幸,在暴风雪中显得那么弱小,被寒冷冻僵,徒劳地挥动着锹,旁边的那些树随时都有可能倒下来砸到他身上。

伊什梅尔也看见了别的。在车子的另一边,初枝手里握着锹,头也不抬地忙活着。她将香杉树林中积雪覆盖着的黑色泥土挖出来,一锹一锹地填到车轮下。

十五分钟后,他们三人一起向他的德索图走来。威利斯旅行车右边的轮胎被压在两个车轮下面的树枝戳破,已经瘪掉了。后面的排气管也被刮坏了。车子不可能开动了——伊什梅尔一看便知——但久雄却过了好一会儿才接受这个事实。他费力地用锹弄了弄,似乎那锹真能改变车子的命运似的。礼貌性地帮着弄了十分钟之后,伊什梅尔问他们要不要坐他的德索图。在坚持劝说了五分钟之后,久雄无可奈何地接受了。他打开车门,将锹放了进去,又从车里拿出一袋日用品和一加仑煤油。初枝却还自顾自地继续挖着,在车子的另一边,一言不发地往车轮底下填土。

最后,她父亲绕过去,用日语跟她说了几句话。她停了下来,走到路上,伊什梅尔看了她一眼。就在前一天上午,在岛县法院的二楼走廊上,他还对她说过话,当时她就坐在陪审员办公室外面的长凳上,背靠着一扇拱形窗。头发和现在一样盘成一个黑色的发髻固定在脑后。当时,她对他说了四次"走开"。

"你好,初枝。"伊什梅尔说道,"我可以顺路送你回家,如果你愿意的话。"

"我父亲说他接受。"初枝答道,"他说他很谢谢你的帮忙。"

她跟在父亲和伊什梅尔的身后走到那辆德索图旁边,手里依然拿着锹。等他们坐好,沿着平坦的南海滩大道轻松前行时,久雄用蹩脚的英语解释,说在审判期间他女儿和他住在一起,伊什梅尔送他们到他家就可以了。然后他又解释了一下当时的情形:有根树枝掉到他前面的路上,为了让开它,他只好踩了刹车。压到树枝的时候车子侧滑了一下,就陷进了水沟里。

伊什梅尔一边开车一边听着,偶尔礼貌地点点头,插几句诸如"哦,是,当然,我明白"之类的话。他只冒险从后视镜里看了一眼宫本初枝:看了足足两秒钟。但她却一直盯着窗外,全神贯注地看着窗外的那个世界——似乎完全被暴风雪所吸引——乌黑的头发被雪花沾湿。两缕散落下来,贴在她被冻僵的脸上。

"我知道它给你造成麻烦了,"伊什梅尔说,"但是你不觉得雪很美吗?它落下来的样子是不是很美?"

冷杉树上挂着厚厚的一层,篱笆上和邮箱上也落了一层,前面的路上也都是,完全看不到人的踪迹。今田久雄表示赞同——"啊,是的,很美,"他温和地说——这时他女儿却迅速转过头看着前面,目光和伊什梅尔的在镜中相遇。一个讳莫如深的眼神,一如在法院二楼她丈夫的案子开庭前他试图和她说话时她投来的短暂一瞥。伊什梅尔琢磨不出她那样的眼神是什么意思——惩罚、悲伤,或许还有怒火,又或许三者兼而有之。或许还有点儿失望的意味。

这么多年了,他一直读不懂她脸上的表情。他心想,若非久雄在场,他会直接问她那样冷漠而严肃地看着他并一言不发到底是什么意思。他到底怎么她了,她非得那么生气?他觉得生气的应该是他啊,但是几年过去,他的愤怒早已慢慢地流走了,干涸了,随风散了。也没有什么取代它。他没有发现什么可以取代它的位置。看到她的时候——有时候会碰见,在皮特森杂货店里或者在友睦港的大街上——他会移开目光,只不过每次都不及她迅速;他们尽可能地避免遇见彼此。他想起三年前的一天,她完全沉浸在自己的世界里。在菲斯克五金店前面,她蹲在地上给女儿系鞋带。他看着她那样蹲下去,一心只顾着弄女儿的鞋,他明白了,那就是她的生活。她已经结婚生子。每天晚上她都和宫本天道躺在同一张床上。他让自己忘记她。唯一留下来的是一种隐隐的期盼,一种幻想——等待初枝回到他身边。至于怎么才能让她回来,他从来没有想过,但他始终无法抛却这种感觉——他在等待,这些年月只是他以前度过的那些岁月和以后会和初枝一起度过的岁月之间的插曲。

她说话了,坐在后座上,偏着头看着窗外。"你的报纸。"她说。然后又没了声音。

"嗯,"伊什梅尔答道,"我在听着呢。"

"这个案子,天道的案子,不公平。"初枝说道,"你应该在报纸上说说这件事。"

"哪里不公平了?"伊什梅尔问道,"到底什么是公平呢?如果你能告诉我的话,我很乐意把它写出来。"

她依然看着窗外的飞雪,湿漉漉的发丝贴在她的脸上。"全都不公平。"她痛苦地告诉他,"天道没有杀人。他心里从来没想过杀人。他们还让那个上士出庭,说他是凶手——那只是偏见。你听到那个人是怎么说的吗?他说天道本性就爱杀人?说他有多么可怕,是天生的杀手?把这个写到你的报纸上,关于那个人的证词,你应该告诉人们那是不公平的。整个案件都是不公平的。"

"我明白你的意思,"伊什梅尔答道,"但是我不是法律专家。我不知道法官是否不应采信梅布尔斯上士的证词。但我希望陪审团能做出正确的判决。或许,我可以写一篇关于此事的报道。关于我们多么希望司法体系能恪尽职守,给出一个公正的审判结果。"

"根本就不应该有审判,"初枝说,"整件事情都是错误的,是错误的。"

"遇到不公平的事情时,我也很苦恼。"伊什梅尔对她说,"但有时我想或许不公平……本身就是宇宙万物的一部分。我不知道我们是否应该期待公平,我们是否有这样的权利要求公平。或者……"

"我不是在谈整个宇宙,"初枝打断他的话,"我只是在谈人——那个治安官、公诉人、法官,还有你。你们这些办报纸的、抓人的、说服别人或者决定别人命运的人,你们可以做些什么的。人们没必要刻意对他人不公,是不是?不公正地对待别人,这并不是宇宙万物的一部分。"

"是的,不是。"伊什梅尔冷冷地答道,"你说得对:人们没必要刻意对人不公。"

在今田家的邮箱边,伊什梅尔让他们下车时,他觉得自己忽然占了上风:有了一种感情上的优势。他和她说话了,她也回话了,她对他有所求。她主动求他了。他感觉到了他们之间的紧张和敌意——他想那总比什么都没有好。那是他们共有的情绪。他坐在德索图里,看着初枝肩上扛着锹吃力地走在雪里。一个念头突然出现在他脑海里,她丈夫正在像他以前一样从她生活中消失。那时是迫于当时的环境,现在也是迫于当下的形势;都是因为那些人们无法掌控的事情。他和初枝都不希望战争发生——他们两个都不想被打断。但是现在她丈夫被控谋杀,他们之间的事情有了变化。

第二十三章

白港海边岩石上的监测灯塔是一座用加强混凝土做成的塔，高出海平面一百英尺。在它立起来之前的三十年里，曾经有十一艘船在这里搁浅——两艘邮政船、七艘运木材的纵帆船、一艘挪威货轮，还有一艘装载着纽卡斯特的煤回西雅图却遭遇风暴的四桅帆船。这儿已经再也没有它们的痕迹了——它们已经散架，多年过去，碎片也尽数被海水卷走了。只剩下一堆布满藤壶硬壳的岩石和无边无际、一直延伸到天边的灰暗水域，在远处水天相接处变得模糊。

有时候，潮汐特别高的时候，潮水会一直冲上灯塔，将盐量丰沛的海藻甩到它脚边，那些植物现在缠绕在它周围，像海苔一样，在这个小灯塔的铜底座下面有十六个折射镜和四个带水印的凸面镜。海岸观测员让它们的齿轮保持润滑，凸面镜每分钟旋转两次。尽管如此，事故还是时有发生。似乎事故根本就无法避免。在浓雾中，灯根本就看不见，船还是继续搁浅。海岸观测站沿小岛海岸线装上了传声板，并在船舰湾每隔一段距离便安置一些浮标，这些方法对岛民来说似乎已经足够，直到一个事故发生。在北海岸线约一英里处，一艘从圣弗兰西斯科来的、装着柴油的渡轮撞在岩石上碎了，然后是一艘装满原木的驳船；再然后是从维多利亚港开出的海上营救蒸汽船。船只失事的消息令岛民更相信宿命论。很多人认为这些事情都是上帝操控的，在某种程度上来说是不可避免的。船只失事后,他们一群群地来到海边,站在海滩上,神情严肃地看着最新发现的船只;有的人还带着双筒望远镜和照相机。有时间的老渔夫用漂来的浮木生火取暖,大海会将搁浅船只的碎片冲上岸。大家指指点点,议论纷纷。岛民毫无根据地得出各式各样的结论:舵手操作失误、舵手没经验、看错了数据表、信号弄混了,雾、风、涨潮、失灵。几天后船散架了,沉没了,或者海上救险公司在卸载了船上二十五分之一的货物后放弃搜救时,岛民们会茫然地看着,一言不发,然后摇摇头。约莫一个星期之后他们会很小心地说起他们看到的情景,然后整件事就会慢慢地淡出他们的话题,只会偶尔自己想起来一下。

伊什梅尔·钱伯斯在天黑之前到了灯塔,坐在魁梧的海军上士伊凡·鲍威尔的办公室里。那里点着煤油灯,铸铁炉里生着火。外面有台发电机给灯塔供电,所以每隔三十秒,灯塔的信号灯就在玻璃窗外闪几下。鲍威尔上士的办公桌收拾得很整洁——一本日历记事簿、两个直立式笔座、一只几乎装满的烟灰缸、一台电话机。他坐在一把办公靠背椅里,指间夹着一根点着的烟,一会儿挠挠脸,不时咳嗽几声。"我着凉了,"他声音沙哑地向伊什梅尔解释,"我这会儿不是很有力气。但我会尽力帮你的,钱伯斯先生。你需要为报纸搜集信息,是不是?"

"是的,"伊什梅尔说道,"我想写一篇关于这场暴风雪的文章。不知道你是否能有一个清楚的、关于以前的天气的记录,或许我能看看。查看以往的记录,诸如此类的信息。然后做一些比较。我不记得有过这样的暴风雪,但那并不意味着从来没有发生过。"

"我们做了大量的记录。"鲍威尔上士答道,"灯塔比海岸观测站的年代还久远些——我不知道可靠信息可以追溯到多久以前,但如果你愿意的话,你可以去看看。那里的记录只怕多得你都不想去看。我倒是很有兴趣看看你能有什么发现。"

鲍威尔上士坐起身,小心地摁灭了手中的烟。他拿起电话,拨了一个号码,然后从口袋里掏出手绢。"是谁?"他声音冷硬地对着话筒说,

"知道利凡特在哪儿吗？去找一下他，让他来我这儿。让他带两盏煤油灯来。告诉他我要他立刻来。"

他用手捂住话筒，吸了吸鼻子，看着伊什梅尔。"你要多长时间？我可以让利凡特帮你两个小时，最多。"

"没关系，"伊什梅尔说，"我不想麻烦这儿的任何人。给我指一下路就可以了。"

伊凡·鲍威尔将手从听筒上移开。"斯莫兹，"他说道，"去找利凡特。告诉他我这就需要他。去找吧。"

他挂上电话，又吸了吸鼻子。"这样的天气没有船来。"他说道，"一小时前我们就和尼亚湾通过话了。我想这雪不到明天下午是不会变小的。"

那个叫利凡特的无线电报务员到了。他个子高得足以做篮球运动员了，六点五到六点六英尺，有着大大的喉结和一头浓密的黑色卷发，他带着一盏灯和一个手电筒。"这位是伊什梅尔·钱伯斯，"鲍威尔上士介绍道，"是我们镇上办报纸的，他需要看看我们的天气记录。你给他安排一下，带他去找一下。他要什么就给他什么，再给他弄两盏灯。"

"还有别的事吗？"利凡特问。

"别忘了你的无线电监测值班时间，"鲍威尔说道，"还有两个小时就是你了。"

"我说，"伊什梅尔说，"只要给我指下方向就可以了。不必占用谁的时间。"

利凡特带他去了二楼的记录室，那里满室的木箱、文件柜和桶状布袋，从地板一直堆到天花板，散发着商标纸和油墨的味道，有段时间没有人打扫了。"全都标着日期呢。"利凡特说，找了个地方放灯，"这就是我们做事的方式——基本上按日期来。无线电信号记录、船舶往来记录、天气记录、维修记录——这儿所有的一切，我想，都是按日期来的。所有的东西上面都标明了日期。"

"你还有无线电监测值班?"伊什梅尔问,"你是无线电报务员?"

"现在是,"利凡特说,"我到这儿才两个月左右——前面那班人调走了,我才上来的。"

"你们的工作要做很多记录吗?这些都是无线电报务员记的吗?"

"有个人专门做速记,记录所有无线电来往信号。"利凡特向他解释道,"他将它们记下、存档,最后再放进柜子里。这似乎就是它们的全部意义。占地方,就是这样。没人会再想起它们。"

伊什梅尔拿起一个马尼拉文件夹,凑到灯下。"看来我要花上一段时间了,"他说,"要不你去忙你的事吧。有需要的话我再找你。"

"我去给你再拿盏灯来。"利凡特答道。

一箱箱的海事记录中间,只剩下他一人独处了,灯光照亮他呼出的雾气。房间散发出海水的咸味和年深日久的霉味——都是逝去的岁月的味道。伊什梅尔试图集中精神工作,但初枝坐在他后车座上的样子——她的目光和他的在后视镜里相遇——勾起了他过去的记忆。

战后他第一次看见她时,他记得,她试图示好,但他却不能接受。在皮特森杂货店,他站在她身后,手里拿着牛奶和饼干,在那里排队。他静静地站在那里,心怀恨意。她肩上背着婴儿,转过身,礼貌性地说她听说了他胳膊的事,她很难过,说她很遗憾他在战争中失去了胳膊。他记得她当时还一如既往的美丽,除了眼角有点儿显老之外,看着她的脸、她的头发——她将它们编成辫子束在脑后——他觉得很心痛。伊什梅尔站在那里,脸色苍白憔悴——他着凉了,有一点儿发烧——呢大衣的袖子用别针别着,手里紧紧抓着牛奶和饼干,久久地、木然地盯着初枝的婴儿,杂货店的收银员伊利诺·希尔假装没听见初枝说了什么似的,其他人,包括伊利诺·希尔,对此——伊什梅尔失去了一条胳膊——都已无动于衷。"日本鬼子干的,"伊什梅尔冷冷地说,仍然木然地看着那个婴儿,"是他们射中了我的胳膊。日本鬼子。"

初枝愣愣地看了他一会儿，然后转向伊利诺·希尔，打开零钱包。"对不起。"伊什梅尔立刻说道，"我不是故意的。我不是那个意思。"但她就像没听到一样，他放开饼干和牛奶，将手放在她肩上。"对不起。"他又说道，但是她没有回头看他，并躲开了他的手。"真的很抱歉。我很痛苦。你明白吗？我不是那个意思。我是有口无心，我——"

伊利诺·希尔努力装作没有听到伊什梅尔这个退伍老兵在她面前说的这番话。每次他说到自己，试图说出那些他心里想说的话时，人们就是这种反应，没人想听。也有其他参加过战争的男孩，他发现有时候他能和他们说得上话，但那又有什么意义呢？"对不起，初枝。"他又说了一遍，"非常抱歉，都怪我。"

他没买牛奶和饼干就离开了。他回到家，写了一封道歉信，解释了一大堆，说他当时不在状态，说有时他说的不是心里想的，说他希望自己从来没有在她面前说过日本鬼子，说他再也不那么说了。那封信在他的书桌抽屉里放了两个星期之后，被他扔掉了。

他身不由己，他打听到她的住处、她开的车。看到她丈夫宫本天道时，他觉得心里有什么东西收紧了。他觉得自己心里越来越堵，很长一段时间里，他晚上睡不着觉。他醒着躺在床上，直到凌晨两点，然后他会打开灯，读读书，看看杂志。然后慢慢地，黎明就到了，他就不必睡觉。一大早，他会出去沿着岛上的小路散步，慢慢地漫步其间。有一次，他这么做的时候遇见了她。她在弗莱彻湾的沙滩上，忙碌地耙蚌壳。她的孩子睡在一旁的毯子上，上面打着一把伞。伊什梅尔有意来到沙滩上，蹲在初枝旁边，她正在将蚌壳剔出来，倒进一个篓子里。"初枝，"他恳求道，"我可以和你谈谈吗？"

"我已经结婚了，"她看都没看他就说，"我们单独在一起不合适。叫人看见不好，伊什梅尔。他们会说闲话的。"

"这儿没人。"伊什梅尔答道，"我必须和你谈谈，初枝。你欠我的，是不是？你不觉得吗？"

"是的，"初枝说，"我欠你的。"

她转过脸，看着她的孩子。太阳照到了小孩的脸上；初枝调整了沙滩伞的位置。

"我就像个垂死之人，"伊什梅尔对她说，"从你去曼扎纳的那天起，我就没有一刻是快乐的。你知道那是一种什么感觉吗，初枝？有时候，我觉得我快疯了，或许会被送进贝灵厄姆的疯人院。我疯了，睡不着觉，整夜整夜地醒着。这种感觉，从来没有离开过我。有时，我觉得我受不了了。我告诉自己不能这样下去，但是没用。我无能为力。"

初枝用左手手背推了一下眼前的头发。"我很抱歉，"她轻轻地说，"我不想让你不幸。我从来没想过要让你痛苦。但是我不知道我现在能为你做什么。我不知道怎么才能帮你。"

"你会觉得我疯了，"伊什梅尔说，"但我只想抱抱你。我只是想抱你一次，闻闻你的头发，初枝。然后我就会好起来的，我想。"

初枝手里抓着蚌壳耙，冷冷地看着他，看了许久。"可是，"她说，"你知道我不能。我不能碰你。伊什梅尔。我们之间的一切都结束了。我们都得将它忘记，然后继续我们的生活。在我看来，没有折中的办法。我结婚了，有了孩子，我不能让你抱我。所以我希望你站起来，离开这里，永远忘了我。你必须忘了我，伊什梅尔。"

"我知道你结婚了。"伊什梅尔说道，"我想忘了你。我想。如果你能抱抱我，我想我就能开始忘记你。初枝。就抱一次，然后我就会走开，永远不再和你讲话。"

"不，"她说，"不行。你应该去找别的方法忘记我。我永远不会抱你的。"

"我没有说爱，"他说，"我不是在请你试着爱我。只是像一个人对另一个同类一样，只是因为我很痛苦，不知道向谁求助，我只是让你抱我一下。"

初枝叹了口气，转头看着别处。"走开。"她说道，"我伤害了你，的确。让你痛苦我非常抱歉，但我不会抱你的。伊什梅尔。你得继续生活下去。现在请你站起来，离开这里。"

多年过去，现在她丈夫被指控在海上杀害了一个男人，接受审问。在海岸观测站的这个存档室，伊什梅尔突然想到这些文件中或许能找到一些和天道的案件相关的东西。他突然将天气记录放到了一边，开始在文件柜里搜寻起来，一种奇怪的激动在他心里升起。

伊什梅尔花了十五分钟找到了自己想要的。放在门右边的一个文件柜从下面数第三个抽屉里——一九五四年九月十五日至十六日的记录。无风、中浪、浓雾、温暖。午夜一点二十分，"S.S. 西·科罗拉"号，希腊属，黎巴嫩旗；她从她所在位置向西发出了信号，朝南往西雅图行驶。信号内容用的是缩写："科罗拉"号从西北方向发出呼叫，56号传声板，希望通过灯塔无线信号定位。她沿途应该看到了测绘标，但领航员对此不是很确信，那天凌晨一点二十六分时，浓雾，她向灯塔发出信号寻求帮助。因为有干扰，信号很弱，所以当班的无线电值班员建议"科罗拉"号的领航员通过56号传声板读取信号，她就在兰溪顿岛的北岸，相应确定自己的位置。"科罗拉"号的领航员鸣了一声笛，中断了通话。"科罗拉"号在大约56号浮标筒附近驶离航道，他记道，往西北方向转去，横穿过船舰湾。

船舰湾，就是那晚戴尔·米德尔顿、凡斯·寇普和伦纳德·乔治他们看见卡尔·海因撒网的地方。那晚有艘大货轮从捕鱼区穿过，造成的大浪足以将一个健硕的男人掀下船。

一点四十二分，根据舵手指示，"科罗拉"号按正确的方向拐弯，海员加了两块传声板，随后又确认了三次——58号、59号、60号传声板。"科罗拉"号的无线电报务员似乎确认他们已经回到了正确的航道。接近白沙湾的时候，他接收到了灯塔的无线电信号，就更自信了，于是向南拐了个大弯。"科罗拉"号锁定灯塔的信号，朝西雅图驶去。

所有文件一式三份——军用标准的复写本。都有无线电值班员的签名，一个叫菲利普·米荷兰德的水手——他誊写的无线电信号的内容。伊什梅尔将水手米荷兰德誊写的三页内容抽出来，折了两折。几张纸放在他的大衣口袋里刚刚好，他让它们待在那里，摸着它们，让自己平静下来，然后拿起一盏灯，走了出去。

在楼下的大厅里，他找到了在一台煤油取暖器旁慢慢翻看《星期六晚报》的利凡特。"我好了。"他说，"还有一件事。菲利普·米荷兰德在吗？我想和他谈谈。"

利凡特摇摇头，将杂志放在地板上。"你认识米荷兰德？"他说。

"是的，有点儿认识。"伊什梅尔说。

"他走了。他调到弗拉特瑞角了，他和罗伯特·米勒一起。我们就是那时候来这儿的。"

"我们，"伊什梅尔说，"还有谁呢？"

"我和斯莫兹，我们两个。我们一起来的。斯莫兹。"

"那是什么时候的事？米荷兰德什么时候离开的？"

"还是九月份的事。"利凡特说，"我和斯莫兹是九月十六日调来做二班无线电值班员的。"

"二班？就是在晚上吗？"

"是的，夜班。"利凡特说，"我和斯莫兹值夜班。"

"这么说米荷兰德走了。"伊什梅尔说，"他是九月十五日离开的？"

"不可能是十五日走的，"利凡特说，"因为他十五日晚上还值班了。他应是在十六日离开的，没错。他和米勒九月十六日去的弗拉特瑞。"

没人知道，伊什梅尔心想。听到"科罗拉"号的无线电信号的人第二天就去了别的地方。他们在十五日晚上值完班之后就一觉睡到十六日早上，然后就离开了圣佩佐岛。誊写的无线电信号被夹进了马尼拉文件夹，文件夹被放进了一个堆满海事守望记录的房间里的一个文件柜里。谁会找到它们呢？伊什梅尔想，放在那里它们就等于永远消失了，没人

277

会知道这事：卡尔·海因溺毙的时候，他的表停在一点四十七分，一点四十二分，一艘货轮驶过船舰湾——五分钟之差——毫无疑问，它激起的海浪足以掀翻一艘小小的刺网捕鱼船，将一个健硕的男人抛进海里。或许有一个人知道事实，那就是死者本人。关键就在于此。

第二十四章

伊什梅尔的母亲生着了厨房里的柴火炉——他能看见烟囱里冒出来的烟，白烟在纷纷扬扬的大雪中显得有些诡异——伊什梅尔提着那听煤油从她窗前走过时，她正站在水槽前，穿着大衣，围着围巾。屋内的雾气凝结在窗格上，所以她的身影有些模糊，经过水珠的折射，站在水槽边的她的身影像一幅断续的水彩画。他走到窗边，透过窗户上的水雾和飞雪往里看，却见她突然用手擦去一扇窗格上的水汽，她也看见了他，冲他挥手呢。伊什梅尔提起煤油，稳步走向厨房门。他母亲之前已经铲出了一条通往柴房的路，但飘落的雪花又将它盖住了。锹还靠在篱笆上。

他站在厨房门前，放下煤油，摸了摸他放着菲利普·米荷兰德的海事值班记录的大衣口袋。他抽出手，又伸进口袋再次摸了摸那几张记录，然后提起煤油走了进去。

他母亲穿着橡胶靴，但没扣搭扣。她用细小的无头钉将一块羊毛地毯钉在客厅门口。光线透过湿湿的窗户照进来，厨房里显得昏暗，但温暖。桌上整齐地放着几根蜡烛，一盏煤油灯，两个手电筒和一盒火柴。他母亲装了一壶雪水放在柴火炉上；伊什梅尔将身后的门关上时它正咝咝作响。"我车里有一些吃的，"他说着将煤油靠墙边放下，"还有一个加热器的新灯芯。"他将它放在蜡烛旁边。"昨晚冷吗？"他问。

"一点儿也不,"他母亲回答,"真高兴你来了,伊什梅尔。我想给你打电话的,但电话打不通了。一定是线路坏了。"

"是的。"伊什梅尔说,"到处都坏了。"

她将另一个水壶里已经化了的雪水倒进水槽,然后擦了擦手,转向他。"有人被困住了吗?"她问。

"从镇上到这儿来的路上我至少看见了五十辆车。"伊什梅尔说,"在斯卡特泉的黑莓地那边还看见了查理·托瓦尔的车。到处都有被压倒的树;到处都停电了。他们正在抢修,想在明天上午前修好——和以前一样,他们会先修镇上的。如果他们修好了的话,你就过去和我一起住;我们把这儿锁上,搬到镇上去。没必要待在这里受冻。我——"

"我不冷,"他母亲说,拉掉头上的围巾,"其实,刚才还有点儿热。我刚刚铲了雪,搬了些柴火过来。我在这儿很好,只是有点担心水管爆了该怎么办。但愿水管不要爆。""我们打开水龙头。"伊什梅尔说,"不会有什么问题的。在地窖的东墙边有压力阀门的——爸爸装的,记得吗?"他在桌边坐下,用手捂着他断臂截肢的地方,轻轻地摸了摸,捏了一下。"天冷起来就会有点儿痛。"他说。

"今天只有十二度,"他母亲说,"你车里的那些日用品会不会冻坏啊?也许我们应该把它们拿进来。""好的,"伊什梅尔说,"我们去拿。""等你的胳膊好一点吧。"他母亲说。他们将两袋日用品和伊什梅尔的相机一起拿下车。他母亲的花圃已经完全被雪覆盖了,雪花给她的冬青树和桑树镶上了一道白边,她的杜鹃的顶上也蒙上了一层白霜。她说她很担心这些花,不知道这些不那么耐寒的花能不能受得了这冻——她说这样少见的天气,她可能要损失一些花了。伊什梅尔看见她用独轮手推车将柴火从柴房搬到了厨房门口;木墩边还有一些她劈柴时留下的木屑。

他母亲五十六岁了,是那种一个人也能把日子过得井然有序的乡村寡妇;据他所知,她每天早上五点一刻就起床了,叠好被子,喂鸡,冲澡,穿戴停当,给自己煮一个荷包蛋,烤一片面包,泡一杯浓茶坐在桌边喝,然后立即洗碗,把要做的家务活儿都做掉。到九点的时候,他估计她就没什么一定要做的事情了,于是她就读读报,弄弄花,或者开车去皮特森杂货店。但他并不十分清楚她是怎么打发时日的。他知道她经常看书——莎士比亚、亨利·詹姆斯、狄更斯、托马斯·哈代——但他想那不足以打发她所有的时间。每月两次的星期三晚上,她会参加读书圈的聚会,和另外五个女人一起讨论《班尼托·西兰诺》《恶之花》《真诚的重要》和《简·爱》。她和莉莉安·泰勒关系很好,两个人都喜欢花,喜欢《魔山》和《达洛维夫人》。落新妇花开过之后,她们两个会蹲在花园里收集花的种子,然后坐在花园桌旁将种子挑拣干净,收在马尼拉纸袋子里。下午三点,她们会喝柠檬味的水、吃切掉外皮的三明治。"我们都是挑剔的老小姐,"他有一次听见莉莉安高兴地说,"下次我们穿上画师工作服,戴上蓝色贝雷帽,画画吧——你觉得怎么样,海伦?你愿意做一个和颜料打交道的老太婆吗?"

海伦·钱伯斯是个埃莉诺·罗斯福式的女人,相貌平常却不失端庄。那平常之中也自有一种魅力;她是那种让人看一眼就能记住的人:鼻子很大,额头很宽。去镇上采购时,她会穿一件驼毛大衣,戴一顶饰有缎带和蕾丝的硬草帽。丈夫的死让她对书和花花草草产生了更大的热情,也让她更需要与人交往。在教堂时,伊什梅尔曾站在她旁边,看她和朋友、熟人打招呼,那样的热情和真诚是他无法拥有的。从教堂出来之后,伊什梅尔通常会和她一起吃午饭。当她要他做饭前祷告时,他曾向她解释,和他父亲一样,他是个不可救药的不可知论者,他怀疑上帝根本就是骗人的。"假设你现在就得选择,"有一次他母亲说,"假设有人用枪指着你的脑袋,逼你选择呢,伊什梅尔。到底有没有上帝呢?"

"没人用枪指着我的脑袋,"伊什梅尔这样回答她,"我没必要选择,不是吗?关键就在这里,我没必要知道事情到底是这样的还是那样的——"

"这可说不准,伊什梅尔。那你相信什么呢?"

"我什么都不信。我的词典里没这个词。而且,我也不知道你说的上帝是指什么。妈妈,如果你告诉我他是什么的话,我会告诉你我是否认为他存在的。"

"人人都知道上帝是什么,"他母亲说道,"你感觉得到,是不是?"

"我感觉不到,"伊什梅尔答道,"我一点儿感觉也没有。感觉不到他的存在——这不是我能选择的事。真的会有那样的感觉吗?真的会有那样的事吗?我没法产生那样的感觉。也许上帝只选择了部分人,而其他的人——我们感觉不到他的存在。"

"你小时候能感觉到他的,"他母亲说,"我记得,伊什梅尔,那时你感觉到了他的存在。"

"那是很久以前了,"伊什梅尔答道,"小孩的感觉——那是另一回事。"

现在,薄暮时分,他坐在母亲的厨房里,菲利普·米荷兰德的记录躺在他的衣袋里,他想从小时候能感觉到的那个上帝那里得到某种启示。但是他没能做到。战后,他也曾试图去感知上帝,期望从他那里得到慰藉。但是没有用,于是他不再尝试,他确定那只是一个拙劣的谎言。

风摇撼着他身后的窗户,雪下得更紧了。他母亲说,她还有一锅汤可以喝:五种豆子、洋葱加芹菜、一块火腿、两个小芜菁。他现在饿吗,还是想等会儿再吃?她随便怎么都可以,吃或不吃,都没关系。伊什梅尔往烧饭的炉子里加了两块冷杉木,将一壶水放在炉子上,然后回到桌边坐下。"这里够暖和了,"他说,"不用担心会冷了。"

"留下来吧,"他母亲说道,"就在这儿住一夜。我还有三床多余的被子。你的房间可能会冷,但床上应该还可以。下这么大的雪,别出门了。留在这里舒服点。"

他答应留下来,于是她将汤炖上了。明天早上他要去看看报纸印刷的事,但现在他将待在这暖和的地方。伊什梅尔坐在那里,手放在大衣口袋里,心想是否应该告诉他母亲他从灯塔那里偷了海岸守卫记录的事,然后小心翼翼地开车回到镇上,将这些记录交给菲尔丁法官。但他没那么做,只是坐在那里看窗外的微光渐渐退却。

"那件谋杀案,"他母亲终于说道,"我想你是在忙那件事。"

"我现在正是在想那件事。"伊什梅尔答道。

"真是遗憾,"他母亲说,"我觉得这很牵强。他们逮捕他只是因为他是日裔。"

伊什梅尔没有答话。他母亲点亮桌上的一支蜡烛,在它下面放了个小碟子。"你是怎么想的?"她问他,"我没去听,所以想听你说说。"

"我一直在那儿。"伊什梅尔答道。他觉得自己越来越冷漠了,对于这种内心深处的冷漠,他丝毫不觉得惊讶,他攥紧了捏着米荷兰德的记录的手。

"我只能认为他有罪,"伊什梅尔撒谎道,"对他不利的证据很充分——公诉人胜算很大。"

他将事情一一讲给她听:鱼叉上的血迹、卡尔·海因脑袋左侧的伤口、上士作证说宫本天道很擅长用木棍杀人,还有奥莱·乔金森作证说他们在土地上有纠纷。他告诉她还有三个渔民报告说看见宫本天道在案发当晚在卡尔·海因附近捕鱼。还有系缆绳的长度。被告笔直地坐在被告席上,神情冷漠,一动不动,没有表现出一丝悔意。他没有转头,没眨眼睛,脸上的表情也是一成不变。在伊什梅尔看来,他那样子充满了傲慢和蔑视的意味,似乎完全不在乎自己有可能会被绞死。他告诉母亲,那让他想起了自己在帕里斯岛听过的一次训话。当时,有个上校说,日本兵是死也不会投降的。对国家的忠诚和对身为日本人的骄傲不容许他们投降。他们在战场上不像美国兵那么怕死,他们对死亡的看法和美国兵不一样。对日本兵来说,战败者不应该苟活于世;他们知道蒙受失败之辱后他们是不能回去的,回去也无颜面对家乡父老——信仰要求他荣誉地死去。明白吗，上校说，小日本是宁愿以死保全名节的，所以，对这些人不要手软。也就是说，不必抓俘虏：开枪打死他们再说。明白吗，敌人根本就不尊重生命，不管是自己的还是别人的。他们是没有原则的。他们可能会举起双手诈降，然后在你走过去的时候突然攻击你。小日本就是这个德行：阴险狡诈。他们心里想什么是不会在脸上表现出来的。

"那都是宣传，"伊什梅尔说，"他们想让我们不把他们当人看，毫不留情地杀死他们。那些都是不公正、不真实的。但同时我也发现自己每次看见宫本坐在那里直视前方时，都会想起那些话。他们真可以用他的脸去做宣传片——他是那样令人难以理解。"

"我能理解，"伊什梅尔的母亲说，"他是个非同一般的男人，他脸上的表情是坚毅的。伊什梅尔，他也参加过战争，和你一样。你忘了吗？他上过战场打过仗，为这个国家卖过命。"

"是的，"伊什梅尔说，"没错。但这件事可以证明他和卡尔·海因的谋杀案无关？那些事情和现在的这个案子有关吗？我同意你说的，这个男人很出众，也曾在战场上为国效力——这些和现在的案件有关吗？我不知道它们之间有什么联系。"

"如果那些宣传有关，那它们就也有关，"伊什梅尔的母亲答道，"如果你还记得那些事，将它们和被告脸上的表情联系起来——那么，你也应该记得别的事，那样才算公平。否则，你就太主观了，对被告不公平。你是在纵容自己不公。"

"其实不是因为被告脸上的表情，"伊什梅尔说，"也不是印象，也不是感觉。关键还是事实，"伊什梅尔说，"所有的事实都对他不利。"

"你自己说了案子还没结束，"伊什梅尔的母亲指出，"辩方还没有进行申辩，但你却已经准备定他有罪了。你听了公诉人的说法，但那可能是不全面的——不可能全面，伊什梅尔。而且，事实都是冷酷的，冷酷得可怕——事实就完全靠得住吗？"

"我们还能靠什么呢?"伊什梅尔答道,"其他一切都是不确定的。其他一切都是感情和直觉。至少,事实你还能抓得住,感情却飘忽不定。"

"那就跟着感觉走,"他母亲说,"但愿你还记得怎么做,伊什梅尔。但愿你还能重新找到它们。但愿你不会一直这么冷漠。"

她站起来去柴炉边,他默默地坐着,手托着脑袋,鼻子吸着气,空虚感突如其来——这种空空如也的感觉在他心里如同气球一样膨胀着,挤压着他的胸腔内壁——他感到空虚,比前一刻,比他母亲说话之前更空虚。关于一直以来盘踞在他内心的这种空虚感,她了解多少?话说回来,关于他,她又了解多少呢?她也许了解小时候的他,但对她来说,带有成人伤痕的他却是另一回事。她终究还是不了解他;而他也无从解释。毕竟,他亲眼见她为丈夫的逝世而悲痛,从某种程度上来说,正是因为她,他才发现伤痛会留下永久的印记——对此,伊什梅尔已经有所感悟。它会在你心里掘出一个洞,筑个巢,然后盘踞在那里。它会吞噬周围一切温暖的情感,代之以冷漠。你得学会带着它生活。

父亲的离去让他母亲变得冷漠了,那种悲痛一直在她心里。但这并不妨碍她享受生活中的快乐,可现在伊什梅尔却不能。她站在炉边,优雅从容地用长柄勺搅拌着汤。汤的香味、炉火的温暖,以及烛光中投在厨房墙壁上的自己的影子,这些都让她感到惬意。屋里暗了下来,也安静了下来,偌大的世界中一个温暖的所在,而他身处其中,却只感到空虚。

"我不快乐。"他说,"告诉我该怎么做。"

他母亲没有立刻回答他,只是给他端上了一碗汤,放在他面前。她将自己的那碗也端到了桌上,然后又用砧板托着一条面包端了上来,还有一碟奶油和几把汤勺。"你不快乐。"她一边坐下一边说道。她将胳膊肘放在桌面上,手掌托着下巴。"你不快乐,我得说,这是全世界最显而易见的事。"

"告诉我该怎么做。"伊什梅尔重复道。

"告诉你该怎么做?"他母亲说,"我不能告诉你该怎么做,伊什梅尔。我试过去理解你的感受——参加了战争,失去了一条胳膊,没有结婚,也没有孩子。我曾经试过去理解这一切,相信我,我真的试过——你会有什么样的感受。但是我得承认,不管我怎么努力,我都不能真正了解你。毕竟,也许别的男孩,他们也经历了战争,但他们回来后还是照样继续生活。他们找到心爱的姑娘,结婚生子,养家糊口,将以往丢在了脑后。但是你——你变得麻木了,伊什梅尔。这么多年你都没有恢复过来。我不知道我能做些什么或是说些什么,或者怎样才能帮你。我向上帝祈祷,我对牧师谈过——"

"在塔拉瓦岛,那些人也祷告,"伊什梅尔说,"但他们照样被杀了,妈妈。像那些从不祷告的人一样。祷不祷告都不重要。"

"但我还是为你祷告了。我想让你快乐,伊什梅尔。但我不知道该怎么做。"

他们默不作声地喝着汤,吃着面包,水壶在柴炉上咝咝作响。桌上的蜡烛将一片烛光投射在他们的食物上。外面,透过水汽朦胧的窗格,月光穿透云层照在雪地上,映亮周围的一切。伊什梅尔试图去感受这温暖、光亮和面包所带来的快乐。他不想将宫本初枝的事告诉母亲。多年前,他曾经那么确信他们会结婚,他们一次又一次相约在那棵空心香杉树的树洞里。那些事他从未告诉过任何人;他曾经那么努力地去忘记它们。可现在,这个案子勾起了所有的回忆。

"你父亲在贝鲁树林打过仗,"他母亲突然说道,"他花了几年时间才忘记那段经历。他也做噩梦,像你一样痛苦。但那没有阻止他继续生活。"

"他没有忘记。"伊什梅尔说道,"忘记是不可能的。"

"但那没有阻止他继续生活,"他母亲反驳道,"他一样好好地过日子。他没有陷在自哀自怜中不能自拔——他在继续努力地生活。"

"我也在,"伊什梅尔说,"我还在将他的报纸继续办下去,不是吗?我——"

"我说的不是那个,"他母亲说,"那并不是我要说的。你知道我想说的是什么。你到底为什么不和别人约会?你怎么能受得了这孤独?你是个有魅力的男人,有很多女人都——"

"我们别说这个了,"伊什梅尔放下汤匙说,"说点别的。"

"对你来说,还有什么别的呢?"他母亲说,"说到这个——也是回答你刚才的问题——这就是你应该做的,想要快乐,你就应该结婚,生几个孩子。"

"我不会的,"伊什梅尔说,"那不是问题的答案。"

"是的,这就是答案,"他母亲说,"肯定是,当然是。"

吃过晚饭,他点着油汀,将它放进母亲的卧室。他父母那架落地大摆钟超级耐用,这么多年了,还在嘀嗒嘀嗒地走。此刻看着它,他不由想起以前星期六的早晨,在它响亮的嘀嗒声中,父亲在被窝里读书给他听的时光。他们一起读《艾凡赫》,然后是《大卫·科波菲尔》。现在,借着手电筒的光,他看见母亲睡在鸭绒被子里,那被子已经开始泛黄。他惊讶地发现不久前还放在父亲旧书房里的 RCA 老式唱片机摆在她床边。她一向爱听一九四七年维也纳交响乐团演奏的莫扎特的《C 大调第 41 号交响曲》。见它放在转盘上,伊什梅尔脑海中浮现出她坐在床上,旁边放着一杯茶,听着那忧伤曲调的情景,浮现出她夜里九点听莫扎特的情景。

他打开水槽和浴缸的水龙头,又出去查看她的鸡。一共十二只,都是罗德岛的红毛品种,在他父亲生前砌的鸡舍里缩成一团。伊什梅尔用手电照了照它们,然后伸手进去捡起手边一枚暴露在寒冷中被冷落的鸡蛋。鸡蛋摸起来很硬,他想里面的胚胎也许已经冻僵了。他将它握在手心暖了一会儿,然后轻轻将它滚到鸡的身边。它们惊恐地乱挤了一阵。

他回到屋里，依然穿着大衣戴着帽子穿过寒冷的房间。呼出来的气凝成雾，消失在黑暗中。伊什梅尔将手放在楼梯的扶手柱上，随即移开，手电朝上照去。淡淡的月光从楼梯竖着的挡板缝隙中透出来，他看见栏杆都失去了光泽。楼上是他孩提时代睡的房间，现在被他母亲改作了缝纫、熨烫和放衣服的地方。伊什梅尔走上楼，坐在自己以前的床上，试着回忆以前的事。他记起冬天里的某一天，天气晴好，枫树的叶子都掉光了，从阁楼的窗户望出去，能看见树的那一边和西南方向碧绿的海水。

他收集了大批徽章和三角旗，在一个大陶罐里存了一千个便士，还有个鱼缸，角落里挂着一个老爷车模型。衣柜的角落里放着他的水下护目镜，顶上放着他的棒球手套。有的晚上，月光从阁楼的窗户照进来，房间里的一切都沐浴在清辉中，影子让他睡不着。他有时坐在那里听蟋蟀和青蛙叫，有时听放在床头的收音机。大多数时候，他都是听棒球比赛——太平洋沿岸联盟西雅图雨山队——他现在都还记得里奥·拉森在喧嚣的赛场上几乎被淹没的声音："怀特跑一垒，他开始做准备了，他准备破纪录，他绝对会把基特尔森逼疯的……司千集在试切球后已经在本垒就位了……哇喔，他用脚尖在地上弄出洞了，听听希克斯体育场的欢呼声，他是最受喜爱的选手，是不是？哦，你今晚真该在现场。基特尔森到投球位了……好样的！在球飞出的瞬间，怀特已经安全站到了二垒的位置上了。怀特安全到达！他偷取了二垒！怀特成功触到二垒了！"

他父亲也喜欢棒球。伊什梅尔和他一起坐在客厅里的本迪克斯收音机旁，虽然那比赛可能远在西雅图、波特兰或者萨克拉曼多，但里奥·拉森的解说紧张万分，他们听得入迷。收音机里的声音时紧时缓，抑扬顿挫——那声音一会儿低沉如固执大叔讲述高尔夫游戏之秘密；一会儿紧凑如绕口令；一会儿高亢——那意味着有人打出了双杀。听得高兴的时候，亚瑟会激动得直拍椅子扶手；裁判失误或者有队员不小心陷球队于险境时，他会感到遗憾。比赛暂停时他会伸伸腿，手掌抚摸着膝盖，盯着收音机，仿佛它会和他说话似的。最后他会耷拉着脑袋眯一会儿，直到里奥·拉森的声音再次因为比赛而变得高亢起来。弗瑞迪·穆勒打了个双杀。

伊什梅尔记得父亲迷糊打盹儿的情景，台灯柔和的灯光只照在他和收音机上，膝盖上摊着一本翻开的杂志——《哈泼斯》或者《科学农业》。比赛打到后面几局的时候，整个房子在柔和安静的阴影中陷入睡意蒙眬的状态。大衣挂在门厅磨得发亮的铜钩上，他父亲的书按照大小整齐地摆放在两个有玻璃隔板的拱形橡木书架上。每当比赛有重大进展——全垒打、盗垒、双杀、打点——他父亲都会醒来一下，眨几下眼睛，然后习惯性地将手放在杂志上的眼镜上。他灰白的卷发贴在头皮上，下巴微微向上翘着，耳朵和鼻孔中也分别探出几根略带灰白的毛发，当然眉毛处更加浓密。等比赛结束，他会关上收音机，将眼镜小心翼翼地戴到耳朵上。那是一副老式的圆框眼镜，戴上之后他的形象大不一样，仿佛一个常在户外活动的人突然变成了儒雅的学者。他会拿起杂志看起来，仿佛那场比赛从未发生过。

伊什梅尔的父亲是在西雅图的退伍军人医院逝世的，死于胰腺癌和肝癌，在他弥留之际伊什梅尔不在旁边。岛上一百七十人参加了在圣佩佐公墓举行的亚瑟的葬礼，那是六月一个温暖晴朗的日子。伊什梅尔记得永石雅人在葬礼后代表日裔美国居民联盟和日本社区中心前去致哀。"我想说的是，"永石雅人说道，"圣佩佐岛上所有日裔居民对你父亲的逝世感到很难过。他是个值得尊敬的新闻工作者、好邻居，一个有正义感、有同情心的好人，他是我们和所有人的朋友。"永石雅人拉着伊什梅尔的手紧紧地握着。他身形硕大，方脸，秃头，眼睛在眼镜后面频繁地眨着。"我们知道你会追随你父亲的脚步，"永石先生激动地说道，"我们相信你会继承他的遗志。此刻，我们像你一样感到难过，我们向你父亲致敬，也请你节哀。"

伊什梅尔打开橱柜门,看着里面堆放着的各种盒子。他有八年多没有看自己收在这些盒子里的东西了。对于里面的那些东西——书、箭头、高中时代的作文、他收集的三角旗、储钱罐、徽章、海玻璃和沙滩上的石头,他都不再感兴趣了;它们是过去的东西了。不过,他心里还是想着将初枝在集中营写给自己的那封信翻出来,这么多年了,他有一种再读一遍的冲动。自从在暴风雪中停车载她之后,他就在傻乎乎地放纵自己。想到她,他就感到有点隐约的快乐。

信还在原处,躺在一个盒子里,夹在一本关于开船技术的书里,那书是他十三岁生日时收到的礼物。信封上的回信地址是山下肯尼的,邮票不知为何是倒着贴的。时间久了,信封变得脆脆的,摸起来干燥冰冷。伊什梅尔将手电筒夹在腋下,手指夹着信封坐回床边。里面的信是用宣纸写的,过了这么多年,纸坏得很快,他小心地拿在手里,移到手电筒的光线下,她娟秀的字迹出现在他眼前。

亲爱的伊什梅尔:

这些话真的很难说出口——我想不出有什么事比给你写这封信更令我痛苦。我在五百英里之外,一切在我看来都与我们最后一次在圣佩佐岛见面的时候不一样了。这遥远的距离让我能够将一切都认真考虑,而下面就是我考虑之后得出的结论。

我不爱你,伊什梅尔。我只能想到以这种方式坦白告诉你。从一开始,在我们还是小孩子的时候,我就感觉有些事情是错的。每次我们在一起我都知道。这种感觉一直在我心里。我爱你,同时又不爱你,我感到烦恼和困惑。现在,一切我都清楚了,我想我必须告诉你真相。我们最后一次在香杉树洞里见面时,我感觉到你的身体冲撞着我的身体,我就确切地知道一切都错了。我知道我们不可能在一起,而且很快我将不得不告诉你。现在,通过这封信,我告诉你了。这是我最后一次给你写信。我再也不是你的了。

  我希望你一切都好,伊什梅尔。你是有志男儿,是谦谦君子,我知道你必将大有作为,但是现在我却必须和你说再见。我要继续我的生活,为它努力,我希望你也如此。

今田初枝 诚致

  他又读了第二遍、第三遍,然后拧灭了手电筒。他陷入了沉思,她在他进入的那一刻明白了那一点,他的性器的侵入让她知道了一个她通过其他方式无法获悉的事实。伊什梅尔闭上眼睛,回想着在香杉树洞里在她体内移动的那一刻,他没能知道那会是怎样愉悦的感觉。他没法知道留在里面会是什么感觉,他能感觉到的只有她的炙热,他还沉浸在惊讶之中,她就突然退出了。他都还没到高潮,他在里面一共还不到三秒钟,而在那三秒钟里——如果她信里说的是真的——她发现她不再爱他了,而他却是更爱她了。这不是最奇怪的事吗?他进入了她的身体,却给了她一个机会明白了那样一个事实?他还想再进入她的身体,想她求他再进去一次,可是第二天,她却离开了。

  在西雅图的那些年里,他和三个不同的女人上过床,其中两个他曾短暂地认为有戏,他以为自己或许爱上她们了,结果却没有。和他睡觉的女人经常问到他的胳膊,他就告诉她们他的战争经历,不久后他就发现自己并不在意她们,甚至渐渐地厌恶起她们来。他是个失去了胳膊的老兵,这让有些二十出头的女人很是着迷,她们总喜欢装作早熟,很认真。他和她们纠缠了几个星期后,便决定不再和她们有任何瓜葛了——他和她们上床,因为愤怒、不快,也因为孤独、自私。他粗暴而频繁地进入她们的身体,在午夜、在晚饭前的黄昏。他知道,当他让她们从他的生活中消失的时候,他会比以前更寂寞,所以两次他都拖了几个星期,直到找到别的人来陪他度过漫漫长夜,他只是想进入某个人的身体,在他闭着眼睛摇摆着屁股的时候听到有人在他身下喘息。然后他父亲因为病重来了城里，于是伊什梅尔将女人忘到了一边。一天下午，伊什梅尔还在《西雅图时报》的新闻编辑室里用五个手指噼里啪啦地敲击着打字机，他父亲死了。他回到圣佩佐为他举行葬礼，并处理父亲商业上的事；他留了下来，经营起父亲的报纸。他住在友睦港的一间公寓里，尽一个小岛报社记者的可能坚持着自己的本性。大约每两个星期，他会用手帕裹着手淫一次，那就是他的性生活了。

是的，他决定了，他会按初枝的意愿写一篇文章登在《圣佩佐岛评论报》上。换作他父亲，也许不会这么做，但他不是他父亲。他父亲当然会在几个小时前就直接去找卢·菲尔丁，将九月十五日夜间的海岸观测船只往来记录给他看了。但伊什梅尔没有，至少现在还没有——没有。那些记录还待在他的衣袋里。明天他会按她的意思写那篇文章，让她觉得欠他的。等审判结束，他再去找她谈话，作为一个曾经站在她这边的人，她将别无选择，只能听他说。这就是方法。这就是策略。伊什梅尔一个人坐在冰冷的旧床上，心神不安地将她的信捏在手里，浮想联翩。

第二十五章

案件审理的第三天上午八点——法院审判室里像教堂和圣所一样点起了十二支大大的蜡烛——内尔斯·古德莫德森传唤了他的第一位证人。被告的妻子宫本初枝从旁听席的最后一排走过来，她的头发整齐地盘在脑后，塞在一顶未加修饰的帽子下面，帽檐在她的眼前投下一抹阴影。内尔斯·古德莫德森为她拉开门栏，她经过时，停下来看了一眼她丈夫——他就坐在她左手边的被告席上，双手齐整地交叠在身前。她朝他点了一下头，脸上镇定的表情丝毫未变，她丈夫也默默地冲她点了一下头。他撤开交叠的双手，将它们放在桌上，专注地看着她的眼睛。有那么片刻的时间，被告的妻子似乎要转身走向他了，但事实上她却从容不迫地向艾德·索姆斯走去，索姆斯捧着《圣经·旧约》，耐心地站在证人席前。

宫本初枝在位置上坐下后，内尔斯·古德莫德森对着一只握拳的手咳了三声，清了清喉咙里的痰，然后大拇指钩在背带裤的襻带上，从陪审团面前走过，他的那只好眼睛的眼角溢出了一点儿眼泪。太阳穴处青筋突出，当他彻夜未眠的时候它们经常这样。没有电、没有取暖器，他也像其他人一样，度过了一个难熬的夜晚。两点三十分，屋里寒冷刺骨，他擦亮一根火柴，凑到怀表的表盘上；他穿上短袜去黑漆漆的卫生间，却发现马桶里的水都冻住了。内尔斯冷得直哆嗦，呼出的气迅速凝成一团团的白雾，他拿卫生间里皮搋子的木柄打破那冰，扶着墙——腰痛正毫不留情地折磨着他——窸窸窣窣、断断续续地小便完，爬回床上，蜷缩得像一片秋天里的落叶，房间里所有的被子他都盖上了，但是他一夜都未能成眠，只能躺在那里，直到黎明到来。此刻，在审判室，陪审员看得出来他既没刮胡子，也没梳头发；他看上去至少老了十岁。他那只失明的左眼今天上午也显得尤其游移不定，不受控制。

像前几次的审讯一样，旁听席上人坐得满满当当。聚集于此的很多居民都穿着大衣，套着胶鞋，围着围巾，他们没有将衣物留在更衣室，便急着进来占位置。他们将雪带了进来——雪花在他们的羊毛大衣上融化，使空气中平添了一股潮湿的味道，庆幸能在这么一个温暖的地方看一件有趣的事情将如何发展。他们将露指手套和羊毛帽塞进衣服口袋，坐下来，知道自己能暂时避开这场暴风雪实在是运气绝佳。他们的行为举止还是如往常一样恭敬有加；他们对待法律还是很严肃的，卢·菲尔丁双目微闭地坐在法官席上，一副深不可测的思考状；高出地面的陪审团席位上陪审员坐成一排，都是一副若有所思的样子，这些都能给他们一种庄严的感觉。那些记者，职业使然，注意力都在被告的妻子身上，她今天穿着一条百褶裙和一件肩部带有长长褶裥的罩衫。她的手优雅地放在《圣经》上面，脸上表情平静。有个记者——战后他曾在日本教过汽车工程师如何写产品说明书——想起了他在奈良看过的一个表演茶道的艺妓，一样的平静。初枝的脸让他仿佛闻到了当年茶室外的庭院里散落的松针的清香。

但是初枝内心却并不平静，她的镇定只是表面的。她知道，她丈夫对她来说是个谜，九年前他当完兵回来之后就是这样了。他回到了圣佩佐家中，他们在欢饮泉路租了一间农舍。那是一个长满了桤树的死胡同；他们看不见任何其他的房子。夜里，天道会被噩梦惊醒，然后穿着拖鞋和浴袍走进厨房，坐在那里喝茶发呆。初枝发现自己嫁给了一个退役士兵，这是她婚姻中一个残酷的现实。战争在他心里留下了阴影，给他一种挥之不去的罪恶感。对她来说，这就意味着她必须以一种在他去参加战争之前从未预想过的方式去爱他。那和宽容无关，她没有试图去了解他的内心，放纵他的悲伤或是想法。相反，她让自己也完全沉浸在他的痛苦中，不是去安慰他，而是给他时间让他平复心情。她不后悔，她知道自己应该尽一个妻子的义务，也很愿意忽略自己。这让她的生活比种植草莓有更多的意义，何况，这么做既令人烦忧，却也是有好处的。凌晨三点，她和他面对面地坐在厨房饭桌前，他有时默默地发呆，有时向她倾诉，有时啜泣不已，她间或窥得他一丝半毫的忧伤，便为他收藏在自己心里。

她怀孕后，天道的情况有所改善；他找到了一份罐头厂的工作，和他弟弟健二一起在那里包装三文鱼。他开始谈到买农场的事，并且开着车带她到岛上各处去看那些待售的土地。但每每都不能满意——灌溉问题、阳光问题或土质问题，等等。一个雨天的下午，天道得出结论，并很严肃地告诉她，如果有机会，他打算买回他父母以前种的那块地。他又提到了那件事——他们本来再付最后一期款就能正大光明地拥有那七英亩地了，但是埃塔·海因却毁约，将他们的土地卖给了奥莱·乔金森；那块地本来是要归在他名下的，因为他是家中的长子，也是宫本家族中第一个获得美国国籍的人。因为集中营，他们失去了一切。他父亲死于胃癌；母亲去了弗雷斯诺，和嫁给了一个家具商的姐姐一起生活。天道一拳捶在方向盘上，诅咒世界的不公。"他们是贼，"他愤怒地说道，"他们从我们这里偷走了它。"

从战场回来六个月后的一个晚上，她醒来发现他不在床上，屋里到处都找不到他，初枝坐在黑漆漆的厨房里，惴惴不安地等了七十五分钟；外面下着雨，刮着风，车也不在车库里。

她等待着。她用手抚摸着肚子，想象着腹中婴儿的形状，希望能感觉到它在动。储藏室的屋顶有一处在漏雨，她站起来去倒空放在那里接雨水的盆。凌晨四点后，天道带着两个粗麻布袋进来了；他已经被雨淋透了，膝盖上沾着泥。他打开电灯，发现她一动不动地坐在餐桌旁，一言不发地看着他。天道也看着她，然后将一个袋子放在地板上，另一个搁在椅子上，将帽子取下。"珍珠港事件之后，"他对她说，"我父亲就将这些埋藏了起来。"他开始将东西拿出来——他的木质剑道练习剑、下绪、御角带、剑道服，以及他的木刀——一样样小心翼翼地放在厨房餐桌上。"这都是我家的，"他边擦去眉毛上的雨水边说，"我父亲把它们藏在我们的草莓地里。你看这个。"他接着说道。

那是一张照片，天道穿得像个武士，双手握着一柄木剑。照片中的他只有十六岁，但脸上已经有几分英气。初枝久久地看着照片，特别是天道的眼睛和嘴巴，想看看能发现些什么。"我曾祖父，"天道一边脱掉外套一边说，"是一个武士，一个优秀的军人。他在熊本战场上自杀了——用自己的剑杀死了自己，切腹——"天道在自己身上比画了一下，想象中的剑深深地刺入他身体左侧，然后果断向右划去。"他持剑在战场上与一支手持来复枪的皇家卫戍部队对抗。你想想看，初枝。"天道说道，"提剑上战场和来复枪对抗。他心知必死无疑。"

他跪在地板上的袋子旁边，从里面拿出一棵草莓苗。雨水重重地打在他们的屋顶上、墙壁上。天道又拿了一棵苗出来，一起放在桌上的烛光下，让她能看见。他将它们举到她面前，她看见他手臂上的血管和青筋在皮肤下跳动，他的手腕和手指都那么有力。

"我父亲种下了这些植物的祖宗，"天道愤怒地对她说道，"我们小时候就在他们种的这些果子旁边玩。你明白我在说什么吗？"

"睡吧。"初枝答道，"洗个澡，擦干身上的水，睡吧。"

她起身离开厨房的餐桌，他们的孩子在她腹中一天天长大，她知道他能从她肚子的轮廓看出来。"你很快就要当父亲了，"走到门口时，她提醒他道，"我希望这能让你快乐，天道。我希望这能帮你忘记这一切。除此之外，我不知道我还能怎么帮你。"

"我会将农场拿回来的。"雨声嘈杂，天道答道，"我们将住在那里。

一起种草莓。一切都会好起来，我要把我的农场拿回来。"

那已经是很多年前的事情了——快九年了。他们尽力节省每一分钱，能放弃的东西都放弃了，最后终于攒够了足以买栋自己的房子的钱。初枝想搬离欢饮泉路尽头这间租来的破屋，但天道说服她说更好的选择是买一艘刺网渔船。不出一两年，他说，他们的钱就能翻一倍，不但可以完全买下那条船，剩下的钱还够付一块地的首付。奥莱·乔金森老了，他说，他不久就会想卖掉那块地的。

天道一心扑在了捕鱼的事业上，可惜他不是当渔民的料。捕鱼很赚钱，他也需要钱，他有雄心壮志，有强健的体魄，也充满热情，但大海最终却不买他的账。他们没能让他们的钱翻倍，丝毫没有，他们甚至没能完全拥有"海岛人"号。天道只是更加卖力地干，将改变生活的希望完全寄托在他带回家的鲑鱼的数量上。每个没有捕到鱼的晚上，他都觉得他的梦想在他面前消退，而他渴求的那块草莓地也在离他远去。他责备自己，也挑剔她，这加深了他们婚姻中的裂痕。初枝觉得纵容他的自哀自怜对他没什么好处，他为此恨她。她很难分清他的不快到底是因为这种恨还是因为深藏在心底的战争伤痛。再说，她现在已经有了三个孩子，她要照顾他们，将以前放在丈夫身上的心思分出一部分来放在孩子们身上。她希望孩子能让他心气平和。她希望通过他们，他能不要那么执迷于梦想过另一种生活。她知道孩子已经改变了她的内心。

是的，住进更舒适的房子，在六月的清晨走进飘着草莓味道的田野，站在风中闻着草莓的芬芳，那自然是好。但她现在所拥有的是眼前的这个房子和眼下的这种生活，不停地想抓住别的毫无意义。她试图婉转地告诉他这些，但天道却坚持认为另一种生活、一种更好的生活就在不远处，只要多捕一些鲑鱼，等奥莱·乔金森行动变迟缓，等他们存够钱，只要等待，便唾手可得。

此刻，初枝笔直地坐着，双手放在膝头，等待律师发问。"我想请你回想一下，"内尔斯说道，"大约三个月前，也就是今年九月初发生的事。那个时候你丈夫很想买下中央谷那块待售的土地，我们可以这么说吗？你还记得吗，宫本太太？"

"嗯，是的，"初枝答道，"他很想买下那儿的地。他一直都想着把它买下来。那以前是他们家的土地——一块草莓地——他很想再种那块地。他家人曾经很努力地想要买下它，但是在后来的战争期间，他们失去了一切。他们的土地也被剥夺了。"

"宫本太太，"内尔斯说道，"如果你愿意的话，请你再回想一下九月七日星期二那天的事。你也许还记得，奥莱·乔金森先生——中央谷一位种草莓的退休农民——作证说你丈夫在那天去找过他，问购买他七英亩地也就是你提到的草莓地的事。你还想得起来这事吗？"

"是的，"初枝说道，"我知道这事。"

内尔斯点点头，用手摩挲着前额；他在被告席的桌旁坐下。"你丈夫提到过要去那儿吗？他告诉过你他和乔金森先生谈了购买那七英亩地的事吗？"

"是的，"初枝说道，"他告诉过我。"

"关于那次谈话他说过什么没有？你还记得什么吗？"

"是的，"初枝说道，"他说了。"

初枝复述那天的情况。九月七日下午，她开车带着孩子们从中央谷的旧农场经过时看见了奥莱·乔金森的牌子。她立刻调转车头，沿米尔伦路开进了友睦港，在皮特森杂货店旁边用公用电话给丈夫打了电话，将此事告诉了他。然后她就回家等着，一个小时后，天道回来了，带来一个坏消息：卡尔·海因已经将奥莱的农场买下了。

"我明白，"内尔斯说道，"这个坏消息——你丈夫是在九月七日晚上告诉你的吗？"

"下午，"初枝说道，"我记得我们是在那天下午后晌谈到这件事的，在他出海捕鱼之前。"

"下午后半晌,"内尔斯重复道,"没能买到那七英亩地,你丈夫看上去失望吗,宫本太太?你觉得他看上去失望吗?"

"没有,"初枝说道,"他并没有失望。他充满希望,古德莫德森先生,像我以前看到的他一样满怀希望。在他看来,最重要的是奥莱·乔金森先生决定退休不再种草莓,并决定卖掉手里的那块地了。他说,事情总归有转机了——以前没有机会,但是现在有了。他等这一刻等了几年——现在机会终于来了。他迫不及待,满怀希望。"

"让我们往后推一天,"内尔斯抬起头说道,"在第二天,也就是九月八日,他说了什么吗?他是否还是像你说的那样,满怀希望呢?"

"是的,"初枝答道,"还是。第二天我们又谈到了这事。他决定去和卡尔·海因谈一谈,去找他谈谈买那七英亩地的事。"

"但他没有去。直到第二天。他等了一天,是吗?"

"是的,"初枝说道,"他等了一天。他有点儿紧张,想考虑一下该怎么说。"

"那么就到了九月九日,星期四了。"内尔斯·古德莫德森对她说道,"是你丈夫和奥莱·乔金森谈过之后的两天;过了漫长的两天。你能想起来这期间发生了什么事吗?"

"发生了什么事?"

"他去找卡尔·海因谈话——我说得对吗?——昨天苏珊·玛丽·海因这么说的。根据苏珊·玛丽·海因所说,九月九日星期四下午,你丈夫去了他们家,说要和卡尔谈谈。据苏珊·玛丽·海因说,他们在她家附近边走边谈,大约三四十分钟。她没有跟在他们身边或是听到他们的谈话,但她说那天你丈夫离开后她和她丈夫谈过话。她说他们两个谈到了那七英亩地的事,以及你丈夫买到它的可能性。苏珊·玛丽·海因在回答提问的时候说关于那七英亩地,卡尔并没有一口回绝你丈夫,卡尔没有让你丈夫认为拿回自家土地无望。她认为卡尔暗示了你丈夫有那样的可能性。现在,你清楚了吗,宫本太太?在九月九日下午,在他和卡尔·海因谈过之后，你丈夫看上去还满怀希望吗？"

"比以前任何时候都更有信心，"初枝说，"和卡尔·海因谈完后回家，他显得比以前任何时候都有信心，也更迫切期待。他告诉我和以往那么长时间以来相比，他觉得离拿回那块地更近了。那个时候，我也觉得很有希望。我相信那真的会实现。"

内尔斯挺直身子，在陪审团面前缓缓踱起步来，一言不发地沉思着。静默中只听得风呼呼地摇撼着窗棂，蒸汽在取暖器中咝咝作响。一向光线黯淡的审判室少了头顶的灯光更显灰暗。空气中充盈着雪的味道。

"宫本太太，你说你充满希望。不过，你也很清楚，死者的母亲和坐在这里的你的丈夫关系并不是很好。或许我们可以说他们吵过架。那么你的希望是基于什么呢？是什么让你这么乐观呢？"

"是的，"初枝说道，她很理解他有此一问。她自己也曾这么问过天道：那些人会愿意将他们迫不及待偷去的土地卖给他吗？"埃塔和卡尔不是同一种人。"对此，天道答道。这次，做决定的人是卡尔，不是他妈。而卡尔和他曾经还是朋友。卡尔会凭良心做事的。

"宫本太太，"内尔斯继续说道，"你丈夫在九月九日星期四下午和卡尔·海因谈了话。在下一个星期四，即九月十六日，卡尔·海因就在白沙湾被发现溺毙在自己撒下的渔网中。这两件事情之间隔了一个星期——整整六天七夜。整整一个星期，或者将近一个星期。我的问题是在这个星期里，你丈夫有没有和你说起过卡尔·海因或是那七英亩地的事。他有没有说过和那七英亩地以及他想拿回它们相关的事？你记得你丈夫在九日到十六日这一个星期里说到过这事或者做过任何意在拿回他家这七英亩地的事吗？"

"嗯，"初枝解释道，天道觉得没什么可做的，下一步要看卡尔的，应该等卡尔有所行动。应该让卡尔考虑考虑再做决定。现在的关键是卡尔心里怎么想，他是想重复他妈妈的错误，还是觉得有责任弥补他家曾经的过失呢？他明白他的责任吗？但是，不管怎样，天道说，为同一个令人烦恼的问题紧接着再去找卡尔是不光彩的；他不想去乞求，将自己放在期望卡尔怜悯的位置上。他不想在卡尔面前显得像个弱者或是暴露出有失颜面的迫切。不，在这件事情上最好耐心一点儿。急于求成或是完全暴露自己最终什么也达成不了。他要等。他要等一个星期，他告诉初枝，然后再决定怎么做。

十六日清晨，她正在烧茶水，他穿着胶鞋和橡胶工作服推门进来，说他在海上遇上卡尔了，当时浓雾密布，卡尔的电池没电了，他帮了他，他们两个握了手，谈妥了那七英亩地的事。八千四百美元，定金八百美元。过了这么多年，宫本家的土地又是天道的了。

但是那天晚些时候，大约是下午一点，皮特森杂货店的伙计——杰西卡·波特——将这件可怕的事故告诉了初枝，卡尔昨晚在捕鱼的时候掉进海里了。人们在白沙湾发现了缠在渔网中的他，已经死了。

第二十六章

阿尔文·胡克斯靠在被告席的边缘，两只穿着锃亮的皮鞋的脚交叉在身前，仿佛悠闲地待在街角。他的手插在衣兜里，手指交叉，脑袋向右偏了一会儿，定定地看着宫本初枝。"知道吗，"他说，"听你说话很有意思。特别是关于十六日早上的那段。你告诉我们的那个故事，你正在烧茶水，被告进了厨房，告诉你他们在海上的谈话，关于他和卡尔·海因达成了某个协议。我觉得这个故事很有趣。"他停下来又盯着她看了一会儿，然后开始点头。他挠了挠头，眼睛转向天花板。"宫本太太，"他叹了口气，"十六日早上——也就是卡尔·海因被杀的那个早上。你丈夫的情绪'非常兴奋'，我可以这么形容吗？我有没有曲解你的证词？那天早上他回到家的时候是不是'非常兴奋'？"

"是的，可以那么说，"初枝答道，"他非常兴奋，当然。"

"他看上去反常吗？情绪——激动？你是不是觉得他有点……不同呢？"

"只是兴奋，"初枝答道，"没有激动。要拿回家里的土地了，他为此感到兴奋。"

"好吧，那么他很兴奋，"阿尔文·胡克斯说道，"然后他告诉了你他在海上停下来帮卡尔·海因弄……没电了的电池之类的事情。是这样吗，宫本太太？"

"是的。"

"他说他将船和卡尔·海因的绑在一起,然后上了卡尔的船,借给了他一个电池吗?"

"是的。"

"然后在他做这件好事的过程中,他和卡尔谈了在那之前他们还一直为之争论的那七英亩地的事情,是这样吗?然后卡尔就同意将地卖给他了吗?价格是八千四百美元左右?是那样吗?我说得正确吗?"

"没错,"初枝说,"正是如此。"

"宫本太太,"阿尔文·胡克斯说,"你有没有将这件事告诉过别人呢?比如说,打电话告诉亲朋好友这个好消息?告诉他们你丈夫已经在半夜的时候在他的捕鱼船上和卡尔·海因谈妥,你们将很快就要搬去那七亩草莓地,开始全新的生活,等等,你有没有让你的亲朋好友们都知道这些呢?"

"没有,"初枝说道,"我没有。"

"为什么没有呢?"阿尔文·胡克斯问,"你为什么不告诉别人呢?这可算得上是件大事。你应该告诉别人的,比如说,你妈妈,你的姐妹们,或者别的什么人。"

初枝在座位上换了个姿势,不自然地掸了掸罩衫的前襟。"嗯,"她说,"天道回来没几个小时后我们就听说卡尔·海因……死了。卡尔的意外——改变了我们的想法。那样一来,我们就没什么可告诉别人的了。一切又都悬而未决了。"

"一切都悬而未决,"阿尔文·胡克斯双手抱在胸前重复道,"当你们听到卡尔·海因的死讯后,就决定不提此事了,你刚才是这么说的吗?"

"你曲解了我的意思,"初枝反驳道,"我们只是——"

"我没有曲解你的意思,我甚至没有解释你的话,"阿尔文·胡克斯打断她的话,"我只是想知道事实——我们都想知道事实是怎样的,宫本太太，这是我们聚在这里的目的。你发了誓要陈述事实的，所以，太太，我再问一遍，请回答，你们是不是决定不提你丈夫夜里在海上遇到了卡尔·海因的事呢？你们决定了不提这事吗？"

"没有什么可提的，"初枝说道，"我能告诉家人什么呢？一切都变得不确定了。"

"比不确定还要糟糕，"阿尔文·胡克斯说道，"不但你丈夫买地的事黄了，我们应该注意，还有一个人死了。一个人死了，脑袋一侧受到重创。宫本太太，你有没有想过去找治安官先生，提供你所知的关于此事的消息呢？你有没有想过将你所知道的都告诉岛县的治安官，告诉他你丈夫那天夜里在海上，还有电池的事，等等？"

"是的，我们想过。"初枝说，"那天我们讨论了一个下午，我们是否应该去找治安官，告诉他，是否应该将事情说出来。但是最后我们决定不那么做，你瞧——情况看来不妙，看上去像是谋杀，天道和我都明白。我知道他可能受到怀疑，受到审判，而事实也正是如此。你瞧，事实就是这样。你们在控告我丈夫谋杀。"

"那当然，"阿尔文·胡克斯说道，"我明白你的感受。我也知道你可能很担心你丈夫会被控谋杀。但是如果事实如你所说，你到底又在担心什么呢？如果事实如你所说，宫本太太，你为什么不直接找到治安官，将一切都告诉他呢？"

"我们有顾虑。"初枝说，"觉得最好保持沉默，主动去说是错误的。"

"哦，"阿尔文·胡克斯说，"这可真是讽刺。因为在我看来，不主动去说才是个错误。错误在于你们隐瞒事实。在治安官调查的时候故意隐瞒情况。"

"或许。"初枝说道，"我不知道。"

"但这是不对的，"阿尔文·胡克斯食指指向她说道，"在法律上，这是个严重的错误，你不觉得吗？有人死了，死因不明，治安官在四处搜集证据，而你们却不主动提供帮助。你们有义务提供帮助的，但你们却没有，你们不诚信。坦白说，这让你变得可疑，宫本太太，我很抱歉这么说，但这是事实。如果你不相信别人，不愿在应该的时候站出来，提供你所知道的情况和重要信息的话，我们现在又怎么相信你呢，你明白吗？我们怎么能相信你呢？"

"但是，"初枝身子前倾说道，"我们也没有时间那么做。我们是在下午听说卡尔的意外的。几个小时之后，我丈夫就被逮捕了。根本就没有时间。"

"但是宫本太太，"阿尔文·胡克斯反驳道，"如果你真的觉得那是一场意外的话，为什么不立刻去说呢？为什么不在当天下午就把你所知道的关于这场意外的一切都告诉我们的好治安官呢？为什么不帮他搜集详细信息呢？为什么不帮他一下呢？为什么不告诉他你丈夫上过卡尔·海因的船去帮他弄——嗯——没电的电池，是不是？我希望你能明白，我只是想说我完全不能理解。我觉得疑惑。我不知道应该相信什么，不应该相信什么。我完全糊涂了，真的。"

阿尔文·胡克斯拍拍裤缝，站起来，看看证人席，然后坐回椅子里，两掌合拢。"我没有更多的问题了，大人。"他突然说道，"提问完毕。证人可以退席了。"

"等等，"宫本初枝叫道，"我——"

"够了，请打住。"菲尔丁法官严肃地打断她。他表情冷峻地看着被告的妻子，她也愤愤地看着他。"你已经回答完问题了，宫本太太。我能理解你的不安，但你的感受、你的情绪，那不是我在这法庭上所能考虑的。你刚才想说话，想向胡克斯先生表达一下你的想法——我不会责怪你情绪强烈——但这是不允许的。你回答完了问题，现在，恐怕你只能下去了。你别无选择。"

初枝转过去看着丈夫。他向她点了点头，她也向他点点头，随即就恢复了刻意做出来的镇定模样。她站了起来，再没说话，回到了审判室后排的位置上,她整了整帽子,坐了下来。旁听席上的一些岛民——包括伊什梅尔·钱伯斯——忍不住转头去看她,但她似乎全然不觉,直视着前方,一言不发。

内尔斯·古德莫德森又传唤了约书亚·吉兰德斯,圣佩佐岛刺网捕鱼协会主席。这个男人四十九岁,长着海象胡子和一双酒徒特有的潮湿阴郁的眼睛。矮壮结实的他驾着他的"伊莉莎海岬"号独来独往,捕了三十年的鱼。岛上的居民都知他是个海员加酒鬼,总装出一副海军上尉的架势:无论走到圣佩佐岛的什么地方,都戴着他的蓝色上尉帽。他穿着羊毛粗布工作服和设德兰毛衣,经常和乔恩·叟德兰上尉一起在圣佩佐酒馆里混。他们两个鬼话连篇,每灌下一品脱酒,音量就高出一分。叟德兰上尉会捋捋胡子;约书亚则一把抹去胡子上的泡沫,拍在上尉的肩胛上。

现在,他站在证人席上,指间捏着硬舌船长帽,双臂抱在他的水桶胸前,欧米伽型下巴朝着内尔斯·古德莫德森,后者那样颤巍巍地站在他面前,眨巴着眼睛。

"吉兰德斯先生,"内尔斯问,"你做圣佩佐刺网捕鱼协会主席有多久了?"

"十一年,"约书亚答道,"但捕鱼这行干了三十年了。"

"捕鲑鱼吗?"

"是的,主要是。"

"在刺网捕鱼船上吗,吉兰德斯先生?三十年都在刺网捕鱼船上吗?"

"是的,三十年。"

"你的船,"内尔斯说道,"伊莉莎海岬号。船上有帮手吗?"

约书亚摇了摇头。"没有,"他说,"我一个人做。一直都是,以后也是这样。我自己一个人在海上捕鱼,就这样。"

"吉兰德斯先生，"内尔斯说，"在你捕鱼的三十年中，你登上过别人的船吗，先生？在海上的时候，你有没有为了什么原因和另一艘刺网捕鱼船系在一起，上过别人的船呢？"

"几乎没有，"约书亚·吉兰德斯边说边捋了捋胡须，"或许，顶多五六次，这么多年里——六次，不会超过这个数。五到六次——就是这样。"

"五六次。"内尔斯说道，"吉兰德斯先生，能请你回忆一下那几次海上登船的情形吗？你还记得每一次登上别人的船的目的吗？能请你在这里回忆一下吗？"

约书亚又整了整胡须；那是他思考时的习惯动作。"虽然记不起太多细节，我想总是有人遇到麻烦了。引擎出问题了，开不动了，需要帮助。或者——好吧——有一次是一个家伙屁股裂开了，需要人帮忙，我想是的。我靠过去上了那船。帮他搞定。但是，你瞧，虽然具体细节各不相同，但都是紧急情况。只有在对方需要帮助的时候你才会登船。"

"有人需要帮助时你才会登船。"内尔斯说，"吉兰德斯先生，在你用刺网渔船捕鱼的三十年里，你有没有因为紧急情况以外的别的原因登上过别人的渔船呢？出于别的原因，而不是因为另一艘船上的人，如你所说，需要帮助？"

"从来没有，"约书亚答道，"捕鱼就是捕鱼。我捕我的，他们捕他们的。大家各干各的事情。"

"好的，"内尔斯说道，"那么，先生，在你用刺网渔船捕鱼的三十年中，你作为协会主席——我想，你肯定听说过这些刺网渔船渔民在海上遇到过的各种事故——你有没有听说过谁出于紧急情况之外的什么原因登船的事呢？你能想起这样的事吗？"

"没有这样的事，"约书亚答道，"海上有不成文的规矩，古德莫德森先生。渔民之间默认的规矩。你做你的，我做我的。彼此没什么可说的。大家都在忙，没工夫瞎聊，可不能在别人都忙着拖鱼的时候还坐在甲板上喝着朗姆酒瞎白话。不，没有人会无缘无故地登上别人的船，除非有好的理由——那个人遇到了麻烦，出了紧急情况，发动机不转了，腿断了。如果遇到这些情况，那就靠过去，上船。"

"那么你是否认为，"内尔斯问，"如果不是卡尔·海因遇到了紧急情况需要帮助，被告，也就是宫本先生，是不会登上卡尔·海因的船的呢？"

"我只能这么说，古德莫德森先生，我从未听说过为了别的原因登船的事。我所知道的只有一种情况，这个我已经说过了，就是有人发动机出故障了，或者腿断了。"

内尔斯小心翼翼地靠在被告席桌子的边上，那只失明的眼睛不安定地跳动着，他试图用食指止住它，但无济于事。"吉兰德斯先生，"他问，"在海上和别的船系缆绳是不是很难？即便是在风平浪静、光线很好的情况下？"

"是的，"约书亚答道，"有点儿难。"

"夜晚在开阔的水面系缆，这有可能快速做到吗，在攻击的情况下？有人能够在另一个人不同意的情况下迅速做到这一点吗？有没有这种可能？"

"从来没听过，"约书亚摆了摆手答道，"双方都同意的话也许还有可能。但需要很好的技巧。另一人不同意的情况下系缆——我认为不可能，古德莫德森先生。我从来没听说过这样的事儿。"

"你从来没听过有人违背他人意志强行登船的事吗，先生？你认为这种举动没有操作的可能性吗？你说的是不是就是这个意思？我说得对吗？"

"你说得对，"约书亚·吉兰德斯说道，"不可能做到。另一个人会把你甩开。不会让你开到旁边，再系上缆绳的。"

"除非在紧急情况下，"内尔斯说道，"没别的登船理由。是这样吗，吉兰德斯先生？"

"是的，紧急情况登船。我没有听说过别的情况。"

"假如你想杀了某个人，"内尔斯强调道，"你认为你会强行登上他的船，并用你自己的鱼叉攻击他吗？你有多年的海上经验，所以我想请你设想一下。先生，据你估计，这样的计划明智吗？你觉得将缆绳系上他的船，然后登上他的船去实施谋杀的计划可行吗？或者你是否会试试别的方法，而不是在大雾中在开阔的海面强行登船，而且还是在深夜，在另一个人不同意的情况下——你是怎么想的，吉兰德斯先生？"

"如果他不想让你登船的话，你是登不了船的。"约书亚答道，"我不认为那样的事会发生。特别是对方是卡尔·海因。他不是那么容易让人登船的人——那么大块头、强壮、彪悍。古德莫德森先生，这个宫本根本不可能强行登船。不可能。他登不了。"

"不可能。"内尔斯说道，"作为一名经验丰富的刺网渔船渔民、圣佩佐刺网渔船协会的主席，你估计被告不可能登上卡尔·海因的船实施谋杀吗？强行登船的问题排除了这种可能性——使之成了一件不可能的事，是吗？"

"宫本不可能强行登上卡尔·海因的船。"约书亚·吉兰德斯说，"系缆太难了，卡尔也不是吃素的。如果他登船了的话，必定是某种紧急情况，引擎故障之类的。电池，他老婆不是说了吗？卡尔遇到了电池问题。"

"好吧，"内尔斯说道，"电池问题。让我们假设一下，如果你遇到了电池问题，船开不动了，也没有人。你被困在海上。你会怎么做呢，吉兰德斯先生？你是不是会，比方说，换上一个备用的？"

"不会带备用的。"约书亚答道，"很少像开车一样带一个备用的，不是吗？"

"但是，米兰德斯先生，"内尔斯·古德莫德森问，"如果你还记得岛县警局治安官的证词的话，当然他在书面报告中也写了，事实上卡尔·海因的船在白沙湾被人发现时，船上有一个备用的电池。在他的电池槽里有一个型号为 D-8 的电池和一个型号为 D-6 的电池在用,船舱地板上还放着一个 D-8 型号的——第三个电池,虽然没电了,但也很有可能就是一个备用电池呢?"

"呃,"约书亚说道,"这事很奇怪。三个电池——这很奇怪。一个没电了的备用——这也很奇怪。我认识的人都只带两个电池,一个主用的,另一个辅助的。一个电池坏了,你还有另一个可用,可以坚持到你靠岸。还有一点,D-8 和 D-6 型号的电池一起装在电池槽里——这事我以前也没听说过。在海上混这么久,我从来没听说过这种做法——大家都是用同一个型号的电池的——我认为卡尔·海因不会这么做,那完全不合常规。我认为宫本太太刚才说的是真的——卡尔的电池出问题了,他可能把他的 D-8 电池取了出来,放在船舱的地板上,从宫本那里借了一个 D-6 电池,宫本那晚剩下的时间用的是自己另外的那个电池——这是最有可能的解释。"

"我明白了,"内尔斯说道,"那假设你在海上电池没电了,需要帮助,你会怎么做呢?"

"我会通过无线电发信号,"约书亚答道,"或者向能看到的某个人挥手求助。或者如果我的网已经撒好了,情况还好的话,我会等,等看到有人过来的时候再向他们挥手求助。"

"你的第一选择会是无线电是吗?"内尔斯问,"你会通过无线电求助吗?但是如果你的电池没电了,你的无线电还能用得起来吗?用什么给它供电呢,吉兰德斯先生,如果你没电池了的话,用什么给你的无线电供电呢?那时候你真的还能通过无线电呼救吗?"

"你说得对,"约书亚·吉兰德斯说道,"无线电用不了。我没法发送信号。你说得一点没错。"

"那么你会怎么做呢?"内尔斯问道,"如果雾不是很大的话,你还可以向某个人挥手求助。但如果雾很大,就像卡尔·海因溺水的那天夜里一样——九月十六日的凌晨,你或许还记得那天早上雾很大——那么,你只能指望有人从离你很近的地方经过,而且不管是谁,你只能向他求助,因为再遇上另一艘船的可能性并不大,是吗?不管是谁的帮助,你只能接受,否则你会有大麻烦。"

"你说得很对,"约书亚·吉兰德斯说道,"正是那样,独自漂泊在大雾中,离船舰湾的航道又那么近,最好是能得到帮助。出海时在那个地方出故障是很危险的。大货轮随时可能从那儿经过。最好想办法求助——正如你所说,不管是谁从那大雾中出现,你都应该立刻吹响号角。对了,我倒忘了这个。"约书亚补充道,"卡尔船上有一个压缩气体警笛。他不需要电池也能发出紧急求助信号。他只要拿起号角吹响它就行了。吹响号角可用不着电池。"

"呃,"内尔斯说道,"好吧。他在雾里漂泊在航道附近,引擎停了,周围黑漆漆的一片,无线电用不了,也没有备用电池——如果此时有人来帮他的话,你觉得他会欢迎吗?如果另一个刺网渔船的渔民靠过来,愿意上船来帮他,你觉得他会感激吗?"

"当然,"约书亚说,"他当然会欢迎。他被困在海上,船没法开动,甚至没法拉动渔网,将鱼捞上来。他肯定会非常感激那个人。要不然,他就不正常了。"

"吉兰德斯先生,"内尔斯用手捂着嘴咳了一下,"我想请你再回想一下我刚才问过你的一个问题。我想请你再想想这件谋杀案——一级谋杀案,有预谋的。也就是事先计划好要杀死某个人,然后实施下面的这些步骤:趁他在海上捕鱼的时候接近你要谋杀的人,强行将缆绳系到他的船上,跳上船,然后用鱼叉的手柄重击他的头部。我想问问你——又一次问你——你在海上捕鱼三十年了,又是刺网渔船协会的会长,应该说对夜里在海上发生过的各种事情无所不闻了,在你看来,先生,你会认为这是一个好计划吗?一个渔民想要杀死某个人的话,他会想出这样的计划吗?"

约书亚·吉兰德斯如同受到冒犯一样摇了摇头。"古德莫德森先生，"他断然否定，"那是再荒唐不过的计划。绝对是最荒唐的，明白吗？我不得不说，如果有人想要杀死另一个人的话，他完全可以找到不那么费事，也不那么危险的办法。强行登上别人的船——我告诉你，那是不可能的。拿着一把鱼叉扑过去？那太可笑了，先生。海盗才有那能耐，要不就是瞎编的。我想，如果你能接近他，近到可以系缆绳了——其实你做不到——那你也足以开枪打死他了，不是吗？一枪打死他，然后从容不迫地将缆绳系好，再将他扔下船，洗干净你的手。他会一直沉到海底，永远消失。我会选择用枪打死他，而不是做史上第一个成功强行登船的刺网渔船渔民。不，先生，如果在这法庭上有任何人认为宫本天道强行登上了卡尔·海因的船，用鱼叉击打他的头部杀死了他，然后将他扔下船的话——嘿，那就只能说他们都是笨蛋。只有笨蛋才会相信这事。"

"好吧。"内尔斯说道，"吉兰德斯先生，我没有其他问题要问你了。谢谢你今天上午来这里。外面雪下得很大。"

"是的，雪下得很大，"约书亚说道，"但这里还是很暖和的，古德莫德森先生。事实上，对这位胡克斯先生来说，可能太暖和了。可能——"

"证人。"内尔斯·古德莫德森打断他的话。他在宫本天道旁边坐下，手放在天道肩膀上。"我问完了，胡克斯先生。"他说。

"好吧，那么，我想该我来问了。"阿尔文·胡克斯平静地答道，"我只有几个问题，吉兰德斯先生。这儿这么热，我们就问几件事情好了——可以吗，先生？"

约书亚耸耸肩，双手交叉在肚子前。"那就问吧，"他说道，"我听着呢，长官。"

阿尔文·胡克斯站起来，手插在裤袋里，信步走到证人席前。"好的，"他说道，"吉兰德斯先生。你已经捕了三十年的鱼。"

"是的，先生。三十年。数得到的。"

"三十年是很长的一段时间,"阿尔文·胡克斯说道,"海上无数个孤独的夜晚,是吗?大把的时间可以想事情。"

"旱鸭子可能会觉得那是孤单的,我想。像你这样的人在那儿可能会觉得孤单——一个靠说话谋生的人。我——"

"哦,是的,"阿尔文·胡克斯说,"我是旱鸭子,吉兰德斯先生。我是那种到了海上会觉得孤单的人——这都是真的,是的。很对,很对,非常对——但我个人的生活和此案无关。所以我们还是来说说案件吧,现在还是不要说这些无关的事情了——可以吗,先生?"

"这会儿你说了算。"约书亚·吉兰德斯说道,"你想问什么就问吧,问完拉倒。"

阿尔文·胡克斯双手反在背后,从陪审员们面前走过。"吉兰德斯先生,"他问道,"你先前说没有哪个刺网渔船的渔民会登上别人的船,除非有紧急情况。是吗,先生?我没听错吧?"

"对,"约书亚·吉兰德斯答道,"我是这么说的。"

"那么,帮助遇到危难的人是否也是一条不成文的规定呢?换句话说,吉兰德斯先生,你是否认为在海上帮助别的遇到紧急情况的渔民是自己义不容辞的事呢?是不是这样的呢?"

"我们都是讲道义的人,"约书亚·吉兰德斯说道,"虽然捕鱼的时候各干各的,但到底干的是同一行。在海上总会有需要彼此的时候,明白吗?海上任何一个称职的渔民都会对他附近的同伴伸出援手的。这是海上的法律——绝对的——不管你在做什么,有人求救,你得去。在海上,遇到紧急情况,大家都会义不容辞地去帮忙,我想不出有哪个渔民不会这么做。这是法律,明白吗——没有明文,但和那一样好使。渔民要互相帮助。"

"但是吉兰德斯先生,"阿尔文·胡克斯说道,"在之前的证词中,我们也听到了,渔民们的关系并不总是很好,他们互不交谈,各捕各的鱼,他们还会为下网的地点、谁偷了谁的鱼之类的问题起争执。众所

313

周知，他们并不是特别友好的人，他们喜欢单独作业，保持距离。那么，先生，尽管如此——尽管他们有竞争，喜欢孤独，不愿意与他人为伍——渔民也还是会去帮助另一个遇到紧急情况的渔民，我们可以这么说吗？即便他不喜欢另一个人，甚至即便他们以前起过争执，即便他们是对头？在海上遭遇危难情况的时候，所有这些都会被抛到一边，突然变得不相干吗？还是会有人因为怀恨在心而不理会对方，甚至对陷于险境的敌人幸灾乐祸呢？请告诉我们，先生。"

"呸，"约书亚说，"我们是胸怀坦荡的好人。不管之前有什么样的摩擦，我们还是会互相帮忙，这是我们的处事原则——哼，就算是对头也要帮。谁能保证哪天自己不会需要帮助呢？谁都会有不走运的时候，知道吗？你怎么对待别人，别人就会怎么对待你。你不能袖手旁观看他被浪卷走——那就太没意思了，不是吗？不管别的事情怎么样，遇到紧急情况，我们肯定会互相帮忙的。"

"好的，吉兰德斯先生，我们相信你的话，"阿尔文·胡克斯说道，"我们相信你说的，在海上紧急情况下，即便是对头也会互相帮忙。如果我没听错，你先前说在海上不可能强行登船，海面条件可以阻止刺网渔船的渔民登上另一艘刺网渔船，除非双方都同意，是吗？除非双方同意并互相配合，是吗？这么说对吗？我的理解对吗？"

"一点没错。"约书亚·吉兰德斯答道，"我说的就是这个意思——不会有强行登船这种事情。"

"嗯，"阿尔文·胡克斯说道，"这位古德莫德森先生，被告的辩护律师，我尊敬的同事，刚才请你设想了一个人预谋在海上杀害另一个人的情况。他提到了强行登船，扑上去，挥起鱼叉。先生，你说那不可能。你说那种谋杀不可能发生。"

"如果说要强行登船的话，那只能是瞎编的故事，只能那么说。是个海盗故事，仅此而已。"

"好的，"阿尔文·胡克斯说道，"我想请你设想一下另一种情形——请你告诉我它有没有可能。这种事情有没有可能发生，还是它也只是一个瞎编的故事。"

阿尔文·胡克斯又踱开了步，目光扫过每一个陪审员。"首先，"他开始说道，"这位被告，宫本先生，打定主意想要杀了卡尔·海因。这有没有可能？"

"当然，"约书亚答道，"如果你要这么说的话。"

"然后，"阿尔文·胡克斯说，"在九月十五日那天，他去捕鱼。还有些雾气，但是并不算太浓，所以他跟在他想杀害的对象，卡尔·海因，后面保持可视的距离并不算太难。他跟着他一起开到了船舰湾——到此为止，可能吗？"

"我想是的。"约书亚·吉兰德斯说道。

"再然后，"阿尔文·胡克斯接着说道，"他看见卡尔·海因下网，就在不远的地方也下了网，故意选了上游，一直作业到深夜。那时雾已经变得很浓了，大雾笼罩，一切都变得模糊不清。他看不清任何事物、任何人，但他知道卡尔·海因的位置，在他下游两百码的雾里。已经很晚了，凌晨两点。海面上非常安静。他听着无线电，其他人都开动马达去艾略特海岬捕鱼了。他不知道在这片海域具体还有多少渔民在作业，但他知道人数肯定很少。于是宫本先生终于采取行动了。他将渔网拉了上来，关了马达，确定鱼叉就在手边，然后顺流而下朝卡尔·海因的方向去了，他说不定还吹响了号角。看来他不偏不倚地漂到了卡尔那儿，并对他撒谎说自己的引擎坏了。请你告诉我——按照你先前说的——卡尔·海因会不会觉得必须帮他呢？"

"瞎编，"约书亚·吉兰德斯吐了口唾沫，"但编得非常好。继续。"

"卡尔·海因会不会觉得必须帮他呢？像你刚才说的——就算是对头也要帮。卡尔·海因会不帮吗？"

"不，他会帮的。接着说。"

"他们两个不会将船绑到一起吗？有了紧急情况，即便是假的，你所说的海上成功登船的条件——双方的同意——是不是就能达成呢,吉兰德斯先生?"

约书亚点点头。"是的。"他答道。

"此时,在这种情况下,先生,被告能不能——别忘了他是个训练有素的剑道高手,在搏击方面经验丰富,能致人于死地,并且擅长用棍棒杀人——被告能不能跳上船,在卡尔·海因后脑勺上狠命一击,那力道足以将他的脑壳敲碎,难道还不足以置他于死地?和用枪相比,哪种方法——可能——被附近捕鱼的别的渔民听到呢?先生,我刚才说的这些是不是还是有可能的呢?我假设的情形在你这样的专家听来是不是有道理呢?所有这些是不是都有道理呢,先生?"

"有可能,"约书亚·吉兰德斯说道,"但是我认为不是这样的。"

"你认为不是这样的。"阿尔文·胡克斯说道,"看来你另有看法。但是你的看法依据是什么呢,先生。你也不否认我说的情形是有道理的,不否认这件有预谋的谋杀案发生的过程有可能就是我刚才描述的情形,是吗,吉兰德斯先生——你否认了吗?"

"不,我没有,"约书亚说,"但是——"

"我没其他问题了,"阿尔文·胡克斯说道,"证人可以退席了。证人可以回到暖和宜人的旁听席了。我没有其他问题了。"

"呸。"约书亚·吉兰德斯啐了他一口。但法官已经抬起了手,约书亚见此也只能两指夹着帽子离开了证人席。

第二十七章

狂风拍打着法院审判室的窗户，将窗框摇撼得咔咔直响，窗玻璃要碎了似的。三天三夜了，坐在旁听席上的市民们听着风对他们的房屋肆虐，在他们艰难地往返法院的路上从耳边呼呼刮过。他们完全不能适应它。他们已经习惯了每年春天泥土解冻、雨量稳定时吹过小岛的海风，但是这种强度的风，这么刺骨的寒冷和猛烈，对他们来说还是陌生的。他们想不到一场风可以连续刮上几天，它让他们变得急躁。雪是一回事，它只顾往下落，但暴风的呜呜哀鸣，吹在他们脸上时的刺痛感——每个人潜意识里都希望它能别刮了，给他们点安宁。他们已经厌倦了老是听到它。

被告宫本天道在关押室里一点儿也没听到过这风，一丝动静也没听到过。他丝毫不知外面的暴风雪，除了当阿贝尔·马丁森领他走上楼梯——手上套着手铐去菲尔丁法官的审判室——走到光线昏暗的审判室一楼时，他才感觉到风正在摇撼这整栋建筑。透过每层楼梯井的窗户，他看见雪花从阴沉沉的天空飘落，随风乱舞。过了七十七个没有窗户的日子，这冬季风暴中冷冷的、又柔柔的天光也令他颇感欣慰。昨晚天道是裹在层层毯子中度过的——混凝土的关押室格外寒冷——他来回走动取暖，却还是抖个不停。奉命在夜间看守他的人——一个叫威廉·司登森的退休锯木匠——将近午夜时分用手电筒照了照他，问他是不是还好。天道问他再要些毯子和一杯茶。"我去帮你拿,"威廉·司登森答道,"但是,老兄,要不是你给自己惹上这样的麻烦,我们两个就都不用在这儿受罪了。"

天道也这么想,这麻烦真是拜他自己所赐。两个半月前,内尔斯·古德莫德森来找他,下了一局棋之后请他告诉他实情,但他却重申了自己已经对莫兰治安官说过的那个谎言:坚称自己什么也不知道,结果他的处境便更糟了。是的,他和卡尔·海因谈过那七英亩地,是的,他和埃塔·海因吵过架,是的,他去找过奥莱。不,九月十五日夜晚他在船舰湾没见过卡尔。他不知道卡尔的事是怎么回事,也没法向任何人提供解释,关于卡尔的溺水身亡他一无所知。他,天道,那天晚上一直都在捕鱼,然后就回家睡觉了,就是这样。他能说的就只有这些。

内尔斯·古德莫德森开始对这个回答是满意的,似乎也相信了他的话。但是第二天上午,他又来了,腋下夹着一个黄色的法律文件簿,嘴间叼着根雪茄,在天道的床上坐下。雪茄的烟灰落在他膝盖处的裤子上,但他似乎不介意,也许是没看到,天道为他感到难过。他的背已经有点儿驼了,手在颤抖。"警察的报告,"他叹了口气说道,"我看了,天道。从头到尾都看了。"

"上面说些什么?"天道问道。

"说到了一些令我很担心的事实。"内尔斯答道,从大衣口袋中抽出一支钢笔,"希望你别介意,我想再一次请你告诉我实情。可以吗,天道?将一切从头到尾再告诉我一遍好吗?关于那七英亩地的事,等等。发生过的一切。"

天道走到关押室门口,目光投向外面。"你不相信我告诉你的,"他平静地说道,"你认为我在撒谎,是不是?"

"你鱼叉上的血迹,"内尔斯·古德莫德森答道,"他们拿到安纳柯蒂斯去化验了,和卡尔·海因的血型相符。"

"我不知道是怎么回事,"天道说道,"我告诉过治安官,我现在再告诉你，我什么都不知道。"

"还有一件事，"内尔斯用笔指着天道接着说道，"他们在卡尔的船上发现了你的一根系缆绳。和你船上除了那根新的之外的其他几根系缆绳吻合。这个也写在报告里。"

天道"哦"了一声，却没说别的。

"知道吗，"内尔斯·古德莫德森说道，"如果不知道真相，我是帮不了你的。岛县治安官在离奇死亡的渔民船上发现了你的系缆绳，这些该死的证据我都告诉了你，但你却只有一个'哦'来回答我，单凭这个我没法重构案情。如果我知道的只是一个'哦'，我能帮你什么忙呢？我要怎么来帮你呢，天道？你得将一切都坦白告诉我，唯有如此。否则，我帮不了你。"

"我已经将实情告诉你了。"天道说道。他转过身，面对着他的辩护人，一个独眼、双手哆嗦的老人，他是被指派来替他辩护的，因为他，天道，拒绝花钱雇请律师来替他辩护，反驳公诉人的观点。"我们谈过我家的那块地的事情，几年前我和他妈妈吵过架，我去找过奥莱，也找过卡尔，就是这样。我要说的都已经说过了。"

"系缆绳呢？"内尔斯·古德莫德森追问道，"系缆绳和鱼叉上的血迹呢？我——"

"我也没法解释，"天道坚持道，"我不知道是怎么回事。"

内尔斯点点头，盯着他，天道和他对视着。"知道吗，你可能会被绞死。"内尔斯坦言以告，"如果你不打算说出真相的话，世上没有哪个律师能帮得了你。"

第二天早上内尔斯又来了，带来一个马尼拉文件夹。他抽着雪茄，胳膊下夹着那个文件夹，从关押室的这头一直走到那头。"我把治安官的报告给你带来了，"他说道，"好让你看看我们面对的情形。问题是，一旦你看了这个，你也许又会编出一个新故事——你也许会装出打算对我坦诚相告的样子，实际上却编出一个更有可信度的谎言。等你看了这份报告,天道,你就能编造一些和它相符的谎话,而我就只能靠那个去替你辩护了,因为我别无选择。我不喜欢这样。我宁愿事情不是那样。我希望我能相信你。所以在你看这里面写了些什么之前,你还是将事情原原本本地告诉我吧,在我面前为你自己开脱吧。将你一开始就应该告诉治安官的真相告诉我,趁现在还不算太晚,趁真相还可能还你自由。趁现在说出真相对你还有一些好处。"

开始,天道还是沉默不语。但随后内尔斯将那个马尼拉文件夹扔到他床上,走到他面前。"是因为你是日裔,"他淡然说道,语气是陈述而不是询问,"你觉得因为你是日裔,所以反正没人会相信你。"

"我有理由这么觉得。或许你已经忘了,几年前,政府觉得我们中没有一个信得过的,所以将我们全部驱逐。"

"是有这事,"内尔斯说道,"但是——"

"我们奸诈狡猾,"天道说道,"不能相信日本佬,不是吗?整个岛上充满了这种强烈的情绪,古德莫德森先生,他们嘴上没说出来,但在心里却一直都是厌恶的。他们不买我们地里长出来的草莓,不和我们做生意。还记得吗?去年夏天还有人用石头砸住田家暖房的玻璃。好了,现在有个大家都挺喜欢的渔民死了,溺毙在自己的渔网里。他们当然会认为必然是个日本佬杀了他。不管真相如何,他们只想看到我被绞死。"

"还有法律呢,"内尔斯说道,"法律会平等地对待每一个人。你有权利得到公正的审判。"

"但有很多人,"天道说道,"恨我。他们恨每一个与曾经和他们殊死搏斗的士兵长得相像的人。所以我才会在这里。"

"把真相告诉我,"内尔斯说道,"趁现在还不晚,告诉我真相吧。"

天道叹了口气躺倒在床上,双手垫在脑后。"真相,"他说,"要说清楚并不容易。"

"没关系,"内尔斯说道,"我理解你的感受。虽然有些事情是事实,但也有一些是没有发生的。我们要说的正是这个。"

对天道来说，一切就像一个错综复杂的梦，雾气迷蒙、静寂。在暗无天日的关押室，他反复回想，最小的细节也变得清晰，一字一句都回响在耳畔。

事发的那个夜晚，时近黄昏，他查看过"海岛人"号的发动机油，动作娴熟地给卷网机上好润滑油，准备起航去船舰湾。据他所知，船舰湾已经连续两晚让渔民又累又开心了。他从拉斯·汉森和简·索伦森那儿听说的，于是便决定去船舰湾捕鱼。他们说，那里银鲑鱼翻滚着随潮水大群大群地游来。退潮的时候也有鱼，只是没有涨潮的时候那么多。天道希望涨潮的时候能捕个两百条，或许退潮的时候还能再拉上百来条，如果他幸运的话——他知道，运气，正是他所需要的。前一个晚上，在艾略特海岬只够勉强收回成本。他只打到十八条鱼，黑暗中还不慎将网下在了岛边一大片迷宫般的海藻边了。潮水将他拖进了海藻丛中，他怕扯坏渔网，浪费了四个小时才脱身。所以，今晚，他必须好好干。他需要运气相助。

黄昏时分，天色渐暗，他驶出海港，向开阔的水面驶去。站在"海岛人"号舵前的有利位置上，他能看见圣佩佐岛上郁郁葱葱的香杉树、连绵高耸的山峦、白浪翻滚的海滩，潮水如练，水雾渐起。月亮已经从岛后升起，就挂在小艇港口的大峭壁上——一轮弯月，苍白、模糊，像天空飘过的缕缕薄云一样轻飘透明。天道开着收音机，看了看晴雨表；还算平稳，尽管听说今天天气恶劣，预报还说北部乔治海峡那边会有雨夹雪。他再抬头时，一群海鸟正四下里飞散，灰色的身影从百码开外的浪尖飞起，盘旋而上，然后又像斑头海番鸭一样从海浪表面掠过，只是像斑头海番鸭，但是斑头海番鸭不可能这么多——他不知道那是些什么鸟，也许是海鸠，他分辨不出来。他掉头往港口驶去，迎着"普罗维登斯"号，都是往船舰湾去的船：足有半支舰队在往那儿去。半支舰队开在他前面，奔向那片作业区，船后掀起银白的浪花。

天道喝着热水瓶里的绿茶，调换着无线电的频道。他习惯尤听不说,喜欢从人们表达自己的方式中去了解人,积累关于捕鱼的知识。

夜幕降临,他吃了三个饭团、一片岩鳕鱼,还有两个欢饮泉路后的野苹果树上被风吹落的苹果。海面的夜雾已经弥漫开了,他将油门调低,打开了前照灯,灯光投射在波浪上。浓雾的前兆,像往常一样,令他忧心。浓雾会让渔民不辨方向,将渔网下成了圆形也浑然不觉,或者使船误入随时可能会有开往西雅图的大货轮经过的航道中间。这样的天气最好还是在艾略特海岬作业,那里远离航道,而且是背风处,不会有狂风巨浪。

但是八点半的时候,他在近岸处熄了引擎,站在驾驶室里的卷网机旁,倾听着,大雾已经将他完全包围了。他能听到东边远处的灯塔站发出的低沉、稳定的雾笛声。这声音在他,是和海上漆黑的夜晚联系在一起的——孤独、熟悉、静谧、忧伤,每次听到,他都有一种虚无之感。他知道今晚就是老古话说的鬼天气,大雾浓稠得像酪乳。人伸出手想将它们分开的话,它们会自动地、慵懒地重新合在一起,不留丝毫痕迹。刺网渔船随着浪潮起伏穿行其中,它们在天空和水之间自成一个诡异的世界。在这样的夜晚,人很可能会迷失方向,就像一个人不打手电在漆黑岩洞摸索。天道知道附近还有其他渔民,像他一样漂着,一样眯着眼睛看向雾中,毫无目标地在近岸区漂行,希望能够确定自己的位置。标示航道边界的浮标本就有限,他们只能希望自己能幸运地绊上一个,好确定自己的方位。

天道放弃了,在船尾的缆孔中系了个浮标袋,用厨房用的木火柴点亮了一盏煤油灯笼。他等灯芯点旺了,火苗在空气中跳动,调好气量大小,才小心地将它安置在救生圈上,然后俯身将浮标袋放到水上。他的脸靠海面那么近,他似乎都能闻到鲑鱼游来游去的味道。他闭上眼睛,一只手伸进水里,用他自己的方式向海神祈祷,求他庇佑,将鱼都带到他这边来。他祈求好运,祈求这雾能变淡一些;他祈祷诸神能散去这雾,佑他平安,别遇上航道上来往的货轮。然后他在"海岛人"号船尾站起来，将浮标袋和渔网线绑在一起，放开了卷网机的闸。

天道从北到南地撒着网，完全看不清楚方向，他将船开得尽可能慢。他记得航道似乎是朝北的，不过他也不能确定。向东的潮水会将他的网撑开，但是他得先将网撒对了方向才行。相反，如果是斜对着水流的话，即便只是一点点，他也只能耗费整个晚上来保住他的网别被毁掉。在浓雾中，根本没办法知道网到底撒得对不对；渔网上的软木浮标他连二十个都看不到，所以他只能每隔大约一个小时就用手电筒来回巡视一遍。站在船舱舵盘的位置，他只能看到船体前面五码远的海面。"海岛人"号其实是在雾中穿行，船体将浓雾分开。不久后，大雾浓到让他开始考虑去艾略特海岬了。他感觉自己正是在通往西雅图的航道上撒网。而且，他唯有指望没有人在南边撒网，特别是他自己撒网的这个角度。在这样的大雾中，别人很可能注意不到他的渔灯，致使渔网缠进他的螺旋桨，那捕鱼的事儿就完全泡汤了。很多事情可能出岔子。

船尾，渔网从卷网机中退开，通过导缆孔迅速滑入海水中，直到最后全部离了船体，三百英寻长。天道走回来，用软管将渔网留在甲板上的鱼鳞从下水孔冲掉。做完这些之后，他关掉引擎，背靠着船舱站在舱盖上，听有没有货轮经过的巨响。还好，没有——除了海水澎湃的声音和从远处灯塔传来的声音之外，并无别的声响。如他所料，潮汐的水流带着他渐渐向东漂去。下好了网，他感觉好了些。他不能肯定自己在不在航道上，但他知道自己和在附近作业的其他刺网渔船上的渔民们以同样的速度漂在这大雾笼罩的水面上。他估摸着这一片约有三十艘以上的渔船，都静静地隐藏在这浓厚的海雾中，随着船体下面涌动的潮水的节奏漂泊着，彼此保持着同样的距离。天道走进船舱，打开桅灯：红白两色的桅灯，渔民正在作业的信号，不过那无济于事。灯起不了什么作用。不过一切能做的，他都已经尽力做好了。他尽可能地将网下好。现在，除了耐心等待，别无他事可做了。

天道将热水瓶拿进驾驶室，坐在左侧船舷上饮着绿茶，忧虑地听着雾里传来的各种声音。他听到南边远处有人在逡巡，也有渔网从卷网机上松开的声音，有一艘船在缓慢地爬行中。无线电偶尔发出一两下哔啵声，但除此之外就没别的了。他默默地喝着茶，等待着鲑鱼：像其他的夜晚一样，他想象着它们的游动，迅速地追逐着养育了鱼群的海水，它们的过去和将来、它们的孩子、孩子的孩子以及它们的死亡都在这海水中发生。网拉上来之后，他捏着它们的鳃抓住它们，从它们的沉默中他能感觉到它们的一生有多么绝望，他静静地、一言不发地像所有渔民一样忙活着。它们银白色的肚腹充实着他的梦想，为此，他是感激的也是难过的。他觉得有些悲伤，它们被自己无法抗拒的潮涌推动着漂游至此，却被他撒下的一道看不见的网截断了生路。他想象着它们在撞进网中，即将结束它们短暂一生时的惊慌失措，还有它们奋力挣扎的情形。有时，他拖网的时候会遇到一两条鱼在"海岛人"号的横梁上拍得"啪啪"直响。像其他鱼一样，它们的结局也只是被扔进货舱，苟延残喘数小时后死去。

天道将热水瓶收好拿进船舱，又搜了一圈无线电信号，这次他听到了一个声音——戴尔·米德尔顿的——拖长腔调慢吞吞叨叨地说：

"妈的，我要把这无线电耳机扯掉。"随后有人回应，"为什么？"戴尔回应说他已经受够了在浓汤一样的大雾中停在航道边上，眼巴巴地等十几条银鲑鱼、几条狗鱼、一两条鳕鱼，还要忍受无线电的聒噪。"我快看不清自己的手了，"他说，"连自己脸上的鼻子也看不清了。"又一个人附和说这种天气捕鱼是没指望了，近岸处鱼都突然没影了，他正考虑要不要去艾略特海岬，说不定那里的情况会好些。"至少远离航道，"戴尔回应说，"我刚才拉上了一网好的，我还是就在这儿吧。嘿，伦纳德，你的网拉上来还干净吗？我的现在看上去就像块油布。见鬼，比烤焦的面包还黑。"

渔民们就这样通过无线电聊了一会儿，伦纳德说他的网很干净，戴尔问他是不是最近给它上过油了，伦纳德又说他看到了一个浮标，标号是 57，在船的左边。他又向前开了半小时左右，却没有看到 58 号或是 56 号浮标，没法确定自己的确切位置。他担心自己在雾里迷失了方向，决定还是保持那个方向——至少等他这一网拉上来再说。戴尔问他有没有捕到一两条鱼，伦纳德的声音听上去很失望。戴尔又描述了一下大雾的情况，说这次的雾估计是最浓的了，伦纳德表示同意，他说记得去年在艾略特海岬也有过一次，当时的风浪还要大一些——不堪回首，他补充说。"海岬那边现在好了，"戴尔回道，"不如我们去那儿吧。"

天道开着无线电，他想听听有没有货轮开过来，向灯塔发信号。他将船舱门打开，站在那里听着，离开这片捕捞区的船只的鼓风机的声音不时传来，暗哑忧郁，刺网渔船扯着雾笛声盲目地向东离去，越开越远，声音渐渐缥缈远去。该收网了，他想，如果有必要，他也得离开这里去艾略特海岬——要去的话他宁愿一个人去。这时，其他船只正纷纷转舵，方向茫然，他不太相信那些渔民的判断。他打算再等一个小时，然后收网，如果没什么鱼的话，就离开这里。

十点三十，他站在驾驶舱的短桨边收网，一边不时停下来将几缕海藻扔回海里。他很高兴地发现里面有鲑鱼，十磅到十一磅的大银鲑鱼，还有半打十磅重的三文鱼，甚至还有三条青嘴鱼。有的越过船缘蹦到了甲板上，其他的他则熟练地倒了出来。对这些他倒是很在行。他的手探进收拢的渔网里摸到那些已经死了或者快死的鲑鱼长长的鱼腹。天道将它们连同三条鳕鱼和三条狗鱼一起扔进了货舱，那些他准备带回家去。他数了一下，有五十八条鲑鱼，第一网能有如此收获，他很满意。跪在货舱边，他满意地低头往里探望，心里计算着将它们送到鱼罐头厂能值多少。他想到它们是怎么游到他的网里来的，想着它们或许能帮他将他的田买回来。

天道看了好长一会儿——鱼在里面不时地蹦跳几下——然后盖上货舱盖，将海里带上来的污泥从排水孔冲出去。第一网能有这样的收获已经很不错了，足以让他决定留下来——没理由去别的地方。也许因为大雾，他偶然漂到鱼群聚集处了；他以前所祈祷的运气来了。到目前为止情况良好。

如果他的表准的话，快十一点半了，最后的潮水依然带着他向东漂流，但他决定开动发动机再去西边，趁着落潮再下一网。落潮的时候会有很多鲑鱼，成百地聚在一起，挤在靠岸的地方，往东游的那些也会顺着回流的潮水回来，两个方向的鱼都会落入他的渔网，让他满载而归。他希望接下来这网能再拉上百来条鱼。看来是很有可能的。他很高兴自己坚持待在这里了，感觉自己很明智。他的漂流很成功。没有费多大工夫，鱼舱里就有了鱼。他猜在这片海域捕鱼的渔民有三分之二以上都去艾略特海岬了，他能听到从水面传来的他们的汽笛声。

天道站在驾驶室的轮舵前，他身后的桌子上放着一杯绿茶，他又搜了一圈无线电信号。现在没人讲话了。所有那些忍不住讲话的人都走了，看来是的。他习惯性地查看了一下发动机表，又看了一眼指南针。然后发动引擎，急转弯，向西开去，然后略微向北调整了五度，希望能遇上一个航道浮标。"海岛人"号的船首剪雾而行约十分钟。天道一只眼睛盯着罗经柜，另一只眼睛看着船首前方探照灯照亮的水面，缓缓地摸索前行。他知道，他正驶离靠岸漂泊的那些船只。根据刺网渔船渔民的规则，在这种情况下，他应该每隔一分钟就响一次雾角，并仔细听雾中有没有回应的号角声。天道一直开着船，已经发出五六次信号警示自己的位置了，突然在船首右舷方向听到了一声号角。不知道是谁，总之很近。

天道将船调至空挡滑行，心在胸口处跳得厉害。另一个人离得太近了，七十五码，顶多一百码，他藏在大雾中，发动机没开。天道又鸣了一次笛。寂静中右舷那边传来一声回应——这回是个男人的声音，镇定而真实，一个他熟悉的声音。"我在这边。"它从水面漂来，"我的船没电了，漂着呢。"

他就是这样遇上卡尔·海因的，他的电池没电了，半夜漂在海上，需要帮助。卡尔站在"海岛人"号探照灯的灯光下,穿着渔民工作服,魁梧的身形泰然自若地立在船头,他一手拎着煤油灯,一手拿着号角。他举高手里的灯,就那样站在那里,下巴上长着一圈胡子,脸上毫无表情。"我的船没电了,"天道靠近他的右舷,将一根系缆绳扔给他的时候,他说道,"电池里的电用光了,两个都是。"

"好吧,"天道说道,"我们先把船系到一起。我还有很多电。"

"感谢上帝,"卡尔答道,"幸好遇到了你。"

"把你的挡泥板移开,"天道说道,"我再靠近些。"

借着"海岛人"号探照灯的光,他们在雾中将两艘船系在了一起。天道关掉自己船上的引擎,卡尔踏着两艘船的船舷上缘到了他船上。他站在船舱门口摇着头,又说道,"我两个电池都用完了。伏特计显示九伏特左右。我猜是交流发电机的电线松了。现在我已经把它们弄紧了,但已经没电了。"

"但愿我们不在航道上。"天道瞄了一眼"苏珊·玛丽"号的桅杆说道,"你挂了盏灯在上面。"

"先前挂上去的,"卡尔说道,"我没别的选择。没电了,无线电也用不了,没法呼叫任何人。也没办法自救,就这么随水漂了一小时。雾这么大,灯可能起不了什么作用,但不管怎样我还是挂了一盏。我就剩这两盏灯了,一盏在那儿,另一盏在我手里。也许对谁来说都起不了任何作用。"

"我有两个电池,"天道说道,"我们拔一个出来,让你的船开动起来。"

"但是,"卡尔说道,"问题是我用的是 D-8 号电池。我猜你用的是 D-6。"

"是的,"天道说道,"但如果你那里放得下去,就可以用。再说,我们可以调整一下你的电池槽。或者用长一点儿的线。应该可以的。"

"我去量一下就知道了。"卡尔说道。

他踩着船舷上缘回到自己船上,天道希望他能有意谈谈那块地的事情,那件无声地横亘在他们之间的事。两个人这样在海上相遇,船靠船地停在一起,顺水漂流,共同努力解决同一个问题,卡尔总得说点什么吧。

天道认识卡尔许多年了;他知道卡尔向来不喜欢说话,不得不说的时候,大多也是说些和渔具之类事物相关的话。天道还记得和卡尔一起捕鱼的情形——那时还没有战争,他们才十二岁——在一艘借来的破船上。太阳刚刚下山,卡尔的船桨击打水面,那波光粼粼的景象令他心生感慨——世间的美景打动了他,以至于不禁脱口而出:"瞧那边的颜色。"他当时说道。虽然只有十二岁,天道已经明白说这样的话是不合适的。卡尔的想法深藏在心底,不在任何人面前表露自己——天道也是一样,只不过原因不同。虽然天道不愿承认,但他们两人本质上有很多相似之处。

天道打开电池槽的盖,将两端的电线拆开。他将一个电池拿出来——有汽车电池的两倍大,当然也有两倍重——他将它拎出来,放在船舷上缘,递给卡尔·海因。他们各自站在自己船上,将电池接过去。"装得上,"卡尔说道,"电池槽有一道边缘,不算太硬,我可以把它敲进去一点儿。"

天道弯腰摸到一柄鱼叉拿在手里。"我带上这个,"他说,"我们可以用这个敲。"

他们一起走进卡尔整洁的船舱,天道手里拿着灯和鱼叉,卡尔提着电池走在前面。罗经柜旁边用铁丝挂着一段带包装的香肠;临时睡铺叠得整整齐齐。天道早知卡尔爱整洁,一切都有严格的秩序,也正因如此,多年前,他的工具箱就总是井井有条的。连他的衣服,不管有多旧,也总是叠得整整齐齐收着的。

"鱼叉给我。"卡尔说道。

他单膝跪在电池槽边,用鱼叉敲打着那金属边缘。天道待在他旁边,见识到了他的力气和解决问题时的灵巧;敲一下就是一下,他的肩膀都在用力,但动作又那么从容不迫。但他的右手滑了一下,手掌在金属上划出了血,不过卡尔并没有停。他更用力地抓紧天道的鱼叉,等电池放进了电池槽,他才将手掌凑到嘴边,一言不发地吸了吸。"我们发动一下试试看。"他说。

"你确定吗?"天道问,"那些电线都接牢了吗?要不然发动也没意义的,你知道。那样只会把这个电池的电也耗光,那我们就又有问题了。"

"现在接牢了。"卡尔说道,仍然在弄自己的手掌,"我已经用扳手把它们都拧紧了。"

他拉开电抗器,打开电闸。"苏珊·玛丽"号的引擎在甲板下呼哧了两声,然后便发出"哒哒"的声音,发动了起来,卡尔将电抗器塞了回去。

"这样吧,"天道说道,"电池今天晚上就给你用了。我不等你把自己的电池充满了,我还有一个可以用,我在码头等你。"

卡尔将没电了的电池移开,放在轮舵的右边,然后将船舱的电灯拧亮,用手绢压着手掌,看了一眼伏特表。"没错,"他说,"我现在开始充电了,但还得等上一会儿。我等会儿再去找你吧。"

"你捕鱼吧,"天道说道,"别管这事了。我们等会儿在码头见。"

他将电池槽的盖子搬回原位,拿起鱼叉,站在那里。"我走了,"过了一会儿他说道,"回头见。"

"等等。"卡尔叫道,依然在弄他那只手,眼睛看着手而不是天道。"你我都知道我们还有些事情需要谈。"

"好吧。"天道答道,手里拿着鱼叉,站在那里等着。

"那七英亩地,"卡尔·海因说道,"我想知道你能出多少钱,天道。就是好奇,仅此而已。"

"你想卖多少钱?"天道问道,"为什么不先说说你想要多少钱才卖？我倒想先听听这个。"

"我说了要卖吗？"卡尔笑着问道，"我并没有那么说，是不是？但是如果我要卖，我想我首先得确定它们是我的，而你非常想买。我想我应该趁机要个好价钱，但是那样一来你或许会让我把电池还给你，让我继续在这里漂荡。"

"电池已经装进去了，"天道笑着答道，"那和其他的事都不相干。再说，换作是你，你一样会这么做的。"

"我或许会一样对你，"卡尔说道，"我要警告你，船长。我不再是以前的那个我了。事情也和以前不一样了。"

"好吧，"天道说道，"如果你要这么说的话。"

"见鬼，"卡尔说道，"我真是词不达意。瞧，我很抱歉，行吗？整件事情弄成这样我很抱歉。如果当时我在的话，事情不会这样的。是我妈妈反悔了，当时我在海上，和你们该死的日本鬼子打仗——"

"我是美国人，"天道打断他的话，"和你，和其他任何人一样。我叫你纳粹分子了吗，你爷爷的纳粹混蛋？我杀过看上去和你长得一样的人——肥头大耳的德国混蛋。我的灵魂沾染了他们的血迹，卡尔，那痕迹可不容易抹去。所以你凭什么在我面前说日本鬼子，你这纳粹肥猪。"

他站在那里，一手紧握着鱼叉，说完这话他才意识到它。卡尔一脚踩在"苏珊·玛丽"号右舷上缘，用力地往海里吐了口唾沫。"我是纳粹肥猪，你还知道什么，天道？我现在还保留着你的竹钓鱼竿。我妈让我去把它还给你的时候，我把它藏到谷仓里了。你去了集中营，我去了海上。该死的，那玩意儿现在还在我的橱柜里。"

"留着吧，"宫本天道说道，"我都完全忘了那钓竿了。你留着吧。见鬼。"

"见鬼。"卡尔说道，"这些年来它总让我烦。我打开橱柜就看到它，你那该死的竹竿。"

"那就还给我好了，如果你那样的话。"天道说道，"但我说过你可以留着,卡尔。我已经给你了。"

"好吧,"卡尔说道,"就那样吧。一亩一千二,就这样。要知道,我付给奥莱的就是这价格。这就是那块草莓地的价格,你瞧着办。"

"也就是总共八千四百。"天道应道,"定金呢?你打算要多少?"

卡尔又冲着水里吐了一口唾沫,然后转过身伸出手。天道放下鱼叉和他握手。他们并没有抖,只是两只手紧握在一起,像渔民们通常做的那样,他们似乎知道自己没有更多的话说,只能用另一种方式来交流。所以他们就那样站在那里,漂泊在雾蒙蒙的大海上,两个人的手紧握在一起。那么用力,以至于卡尔受伤的手掌上又渗出了血。他们并不打算把话说得太明白,免得尴尬。"定金一千,"卡尔·海因说道,"我们明天签合同。"

"八百,"天道说道,"成交。"

第二十八章

天道在证人席上讲述完毕，阿尔文·胡克斯起身，站在他面前专心地弄了好一会儿手指上的倒刺，直至开口说话时仍仔细检查着自己的手指，特别是指甲根处的表皮。"宫本先生，"他开口说道，"我怎么也无法理解你开始为什么不把这件事说出来。难道你不认为向警方提供信息是你作为公民的职责吗？你不觉得应该将刚才你说的在海上发生的电池之事告诉治安官吗？我觉得你应该那么做，宫本先生。我认为你得知卡尔·海因意外死亡的消息之后就应该立刻去找莫兰治安官，向他坦言一切。"

被告看着陪审团，回答时冲着他们的方向，镇定自若，旁若无人，完全无视阿尔文·胡克斯。"你要知道，"他对他们说道，"我对卡尔·海因的死毫不知情，直到九月十六日下午一点。我得知那个消息后没几个小时，莫兰治安官就逮捕了我。我根本就没有时间将我刚才说的事主动上报。我——"

"但是，"阿尔文·胡克斯打断他的话，站到天道和陪审员中间，"正如你自己刚才所说，宫本先生，你事实上有——你是怎么说的？——几个小时的时间可以去找治安官。你听说了他的死讯，一个下午过去了，然后你去了友睦港码头准备出海。你打算去捕鱼，那样的话，时间就到了十七日早晨，如果那时才决定说出来的话，那离你得知卡尔·海因死的消息已经过了至少十六个小时。让我换个方式说吧，坦白说——宫本先生，你打算说出来吗？在你被捕的时候你想过将电池的事说出来吗？"

"我一直在考虑，"宫本天道答道，"考虑我该怎么做。情况很复杂。"

"哦，"阿尔文·胡克斯应道，"你一直在考虑。你在权衡要不要站出来，主动告诉莫兰治安官电池的事。"

"是的，"宫本天道说道，"正是。"

"但是然后，如你所说，莫兰治安官来找你。十六日傍晚，他带着一张搜查令出现在你船上，是不是？"

"是的。"

"而你，直到那时，你还在考虑应不应该将电池的事告诉他，是吗？"

"是的。"

"而你最后没有告诉他电池的事。"

"没有，我想没有。"

"你没有告诉他电池的事。"阿尔文·胡克斯重复道，"即便眼看着就要被捕了，你也没有做出任何解释。莫兰治安官手里拿着你的鱼叉站在那里告诉你他要拿鱼叉上的血迹去化验，而你并没有告诉他卡尔·海因的手掌被割破的事——你刚才不是说了吗，卡尔在用你的鱼叉的时候割破了手掌。那不是能解释鱼叉上为何会有血迹吗？"

"事实如此，"宫本天道说道，"他的确是划伤了手，是的。"

"但你却没有对莫兰治安官解释这一点。你说没有见过卡尔·海因。为什么呢，宫本先生？你为什么要声称完全不知情呢？"

"你要知道，"宫本说道，"治安官是带着搜查令出现的。我发现自己成了谋杀案的嫌疑犯。我那时觉得自己最好什么也不要说。要等，等到我……有律师了。"

"所以你就没有告诉治安官电池的事。"阿尔文·胡克斯又说道，"你在被捕之后也没有说这件事，甚至在有了律师之后还是没有。相反，你声称——我可以这么说吗——你声称自己对卡尔·海因的死毫不知情，称自己十五日晚在船舰湾捕鱼作业区没有见过他。你的这些话，说自己毫不知情的这些话，都记录在治安官的调查报告里，它已经被认定为本案的证据了。你那时候，刚被捕的时候，说的话和你今天讲述的可不一样，宫本先生。所以我请问你——哪个才是真相？"

天道眨了眨眼，抿起嘴巴。"真相，"他说，"就是我刚才说的。真相就是我借了一个电池给卡尔，帮他把船开动起来，和他谈妥了我家那七英亩地的事，然后我就开船离开接着捕鱼了。"

"我明白了。"阿尔文·胡克斯说道，"你刚被捕时告诉莫兰治安官你什么都不知道，你现在想推翻这个故事，代之以你刚才告诉我们的这个新故事，是吗？你想让我们相信这个新故事吗？"

"是的，因为它是真的。"

"我明白了，"阿尔文·胡克斯说道，"那么，在十六日早上，你捕了一夜的鱼回家，告诉你妻子你和卡尔·海因在海上的谈话。是吗，宫本先生？"

"是的。"

"然后呢？"公诉人问道，"然后你做什么了？"

"我睡觉了，"天道说道，"一直睡到一点半。我妻子在一点半左右叫醒我，告诉了我卡尔死了的消息。"

"我知道了，"阿尔文·胡克斯说道，"再然后呢？"

"我们坐下来说话，"天道说道，"我吃了午饭，理了一下要付的账单。大约五点的时候我去了码头。"

"大约五点。"阿尔文·胡克斯说道，"路上你去了别的什么地方吗？或许有别的事要做呢？你去见了什么人或是去了什么地方吗？和什么人说起过什么事吗？"

"没有,"天道说道,"我大约五点的时候离开家,然后就直接去了船上。就是这样。"

"那你就没有,比方说,去商店买点必需品?没有吗,宫本先生?"

"没有。"

"在码头上,"阿尔文·胡克斯问道,"你有没有看到谁?有没有为什么原因在别的船上停留,和别的渔民说话?"

"直接去了我自己的船,"宫本天道说道,"我没有为什么事情停留过,没有。"

"直接去了你自己的船,"阿尔文·胡克斯重复道。"那你到了船上,为晚上的捕鱼作业做准备,这时治安官带着搜查令来了。"

"是的,"天道说道,"他搜查了我的船。"

阿尔文·胡克斯走到证据台前,从中拿起了一个文件夹。"治安官的确搜查了你的船,"他表示同意,"他搜查的细节,宫本先生,都记录在我现在拿着的这份调查报告里。事实上,在询问治安官的时候,你的辩护律师——古德莫德森先生——还提到了这份报告,它里面第二十七页上有一条写道……"阿尔文·胡克斯翻动页面,然后停下来,用食指点了点那一页,点了三次以示强调。他又一次转过身面向陪审员,将治安官的报告转向顺着他们的方向,似乎要请他们和他一起看,不过那距离太远。

"有个很重要的问题,"阿尔文·胡克斯说道,"因为治安官的报告中写着在你的电池槽里有两个 D-6 型号的电池。'电池槽中两个 D-6 电池。都是六格'——上面是这么写的,就在这儿。"

"我的船用的就是 D-6 电池,"天道答道,"很多船都是。"

"哦,是的,"阿尔文·胡克斯说道,"这个我知道。但是怎么有两个电池呢?两个,宫本先生。如果你所说的是真的,如果如你所说,你借了一个给卡尔·海因的话——如果你从电池槽里取了一个电池出来借给卡尔·海因的话——治安官来搜查的时候不是应该只剩一个电池吗?

关于你那天的活动我已经问过你了,你那天下午都做了些什么,但你一次都没有提到你去了商店给自己买个新电池,你一次都没有提到你抽了时间去买或者找一个新电池。你没有告诉我们你去找了个新电池装进你的电池槽里——所以,为什么,宫本先生,如果你借了一个电池给卡尔·海因,为什么治安官会在你的船上找到两个电池呢?"

被告又一次看向陪审员,沉默了片刻。他的脸上又一次变得毫无表情;没人能知道他在想什么。"我棚子里有一个备用电池,"他镇静地说道,"我把它拿出来,在治安官带着搜查令出现之前装进了电池槽。所以他搜查的时候发现里面有两个电池。其中一个是刚刚才装进去的。"

阿尔文·胡克斯将治安官的报告放回证物台。他将手背在身后,似乎在思考这个回答似的,走向了陪审员的座席,然后停下来转向被告,冲他缓缓地点了点头。

"宫本先生,"他说道,语气中带着警告的意味,"你发过誓要讲真话的。你发过誓对法庭要诚实,要真实地说明你在卡尔·海因的死亡中扮演了什么样的角色。可是现在我觉得你又想修改你的故事了。你想说你从家里带了一个电池,在你的船被搜查之前将它装进了你的电池槽,或者类似这样的话——你要把这加进你刚才说的话里吗?为什么每次有新的问题提出来,你就要修改一下你那个关于电池的故事呢?"

"这都是差不多三个月前发生的事情,"天道说道,"我没法记清每个细节。"

阿尔文·胡克斯用手抚弄着自己的下巴。"你是个很难令人相信的人,宫本先生,"他叹息道,"你这样面无表情地坐在我们面前,一直绷着个脸——"

"反对。"内尔斯·古德莫德森打断他的话,但卢·菲尔丁法官已经坐直身子,严肃地盯着阿尔文了。"你很清楚,胡克斯先生,"他说道,"要么就问和本案相关的问题,要么如果没有问题的话就坐下。"他补充道。

阿尔文·胡克斯又一次在法庭中穿过，在公诉人的席位前坐下。他拿起笔，在指间转动着，看着窗外的飞雪，雪似乎终于下得慢了起来。"我没别的问题了，"他说道，"证人可以下去了。"

宫本天道在证人席上站起来，所以旁听席上的岛民能看见他整个人——一个日本男人高傲地站在他们面前，身形那么魁梧强壮。在他们的注视下，他将黑色的眼眸转向飞雪，久久地凝视着。旁听席上的岛民想起来他们见过的日本士兵的照片。他们面前的这个男人器宇轩昂，阴影落在他脸上，却使他的面庞棱角分明，带着散发威严的表情。他浑身没有半点软弱的迹象，没有一个地方是软弱的。他们认定，他，根本和他们不是一种人，他凝望飞雪时那种疏离淡漠的表情让这一点更加显而易见、确凿无疑。

第二十九章

阿尔文·胡克斯在他的总结陈词中称,被告是个决意杀害他人并处心积虑实施自己计划的冷血凶手。他告诉法庭,宫本天道是受仇恨和彻底的绝望所驱使;对他自己失去的那块草莓地他已经垂涎多年,九月初,他发现自己可能永远失去它们了。于是他去找奥莱·乔金森,从奥莱那里听说那块地已经卖了,然后他去找了卡尔·海因,而海因拒绝了他。在海上的几个小时里,他都在考虑这个危机,最后得出结论,除非他采取行动,否则他家的那块地——在他看来,那块地就是他家的——将永远与他失之交臂。他是这样一个男人——体格强壮,性格坚毅,从小就受过剑术训练;维克特·梅布尔斯在法庭上说这个男人不仅有能力也有意愿实施谋杀——这个强壮、冷血、没有感情的男人决定要解决自己的问题。他决定结束那个挡在他和他垂涎的那块土地之间的男人的生命。他认定,如果卡尔·海因死了,奥莱就会将那七英亩地卖给他。

所以他跟踪卡尔到了船舰湾的捕鱼区。他跟在他后面,在他的上游下网,盯着他,大雾渐渐掩藏了一切。宫本天道是个有耐心的男人,他一直等到夜深人静才开始做他心里想做的事。他知道卡尔就在不远处,顶多一百五十码;他能听到他的引擎声从雾里传来。他听着,最后,大约一点半的时候,他吹响了自己的雾角。他用这种方法将他谋害的对象吸引了过来。

卡尔，阿尔文·胡克斯解释说，从雾中出现了，后面拖着他的渔网——他正打算将里面的鲑鱼拉上来——却发现了被告，宫本天道，"漂在海上"，"需要帮助"。最可怕的是，他说，被告的阴险狡诈——因为他利用渔民在海上要帮助陷入困境的同伴的约定以及他和卡尔一起度过少年时光时留下的一点点情分。卡尔，他一定是说，对我们之间的问题我感到很抱歉，但是在这大海上，我漂泊在大雾中，求你帮帮我。求你把船靠过来，帮帮我，卡尔。不要这样弃我而去。

试想一下，阿尔文·胡克斯恳请陪审员，像一个人祈求上帝一样身子前倾双臂伸出——试想一下，那个好人半夜在海上停下来帮助他的敌人。他将船停靠在敌人的船边，当他忙着将缆绳系牢时——你会发现哪儿都没有打斗的痕迹，被告就是这样奸诈——他的敌人带着一柄鱼叉跳上了他的船，朝他脑袋上重重一击。于是那个好人就倒下去死了——或者是快死了。他失去了意识，受了致命伤。

让我们再想象一下，阿尔文·胡克斯说道，被告将卡尔·海因推下船，在夜间黑漆漆的大海上溅起浪花。大海吞噬了卡尔·海因——海水渗进了他的怀表，让它停留在一点四十七分，记下了他的死亡时间——而被告站在那里看着，海水恢复如初，掩藏了一切痕迹。只是在水面下，潮汐的水流依然在涌动——比被告所想象的要强劲——将卡尔带进了他自己的网里，拖在船的后面。他工作服上的扣子缠在网上，将卡尔挂在那里，在海底，宫本天道犯罪的证据等待着被发现。这是被告没有料到的三件事中的一件——尸体本身、带血的鱼叉和他匆忙离开犯罪现场时落下的系缆绳。

现在他就坐在法庭上，在你们面前，阿尔文·胡克斯告诉陪审员。他现在面对法律的裁决，有证据，有证人证词，事实都公开了，辩论也作了，事情的真相已经明了。再也没有任何不确定的因素了，陪审员应该履行对岛县人民的义务了。"这不是一件愉快的事，"阿尔文·胡克斯提醒他们，"我们在谈论的是判定一个男人犯了一级谋杀罪。说到底，我们是在谈论正义。我们要看清这位被告，看清他心里显见的真相，根据真相裁定本案。先生们、女士们，好好看看坐在那边的被告。看看他的眼睛、脸，问问你们自己作为社会一分子的公民，你们的责任何在。"

内尔斯·古德莫德森艰难笨拙地站起来，整个案件审理期间，他这老态龙钟的样子让旁听席上的岛民看着颇为揪心。现在他们已经学会了耐心地等他清清喉咙，冲自己的手帕里呼哧呼哧地喘上一阵。

他们习惯了等他将拇指钩在背带裤的黑色夹扣后面。陪审员也知道了他的左眼会怎么动以及眼球在眼眶里古怪转动时微弱的光线照在它呆滞的表面的样子。此刻，他们都望着他费力站起来，清清嗓子准备说话。

内尔斯用缓慢而有节奏的语调尽可能清晰地重述了他所理解的事实：宫本天道去找了奥莱·乔金森问他那块地的事。乔金森先生让他去找卡尔·海因，而天道也去找了卡尔。他们谈过了，天道最后相信卡尔会考虑这件事。他相信这一点，于是他等着。他等着，然后在九月十五日晚上，命运的安排、巧合，让他在船舰湾穿过大雾到了卡尔被困于海上的地方。天道做了在那种情况下他应该做的事，他帮助了他从儿时起就认识的朋友，一个早年和他一起钓鱼的男孩。最后，内尔斯说道，他们谈起了那块地，解决了他们之间的问题。然后宫本天道就离开了，一直捕鱼到拂晓。然后第二天，他发现自己被捕了。

没有证据，内尔斯·古德莫德森告诉陪审员，说明被告策划了一场谋杀或者他是为了制造血案才出海的。本案没有一点说明预谋谋杀的证据。没有一个证人出庭说明被告在卡尔死之前的几天里的思想状态。没有人在酒吧坐在天道旁边听到他出言攻击卡尔·海因或是扬言要杀了他。没有任何一家商店有收据证明最近有人购买谋杀的凶器；也没有日志记录，窃听到的电话或者深夜的交谈。本案没有充分的理由怀疑被告被控告的那桩罪行真实地发生过。大家只是怀疑，内尔斯补充道，但我们需要的是充分的理由。没有充分理由的怀疑,他强调道,陪审团不能判定他有罪。

"本案公诉人,"内尔斯·古德莫德森接着说道,"提起诉讼是基于一个假设,认为你们,诸位先生、女士,会听信一种带偏见的说辞。他要你们仔细看被告的脸,以为你们会因为被告是日裔公民而视之为仇敌。毕竟,我们的国家与那个日本帝国,与它那些可怕的、训练有素的士兵之间的战争才结束没多久。大家都还记得那些新闻短片和战争电影,都还能回忆起那些年里的恐惧;胡克斯先生是在利用这一点。他在引导你们记起那场战争,并将宫本天道和它联系起来。先生们、女士们,"内尔斯·古德莫德森恳切地说道,"我们要记得宫本天道和它是有联系。他是美国军中多次受到表彰的中尉,他为了自己的国家——美国——在欧洲战场奋勇作战。如果说他的脸上缺乏感情,如果说他的沉默是一种傲慢,那是一个从战场上返回故乡,却要面对这一切的老兵所拥有的自尊和空虚。他回到故乡,却发现自己在他奋勇杀敌想要保卫的这个国家成了偏见的受害者——他没有犯错,本案全因偏见而起。"

"先生们、女士们,"内尔斯接着说道,"或许真有命运那么回事儿。或许因为某些神秘莫测的原因,上帝俯视着众生,让被告面临这样的关卡,让他的命运掌握在你们的手中。让意外在一个对被告来说再倒霉不过的时刻降临在卡尔·海因身上。事情就那样发生了。宫本天道被起诉。他就坐在这里等待着你们的判决,期盼着尽管命运对他不公,但是人类能给予他公道。这世上有些事情是我们无法控制的,但也有些事情是我们能控制的。你们的职责就在于在慎重考虑本案案情的时候,确保不要向那些偶然偏离正轨的事情屈服。尽管命运、巧合和意外沆瀣一气,人类还是必须理智行事。宫本天道的眼睛的形状,他父母出生的国家——这些都不应该影响到你们的决定。你们必须把他仅仅看作一个美国公民,他在法律面前和任何一个美国人都是平等的。这就是你们聚集于此的目的。这就是你们应该做的。"

"我已经老了,"内尔斯·古德莫德森接着说道,"走路也不灵便了,有一只眼睛也没用了。我经常会犯头痛,膝盖的关节也疼。而且,昨天夜里我差点被冻死,我一夜没合眼,所以今天很累。而且,和你们一样,我希望今天晚上能暖和一点儿,希望我们所遭受的这场暴风雪结束。我还希望能快乐地多活几年。这最后的愿望,我必须承认,尽管我并不太愿意承认,即使在接下来的十年我仍旧苟延残喘,二十年后我还是一样要归西的。我的生命已经接近尽头了。"

"我为什么要说这些呢?"内尔斯·古德莫德森走到陪审员面前,身子前倾向他们问道,"我说这些是因为作为一个老人,我更倾向于从死亡的角度去考虑事情。我就像一个从火星来的旅行者,惊讶地看着发生在这里的一切。我看见的是人类代代相传的弱点。我一再地看到这不变的令人难过的人性的弱点。我们怨恨彼此;我们是非理性恐惧的受害者。在人类历史的长河中,我们看不到有改变这一点的可能性。但是,我承认,我偏题了。我只是想说,面对这样的世界,你只能依靠自己。你们只有这个必须做出的决定,你们每个人,各自。你会助长那与不公正合谋的冷漠力量,还是会全力抗拒这无休止的循环,做一个真正的人?以上帝的名义,以人性的名义,履行你们作为陪审员的职责。判宫本天道无罪,让他回家和家人团聚。把这个男人还给他的妻儿。判他无罪释放,这是你们应该做的。"

卢·菲尔丁法官坐在长椅上俯视下面,左手食指指尖放在鼻子上,大拇指支撑着下巴。像往常一样,他显出一副疲惫的模样,仿佛不愿意醒来。他看上去顶多是半醒状态——眼皮耷拉着,嘴巴张开着。法官整个上午都很不舒服,他感到自己表现不佳,处理案件不够熟练,他为此感到烦恼。他是个有很高职业标准的人,一个严肃认真又慎重的法官,以身作则,但也有些刻板。他以前从来没有审理过一级谋杀的案子,觉得自己处在一个危险的位置:如果陪审团过一会儿判定罪名成立的话,那是否判被告绞刑就全看他一个人的决定了。

卢·菲尔丁法官强打精神,拉了拉法官袍,目光转向陪审员。"本案审理,"他宣布,"到此结束,现在请你们退席,到为你们准备好的房间里去一起讨论一下,作出一个判决。先生们、女士们,本庭谨提醒诸位考虑到以下几点:

"首先,要判定被告有罪,你必须确定该诉讼的每一个细节都没有疑点。不能有任何疑点,明白吗?如果你心里还存在疑问的话,你就不能判被告有罪。如果你心里关于该诉讼之真相还有任何不确定,你必须判被告无罪。这是法律给予你的职责。不管你多想按别的方式行事,你只能在毫无疑问地确定那么做是正确的时候作出宣判。"

"其次,"法官说道,"你们要记得该诉讼之专门目的。你们在此只能决定一件事情:即被告是否犯了一级谋杀的罪行,仅此。若你们认定他有其他罪行——如怀恨、攻击、杀人、防卫杀人、冷漠、激情杀人或二级谋杀——这些都与本案无关。问题仅在于你们面前的这个男人是否犯了一级谋杀的罪行。一级谋杀罪,先生们、女士们,意味着有计划和意图。它意味着犯罪一方事先预谋冷血谋杀的思想状态。即他事先考虑过并有意识地做了决定。"法官说道,"这正是本案陪审员们面对的棘手问题。因为事先预谋是一种思想状态,是没法直接看到的。它只能从证据中推断——从那些在你们面前说出证词的言语行为中推断,从放在你们面前的这些证据中推断。要判被告有罪,你们必须断定他有计划、有意识地实施了他被起诉的这件罪行。他事先预谋了该谋杀案,明白吗?即他是带着谋杀的动机跟踪他的谋害对象的。即那不是一时冲动,不是冲突升级的意外结果,而是一次有计划的行动,是有预谋的。因此,本庭再次提请诸位仅考虑一级谋杀罪这一件事,绝对不要涉及其他。诸位必须确定每一件事都毫无疑问:即本案被告犯下了一级谋杀罪,蓄意谋害。"

"诸位被选为本案陪审员,"卢·菲尔丁法官接着说,"因为人们相信你们每一位都能抛开畏惧、偏爱、偏见,或同情之心,作出明智判断,严格依照法律,根据证据做出公正判决。我司法体系之目标正在于通过陪审员之间的意见对比和讨论做出妥当宣判。每位陪审员都应该诚心倾听其他陪审员的意见和理由。法律不希望任何陪审员带着固执的、希望判决代表他个人意见的念头走进陪审员会议室,也不希望他对其他陪审员的讨论和理由充耳不闻,他们都是一样正直智慧的。简而言之,你们必须虚心听取彼此的意见。做到客观、公正。"

法官停顿了一会儿,让大家有时间体会他的话。他的目光扫过每一位陪审员,和他们一一对视。"先生们、女士们,"他叹息道,"因为这是刑事案件,明白吗,你们的判决——不管有罪与否——都必须是毫无异议的。不用着急,也不必觉得你们的深思熟虑会害我们久等。本庭在此先向你们致谢,谢谢你们前来参加本案的审理。因为停电,你们在友睦港饭店度过了艰苦的几个夜晚。你们还要担心家里、家人和你们所关心的人的情况,要集中精神考虑此案并不容易。这场暴风雪,"法官说道,"不在我们的控制范围之内,但本案的结果却在。本案的结果现在就掌握在诸位手中。你们可以退席,开始讨论了。"

第三十章

下午三点,宫本天道案件的陪审员退出审判室。两位书记员往后一靠,致使椅子有点危险地翘在两条椅腿上。他们双手交叉放在脑后,随意地聊起了天。阿贝尔·马丁森给被告戴上手铐,在将被告送回地下室之前容他妻子和他说了几句话。"你会自由的,"她对天道说,"他们会做出公正判决的——你要相信。"

"我不知道,"她丈夫回答道,"但不管怎样,我爱你,初枝。告诉孩子们我也爱他们。"

内尔斯·古德莫德森将文件收拢,放进公文包。艾德·索姆斯慷慨地向大家开放着审判室。他知道前来旁听的岛民也没别的暖和的地方可去。他们中有的人疲倦地坐在长椅上,有的聚在走道上,压低了声音用不确定的语气讨论着案情。艾德双手背在身后,以一个忠诚门房的姿态站在菲尔丁法官办公室的门口,漠然地看着这一切,偶尔看看表。

旁听席上,伊什梅尔·钱伯斯对着他的记录琢磨着,不时地抬头看看宫本初枝。上午听她出庭作证的时候,他又一次清楚地看到了他所熟悉的那个女人:他明白她说的每句话的含义,知道她每次停顿的意味。此刻,他意识到,自己想要的是闻到她的气味,手摸到她的头发。因为不能拥有她而更想念的感觉此刻变得格外强烈,就像他想重新变得健全、过另一种生活的欲望一样。

菲利普·米荷兰德的记录就在他裤子前面左边的口袋里,他只要站起来,走到艾德·索姆斯面前,跟他说要见菲尔丁法官。然后将记录拿出来,打开,索姆斯肯定会露出惊讶神色。然后从索姆斯手中取回记录,推门走进法官的办公室。卢·菲尔丁法官会透过眼镜冲他眨一眨眼睛,然后将办公桌上的枝形烛台拉近一些——蜡烛锥形的火苗左右跳动——最后法官会透过眼镜注视着他,脑子里琢磨着菲利普·米荷兰德的记录。货轮是在一点四十二分开始急拐弯的。卡尔·海因的怀表停在一点四十七分。事情显而易见。

内尔斯·古德莫德森在总结陈词里面怎么说的?"本案公诉人在案件审理中基于一个假设,以为你们,先生们、女士们,会听信一种带有偏见的理由……他想让你们因为十年前的一场战争而感情用事。"但是,十年的确不是很久以前,他怎能将那种情感置之度外?它们还那么鲜活,就像他的截肢一样现实,这么长时间以来他都拒绝做神经切除手术。像截肢一样的还有初枝。历史将初枝从他的生活中夺走,因为历史总是脾气古怪,对个人的诉求无动于衷。还有他母亲,她那样虔诚地相信上帝,可是当艾瑞克·布里德索在海滩边流血快死了的时候,上帝是那样冷漠地袖手旁观,还有医疗舰甲板上的那个男孩,失血一点点地抽走了他的灵魂。

他又看了初枝一眼,她站在一小群日裔岛民中间,他们小声地互相交谈着,不时地看看手表,等待着。他定定地看着她的百褶窄裙,她穿着的衬衫肩膀处带着长长的褶裥,她的头发紧紧地盘在脑后,一顶平常的帽子拿在手里。那手本身,随意而优雅;还有她的脚踝藏在鞋里的样子;她那挺拔的身姿和优雅随性的手势,那都是当他还是个小孩的时候,曾经打动他的地方。还有她唇上咸咸的味道,那一次,他用他男孩的唇碰到了它们。还有那么多次他抚摸着的她的身体,香杉树的芬芳……

他站起来打算离开,在那一刻,审判室的灯突然亮了。旁听席上传来一些轻声的欢呼,一种尴尬的、谨小慎微的岛式欢呼,一位书记员冲空气中挥出了拳头,艾德·索姆斯点点头笑了。笼罩一切的晦暗抑郁的色调被一种和先前相比堪称辉煌的光亮所代替。"电,"内尔斯·古德莫德森对伊什梅尔说道,"我从来不知道自己会这么想念它。"

"回家去睡一觉吧,"伊什梅尔答道,"把取暖器打开。"

内尔斯扣上公文包的搭扣,将它正面朝上放在桌上。"顺便问一下,"他突然说道,"我有没有告诉过你我很喜欢你爸爸?亚瑟是个值得钦佩的人。"

"是的,"伊什梅尔说道,"他是。"

内尔斯拉了拉他喉咙处的皮肤,然后将公文包拿在手里。"好吧,"他用好眼看着伊什梅尔说道,他的另一只眼睛疯狂地转动着,"代我问你妈妈好,她是个好女人。同时也让我们祈祷案件有个公正的裁决。"

"是的,"伊什梅尔说道,"好的。"

艾德·索姆斯宣布审判室将一直开放到裁决结果出来或者到下午六点,看哪个先到了。六点他会让大家知道事情的进展情况的。

在衣帽间,伊什梅尔碰到了今田久雄,他们两个都去取外套。"非常感谢你载我们一程,"久雄和他打招呼,"比走路好多了。真的很感谢你。"

他们走到大厅,初枝站在墙边等着,她的手深深地插在大衣口袋里。"要我载你们一程吗?"伊什梅尔问道,"我正好又和你们同路。去我妈妈家。我可以载你们。"

"不,"久雄说道,"很谢谢你。我们已经有人送了。"

伊什梅尔站在那里用一只手的手指扣大衣的纽扣。他扣上了三颗,开始扣最上面一颗,然后他将手伸进裤子口袋,放在菲利普·米荷兰德的记录上。

"我丈夫的案件是不公平的。"初枝说道,"你应该在你父亲的报纸上登出来,伊什梅尔,登在头版头条。你应该用他的报纸说出真相,你知道的。让整个岛上的人都知道它是不公正的。那只是因为我们是日本人。"

"不是我爸爸的报纸。"伊什梅尔答道,"是我的,初枝。我办的。"他从裤袋中抽出手,略显笨拙地扣上另一个扣子。"我会在我妈妈家,"他告诉她,"如果你想和我谈这件事的话,你可以在那里找到我。"

走到外面他发现雪已经停了——只有几片零星的雪花飘落。隆冬季节的阳光透过云层照射下来;空气刺痛了他的鼻孔。风和雪使一切显得格外明净;积雪在伊什梅尔的脚下嘎吱嘎吱地响着,风呜呜地吹过,此外万籁俱寂。他知道,风暴的中心已经过去了;最可怕的时候已经过去了。但情况依旧是一团糟——车辆毫无预兆地打滑,车头冲向路肩,抛锚;在哈勃街,一棵白色冷杉被雪压倒,枝桠折断,有些刺入地面。他继续走着,发现两棵香杉树横阻了道路;再往前,镇上的码头被水淹得几乎没入了水下。最外面的桩已经松懈,风摇撼着外面的码头,拉扯着系缆绳。

白色冷杉的根系,连着一簇簇积雪覆盖的蕨类植物和攀缘其上生长的常青藤一起,被拔出地面,俨然一堵二十多英尺高的墙。白浪翻滚,使倾覆的船只和码头也随之翻滚颠簸,船舱顶部、卷网机和船缘上都积了厚厚的一层雪。偶尔有海浪打在船上,海水冲过驾驶室。海潮和风恣意地推搡着,水流在港口入口处形成旋涡;倒下的树木的绿色枝干和枝丫躺在雪地里。

伊什梅尔有生以来第一次感到被破坏也是美的。

汹涌的海水、凛冽的寒风、暴风雪、倒伏的树,在已经被海水吞噬的码头颠簸的船只——一切都那么残酷、美丽、无序。有那么一瞬间,他想起了塔拉瓦的环礁、防海堤和堤边被海军炮火炸倒的棕榈树。他经常回想起这一幕。对此他的内心既感到厌恶又被它所吸引。他不想记起,又想记起。他无法解释。

他站在那里看着被破坏的码头,他知道自己拥有一些别人所没有的东西,但同时他又一无所有。他知道,他已经等了十二年。他就这么不知不觉地等着,等待本身成了内心深处的某种东西。他已经等了漫长的十二年。

真相就躺在伊什梅尔的衣袋里,他不知道该怎么做,他感觉一切都和他无关,就像这海面的泡沫,绕过积雪的船只,冲上已经被海水淹没的友睦港码头。那里没有他要的答案——答案不在他们那里,不在被雪压倒的白色冷杉树上,也不在香杉树的枝丫里。他感觉到的那种冰凉的茫然直渗透到他的心底。

耽搁了宫本天道案件的最后宣判的,主要是一个住在木屋湾路的筑船人——一个有斑白胡须、叫亚历克斯·凡·尼斯的人。三个小时过去了——直到六点,他依然固执地坚持两点:必须高度重视菲尔丁法官的叮嘱;还存在合理的疑点。十二位陪审员先就"疑点"一词的意义进行了一番争论,然后是"合理的"一词,然后是两个词合在一起的意义。"嗯,"亚历克斯·凡·尼斯总结道,"我猜它指的是一种感觉,是不是?我是否感到不确定,我是否感到怀疑,这是最关键的,是吗?"

到了五点四十五分,其他人见他毫无动摇的意思,心里做好了准备:得在友睦港饭店再待一个漫长的夜晚,等第二天早晨八点接着和亚历克斯·凡·尼斯讨论此事。

"瞧,"哈罗德·简森无奈地争辩道,"没有人对任何事情绝对肯定。这么固执得像牛一样毫无道理。现在我们其他人都觉得合情合理。偏你就觉得没道理,亚历克斯。"

"我明白你的意思是什么,"罗杰·波特补充道,"我知道你想要说什么,亚历克斯,我自己也曾那么想过。但是你想想这些实实在在的证据。他船上的系缆绳。他鱼叉上的血迹。换电池的事多半是他编的。很可疑。我不相信他。"

"我也是,"伊迪丝·塔沃德兹克插嘴道,"我也不相信。他那样坐在那里，对着治安官说的是一回事儿，之后说的又是一回事儿，这就很可疑。人不能那样反口复舌，我们都是这么想的，凡·尼斯先生——你不觉得这个人是个骗子吗？"

亚历克斯·凡·尼斯和气地表示同意；被告的确撒谎了。但那只能说明他是个骗子，不能说明他是个谋杀犯。他被控告的并不是撒谎。

"你再想想，"哈罗德·简森说道，"你觉得什么会迫使一个人撒谎呢？你认为如果一个人没有做什么需要撒谎的事，他会去撒谎吗？无论在何种情况下，谎言都是为了遮掩某事，人只有在不想说出真相的时候才会说谎。这个男人不停地说谎，这告诉我们他想掩盖什么，这个你同意吗？"

"同意，"亚历克斯·凡·尼斯答道，"但问题是，他想掩盖什么呢？他要掩盖的就一定是他是谋杀犯这个事实吗？一定是这样，没有别的可能吗？我是在告诉你们我有疑问，这就是我想说的。不是说你们错了，只是我还有疑问。"

"听着，"伊迪丝·塔沃德兹克突然厉声说道，"如果有人用一支枪对着你儿子的脑袋，另一支对着你妻子的。他给你一分钟的时间决定他到底是杀你儿子还是妻子，他应该对谁开枪，如果你不做出选择的话，他就两个都打死。当然，不管你做出什么决定，你都会有一些疑问。总有些事情会让人疑虑。但在你疑虑的同时，那人会两支枪都开，就是那么回事儿，知道吗？你总是会有疑问的，所以你必须正视它。"

"是个好比方，"亚历克斯·凡·尼斯答道，"但我并没有真的面对那种情况。"

"嗯，那就试着换个角度来看，"伯克·拉萨姆，一个纵帆船水手说道，"一颗古老的大彗星或者月球的一块陨石刚刚撞破屋顶，掉在你头顶。这样的事情可能发生的时候，你也许最好移动一下自己的位置。关于你的椅子是否安全你也许还会有疑问。你可以怀疑一切，凡·尼斯先生。但你的怀疑是没有道理的。"

"我没有道理换到别的椅子上去,"亚历克斯·凡·尼斯指出,"不管在房间的哪个位置,风险都是一样的——你从椅子上离开的风险也是一样的,伯克。这个不值得担忧。"

"我们已经没有在谈证据了,"哈兰·麦克奎恩告诉他们,"这些假设的比方有什么用呢?不讲公诉人提供的事实,我们要怎样才能让他相信什么是合理的呢?你想象一下,凡·尼斯先生你不觉得系缆绳说明了什么吗?"

"不,我想是的,"亚历克斯说道,"它告诉我宫本天道可能上过卡尔·海因的船。关于这一点我没有疑问。"

"这是其一,"伊迪丝·塔沃德兹克说道,"还有别的呢。"

"那柄鱼叉,"哈兰·麦克奎恩说道,"它上面有血迹,卡尔·海因的血型。这一点你不怀疑吧?"

"我不太怀疑那上面就是卡尔的血,"亚历克斯·凡·尼斯表示同意,"但那很可能是他手上的血。我觉得有这个可能。"

"什么都有可能。但是如果这也是有可能,那也是有可能,太多的事情都是可能,事情总不能都是可能吧。这世界不是仅仅只有巧合的。如果一个动物看起来像狗,走起路来也像狗,"伯克·拉萨姆插话说道,"那么它极有可能就是一条狗,事情就是这样。"

"我们现在是在谈论狗吗?"亚历克斯·凡·尼斯问道,"我们怎么说起狗来了呢?"

"嗯,那这么说吧,"哈兰·麦克奎恩说道,"被告听说卡尔的尸体被发现了,但他有没有去找到治安官告诉他头天夜里看见卡尔打鱼的事情呢?甚至在他们逮捕他之后,他还是一直说他对那事毫不知情。可是,后来,他却改了口,说出了电池的事。再后来在盘问的时候,他甚至还在改口,说他放进了一个闲置电池。现在,他所说的和公诉人所描述的相悖,我觉得他的话有点儿令人难以相信。"

"我也不相信他说的任何事情。"露丝·帕金森愤愤地说道,"让我们了结此案吧,凡·尼斯先生。别这么无理纠缠下去了。"

亚历克斯·凡·尼斯摸了摸下巴,叹了口气。"并不是我不听人言,"他说道,"我也不是那样固执到不通道理。你们有十一个,而我就一个。我愿意洗耳恭听任何意见。但我不愿在我还有疑问的时候就这么匆忙地得出那个结论,让被告去面对绞绳或是五十年的牢狱生活。你们应该坐下来,放松一下,帕金森太太。我们不能这么匆忙。"

"在这儿待了快三个小时了,"伯克·拉萨姆说道,"你是说我们还能更慢一点儿吗?"

"系缆绳、鱼叉,"哈兰·麦克奎恩重复道,"关于这两件证物,你同意我们的观点吗,凡·尼斯先生?我们可以在这个基础上继续往前推吗?"

"系缆绳,好吧,在系缆绳的问题上我同意你们的意见。但是鱼叉只能说可能,但是假设我同意你们的意见,你接着想推出什么呢?"

"他前后不一致的话。他船上有两个电池,在这一点上公诉人把他逼入绝境了。如果他真的借了一个给卡尔·海因的话,他船上应该只剩一个了。"

"他说他换了一个,他解释得很清楚。他——"

"那是他最后才补上的。"麦克奎恩打断他的话,"在最后被逼入绝境的时候才编出来的话,不是吗?他的故事编得很好,但还是遗漏了那个细节。"

"没错,"亚历克斯·凡·尼斯说道,"本来应该只有一个电池的。但就算他真的登上了卡尔的船——或许是去谈土地的事,或许是卡尔攻击他,或许是自我防卫或因为争吵一时失控过失杀人——我们怎么知道这是一级谋杀,是事先计划好的呢?好吧,也许被告是犯了罪,但也许不是他被控告的这项罪。我们怎么知道他是带着杀人的目的登上卡尔的船的呢?"

"你听到那些渔民说的话了,"罗杰·波特答道,"在海上没有紧急情况没人会上别人的船。他不会仅仅为了聊天上船的。渔民们不会那么做。"

"如果他们只在紧急情况下才登船,"亚历克斯说道,"那我觉得电池的说法就很说得通。电池没电——那就是紧急情况。这有点儿是支持他的说法的。"

"哦,得了,"伊迪丝·塔沃德兹克说道,"电池的故事哈兰是对的,宫本根本就没有借电池给卡尔·海因,否则他自己应该只剩一个。那个电池的故事不可信。"

"那都是瞎话,"伯克·拉萨姆解释道,"就像公诉人所说。宫本在海上假装没电了,漂到卡尔上游,骗了他。就是那么回事儿。"

"他做出这事儿我一点儿也不惊奇,"罗杰·波特说道,"我觉得他看上去就是一副贼相。"

"都是瞎话,"亚历克斯·凡·尼斯说道,"在我看来有点儿言过其实。在那样的大雾中漂在海上,还得准确地到达你心里想杀掉的那个人的位置。那是在半夜,周围是像豌豆汤一样浓,甚至更浓的雾,你们认为真的可以漂到那里并找到你想找的那艘船吗?在我看来,是言过其实了。"

六点,艾德·索姆斯宣布:陪审员目前尚未做出裁决,将再留宿一晚。他补充说审判室要关门了,建议大家都回家去,打开电取暖器,好好休息一晚。如果想知道事情结果的话,他们可以明天上午九点再来。

陪审员在友睦港酒店用晚餐,谈论着别的事情。亚历克斯·凡·尼斯一丝不苟地吃着,用餐巾擦擦手,冲其他人笑笑,却没有再说话。

第三十一章

南海滩路上的电还没有恢复，伊什梅尔·钱伯斯开车在雪中行进，童年时所熟悉的那些房子窗口透着烛光映入他的眼帘。英格朗家、贡纳·托瓦家、弗达·卡米高家、阿诺德·克鲁格家、汉森家、赛弗斯顿家、鲍勃·第莫斯家、克劳家、戴尔·派平纽家、弗吉尼亚·盖特伍德家，还有七年前从西雅图搬到小岛上来定居的埃瑟林顿一家；他想他们现在后悔了吧。屋檐下挂着一尺来长的冰凌，房子的背面堆积着厚厚的雪：他们本来应该还在享受夏天的。克劳夫妇几年前双双辞世了，现在他们的儿子尼古拉斯继承了这座房子，同时也继承了与鲍勃·第莫斯一家之间的边界争斗。后者这些天腿脚上的静脉炎发作了，僵直地走出来清理掉在他的香杉树之间的树枝。什么也没变，却又什么都变了。戴尔·派平纽仍旧经常醉酒，也仍旧一文不名。弗达·卡米高搬走了。

伊什梅尔发现母亲还坐在厨房餐桌边，在油灯下看《理智与情感》的最后一章，喝着加糖和柠檬精的茶。她坐在屋内，穿着外套和靴子，一脸的平淡，没有化妆，显得有些老，为此她请伊什梅尔原谅。"我已经太老了，"她承认，"这是无法阻止的。"她还是像往常一样拿汤给他吃，他告诉她陪审员还没有做出裁决，镇上的电已经恢复了，码头被暴风摧毁了。他母亲抱怨说陪审员可能会受到憎恶和偏见的影响；她希望伊什梅尔在这关键时刻能写一篇评论。她说在这种时候他的报纸有责任这么做；以前他父亲就是这么做的。伊什梅尔点点头表示同意；他会写一篇有力的评论的。然后他提议今晚去他的公寓里住，那里有电暖气和热水。他母亲摇摇头，说她在南海滩这边就可以了；如果想去的话他们可以明天上午去友睦港。于是伊什梅尔往炉中添足了柴火，将外套挂在大厅的壁柜里。菲利普·米荷兰德的记录还在他的裤袋里。

八点钟，电来了，他打开火炉开关，在房子里走了一圈，关掉各处的灯，打开取暖器。他知道水管也要开始化冻了，决定坐下来听动静，看它什么时候能通。他泡了一杯茶，拿着它走进父亲的旧书房，一个白天能看见大海和他父亲很喜欢的杜鹃花的房间。他只开了一盏灯，默默地坐在父亲的书桌前，坐在父亲的椅子上。待火炉渐渐烘暖整个房子，伊什梅尔听到水管中开始有水流动，水滴从他开着的水龙头里滴落下来。他又等了一会儿，才去房子四处看看各处压力是不是都差不多了，然后他关掉水龙头。一切似乎都妥当了。

九点，他母亲吻过他的脸颊，说要去睡了。伊什梅尔回到书房喝茶，想着他父亲的那些书。和他母亲一样，他父亲喜欢看书，只不过他对好的文学作品的看法不同于她；他基本上不太喜欢小说，虽然他也会看一些。他的书整整齐齐地放在装着玻璃的四个橡木书架上：莎士比亚的全集、杰斐逊的随笔、梭罗、潘恩、卢梭、克雷夫科尔、洛克、爱默生、霍桑、麦尔维尔、吐温、狄更斯、托尔斯泰、亨利·柏格森、威廉·詹姆斯、达尔文、布封、莱尔、查尔斯·兰姆、弗朗西斯·培根爵士、G. K.切斯特顿、斯威夫特、蒲柏、笛福、斯蒂文森、圣·奥古斯丁、亚里士多德、维吉尔、普鲁塔克、柏拉图、索福克勒斯、荷马、德莱顿、柯勒律治、雪莱、萧伯纳。《华盛顿州史》《奥林匹克半岛史》《花园与园艺》《科学农耕》《果树和观赏性灌木的栽培》。

他父亲很爱他的果树，总是默默地悉心照顾着那些苹果树和杜鹃、楝树和桑葚树篱，还有一行行的蔬菜和花。秋日的下午，他常常手里拿着耙子，或是锤斧。有一年，他自己给屋檐、屋顶窗、护墙板和斑驳的夏日门廊刷漆，打发时光，悠然自得。他从不仓促，似乎也没有更多的期盼。晚上他有时坐在火炉旁看书或打盹，有时则在书桌旁慢悠悠地工作。他的书房里有两张卡拉斯坦地毯，出自土耳其山区里的某个村庄，是很早以前和他一起在贝鲁树林并肩战斗的一个士兵送的礼物。每张上都织着华丽的图章式图案，八根辐条的车轮图案相连，间以小巧的扇贝图案，四周是鸢尾花，边上都结着整齐的缨穗，所有图案都是铁锈红或明橙色。书桌也很舒服——他父亲亲手打造的，是樱桃木的，宽宽的桌面，足有英国男爵家的餐桌那么大，上面盖着一块毛玻璃。伊什梅尔回忆起父亲在这儿工作时的情景，马尼拉文件夹整齐地排放在面前，黄色标准拍纸簿搁在右手边，布满有力而潦草字迹的索引卡、半透明的黄色和白色打印纸、放在架子上的厚辞典、一本更厚的辞典，还有一台笨重的安德伍德黑色打字机，被拉得低低的凑近打字机键盘的工作台灯，他父亲在柔和的灯光下，戴着双光眼镜慢条斯理、面无表情地全神贯注于自己的文稿。他有着一张诚恳、孤寂而坚毅的脸，伊什梅尔转眼便看见了它，书柜左边的墙上挂着亚瑟的一张照片。他穿着有僵硬高领的衬衫坐在那里，不超过二十一二岁，当时他还是个年轻的伐木工，从林子里干活归来。伊什梅尔知道他父亲是带着一种浪漫主义的情绪去干伐木这一行的，开始他认为这是一件很英勇的事，很能体现男子汉的气概。但随着时间流逝，这种情绪渐渐消耗殆尽，他开始用读书来打发晚上的时间，当其他小伙子喝得醉醺醺的时候，睡意像黑色的爪子一样抓住了他。他利用闲暇时间自学，像霍雷肖·奥尔格笔下的主人公一样努力地存钱，开办自己的报纸，参加战争，战争结束后回到家乡，继续努力，奋力向前。他自己动手建房子，到河边去拉石头，自己做木工活儿，他是个强壮的男人，直到四十多岁。他不介意写园艺俱乐部的专题、学校理事会的报道、马展的通知、金婚纪念日的布告等——他像修剪自己的树篱一样细心地打磨它们，使它们趋于完美。他最多是个痛苦的社论主笔；说到谴责，他不能太过放纵自己，因为他知道这个世界的不足和灰暗之处，正是那让他喜欢岛上生活的，因为它受到四周水域的限制，岛上的居民肩上有大陆人所陌生的责任，面临着他们所不知道的环境。在岛上，敌人永远是敌人。他总喜欢这么提醒他儿子。没有无名的背景可以融入，没有临近的社会团体可以改换。由于地理的特别，岛上的居民需要时时刻刻注意。没人会轻易践踏他人的情感。这既好也不好——好是因为这就意味着多数人都会谨慎小心，不好是因为这就意味着情感的内敛，太多的情感藏在心里，悔恨和默默的沉思，每一个居民都谨言慎行，害怕放开自己的世界。一举一动都考虑周详、正式，他们被封锁在内心的想法之外。他们不能自由地想说什么就说什么；他们被水封锁，到处都是水，无边无际足以淹没一切的水。他们凝神屏气，走路都小心翼翼，他们都是自我约束、不事张扬的好邻居。

亚瑟承认自己不喜欢他们，但同时又深深地爱着他们。这种事情可能吗？他说他对他们寄予很高期望，相信上帝会引导他们的心，虽然他知道他们也很容易心生怨恨。

坐在父亲的位置上，伊什梅尔明白他对事物有着同样的看法。他是他父亲的儿子，陷在父亲曾经坐过的高背温莎椅中。

伊什梅尔记得有一天下午跟着父亲一起在草莓节的活动现场抓拍照片，收集吸引人的话语。下午三点的太阳已经滑到了那所高中的足球场西边门柱的下方。拔河、套袋跳、绑腿跑，这些活动都结束了，疲惫的气氛在蔓延，到处都有脸上盖张报纸躲在草丛中睡觉的大人。许多郊游的人吃得太饱，懒洋洋地坐在太阳底下，清澈又有穿透力的夏日阳光泻在所有景物上。烤鲑鱼的气味积聚在空气中，因为桤木叶子燃烧不充分而产生的略带苦涩和辛辣的味道无形地笼罩着那些疲惫的宴饮者。

伊什梅尔走在父亲身边，走过那些卖脆饼、袋装玉米片和焦糖苹果的小摊，走到摆着草莓的摊位前。然后他父亲停下脚步，将照相机举到眼前，拍下这节日的主角水果。他一边对准镜头，一边与人聊天。"福田先生，"他大声说道，"今年草莓大丰收啊。价钱怎么样？"

福田先生是个吃苦耐劳的老农民，穿着工装裤，戴着鸭舌帽，他用过分标准和完美的英语回答说："价钱很好，事实上，非常好，草莓卖得非常好。钱伯斯太太刚刚才买了十六篓。""十六篓，"亚瑟说道，"好吧。那么毫无疑问我回去会被叫去帮忙了。福田先生，可以麻烦你往左手边移一点儿吗？那样就可以给你和你的草莓拍张漂亮的照片了。"

伊什梅尔记得，福田先生看上去就像眼睛没了似的。他的眼皮几乎合在一起，偶尔会有眼泪溢出来，沿着他的脸颊一直流下，最后在颧骨处滑落，因为面容憔悴，颧骨处显得格外高。他身上散发着生姜和洋葱的味道，笑的时候——牙齿大得像海滩上的石头——还有大蒜粉的味道。

"钱伯斯太太会做非常好吃的草莓酱。"亚瑟说道，却并无自得之色。他带着对面前这些水果的真实渴望摇摇头；草莓排放在打开的松木板箱中，散发着香甜之气，深红色的一大堆。"适合女王吃的水果，"亚瑟说道，"我要对你脱帽致敬了。"

"土壤好、雨水好、阳光、六个孩子。"

"你一定还有什么秘诀没说出来。我自己也种过草莓，试过几次，这些条件基本上都有。"

"要更多的孩子。"福田先生说道，咧着嘴笑得金假牙在阳光下闪闪发亮。"多点孩子，是的，这就是秘诀。这一点很重要，钱伯斯先生。"

"嗯，我们试过了，"亚瑟说道，"我们很努力地试过了，上帝知道。但是我们有伊什梅尔，我儿子伊什梅尔在这儿——他能抵两三个小伙子！我们对他有很高的期望。"

"哦，是的，"福田说道，"我们祝他好运。我们相信他的心很坚强，和他父亲一样。你儿子是个很棒的男孩。"

伊什梅尔走上陈旧的楼梯来到他曾经睡过很多年的房间，从壁橱的箱子里找出那本关于水手技能的书。书里夹着初枝的信，信封上写着山下肯尼的地址，倒贴的邮票，她清秀的字迹。信写在宣纸上，多年过去，宣纸被迅速风蚀，变得像冬天的树叶一样脆弱。他一手就能将初枝的信瞬间捏成细尘，永远抹去上面的内容。"我不爱你，伊什梅尔……我们最后一次在香杉树洞里见面时，我感觉到你的身体冲撞着我的身体，我就确切地知道一切都错了。我知道我们不可能在一起……"

他将信又读了一遍，这次更注意到了信里的最后几句："我希望你一切都好，伊什梅尔。你是有志男儿，是谦谦君子，我知道你必将大有作为，但是现在我却必须和你说再见。我要继续我的生活，为它努力，我希望你也如此。"

但战争、他的胳膊、很多其他事——所有这些都让他的心变得狭隘了许多。他根本就没有前进。他也没有做出任何了不起的事情，只是报道一些铺路工程、园艺俱乐部的聚会、学校运动员。这么多年他一直颓废不振，只是用文字填满报纸的各个版面，将自己封锁在安全的范围内，刊登渡轮班次表、潮汐时间表和分类广告。也许，初枝偶尔看着他的时候的眼神就是这意味——在她眼里他是如此萎靡，完全不是以前的那个他，他身上曾经也有令她钦佩的地方，即便她不能爱他。那是这些年里他丢失的那部分，是他身上已经消失不见的部分。

他将信收进盒子，回到楼下，发现他母亲已经在床上睡着了，喉咙里呼噜呼噜地微微地打着鼾；过道的灯光照进来，她看上去那么老，脸埋在枕头里，睡帽低低地遮住了前额。她的脸上布满皱纹，看着它们，他更深深地感到，如果她走了，他会有多么思念她。这和他是否同意她对上帝的信仰无关，而只和她归根结底是他的母亲，她从未停止过爱他相关。他现在明白了，他来南海滩，对他和他母亲来说，一样重要；多年来他一直在愚弄自己，认为事实恰好相反。终有一天他将不得不面对这个事实：她死后，他将被孤零零地留在这个世界上；而他却装得似乎她的离去对他来说不会造成痛苦。

他穿上外套，走进外面的寒冷中，夜空星光点点。他的脚步不由自主地朝香杉树林走去。在茂密的枝丫下,他闻到了年少时在老地方的那种熟悉的芬芳,还有新下的雪的清新味道。树下的雪是刚刚覆上的,尚无人踩踏。香杉树的枝头也挂着白雪,枝叶之外的天空澄澈无垠,寒星点点投下光芒。他信步走到路与海滩交接的地方——夏天的时候,这里将有茂密的忍冬繁花盛放,与树莓花和野玫瑰交错竞艳——沿积雪覆盖、长满各种蕨类植物的幽径走到年少时的那棵空心的香杉树前。

伊什梅尔裹紧大衣,在里面坐了一小会儿。他聆听这个世界的声音,大雪使一切都失了声;根本听不到任何声响。寂静的世界在他耳中轰响不绝,他终于意识到自己不属于这里,这树洞里再也没有他的立足之地了。这树应该被一些更年轻的人发现,成为他们深藏心底的秘密,就像他和初枝以前那样。对他们来说,这个树洞能让他们逃避一个他不愿意明白却非常明白的事实,那就是:这个世界是沉默的、冷酷的、赤裸的,而这正是它那可怕的美丽之所在。

他起身离开,离开树林,走到了今田家的土地旁边。路清晰地在被雪覆盖的一畦畦草莓间蔓延,他沿路走着,积雪反射着星光,使一切都沐浴在如水的清光下。最后,他到了今田家门前,然后进了今田家的客厅,与初枝和她父母坐在一起,他以前从未这样。初枝坐在他旁边,就在他旁边,那么近,穿着一件睡衣和她父亲的旧浴袍,头发沐浴在灯光里,披散在背上,像瀑布一样一直拖到她屁股那里,他伸手从口袋里拿出菲利普·米荷兰德在九月十六日写下的记录,打开。他解释了那些简写的意思,以及他为什么这么多年后会在夜里十点半跑来找她。

第三十二章

没办法打电话给卢·菲尔丁,告诉他这个消息,因为南海滩的电话全都用不了。于是他们四个人,手里端着装着绿茶的杯子,筒式火炉在角落里轻轻地噼啪作响,轻声地谈论着宫本天道的案子,许多日子以来,这是他们唯一可能的话题。时间已经很晚了,房间里很暖和,外面冰天雪地的世界沐浴在星光下,伊什梅尔告诉初枝、今田和富士子,作为记者,他曾经对西雅图的法庭进行过细致报道,他觉得提供一个新的推测没有问题:菲利普·米荷兰德的记录将迫使菲尔丁法官重审此案。法官会宣布前面的审判无效。

初枝想起治安官在作证的时候说在卡尔·海因的船舱的地板上发现了一个咖啡杯——治安官说它是倒在那儿的。也就是说,她说道,半夜的时候卡尔的刺网渔船因为一艘货轮经过而晃动过——那个咖啡杯被震了下来,卡尔没有将它捡起来,这说明就在那时,同一次晃动让他掉下了水。一定是那样,她重复道,她丈夫的案子应该重新审理。

泼出来的咖啡不能证明什么,富士子提醒她女儿。久雄也摇摇头表示同意。要有比泼出来的咖啡更有力的证据。天道被起诉的是重罪。他需要比一只倒在地上的咖啡杯更有力的证据才能从监狱里出来。

富士子恭敬地给伊什梅尔添茶,问他母亲好。她说自己一直都很敬重他家,并恭维伊什梅尔的报纸办得好。她递上一碟黄油饼干,恳请他吃一块。后来,初枝的孩子哭了起来——在后面的一个房间里,他们能清楚地听见——于是富士子走了进去。

零点一过,伊什梅尔起身离开,他和久雄握过手,谢过他的茶,并请他代为谢谢富士子。然后,他走了出去。初枝穿着橡胶靴和她父亲的旧浴袍,跟着他走到了门廊上,她的手插在衣袋里,呼吸的雾气从她嘴里冒出来,在她的鼻子和脸颊前散开。"伊什梅尔,"她说道,"我很感激你。"

"瞧,"他答道,"等你老了,回想起往事的时候,我希望你能记得我一点儿。我——"

"会的,"初枝说道,"我会的。"

她靠近一些,手依然深深地藏在衣袋里,亲了他一下,那样轻柔,仿佛只是在他脸颊边的一声耳语。"找个人结婚,"她对他说,"生几个小孩,伊什梅尔。好好过日子。"

早上六点五十分,他母亲叫醒他,说那个被告的妻子来了,在厨房等他。伊什梅尔爬起来,捧几捧水洗过脸,穿上衣服,刷过牙。他下来的时候,他母亲站在灶台边,初枝则坐在桌边喝着咖啡。看见她的那一刻,他又一次想起前一天晚上她那么轻柔地吻过他。"要我离开吗?"他母亲站在炉前问道,"当然,我走开,你们谈。"

"我们去书房,"伊什梅尔答道,"我们为什么不去书房呢,宫本太太?何不到那里去谈呢?"

"带杯咖啡去吧。"他母亲建议道,"我先给你弄。"

他们往书房走去,伊什梅尔在前面。清晨的第一缕阳光——冷冷的橙色涂抹在天际——出现在远处的海面之上,窗口透着微弱的光线。杜鹃花上还覆着厚厚的雪,屋檐下悬着冰凌。一切似乎都被一种白色的静止所摄住。

初枝将头发编成了一条长长的辫子,乌黑、浓密、闪亮。她穿着一件厚厚的带棱纹的毛线衣、一条粗棉布做的海军裤和一双到小腿的渔民靴。她站在那里看着亚瑟很早以前当伐木工时的那张照片。"你看上去和他一模一样,"她对伊什梅尔说道,"我一直都觉得你很像你父亲,特别是眼睛。"

"你冒着大雪,摸黑走到这里来,不是就为了告诉我这个吧。"伊什梅尔答道,"你想说什么?"

"我昨天想了一夜,"初枝说道,"你还记得我丈夫作证的时候说的话吗?他说卡尔挂起了一个灯笼。在他的桅杆上挂了一盏煤油灯笼。因为船上的电灯都不亮了,所以他把灯笼挂在那里。他在桅杆的高处挂上了一盏手提式煤油灯笼。"

初枝两手握在一起擦了擦,然后又分开了。"我在想,"她对伊什梅尔说道,"如果那盏灯笼还在那里,现在还在,那是否就可以说明他的电池真的用完了?假如你去查看卡尔船上的桅杆,真如天道所说,在那里看得到一盏煤油灯笼的话。那是不是能说明问题呢?是不是能说明他的电灯不亮了,于是他采取紧急措施,挂起了一盏灯笼?你觉得那能说明什么吗?"

伊什梅尔靠坐在父亲书桌的边缘,摩擦着下巴,思考着。在他的记忆中,阿尔特·莫兰的报告中并没有提到卡尔的桅杆上挂有灯笼的事,不过,阿尔特也可能遗漏了这一点。这样的事情是有可能的。不管怎样,这件事值得去核实一下。

"好吧,"伊什梅尔说道,"我们一起去城里。我们去看看。"

他们开着德索图走在白雪晃眼的路上,路上落了不少折断的树枝和香杉树、铁杉树的绿色细枝。风暴已经过去,在伦德格伦路西侧的山顶上站着五个小孩,脚边放着雪橇和一些轮胎的内胎,他们看着下面,俯视着下面的滑道,环状的滑道包围在颀长的桤木和一丛丛低矮的、光秃秃的藤槭之间。伊什梅尔在印第安球形山路上向西转弯,然后穿过马修斯的草莓田，开过索森斯的牛棚和帕斯·拉森的鸡舍。初枝坐在旁边，手套放在膝头，手凑近汽车的取暖器。"我们应该先看看我丈夫，"她说，"我们应该告诉他事情的进展。我想把海岸值班员的记录给他看。"

"陪审团八点钟碰头。"伊什梅尔说道，"如果我们能先去看一下卡尔的船，我们就能把一切都准备好去法庭。我们可以了结整件事。彻底解决。"他说。

她沉默不语了很长一段时间，看着他。她仔细地看着他，将辫子从肩膀上拉下，放在胸前的毛衣上。"你早就知道那艘渡轮的事，"她最后说道，"那不是什么新发现，是不是？"

"一天，"伊什梅尔说道，"我揣着它过了一天。我不知道应该怎么做。"

她听完什么也没说，他转过来看她的沉默到底是什么意思。

"很抱歉，"他说，"我没法解释。"

"我明白。"初枝答道。

她点点头，两手握在一起摩擦着，然后看着车外被太阳照得闪闪发亮的雪。"一切看上去都那么纯净，"她说，"多么美丽的一天。"

"是的，美丽的一天。"伊什梅尔附和道。

在友睦港的治安官办公室，他们找到了阿尔特·莫兰，他正俯在书桌前，旁边放着一个电取暖器。看见他们两人从门口走进来，阿尔特将笔放在桌面记事簿旁边，站在那里，用手揞住双眼。"等等，让我猜一猜，"他说，"你们来肯定有事。"

初枝拿出海岸值班员的记录，用手掌将它们抻平，放在他的书桌中央。

"钱伯斯先生发现了这个，"她说道，"他昨天晚上拿给我看的。"

"所以呢？"

"有艘货轮。"伊什梅尔说道，"卡尔·海因死的那天晚上，有艘货轮经过船舰湾，就像——"

"你想当侦探？"阿尔特说道，"想当夏洛克·福尔摩斯？我们有系缆绳、染了卡尔的血的鱼叉——这些就足以说明问题了，不是吗？一具尸体还需要什么呢？"

"瞧，阿尔特，"伊什梅尔答道，"我建议你看一眼这里的这些记录，如果你能看懂速写字符的话。我想它们应该会让你至少考虑去卡尔的船上再看一看，好吗？看看是否有什么被遗漏的，阿尔特。看在你桌上的这份东西的分上。"

阿尔特点点头。他也冲初枝点了点头，只是瞬间的动作。他重新在电取暖器边坐下，两个手指夹起那些海岸警卫记录。"我看得懂速写字符。"他说道。

他看那些记录的时候，伊什梅尔和初枝都看着他，这时阿贝尔·马丁森走了进来，他穿着一双及膝的伐木工靴子、一件军用连帽大衣，大衣上镶毛的帽子紧紧地包裹着他的头、鼻子和红红的下巴。"电话通了，"他冲治安官说道，"他们修好了线路，岛上一半的电话都通了。城里的电话和南边一直到灯塔那一带的电话都可以用了。"

"听着，"治安官答道，"听着，阿贝尔。我们要去一趟贝森的罐头厂码头，去索门森的仓库，好吗？你，我，和伊什梅尔。这位女士就待在这里喝点咖啡或什么，给自己弄点早餐。你能给自己弄点早餐什么的吗？这事你涉入太多了，你已经涉入太多了。我不喜欢这样，好吗？"

"这事是我挑起的，"伊什梅尔说道，"不是她。一切都是由我挑起的。"

"都一样。"阿尔特·莫兰说道，"去给你自己煎个蛋吃吧，宫本太太，或者，看看报纸。"

打开索门森的货仓之前，阿贝尔朝锁里吹了几口热气——那是一座充满霉味的、用木馏油木材搭建的货仓，五十多年了。即便是在暴风雪中，它还是散发着盐、焦油和微微的柴油与腐烂的木材的味道。它朝海

365

的门开向港口,那样船可以直接开进来,修好后也方便开出去。马口铁的顶棚将岛雨挡在外面;这儿有两个起降机、脚手架和缆墩,是冬天检修船只的好地方。在过去两个半月里,警察局从阿尔韦·索门森手里租下它,以扣押"苏珊·玛丽"号和"海岛人"号。它已经被封锁,只有阿贝尔·马丁森偶尔去查看一下,钥匙就在他那里。他坚称一切原封未动。船停在仓库里自九月十七日以来就没动过。

阿贝尔将朝向大海的门打开,暗淡的光线涌进来。伊什梅尔立刻看了一眼"苏珊·玛丽"号的桅杆,目光一直扫至它的桅顶十字。哪儿都没有挂着灯笼。

他们走进卡尔·海因的船舱。伊什梅尔站在门口看着外面,治安官用手电筒扫过每一样东西——罗经柜旁边包装的香肠、短短的床铺、船的轮舵、电池槽。"你知道的,"伊什梅尔说道,"你在作证的时候,阿尔特,你提到这儿地板上有一只咖啡杯,记得吗?它确切在什么位置呢,那个咖啡杯?你记得它确切是在什么地方吗?"

"我把它捡起来了,"阿贝尔·马丁森说道,"就在那里,在中间那个地方。"

"其他所有东西都还是原封不动的吗?除了那个杯子,是吗?"

"就如你看到的,"阿贝尔说道,"我们什么也没动——除了那个杯子,我把它捡了起来;习惯,我想是。有东西在地板上,乱,我顺手就捡起来。不由自主地。"

"下次不要那样。"阿尔特·莫兰说道,"你是在做警方调查,不要改变任何东西。"

"好的,"阿贝尔答道,"下次不会。"

"那个杯子,"伊什梅尔说道,"一个杯子掉在地板上。那不说明船被晃动过吗?你不——"

"没有别的证据。"阿尔特·莫兰打断他,"人都被晃得掉下船了,你或许会在地板上看到更多的东西,而不仅仅是一个咖啡杯。可其他的东西都还是整整齐齐的。"

他们走出来，站在船舱门口，伊什梅尔将手电筒从上到下照了一遍桅杆。"你还记得灯笼的事吗？"伊什梅尔说道，"说卡尔挂了一盏灯笼在那上面？你们的人将灯笼拿下来了吗？"

"握稳你的手电筒，别动。"阿贝尔答道，"照着桅顶十字架那儿。就是那儿。"

他将手电筒抬高对准那里，两束光线都照在那里。可以看见那里有被割断的网绳，散开的尾端在那里摇摆，十度到十二度的八字，被切割得很整齐。

"那就是他挂灯笼的地方，"伊什梅尔说道，"他挂了一个灯笼在那里，因为他船上的电灯都不亮了。那就是卡尔挂灯笼的地方。"

"我们从来没有把灯笼拿下来过，"阿尔特说道，"你在说什么呢？"

阿贝尔·马丁森爬到船舱顶上，一脚踩在引擎罩上，用他的手电筒又照了照那里。"钱伯斯先生是对的。"他说道。

"听着，"治安官说道，"阿贝尔，爬上去看看。爬到那上面去看清楚。不要碰任何东西。"

"要你搭把手，"这位治安官助手将手电筒放进衣袋说道，"托我一下，我好爬上去。"

治安官托阿贝尔·马丁森一把，他穿着连帽大衣就爬到了桅顶十字架的位置。他一手抱住桅杆，挂在那里，当他另一只手去摸手电筒的时候，船晃动了一下。"绳子上好像有点儿锈迹，"他说道，"像是灯笼的提手上蹭下来的，有可能。也许是灯笼的提手和它们摩擦的地方。"

"还有什么别的吗？"治安官问道。

"可以看出绳子是从那儿割断的，"阿贝尔仔细地查看着，"有人用刀割的。还有，嘿——有新发现——桅杆上的这个是什么？看上去像是血迹。"

"他手上的，"伊什梅尔说道，"他割破了手。验尸官的报告里提到了。"

"桅杆上和十字架上都有血迹。"阿贝尔说道,"不多,但我想是血迹。"

"他割破了手,"伊什梅尔又道,"他在给天道的电池弄出更大位置的时候割破了手。然后他的船恢复了供电。于是他爬上去将灯笼取下来,因为他不需要它了。"

治安官助手滑下来,回到甲板上。"那又怎么样呢?"他说道。

"还有别的。"伊什梅尔说道,"你们还记得贺拉斯的证词吗?他说卡尔一个衣袋里有一些网绳,腰带上系着一个空的刀鞘。你还记得贺拉斯这么说过吧,治安官?为什么刀鞘会是空的系在那里呢?一些网绳还有一个空刀鞘。我——"

"他爬上去将灯笼取下来,"阿贝尔说道,"那艘货轮过来了,将他从桅杆上晃了下来。短刀和灯笼跟他一起掉进了海里——短刀和灯笼不见了,是吗?而——"

"你先别吵,阿贝尔。"阿尔特·莫兰说道,"我脑子有点儿乱了。"

"他在什么地方撞到了头,"阿贝尔说道,"那艘货轮经过,船被晃动了,然后他掉了下来,脑袋在什么东西上撞了一下,掉下了船。"

十分钟后,在桅杆下面的左舷船缘,他们发现了一小块缺口,缺口的缝隙中夹着三根发丝,阿尔特·莫兰用小刀将它们弄出来,夹进他的钱包夹层,钱包里也放着他的驾驶执照。他们用手电筒照着那几根发丝,沉默地看着。"我们拿这个去找贺拉斯,"阿尔特做出决定,"如果他们是卡尔·海因的,法官会将它们采纳为证据的。"

十点,菲尔丁法官和阿尔文·胡克斯、内尔斯·古德莫德森坐在一起。十点四十五,陪审员被告知他们的职责解除了;针对被告的起诉取消了;他们发现了新的证据。被告本人被立即释放,卸去所有的手铐脚镣走出了监狱;站在监狱门外,他深深地吻了他的妻子。伊什梅尔·钱伯斯拍下了这一幕,他从镜头里看见他们亲吻。然后他回到办公室,打开取暖器，往打字机里装上纸。他坐在那里盯着它看了一会儿。他想明白所发生的这些事情的真相。他闭上眼睛，想让自己看清一切。

"苏珊·玛丽"号在海上抛锚了——它的交流发电机的电线松了——九月十五日夜晚。海因在浓雾中耐心地漂着——骄傲让他没有吹响带在身边以防遇上这样的情况的号角——他一定诅咒了自己的不走运。然后他点亮了他的两盏铁路上用的那种灯笼，往后面的裤袋里塞了一些网绳，爬上了桅杆的十字架，灯笼暂时挂在他身后，他的橡胶工作服很滑。他用来补渔网的棉绳轻松地就将灯笼绑在了桅杆上，但卡尔还是多缠了几圈。他胳膊挂在十字架上在上面停留了片刻，知道在这样的大雾中这灯光起不了作用，不过在爬下来之前他还是将火调大了些。大雾笼罩在他周围，他坐在驾驶舱里倾听着。

随后或许过了一会儿，他提着另一盏灯笼，从工具箱拿出一把扳手，想去拧紧交流发电机的电线，又低声咒骂了几句，诸如他怎么会忽视了这个，没有例行检查它，让他遇到现在这事（普通的船舶驾驶技术本来也可以避免此事的），而他不是一个一向以自己纯熟的驾驶技术自豪的人吗？他拧紧电线，又用大拇指按了按它们，然后又走出来，靠着左舷船缘站着。卡尔·海因听着雾里海面上的动静，听着其他的船呜呜地离开海岸，听着海水轻柔地拍打着他顺水向东漂流的船。他单脚站立，煤油灯笼就在他手边，号角抓在他的手里。他就是不愿吹响它。他在心里纠结着要不要吹响它，纠结了很久，大约有一个小时甚至更久，他不知道渔网里是不是有鱼。就在那时，他听到不远处有船，听到了有人特意吹响的雾角，他侧过耳朵仔细听着。雾角响了六次，每次的距离都更近了，他看着表判断它们之间的时间间隔——每隔一分钟一次。当它在距离一百码的地方响起的时候，他吹响了自己的号角，就一次。

货舱里装了鱼的"海岛人"号和漆黑一片、在海上抛锚了的"苏珊·玛丽"号——它的桅杆上挂着一盏灯笼，而它的船长泰然自若地站在船首——在雾里相遇了。然后天道的缆绳牢牢地系在了卡尔·海因的船上，后者没有再多想或是犹豫。电池易手，但有点太大，一个金属边缘必须敲进去一些。卡尔的手掌被划破了，血沾到了天道的鱼叉上。一桩交易终于达成。他们之间要说的话也都说了，于是天道在夜色中离开。

也许不久后，宫本天道一个人在海上的时候，还会觉得在这种情况下遇上卡尔·海因是件幸运的事。那似乎就是他很久以来认为自己所需要的那种运气。毕竟他的梦想，现在离他很近了，近到他在捕鱼的时候都想象着他的草莓地、水果的芬芳、绵延的土地、初夏的成熟、他的孩子们、初枝、他的幸福。作为宫本家的长子、一个日本武士的重孙和他这一脉中第一个从姓氏、籍贯到灵魂都属于美国的人，他没有放弃做他自己；他从来没有放弃他们家的土地或是他们对它的名正言顺的诉求，这种人道的诉求大过憎恨、战争、敌对或是任何其他琐事。

他漂泊在黑漆漆的大海上、大雾中，想着这一切，庆幸着他生命中这突如其来的好运，想象着成熟的草莓的芬芳，这时他听到灯塔那儿传来几乎低不可闻的信号声，还有从"科罗拉"号传来的越来越响、越来越近的汽笛声。在"海岛人"号西南方向大约半英里处，卡尔·海因站在船舱门口，依稀听见了同一阵汽笛声从雾中传来。他已经泡好了黑咖啡，一手端着咖啡杯；水壶放回了原位。他的网已经下好了，拖在船后。船上所有的灯都已经亮了。伏特表显示十三点半伏特，"苏珊·玛丽"号费力但平稳地行驶着，前照灯照淡了前面的雾气。时间是凌晨两点差二十，还有足够的时间可以捕大量的鱼——咖啡会让他清醒很长一段时间，足以让他使他的货舱装满鲑鱼。

当然卡尔也听了无线电，灯塔无线电值班员给出的建议，货轮航海员请求定位的呼叫，兰溪顿岛报出的数字，然后突然决定在船舰湾来个急转弯。卡尔试图听雾里的动静，但他自己的引擎的声音盖住了其他所有的声音，他只能关掉引擎漂流。他重新站在那里听着，等待着。最后又传来一声汽笛声，这次更近了，显然货轮在开近，他砰地将咖啡杯放在桌上,走到外面,考虑着那艘货轮的急转弯产生的巨大尾浪肯定会甩到他这边,但他似乎也没什么可担忧的,不会有很大的晃动。一切都在掌控中。

除了绑在桅杆上的那盏灯。大货轮的尾浪会把它砸成碎片的;卡尔很明白这一点。

所以他为自己挑剔的本性、他不可抑制的追求完美的冲动付出了代价。他为从他母亲那儿遗传的这一点本性付出了代价。他的船漂泊在水面,"科罗拉"号正在大雾中朝他这边开来,他估计自己只要不到三十秒的时间就可以爬上桅杆。就为了保住一盏灯,要冒什么样的风险呢?他没有想过可能是死亡或受伤吗?一切都因为他是他——他母亲的儿子,天生爱整齐,美国海军坎顿沉船事件中的幸存者,任何船难都不会和他相关的——他自信满满地爬上桅杆。他爬了上去,爬的时候,他用宫本天道的鱼叉敲击电池槽金属边缘时弄伤的手掌上的伤口又裂开了。他胳膊挂在十字架上,听着雾里的动静,将短刀从刀鞘中拔出来。这时又传来了一声货轮的汽笛声,引擎低低的轰鸣声也听得到了,近到让他也暗吃了一惊。然后他用短刀用力地割断他几个小时前绑上去的绳子。绳子断了,卡尔手上一边提着灯笼,一边将短刀插回刀鞘。

一定是因为那晚雾太浓,卡尔根本没有看到"科罗拉"号甩向他这边的水墙。海水从雾后升起,在"苏珊·玛丽"号下面陡涨,船舱桌子上的咖啡杯掉到了地上,桅杆猛地一歪,足以将攀在上面的那个还没从惊讶中回过神来、也还没有想到死神已经逼近的男人甩下去。他流着血的手没能抓住桅杆,橡胶工作服也没能挂住他,他的胳膊挥舞着,手指张开,灯笼和短刀都掉进了水里,卡尔·海因也很快掉下去,重重地撞在"苏珊·玛丽"号的左舷船缘上。他头部左耳上方撞裂了,整个人重重地掉进了海浪中,海水渗进他的腕表,让它停在一点四十七分。"苏珊·玛丽"号晃动了足足五分钟,才慢慢平稳下来,它的船长的尸体也兜进了鲑鱼网中。他挂在那里,在波光粼粼的大海里,反射着灯光,波浪起伏。他的船灯火通明，在大雾中顺着水流静静地漂泊。

水墙继续移动，它迅速前进了大约半英里，遇上了"海岛人"号，天道也感觉到了它。它继续前进，没有再遇到任何阻碍，在凌晨两点拍在兰溪顿岛的海岸上。雾中再次传来货轮的汽笛声和灯塔回应的声音。宫本天道下好了网，关掉了无线电，大雾在他周围像棉花一样可见可触，他用船上备用的缆绳代替那条留在了卡尔船上的。或许他蹲在那里费了些工夫，将帆脚索绑在马尼拉绳上，他听到经过的货轮沿着水面传来的低低的汽笛声。浓雾中那声音让任何人都很容易觉得悲伤，当那声音渐渐变大——当货轮紧紧靠近——听起来越发显得凄凉。货轮开过，朝北驶去，汽笛还呜呜地响着。天道听着那声音，那一刻，他想起了他父亲怎么将和日本有关的所有东西都埋在他农场的土壤里。或许他还想到了初枝和他的孩子们，还有他有朝一日将传给他们的草莓农场。

货轮的汽笛声渐渐消失在东方。偶尔和灯塔发出的雾笛声相呼应，后者音量高，更显荒凉。浓雾将它掩去，抹掉，货轮发出的声音那么低沉，仿佛来自另一个世界，不是汽笛声，而是从海底升起的贝斯音符。最后，它渐渐和灯塔的信号融为一体，两个声音同时传来，不和谐地碰撞。每两分钟，水面便传来一声微弱、不和谐的声响，最后连那也消失了。

宫本天道回到家，拥抱了妻子，告诉她他们的生活要不一样了；灯塔的夜间值班结束了，菲利普·米荷兰德将他的记录装进文件夹，沉入了梦乡。他和无线电报务员罗伯特·米勒沉沉地一直睡到下午。然后他们醒来离开了圣佩佐岛，转去了另一个灯塔站。阿尔特·莫兰实施了逮捕。

嗯，伊什梅尔想着，俯对着他的打字机，指尖轻轻放在键盘上：宫本天道的心思最终无人知晓。初枝的心思也无人知晓，卡尔·海因的也是。任何其他人的心，因为它有自己的意志，都永远是神秘莫测的。

伊什梅尔写下了这一切，同时，他也明白了：意外统御宇宙万物，唯独人心除外。

图书在版编目（CIP）数据

雪落香杉树/（美）戴维·伽特森著；熊裕译. —北京：中信出版社，2022.6
书名原文：Snow Falling on Cedars
ISBN 978-7-5217-4107-0

I.①雪… II.①戴…②熊… III.①长篇小说 – 美国 – 现代 IV.① I712.45

中国版本图书馆 CIP 数据核字（2022）第 052601 号

SNOW FALLING ON CEDARS By DAVID GUTERSON
Copyright: © 1995 BY DAVID GUTERSON
Simplified Chinese edition copyright: ©2021 Chambon Library
This edition arranged with GEORGES BORCHARDT, INC (THE BORCHARDT AGENCY)
through BIG APPLE AGENCY, INC., LABUAN, MALAYSIA.
All rights reserved.

雪落香杉树
著者：　　［美］戴维·伽特森
译者：　　熊　裕
出版发行：中信出版集团股份有限公司
　　　　（北京市朝阳区惠新东街甲 4 号富盛大厦 2 座　邮编　100029）
承印者：　当纳利（广东）印务有限公司

开本：880mm×1230mm　1/32　印张：12　　字数：260 千字
版次：2022 年 6 月第 1 版　　　印次：2022 年 6 月第 1 次印刷
京权图字：01–2020–2688　　　书号：ISBN 978-7-5217-4107-0
定价：69.00 元

版权所有·侵权必究
如有印刷、装订问题，本公司负责调换。
服务热线：400–600–8099
投稿邮箱：author@citicpub.com